谢干文剧作选

谢干文 著

江西高校出版社
JIANGXI UNIVERSITIES AND COLLEGES PRESS

图书在版编目(CIP)数据

谢干文剧作选/谢干文著. --南昌:江西高校出版
社,2019.6(2022.2 重印)
ISBN 978 - 7 - 5493 - 8634 - 5

Ⅰ.①谢… Ⅱ.①谢… Ⅲ.①剧本—作品综合
集—中国—当代 Ⅳ.①I230

中国版本图书馆 CIP 数据核字(2019)第 100946 号

出 版 发 行	江西高校出版社
社 址	江西省南昌市洪都北大道96号
总编室电话	(0791)88504319
销 售 电 话	(0791)88522516
网 址	www.juacp.com
印 刷	天津画中画印刷有限公司
经 销	全国新华书店
开 本	700mm×1000mm 1/16
印 张	25
字 数	320 千字
版 次	2019 年 6 月第 1 版
	2022 年 2 月第 2 次印刷
书 号	ISBN 978 - 7 - 5493 - 8634 - 5
定 价	78.00 元

赣版权登字 -07 -2019 -406

序

一部践行新突破、新视角、新跨越的剧作集
——贺《谢干文剧作选》的出版

中国老百姓有喜爱戏曲的传统，自民间到庙堂，一部优秀的古典传统戏，一演好几百年，但要创作一部脍炙人口，让群众喜闻乐见的戏剧作品，却需要付出巨大的努力。谢干文就是这样一位努力的耕耘者，他创作的剧本先后荣获中宣部五个一工程奖、文化部文华剧作奖、中国剧协首届曹禺戏剧文学奖、华东田汉戏剧剧本奖、江西玉茗花戏剧节剧作一等奖等，被誉为赣南戏剧界的"获奖专业户"。

这次，他从自己创作的大量剧本中选出九个大戏、九个小戏，还有他介绍创作经验的论文，择优结集付梓。尤为可喜的是，这部厚重扎实的剧作选还得到了"赣州市文艺精品工程资助出版"，实属不易。因我从事专业编剧的年月久，岁数比他大，而且是一同耕耘"红土地戏剧"（江西革命历史题材）的砚农，可以说是他成长与成就的见证者。当这本书稿摆在我的案头，邀请我为之写序时，自然乐意为之。

干文，干文，可谓是名如其人，文如其名，也正应了他的戏剧作品是在实践中边学边"干"出来的。事实确实如此，干文没有上过大学，也没有进过科班深造，他的剧本完全是长期深入生活、深入艺术实

践，用脑用心苦磨出来的。社会生活也是一所人文学科的大学，他在这所大学里孜孜不倦地自学编剧理论，没日没夜地反复琢磨修改作品，从一个戏曲演员出身的基层编剧，成长为一名全国知名的剧作家。他不仅为剧团写戏，还在媒体上阐述他的创作体会，在大学里为戏曲编导专业的研究生讲课，传授写作经验。凭着对戏曲创作的一腔热爱和虔诚，他数十年勤学苦练，坚忍执着，不懈追求，取得了丰硕的成果，这本剧作选就是他努力奋斗，用心血和才情凝成的结晶。

赣南，是第二次国内革命战争时期中央苏区的所在地，这块红土地不但盛产红军，盛产红色故事，还盛产多彩多姿的客家山歌和采茶戏，同时，也培育了谢干文这样出色的剧作家。干文长期从事红土地戏剧的创作和探索，积累了丰富的创作经验。在这里我要特别推荐他在本书刊登的三篇论文。第一篇是他20多年前在中国戏剧最高刊物《剧本》杂志上发表的《寻找突破——革命历史剧创作札记》。他在文中谈到如何突破革命历史题材的所谓"五老峰"（老题材、老主题、老人物、老情节、老写法）时认为："革命历史题材在某种意义上也可以说是泛战争题材。它涵盖了生与死、安与危、悲欢离合、瞬息万变的人生世态。与和平年代相比更能彰显人的本性、人的精神和人的感情世界。不仅如此，那段过去了的生活，同样有着历史文化的积淀和时代精神的投影。而且，'历史题材有属于未来的东西，找到了，作家就永恒。'（黑格尔语）"由此，他感悟到革命历史题材不仅仅是表现革命的历史精神，还蕴含有丰富的美学价值，具有烛照现实与未来的意义。因此，他面对"五老峰"并不兴叹，也不却步，认为"东一镢头，西一镢头，还不如就在自己脚下掘一口深井"。基于这种对革命历史题材的突破性认识,在这个时期他写出了他的代表作《山歌情》。

第二篇是在《中国文化报》上发表的《革命历史剧的创作视角》,他敏锐地发现随着时代的进步和思想的解放,新时期戏剧创作在视角上出现了一些新的变化:"一是从关注英雄人物转移到关注普通人物和小人物;二是从正面写敌我矛盾转移到正面写人物及人民内部之间的各种矛盾;三是从单一的审美政治化转移到多视角的审美戏剧化上来。这种变化是革命历史剧创作的一大进步,是戏剧本体在革命历史题材创作中得到回归的具体表现,是革命历史剧创作推陈出新的历史性转折。"理念影响创作,创新提升质量,这个时期他成功地推出了又一部代表作《女人河》。

第三篇是在《影剧新作》发表的《不断跨越的红土地戏剧——赣南革命历史题材戏剧创作探微》。他在回顾和总结 1949 年以来赣南革命历史题材戏剧取得的成就后,对其艺术创作归纳了几个鲜明特点:一是注重鲜明的地域文化特色;二是注重以情写戏;三是注重追求整体凝重悲壮与局部轻松明快相结合的艺术风格。这三个特点基本上概括了迄今为止赣南革命历史题材戏剧的创作风格。不仅是赣南采茶戏,他 2016 年创作的第三部代表作——大型兴国山歌剧《老镜子》也是这一创作路数。值得一提的是,《老镜子》同《山歌情》一样,也是根据兴国的真人真事创作的,这个题材曾经有几个剧作家写过,但干文的山歌剧《老镜子》更注重对主人公池煜华人性人情的开掘,以独到的审美视角,把池煜华对红军丈夫李才莲的毕生等待,定位为一种对革命信念和忠贞爱情的坚守,讴歌了我国妇女的传统美德,也表达了坚守理想信念的时代精神。他曾在论文中预言:"随着我国经济的转轨、社会的转型、思想的不断解放,革命历史剧将会以更多更新的视点向生活的广度和深度推进。革命历史剧创作的路子不会越走越窄,而会越走越宽。"是的,他的《老镜子》就是以一种跨越的勇气,以一种深邃的目光审视革命历史生活,从中发现有新意、有价值的"新大陆",使其作品摆脱了单一的宣教功能,循着艺术规律,回归到戏剧本体,回归到文学上来。

从这三篇论文中,我们可以看到干文对革命历史题材创作的深入思考和积极探索,也展示了他从"突破'五老峰'""寻找新视角",到"实现新跨越"的创作道路。

有道是到什么山唱什么歌。在这里我要特别为谢干文的成名剧作《山歌情》唱个赞歌。这个戏的成功不是偶然的,正如在一次全国革命历史题材创作研讨会上专家指出的:"它是几十年来江西革命历史题材戏剧创作的积淀,是艺术创作领域正反两方面经验教训和改革开放以来文化氛围给作者以充分创作自由而结出的硕果。"

真是无巧不成书,当我在为《山歌情》的编剧谢干文的剧作选作序的当下,《山歌情》的导演张曼君从北京来到赣州。2019 年 1 月 17 日,由江西省文化和旅游厅、赣州市人民政府、中国艺术研究院戏曲研究所主办的"张曼君与中国现代戏曲"学术研讨会暨张曼君作品展演活动在赣州拉开了序幕。张曼君是在赣南出生、在赣南成长的优秀演员、导演,获国务院特殊津贴的专家。她在最近发表的《我的艺术路径》中记载:"1969 年我被借到赣州地区文工团排歌剧《长冈红旗》,开始了在专业艺术院团的经历。"1993 年,由张曼君精心导演、赣南采茶剧团演出的《山歌情》到北京调演,获得诸多大奖。1996 年,张曼君导演作为有突出贡献的人才从赣南采茶剧团调入天津歌舞剧院。"剧本剧本,一剧之本"。一个好的剧本,可以成就一个剧团,可以救活一个剧种,可以强化一个流派,可以繁荣一方文化,也可以造就多少像张曼君、谢干文这样优秀的艺术人才。

谨此,衷心祝贺《谢干文剧作选》出版!

庆贺"红土地文艺"繁荣发展又添新彩!

舒 龙

2019 年 1 月 31 日

(舒龙,中国作家协会会员、中国电视艺术家协会会员、中国戏剧家协会会员、中国电影文学学会会员、国家一级编剧、赣州市文联原副主席,1993 年国务院批准为有突出贡献、享受国家特殊津贴专家。)

目
录

山 歌 情

（大型赣南采茶戏）

时　间　第二次国内革命战争时期

地　点　赣南苏区

人　物　贞秀、满仓、明生、满仓妈、小和尚、四妹子、夏大姐、青年甲、青年乙、蓝
衫团员、群众等

〔舞台上一派凝重的血红，隐约可见景物黑色的轮廓，粗犷的风格给人
一种沧桑感。

〔大鼓大锣大钹齐奏，唢呐高亢悠远……

〔静场。

〔男女两人在唱山歌。男声略带嘶哑，似在呐喊，女声则深情地呼唤：

我的哥啊，我的妹呀，

追着日头我们去蹚山水。

第 一 场

〔红旗招展，群众涌上。

〔军号鸣奏，刺刀、梭镖耀目……

群　众　（唱《欢送兴国师出发》）

全师集合几千人，

轰轰烈烈当红军。

英勇开到前方去，

吓得敌人打抖颤。

〔蓝衫团员们载歌载舞，边上边唱：

许多同志在这里，

你们光荣得到哩。

各地发电来庆贺，

工农群众欢迎你。

〔群众鼓掌欢呼。夏大姐、四妹子上。

夏大姐　乡亲们，今天我们欢送兴国模范师上了前线，同时还要选拔一批优秀歌手参加蓝衫团。还要选出一位山歌大王来，哪个有本事的，请上台！

〔明生和小和尚同时跳上去。

明　生　（轻蔑地看了一眼小和尚，唱）

讲起什么最有劲？

讲起什么最精神？

讲起什么最有味？

讲起什么最开心？

小和尚　这还难得倒我小和尚？（唱）

讲起耕田最有劲，

讲起恋妹最精神，

讲起吃肉最有味，

讲……

（想不出下句，抓耳挠腮，走近台侧问四妹子）四妹子，快告诉我，到底什么最开心？

四妹子　（伸出小指）嗤——

众　人　（起哄）嗬——

小和尚　（摸头，突悟）哦，咳！（接唱）

讲起解放最开心。

〔众人笑。

明　生　（也笑，唱）

讲起什么不怕烧？

讲起什么不怕咬？

讲起什么不怕鬼？

讲起什么不怕刀？

〔小和尚答不上来，急得满脸通红。

四妹子　小和尚，快呀！对出来了，我就同你去乡政府打结婚证，快点呀！

小和尚	（实在对答不出）哎呀，我尿急了，等下再来！（欲溜）
众　人	嗬——
四妹子	明生，山歌王！明生，山歌王！

　　〔明生得意地从夏大姐手里拿过印有"山歌大王"的毛巾。

　　〔几个青年不服气，欲夺毛巾。

明　生	不服气？那就斗歌试试？

　　〔青年们缩回。

　　〔明生拿着毛巾，炫耀似的绕场一周。

　　〔青年们束手无策。

　　〔突然，一串清脆悦耳的歌声响起，贞秀幕内边唱边上：

　　　　哎呀嘞——

　　　　讲起打铁不怕烧，

　　　　讲起捉蛇不怕咬，

　　　　讲起革命不怕鬼，

　　　　讲起造反不怕刀。

众　人	好！

　　〔贞秀将斗笠拿开，露出一张俏丽的脸。

明　生	（惊喜）贞秀！
众　人	（合唱）哥妹相隔一方天，
	山歌为媒红线牵。
	平时相会榕树下，
	今日赛歌擂台前。
明　生	你真的要和我赛歌？
贞　秀	赛歌不敢，来你门下拜师。
明　生	贞秀，我晓得你……你就高抬贵手，让我这一回吧！
贞　秀	别的可让，唱歌不让！
明　生	那就来吧，我一肚子现成的山歌。
贞　秀	现成的我不问，我问你现编。
明　生	这……现编就现编！
贞　秀	（唱）什么不唱不风流？
	什么不打没自由？

什么歌子大家唱?

行起什么妹带头?

明　生　这……我看你自己也答不出来。

贞　秀　(一笑,唱)

山歌不唱不风流,

封建不打不自由。

《十二月共产》大家唱,

妇女解放妹带头。

众　人　(掌声雷动,欢呼)好!贞秀,山歌王!贞秀,山歌王!

夏大姐　贞秀,你看乡亲们都叫你山歌王了,你就带大家唱一个《十二月共产》

好不好?

贞　秀　好!(唱)

正月共产过新年,

村村户户去宣传。

句句都是实在话,

农民欢喜笑连连。

众　人　(唱)二月共产进学堂,

学堂不是习文章。

朝朝起来讲共产,

讲得人心亮堂堂。

青年甲　(唱)榕树底下一朵花,

赛过二月子姜芽。

香又浓来色又嫩,

可愿移到我屋下?

青年们　(唱)你可晓得心肝妹?

阿哥想摘你这朵花。

贞　秀　(唱)榕树底下一朵花,

风吹日晒有树遮。

花儿已经有了主,

阿哥想摘过别家。

青年乙　(唱)山歌妹子一枝花,

> 千人爱来万人夸。
>
> 红花也要绿叶配，
>
> 莫要画眉配老鸦。

青年们 （唱）你可晓得心肝妹，

　　　　要嫁就嫁个好人家。

青年甲 （指青年乙）嫁给他！

青年乙 （指青年甲）嫁给他！

　　　　〔青年们推推搡搡，哈哈大笑。

明　生 （忍不住，唱）

　　　　莫乱哇——

　　　　花儿恋蝶蝶恋花，

　　　　花儿已经有了主，

　　　　旁人再莫去采它。

　　　　〔青年们惊美地纷纷议论："哎呀，硬是你的本事好！""贞秀，是真的吗？""啊，笑了笑了，是真的！""好，天生一对，地设一双！"

　　　　〔贞秀含情脉脉。

　　　　〔满仓妈和满仓上。

满仓妈 哎呀，我的宝贝妹子哩，你还在这里疯呀？走，回家去！

贞　秀 姆妈，我想参加蓝衫团，我想唱歌！

满仓妈 马上要做媳妇的人了，疯疯癫癫的，唱什么歌？（拖贞秀下）

夏大姐 （拿着毛巾，急了）她的奖还没领呢！

满　仓 （上前，瓮声瓮气地）我帮她领。

夏大姐 你是她什么人？

满　仓 我，我是她哥哥……

青年甲 也是她老公！

　　　　〔众人哄笑。

　　　　〔满仓接过毛巾，尴尬地急下。

夏大姐 到底是怎么回事？

四妹子 夏大姐，你还不晓得呀？贞秀是童养媳，她家里怕她出来唱歌唱野了心，把她锁在屋里，她是爬窗子出来的。

青年甲 看样子，她姆妈会动蛮，今夜就要她跟满仓圆房了。

明　生　（大惊）贞秀！（奔下）

　　　　〔切光。

第 二 场

　　　　〔夜，数点星光，几声狗吠。

　　　　〔悠悠的山歌传来，那是明生欲哭无泪的心声：

　　　　　　　想起恋妹会发癫，

　　　　　　　深山蒙雾喊火烟。

　　　　　　　半夜鸡啼喊狗吠，

　　　　　　　八月中秋喊过年。

　　　　〔满仓家。

　　　　〔鼓乐停歇，红烛滴泪。

　　　　〔满仓妈一手掌灯，一手拉满仓上。

满仓妈　满仓，客都散了，你还躲在外面做什么？

满　仓　我……醉了。

满仓妈　你是怕了，唉，头世造了孽，我怎么生了个这样没出息的儿子。你都四十了，你不急，妈急。我们家三代单传，现在只有你这条根，再这样下去，怎么对得起祖宗，怎么对得起你早死的爸？

满　仓　她是我妹妹……

满仓妈　蠢牯，她过去是你妹妹，现在是你老婆！

满　仓　不，她是我妹妹嘛！

满仓妈　（又急又气）哎呀，祖宗老子，我给你跪下了！

满　仓　（急扶，无奈地）妈……

满仓妈　那我去给你开门，啊？（开门，递灯，推满仓）去吧！

　　　　〔满仓迟疑进门。

满仓妈　（反手关门，上锁）唉，十多年哪，一桩心事总算了结了！（下）

　　　　〔门内，风吹灯光，忽明忽暗。

满　仓　她是我老婆？她是我老婆？她真是……

　　　　〔灯光渐明，依稀可见洞房的摆设。贞秀被捆在床上，昏黄的灯光下，隐约可见她动人的女性线条……

满　仓　（掩灯，猛见，呆了）都四十岁了，还没动过女人。我要老婆，我要儿子！
　　　　（猛地吹灯，扑向贞秀）
　　　　〔切光。
　　　　〔由女声唱的山歌从幕内悠然飘来，纯真动人：
　　　　　　好哥哥呀好哥哥，
　　　　　　好哥哥心里最疼我。
　　　　　　妹妹玩耍肚子饿，
　　　　　　哥哥上树摘果果。
　　　　　　妹妹做客外婆家，
　　　　　　哥哥把我背过河。
　　　　　　妹妹上山砍柴归，
　　　　　　哥哥接我十里坡。
　　　　　　妹妹生日满十岁，
　　　　　　家贫难买长命锁，
　　　　　　哥打短工又砍柴，
　　　　　　替妹买个小手镯……
　　　　〔灯光复明。

满　仓　啊，镯子！是她十岁时，我给她买的那个镯子啊！我不是人，我不是人
　　　　呀！（急为贞秀松绑，拔出堵在她嘴里的棉布）
　　　　〔贞秀跳下地，拼命厮打满仓。

贞　秀　你，你好狠哪！（唱）
　　　　　　讲得老虎会吃人，
　　　　　　你比老虎更绝情。
　　　　　　两人同船来过渡，
　　　　　　你一篙击我到河中心哪！
　　　　　　强行将我身子占，
　　　　　　叫我今后怎做人？
　　　　　　舀起激水一万瓢，
　　　　　　心头的屈辱洗不尽，
　　　　　　洗不尽屈辱做不起人，
　　　　　　贞秀一死得干净！

（举剪刀欲自尽）

〔满仓妈上，进屋，大惊，与满仓同时扑上去，抓住贞秀双手。

满仓妈　好妹仔，你死不得，千万死不得啊！

满　仓　亲妹，你要杀就杀我吧！（唱）

　　　　我好悔，我好恨，

　　　　不该毁了兄妹情；

　　　　不该强行将妹占，

　　　　不该害了妹终身。

　　　　千个不该也迟了，

　　　　救不活妹妹死了的心。

　　　　天门顶上打辣雷，

　　　　一雷劈死我绝情人。

满仓妈　（哭）不，不哇！贞秀女，我的好妹仔啊！（唱）

　　　　要怨你就把妈怨，

　　　　要恨你就把妈恨。

　　　　莫怨你的亲哥我的儿，

　　　　他也是黄连树下苦命的人！

　　　　禾镰上壁家中空，

　　　　可怜他四十打光棍。

　　　　你虽是我收养女，

　　　　收养女儿胜亲生。

　　　　眼看亲哥受苦凄，

　　　　刘家要绝香火根。

　　　　贞秀呀，我的好妹仔，

　　　　妈知你委屈知你苦，

　　　　你也知妈的苦处妈的情，

　　　　事到如今你要想开，

　　　　祖宗也感你的恩！

满　仓　妈……

满仓妈　我可怜的儿啊！

　　　〔满仓母子抱头痛哭。

贞　秀　（唱）手发抖，腿发软，

一番话说得我好心酸。

姆妈待我胜亲生，

辛苦养育十五年。

天热为我打蒲扇，

冬夜抱我怀中眠。

一碗稀饭十粒米，

九粒往我碗里添。

满　仓　妹子……

贞　秀　（唱）他一直把我当亲妹，

又是疼来又是怜。

打工赚饭给我吃，

卖柴换衣给我穿。

他却是番薯芋子来当饱，

补丁层层破衣衫。

〔幕内伴唱：

一桩桩恩呀一桩桩情，

一串串泪水不断线。

满仓妈　（唱）怕得一世受苦凄，

怕得刘家绝香烟。

满　仓　（唱）今夜做出糊涂事，

贞　秀　（唱）糊涂之人也可怜。

满仓妈　（唱）可怜了我的贞秀女，

含泪含悲不开言。

满　仓　（唱）可怜了我的白发娘，

为儿为女撕心肝。

贞　秀　（唱）十五年恩情山样重，

山样恩情我难偿还。

贞秀、满仓、满仓妈　（合唱）十字街头挂肠子，

扯着心肺连着肝。

贞　秀　（唱）啊——

再莫想榕树下边那个人，

再莫想自由对象红线牵。

再莫想口唱山歌身长翅，

哑了喉咙望蓝天。

贞秀我人苦命更苦……

（手中剪刀应声落地）

〔幕内伴唱：

剪刀落地，剪刀落地啊——

贞　秀　（唱）这苦命的绳索我剪不断！

满　仓　（欲抢剪刀）妹子，我对不起你，我也没脸活了……

贞　秀　（一把抱住满仓）不，我不怨你，也不恨你，我愿意嫁给你！（跪下）亲哥……（失声痛哭）

〔满仓妈拭泪，捡起剪刀，悄悄下。

满　仓　（感动）亲妹，是我害了你，我以后当牛做马也要服侍你一辈子！（拿出印有"山歌大王"的毛巾）这是你唱山歌的奖品，还给你。

〔贞秀捧起毛巾。

〔幕内复传来明生的歌声，还是那首歌，却成了绝望的嘶喊：

想起恋妹会发癫，

深山蒙雾喊火烟。

半夜鸡啼喊狗吠，

八月中秋喊过年。

贞　秀　（刚擦去的泪水又流了下来）明生……

〔灯渐暗。

第　三　场

〔翠竹河边，有淡淡的雾。

〔河湾里，一群妇女在洗军衣。

〔幕内伴唱：

竹青青，水粼粼，

洗呀洗，洗征尘，

洗去衣上血和汗，

红军穿上好精神。

〔小和尚追四妹子上。

小和尚　四妹子,那件事你几时答应我?

四妹子　哪件事呀?

小和尚　就是那件。

四妹子　哪件?

小和尚　那……和我结婚的事呀!

四妹子　(羞)呸,你想偏脑壳!

小和尚　你不喜欢我了?

四妹子　我喜欢——

〔幕内传来明生的歌声。

四妹子　他!

小和尚　(不服气地)他哪点比我强?

四妹子　他长得比你壮。

小和尚　别看我干瘦干瘦的,我有力气,犁起田来抵得一头黄牛牯!

四妹子　他的歌比你唱得好!

小和尚　我妈说我唱得也不错。

四妹子　你连蓝衫团都不是。

小和尚　你也不是。

四妹子　我这就去找他!

〔夏大姐、明生率蓝衫团员上。

蓝衫团员　(唱)豆角打哩条打条,

　　　　　　红军哥哥打三僚。

　　　　　　保佑哥哥打胜仗,

　　　　　　缴到枪支妹来挑。

　　　　　　新买草鞋带子安,

　　　　　　打了赣州打吉安。(下)

〔四妹子和小和尚羡慕地目送蓝衫团员们过场。

四妹子　明生哥!

〔明生站住。

四妹子　（撒娇地）明生哥，我要参加蓝衫团！

明　生　你在慰劳队不是很好吗？为什么还要参加蓝衫团？

四妹子　蓝衫团好！又唱歌又跳舞，为革命做宣传，还有，你也在蓝衫团……

明　生　蓝衫团要挑声音好的。

小和尚　她唱歌当得画眉子叫！

明　生　还要人长得好。

小和尚　她乖得我心里慌……

明　生　（发现远远而来的贞秀）她瘦了！

四妹子　我瘦了？（发现不对）你在和谁说话？

　　　　〔小和尚朝远处做了个鬼脸。

四妹子　（抬头一望，明白，生气地）走，我们找夏大姐去！（拉小和尚下）

　　　　〔贞秀提一篮衣服上。

明　生　贞秀……

　　　　〔贞秀一愣，欲躲。

明　生　贞秀！

　　　　〔贞秀站住。

　　　　〔俩人相对无言。

　　　　〔幕内伴唱：

　　　　　　　河下涨水大半江，

　　　　　　　十只鹭鸶是五双。

　　　　　　　鹭鸶不怕大江水，

　　　　　　　阿妹遇哥心倒慌。

明　生　（唱）阿妹遇哥心倒慌，

　　　　　　　天上起云遮月亮。

　　　　　　　只等刮起风一阵，

　　　　　　　清风吹云到一旁。

　　　　〔幕内伴唱：

　　　　　　　阿妹呀，

　　　　　　　阿哥就是那吹云的风，

　　　　　　　吹散云层盼月光。

贞　秀　（唱）右边蕨菜左边葱，

　　　　拦刀一切两头空。

　　　　我家门口一口井，

　　　　井水幽幽几多深。

　　〔幕内伴唱：

　　　　阿妹就是那深井的水，

　　　　大风难吹水波动。

　　〔贞秀无声饮泣。

明　生　（心疼地拉过贞秀的手）贞秀，你不能再这样折磨自己了！苏区妇女解放，婚姻自由，你可以跟他离婚……

　　〔满仓上，怒向明生。

满　仓　崽牯头，你想干什么？

明　生　我，我没想干什么。

满　仓　我看得清清楚楚……告诉你，她是我老婆！

明　生　（触到痛处）可她本来是我的！我们本来就是相好的一对，是你这个老柴蔸把她占去，害得她人不像人，鬼不像鬼……

满　仓　（气极）你放屁！（一巴掌打过去）

明　生　你敢打人？

满　仓　（失去理智）老子要打断你的腿！（将明生揪打在地）

明　生　（愤怒，反将满仓掀翻）我跟你拼了！

贞　秀　（哭嚷）你们别打了！求求你们，别打了！

　　〔明生和满仓依然扭打在一起。

贞　秀　（急了，一棒槌打在明生身上）我叫你打！

明　生　（被打蒙了，放手，不相信地望着贞秀）你打我？

贞　秀　你给我走！

明　生　好，我走！（怒下）

满　仓　（爬起身，高兴地）好老婆，好老婆！

贞　秀　（又举起棒槌）滚！

满　仓　你？哎……（退缩下）

　　〔贞秀扔下棒槌，伏在树干上痛哭。

　　〔夏大姐上。

夏大姐　贞秀！

贞　秀　（抹干眼泪，强装笑脸）夏大姐！

夏大姐　哎，你眼圈那么红，有什么心事，对大姐说。

贞　秀　（扑在夏大姐肩头）大姐！（痛哭）

夏大姐　（抚慰地）莫哭，莫哭，听大姐给你唱首山歌，散散心，啊？（轻轻唱）

　　　　　　山歌不唱忧愁多，

　　　　　　大路不走草成窝。

　　　　　　快刀不磨黄锈起，

　　　　　　胸膛不挺背要驼。

　　　　　　唱起山歌挺起胸，

　　　　　　一条大路在当中。

　　　　　　赤脚草鞋大路上走，

　　　　　　山山水水日头红。

〔贞秀凝神听着，她的泪水已经拭去，眼睛亮亮的。

〔幕内伴唱：

　　　　　　我的哥啊我的妹呀，

　　　　　　追着日头我们去蹚山水。

第 四 场

〔红土青山，歌声不绝。

〔歌声中，贞秀和蓝衫团员们的身影活跃在村落、田野、山林，活跃在乡亲们当中……

〔贞秀领唱，大家齐唱《十二月共产》：

　　　　　　八月共产桂花香，

　　　　　　穷人一起打商量。

　　　　　　县县起了赤卫队，

　　　　　　扩充人马占地方。

　　　　　　十月共产立了冬，

　　　　　　革命空气渐渐浓。

　　　　　　同志散到各县场，

　　　　　　联合江西并广东。

〔暗转。

〔夜,前沿阵地。

〔贞秀和蓝衫团员们在战壕中用广播筒向敌人喊话。

贞　秀　（唱"宁都道情"）

　　　　　　　半夜老鸦哀哀啼,

　　　　　　　白军士兵苦凄凄。

　　　　　　　你们本是穷家子,

　　　　　　　无奈离娘又别妻。

　　　　　　　有伤有痛无人管,

　　　　　　　抛尸露骨无人理。

　　　　　　　长官都是吸血鬼,

　　　　　　　把你们的血汗榨尽哩。

众　人　（合唱）苦海无边要回头,

　　　　　　　悬崖勒马好时机。

　　　　　　　白发老娘盼你转,

　　　　　　　妻儿子女望你归。

〔暗转。

〔村头,人头攒动。

〔贞秀和蓝衫团员们在宣传"扩红"。

蓝衫团员们　（合唱）韭菜开花一条心,

　　　　　　　当兵就要当红军。

　　　　　　　世上的豺狼不打尽,

　　　　　　　天下的穷人没翻身。

　　　　　　　为了保卫胜利果,

　　　　　　　快快报名当红军。

群众甲　（唱）我们都去当红军,

　　　　　　　家中事情靠谁人?

贞　秀　（唱）水漂灯草放心去,

　　　　　　　家中不劳你费神。

　　　　　　　优特条件你晓得,

　　　　　　　一条一条会执行。

群众乙　（唱）生产支前太多事，

　　　　　　　　后方担子也不轻。

贞　秀　（唱）翻身妇女力量大，

　　　　　　　　千斤重担会担承。

　　　〔青年甲突然冒了出来。

青年甲　（唱）黄毛鸡子叫不停，

　　　　　　　　歌子唱得蛮好听。

　　　　　　　　为什么自家的老公就不去，

　　　　　　　　"扩红"尽是扩别人？

　　　〔少数人附和地："是呀……不错！""有理……"

　　　〔贞秀面红耳赤，无言以对。

　　　〔群众议论纷纷。

　　　〔明生欲说还休。

　　　〔满仓惭愧地低下头。

　　　〔切光。

第　五　场

　　　〔幕内山歌伴唱：

　　　　　　　　高坡落雨两面流，

　　　　　　　　一根丝线牵石牛。

　　　　　　　　裁缝怕做毛皮袄，

　　　　　　　　铁匠难打钓鱼钩。

　　　〔明生迟疑着上。

明　生　（唱）高坡落雨两面流，

　　　　　　　　白天愁了晚上愁。

　　　　　　　　动员满仓去参军，

　　　　　　　　夏大姐啊——

　　　　　　　　你让我拿根丝线牵石牛。

　　　　　　　　线牵石牛牵不动，

　　　　　　　　满仓把我当对头。

进也难,退也难,

进进退退来到他门口……

(硬着头皮)满仓哥,满仓哥在家吗?

满仓妈 (抱孩子上)谁呀?

明　生 大妈,满仓哥在家吗?

满仓妈 (冷冷地)出去了,你找他什么事?

明　生 我等他回来……

满仓妈 后生仔,我家的事你少管。贞秀是我的媳妇,是有老公的人!("砰"地
把门关上)

明　生 (气愤地隔门大叫)我明生不会做亏心事的!

〔满仓荷锄上,见明生,一怔。

〔短暂的沉默。

明　生 满仓哥,我想和你说几句话。

满　仓 (闷声闷气地)唔。

明　生 你晓得这几天村里都在说贞秀什么吗?

满　仓 这关你什么事?

明　生 是不关我的事,但我还是想劝你……

满　仓 你?劝我?

明　生 是啊,我劝你去报名,参加红军。

满　仓 我走了,你就方便了。

明　生 你……说实话,我以前是想过她,可现在……

满　仓 你现在也想着她,你做梦都想着她!明生,别以为我是一块木头好欺
负,你那些花花肠子我看得一清二楚!

明　生 我什么花花肠子?

满　仓 你是想我当红军走了,你好跟她打堆!就凭你这鬼主意,我就不走,死
也要死在她的身边!

明　生 刘满仓,你这像个男子汉说的话吗?

满　仓 我不像男子汉,你像?我问你,你为什么不去报名?

明　生 我早就报了名,等乡里一批准,马上上前线。

满　仓 啊?

〔贞秀上,听此话也一怔。

明　生　满仓,实话跟你说吧!（唱)

　　　　　　我明生顶天立地男子汉,

　　　　　　不像你守着老婆不动弹。

　　　　　　贪生怕死不敢上前线,

　　　　　　你叫贞秀怎向别人做宣传?

　　　　　　你让她人前难抬头,

　　　　　　你这个老公让她冤不冤?

　　　　　　我和她过去曾相恋,

　　　　　　为你才断好姻缘。

　　　　　　你若叫她难做人,

　　　　　　告诉你——

　　　　　　休怨我日后将她缠。（愤然下)

　　　　〔满仓震惊,呆立在那儿。

　　　　〔贞秀走到满仓身旁,也不作声。

　　　　〔满仓妈上。

满仓妈　哎呀,贞秀,刚才明生来过……

贞　秀　我晓得。

满仓妈　那个短命种硬要动员满仓去当红军啊!

贞　秀　妈,动员群众参军参战是革命的需要,现在白狗子又要向我们进攻了,

　　　　为了保卫红色政权……

满仓妈　好吔,你向我也做起宣传来了!贞秀,你三岁来我家,带大你不容易,

　　　　满仓待你怎样,你也清楚,你可不能马鞭生笋起横心哪!

贞　秀　妈……

满仓妈　我刘家造了孽啊!（抽泣着下)

　　　　〔静场。

　　　　〔幕内伴唱:

　　　　　　炊烟起,日头落,

　　　　　　泪眼蒙眬看哥哥。

贞　秀　(唱)看不清他的眉和眼,

　　　　　　看得见他的心窝窝。

　　　　　　心窝里装的尽是愁,

愁字里边是贞秀我。

满　仓　（唱）自从俩人成亲后，
　　　　　　她笑容少来泪水多。
　　　　　　一天难说三句话，
　　　　　　夫妻同床隔道河。

贞　秀　（唱）夫妻同床隔道河，

满　仓　（唱）不怪她来要怪我。

贞　秀　（唱）我和明生断交往，
　　　　　　又在一起唱山歌。
　　　　　　闲言碎语沸沸扬，
　　　　　　叫他怎么不难过。

满　仓　（唱）闲言碎语我不听，
　　　　　　当它风从耳边过。
　　　　　　只为参军落人后，
　　　　　　害得贞秀更难过。

贞　秀　（唱）我若送他去参军，
　　　　　　人家讲我心肠恶。
　　　　　　自家老公打发走，
　　　　　　有心想跟别人过。
　　　　　　我若不送他参军，
　　　　　　怎向他人做工作？
　　　　　　贞秀好比一丘水，
　　　　　　难保两丘田里禾。

满　仓　（唱）刚才明生来动员，
　　　　　　言语逼人像起火。
　　　　　　莫说满仓有血性，
　　　　　　一碗凉水也点得着。
　　　　　　活在世上争口气，
　　　　　　不让人把脊梁戳。
　　　　　　锄头一扔参军去，
　　　　　　要见高低战场过！

贞　秀　（唱）满腹话儿想跟他讲，

　　　　　　　话到嘴边又不知怎么说。

满　仓　（唱）拿定主意稳住了神，

　　　　　　　心里还是没着落。

　　　　〔幕内伴唱：

　　　　　　月儿升，照山坡，

　　　　　　一对竹鸡尾拖拖。

满　仓　（毅然地）你帮我捡好东西，我明天就去报名。

贞　秀　你?

满　仓　上次成亲害了你，这回不能再害你了。想来想去，还是去当兵的好。

贞　秀　（百感交集）满仓……

　　　　〔满仓默默地吸着旱烟。

　　　　〔静场。

满　仓　（猛吸烟，仰望月，强忍着突然涌上眼眶的泪水）这月亮，好大好圆……

　　　　〔幕内伴唱：

　　　　　　这月亮，好大好圆……

满　仓　（轻轻地，像在自言自语似的，唱）

　　　　　　她就像你，

　　　　　　一直挂在我的心尖尖。

　　　　　　明天就要走了，

　　　　　　实在舍不得你啊，

　　　　　　怕的是以后再也不能相见。

贞　秀　……

满　仓　（唱）你要好生孝顺妈，

　　　　　　莫让她为我把心担。

　　　　　　热茶热饭送上手，

　　　　　　被褥衣服常洗换，

　　　　　　你要好生带我儿，

　　　　　　刘家靠他续香烟。

　　　　　　打雷落雨莫吓着，

　　　　　　莫受饥来莫受寒。

这栋草屋拜托你，

外搭牛棚算半间。

坡上薄田靠你种，

更莫荒了后菜园。

还有一事要记牢，

床下有个泡菜坛。

泡了半坛酸豆角，

省得两月油盐钱……

〔贞秀哽咽着应声。这时，她猛地扑到满仓怀里，痛哭起来。

贞　秀　我没有尽到做妻子的心，我对不起你……你放心走吧，打完这仗，请假回来看看家，我等着你！

满　仓　你要有心，还答应我一件事。

贞　秀　我答应，你说！

满　仓　……还是不说算了。

贞　秀　你说！

满　仓　人家都说你是山歌大王，嗓子好，声音甜，听你唱歌做得神仙。可是，你的歌总在外头唱，总对别人唱。每次见到我，你就不唱了。如今我说不定哪天就死在战场上，做了几年夫妻，没听到你为我唱一首，死不甘心啊！我……唉，不说了，我知道，唱歌勉强不得……

贞　秀　(心碎地)不……(缓缓站起，眼含泪光，无音乐伴奏唱)

一条手巾三尺三，

送给哥哥把军参。

手巾系着妹的心，

跟稳哥哥打江山。

〔音乐澎湃……

〔贞秀把获奖毛巾赠给满仓。

〔山歌的旋律在萦绕，深情而缠绵。

〔灯渐暗。

第 六 场

〔一年后。又一个月明之夜。

〔贞秀倚门,思念满仓。

贞　秀　(唱)月亮有缺又有圆,

　　　　　　去年想哥到今年。

　　　　　　去年送哥参军走,

　　　　　　今年未见哥回还。

　　　　　　岭叠岭,山重山,

　　　　　　不知哥哥可平安……

〔明生匆匆上。

明　生　贞秀,告诉你……

〔满仓妈上。

满仓妈　(气呼呼地)贞秀,进去!

明　生　大妈!

满仓妈　莫喊我!后生仔,你好狠的心,跑来动员我家满仓当了兵,你却好……

贞　秀　妈,明生一再要求参军,是上级让他留在地方工作的。

满仓妈　你少帮他说话,我晓得……

明　生　大妈,你别说了,满仓刚才来过!

满仓妈
贞　秀　啊!

明　生　他是到我手上取情报的。

贞　秀　他怎么不回来看看?

明　生　他必须马上回去,不然就要误事,满仓要我转告你们,他一切都好。

满仓妈　我的儿……

〔突然,几声枪响。

明　生　不好!

〔满仓捂着胳膊踉跄上。

| 贞　秀 | （奔过去）满仓！ |
| 满仓妈 | |

明　生　满仓哥！

满　仓　敌人堵住了路口，我……（一阵疼痛，说不下去了）

〔满仓妈哭着，贞秀也不知如何是好。

满　仓　贞秀，别……（又一阵剧痛）

贞　秀　（惊叫）你受伤了？（"哧"地撕下一块衣襟，欲给满仓包扎）

满　仓　我已经包扎好了……（一摸胳膊）哎呀，包伤口的毛巾丢了！就是你给我的那条！不行，我要把它找回来！

〔枪声，狗吠。

明　生　来不及了！

满　仓　这情报……

明　生　沉住气。（脱衣给满仓穿上）

〔又是枪声，狗吠。

〔白军在幕内叫嚷："所有的人，都到村头去集合！""把房子统统烧掉！"

满　仓　（挣扎站起）走！

〔火光起……

〔村头。

〔火光明灭，映出贞秀、满仓、明生、满仓妈、小和尚、四妹子和群众的身影，沉默站立，如铜浇铁铸的群像。

〔大鼓、大钹、唢呐高亢。

〔沉默。

〔幕内伴唱：

　　　　黑是嘛黑夜天，

　　　　白狗子发了癫，

　　　　要抓山歌王，

　　　　想得脑壳偏。

〔幕内白军用一把刺刀赫然挑着那条印有"山歌大王"的毛巾："这条毛巾是谁的？站出来！"

〔人群一阵骚动。

满　仓　啊！（唱）

　　　　　毛巾已落敌人手，

贞　秀　（紧靠满仓，唱）

　　　　　满仓哥处境好危险。

明　生　（唱）顺藤摸瓜他想抓红军，

　　　　〔幕内伴唱：

　　　　　白狗子打的鬼算盘哪！

　　　　〔幕内白军："毛巾是谁的？谁是山歌大王？"

　　　　〔沉默。

　　　　〔白军从幕内直将毛巾挑到小和尚面前："你说！"

小和尚　（拿着毛巾手足无措）我不晓得，我……

　　　　〔幕内白军狞笑："你个干猴样，也是山歌大王？好，你唱一个！"

小和尚　我……唱就唱！（扯着嗓子唱了起来）

　　　　　妹子今年十五六，

　　　　　奶子赛过茶杯屡。

　　　　　哪个后生摸得到，

　　　　　赛过蒜子炒猪肉……

　　　　〔白军"砰"一声枪响，小和尚倒下。

　　　　〔四妹子惊叫着扑上去。

小和尚　（不甘心地）天杀的白狗子都瞧不起我，我就唱得那么差？

四妹子　（哭泣）不，你唱得好，小和尚哥哥，你是山歌大王，我最喜欢听你唱
　　　　歌……

小和尚　真的？那我就再唱给你听！（唱）

　　　　　妹子，今年，十五六，

　　　　　奶子……（头一歪，死去）

四妹子　（恸哭）小和尚哥哥，你不能死，我喜欢听你唱，我还要听你唱呀！

　　　　〔唢呐悲怆。

　　　　〔幕内白军："你们再不交出山歌大王，一个也别想活！"

满　仓　（怒吼一声）老子就是山歌大王！（冲出）

〔幕内白军:"又有一个送死的,唱!"

贞　秀　(惊呼)满仓!(欲扑过去)

明　生　(一把拽住贞秀,嘴角挂着近乎轻蔑的笑容)你让他唱嘛!

贞　秀　(又惊又怒)你?

〔人们也都望着明生,那目光充满惊愕、鄙夷。

满　仓　(愣了一下,不管不顾地唱)

　　　　打支山歌过横排,

　　　　横排路上石崖崖……

(憋红了脸,还是唱不下去)

〔短暂的静场。

满　仓　(捡起小和尚身边的毛巾,对幕内白军)老子没那么多闲工夫陪你们唱
　　　　歌,走!

〔众人骚动。

明　生　(突然,在人群中响起了动听的山歌)

　　　　月亮出来一把筛,

　　　　情姐告诉小郎乖。

　　　　大路遇见你莫喊,

　　　　酒席宴前你莫挨,

　　　　情姐肚里有了崽,

　　　　神仙下凡也难猜。

〔所有的人包括白军都被这歌声吸引……

明　生　(脸上仍挂着近乎是轻蔑的微笑,来到呆呆望着他的满仓面前)这条毛
　　　　巾,还有山歌大王,本来就是我明生的,凭你,也想抢走?(轻轻地将毛
　　　　巾抽到自己手中)

满　仓　(明白,哽咽地)明生……

明　生　(将毛巾系在脖子上,对白军)你们还呆看什么?走哇!(又潇洒地唱
　　　　起来)

　　　　想起恋妹会发癫,

　　　　深山蒙雾喊火烟……(欲下)

贞　秀　明生!(将手中孩子交给满仓妈,从容地从人群里走出来,面对白军)

你们连山歌大王是男是女都分不清,怎么胡乱抓人呢?

明　生　(急了)贞秀!

贞　秀　(若无其事地)明生,有我在,山歌大王你是夺不走的,回去吧!

明　生　(厉声地)哪个不晓得我是山歌大王!

贞　秀　(笑)光争有什么用? 要不就再来斗一回歌试试?

明　生　(哀求地)贞秀,你就再让我这一回吧!

贞　秀　还是那句老话,别的可让,唱歌不让!

明　生　(热泪奔涌)好,依你的,斗歌……(唱)

　　　　　　　榕树底下一朵花,

　　　　　　　赛过二月子姜芽,

　　　　　　　香又浓来色又嫩,

　　　　　　　可愿移到我屋下?

众　人　(含泪合唱)

　　　　　　　你可晓得心肝妹,

　　　　　　　阿哥想摘你这朵花。

贞　秀　(唱)榕树底下一朵花,

　　　　　　　风吹日晒有树遮,

　　　　　　　花儿已经有了主,

　　　　　　　阿哥想摘过别家。

明　生　(忘情地)不,我不过别家!(唱)

　　　　　　　我不过别家,

　　　　　　　我不过别家!

　　　　　　　好妹妹,

　　　　　　　你让我临死说句真心话:

　　　　　　　苦苦恋妹几多久,

　　　　　　　妹是哥心头一枝花。

　　　　　　　眼看妹妹成了亲,

　　　　　　　找了个好人有了个家。

　　　　　　　晓得妹妹不再来,

　　　　　　　心里就是放不下。

放不下,硬要放,

千杯苦酒强咽下。

今日要去鬼门关,

也不慌来也不怕。

奈何桥上打转身,

想问妹妹一句话:

来世唱不唱山歌?

哥妹同栽一枝花?

贞　秀　（唱）明生一番话,

贞秀心碎哪!

好哥哥——

妹妹听清了你的话。

哥妹相恋几多久,

抛下情哥妹成家。

哥的苦处妹晓得,

哥的情意妹记下。

妹身不能伴着哥,

妹心总把哥牵挂。

妹心一颗撕两半,

一半还你,一半给他……

贞秀本是贫家女,

三岁戴孝到刘家。

刘家也是受苦人,

黄连树下种苦瓜。

原以为穷人生来八字恶,

妇女更是受欺压。

自从参加了蓝衫团,

才晓得世界有多大。

山歌给我插翅膀,

歌声飘飘飞天涯。

满天都是五彩云，

人间遍开自由花。

我的好哥哥，

今日同去鬼门关，

顾不得羞来顾不得怕，

叫声满仓哥你原谅我，

我给明生一句话。

来世还把山歌唱——

明生、贞秀　（合唱）我的哥啊我的妹呀，

追着日头我们去蹚山水。

（俩人凝视，依偎着，情不自禁地轻轻唱起《十二月共产》）

正月共产过新年，

村村户户去宣传。

句句都是实在话，

农民欢喜笑连连……

〔"哒哒哒！"机枪响了。

〔贞秀和明生中弹。

众　人　（都冲上去，相互支撑，扶持着合唱）

正月共产进学堂，

学堂不是习文章……

〔机枪声与歌声交织着，人们慢慢地一个个倒下……

〔机枪"哒哒"。

〔歌声渐弱……

〔舞台一派血红。

满　仓　（从舞台横七竖八的死人堆里爬出来，挣扎着站起，摸摸怀里的情报，

摇摇晃晃地向舞台深处走去，嘴里断断续续地唱着）

十二月共产像过年，

红军到了有五六年。

不怕死来不要钱，

就爱夺取大政权……

（他的背影、歌声都渐渐消融在那一片血红深处）

〔唢呐冒出一个极短促的下滑音……

〔一派寂静。

〔远远的地平线上，一轮朝阳喷薄而出……

——剧终

（此剧本与江洪涛、盛和煜合作，由赣南采茶剧团演出，获 1993 年度全国
"五个一工程奖"，1993 年度文化部第四届"文华剧作奖"，中国文联 1992—1993
曹禺戏剧文学奖。剧本发表于《剧本》月刊 1994 年第五期。）

女 人 河

（大型兴国山歌剧）

　　苏区妇女是一条洋洋洒洒、滔滔不息的大河，为了这块红土地的生存，日夜奉献着自己的血脉。

　　那血脉是情，是爱，是泪，是生命溶化而成，它从远古的源头流来，从昨天流过今天，流向未来……

——题记

时　间　　第二次国内革命战争时期

地　点　　赣南苏区

人　物　　凤子、桃生、珍嫂、根子、茂叔、根子妈、众妇女等

　　〔绵亘的群山中奔流着一条蜿蜒的大河。

　　〔悠悠的歌声似从山谷深处飘来：

　　　　女人河，女人河，

　　　　湾连湾来波连波；

　　　　年年月月流不尽，

　　　　几多悲欢几多歌。

　　〔歌声融入河水缓缓流去……

第　一　场

　　〔夏日炎炎，女人河畔。

　　〔众妇女热火朝天地割稻子。

　　〔幕内伴唱：

　　　　黄溜溜的稻子尾拖拖，

　　　　　　汗淋淋的妹子忙割禾。

　　　　　　金灿灿的谷子一担担，

　　　　　　支援我们的红军哥。

众妇女　哟嗬——喂！

凤　子　(唱山歌)

　　　　　　烈日当头没凉风，

　　　　　　看你热得几多工。

珍　嫂　(唱)脱光衫裤下河去，

　　　　　　水打沙坝没甘松。

众妇女　(欢笑)哟嗬嗬——哟嗬嗬——

珍　嫂　姐妹们，休息一下，歇口气，有本事的跟我下河洗澡去。

秀　莲　哎哟，珍嫂！大白天的脱得光光的，不怕别人看见呀？

珍　嫂　怕什么，男人们都上前线了，要找个做种的都蛮难了。

　　　　〔众妇女笑。

凤　子　我嫂子说得对！(唱)

　　　　　　男人都去当红军，

　　　　　　留下我们女子们。

　　　　　　忙生产，忙支前，

　　　　　　肩上担子几百斤。

　　　　　　再苦再累莫泄气，

　　　　　　搞搞笑笑寻开心。

　　　　　　大家下河洗个澡，

　　　　　　转去睡觉睡得沉。

　　　　　　眼珠一闭眠好梦……

众妇女　什么梦？

珍　嫂　(接唱)

　　　　　　心肝哥哥把你亲。

众妇女　哟嗬——(欢蹦乱跳地脱衣下河)

　　　　〔顿时绿水间扑腾着一只只白生生的胳膊，飞溅出一阵阵欢笑。

　　　　〔幕内伴唱：

　　　　　　河下涨水大半江，

　　　　　只只鹭鸶漂水上。

　　　　　鹭鸶不怕大江水，

　　　　　妹子不怕少年郎。

〔茂叔上。

茂　叔　（唱）肩背挎包手提锣，

　　　　　走村串户像穿梭。

　　　　　日日爬起跑脚板，

　　　　　管着一村厉害婆。

　　　　哎？刚才还一田的妹子，怎么一转眼就不见了？……哎呀嘞！原来都在河里洗澡呀。（闭着眼不敢看）天呀天！男人不在家她们都称王了。喂——妹子哩，快上来，前方来信了！

众妇女　（欢呼地）嗬，前方来信了，前方来信了！（蜂拥而上，纷纷抢信）

〔欢乐的音乐起。

凤　子　（看信，激动地）嫂嫂，根子过几天就要回来了。

〔根子妈上。

根子妈　（大喜）啊，根子要回来了！难怪我这几天左眼皮总是跳啊跳的。

珍　嫂　凤子，贺喜你又要做新娘了。

茂　叔　这回可不能让新郎官跑了。

根子妈　是啊，上回成亲正遇上打仗，根子洞房都没进就走了。

茂　叔　这回可要将门闩插牢来。

根子妈　对！我家三个男人当红军，死了两个，就剩下根子了，这回他要不给凤子留个种，我不放他走。

茂　叔　你放心，他们哪，一个是干柴，一个是烈火，一沾着就呼呼着，不劳你费神！

〔众妇女大笑，音乐止。

〔珍嫂在低声哭泣。短暂的静场。

根子妈　珍珍，你莫哭了，牛崽牺牲也一年多了，以后有合适的，妈给你找过一个，啊……（哽咽）

凤　子　嫂，你莫哭了，你哭妈就要病一场，你就忍着点吧。

珍　嫂　好，我不哭，妈，你也莫哭，你看，我笑，我笑哩。

茂　叔　对，要笑，我们红军村十个女人九个寡，大家要活下去就得活得痛快。

妹子哩,听我唱首山歌来。(唱山歌,无音乐伴奏)

　　　　哎哆啰——

　　　　做件花衫老妹着,

　　　　老妹着了更标致,

　　　　宁可自家打赤膊。

〔众妇女笑,追打茂叔,将茂叔抛起来"打油",茂叔下。凤子扶根子妈下。

〔远处传来桃生优美的山歌声:

　　　　好久没进这条坑,

　　　　斑鸠没叫人没声。

　　　　斑鸠没叫出了窝,

　　　　妹妹没叫出了坑。

珍　嫂　哎哟,是个后生仔!

秀　莲　嘿!一根扁担溜溜弯,挑着一副货郎担。

珍　嫂　人才生得是蛮靓,十人见了九个贪。

〔众妇女哈哈大笑。

秀　莲　珍嫂,赌你喊过他来。

珍　嫂　喊就喊。喂——小货郎呃,到这边来,我们要买东西啰!

众妇女　哟哟哟,来了来了。(推推搡搡,不好意思地下)

〔桃生手摇货郎鼓,挑货担上。

桃　生　(唱)过河一见家乡面,

　　　　　一颗心儿跳得欢,

　　　　　难忘家乡的凤尾竹,

　　　　　竹篷下等着小娇莲。

　　　　　小娇莲就是凤子妹,

　　　　　凤妹妹是我的心尖尖。

　　　　　三年没见面,

　　　　　心中常惦念;

　　　　　悠悠相思情,

　　　　　夜夜梦里牵。

　　　　　今日哥哥回来了,

要和妹妹庆团圆。

从此了却相思债,

展翅高飞到天边。

哎!卖杂货,收破铜烂铁啰!

〔秀莲及众妇女悄悄上。

秀　莲　(惊喜地)哎哟,是桃生回来了呀!

众妇女　(七嘴八舌地)哟,是桃生呀,做货郎啦,发财啦……

桃　生　(应酬地)是呀是呀,还请各位大姐大嫂多帮忙,这些花线嘛,就算小弟送给各位大姐大嫂的见面礼,不成敬意,莫见笑啰!(逐个赠送花线)呃,各位大嫂,以后有什么破铜烂铁莫丢掉了,我会收。

秀　莲　你收到做什么?

桃　生　送给兵工厂,让红军多造枪炮子弹打白狗子。

秀　莲　嗬,桃生的革命觉悟还蛮高呢。

桃　生　应该,应该。

〔秀莲及众妇女接过花线,欢喜地下。

桃　生　噢,大姐,你想买点什么?

珍　嫂　这面镜子蛮不错,几多钱?

桃　生　对不起,这镜子不卖的。

珍　嫂　不卖?

桃　生　我是特意从广东带回来送人的。

珍　嫂　是送给老婆的吧?

桃　生　我还没娶亲,哪来的老婆?

珍　嫂　那就是送给心上人的啰?

桃　生　(一笑)就算是吧。

珍　嫂　这面镜子蛮合我意,还是先卖给我吧。

桃　生　不行!

珍　嫂　我多出钱呀。

桃　生　你拿副嫁妆来我也不卖。

珍　嫂　(一个媚眼)不要这样子嘛。(拿镜欲走)

桃　生　(追上珍嫂,夺过镜子)你这个大姐真不讲理!

珍　嫂　(一笑)我可是给你开玩笑的呀。(唱)

　　　　漂白褂子青布鞋，

　　　　潇潇洒洒好人才。

　　　　相逢好像曾相识，

　　　　情真意切暖心怀。

　　　　好久没想男女事，

　　　　今日一见心欢快。

　　　　一塘春水被打乱，

　　　　两朵红云飞满腮。

桃　生　大姐，我向你打听一个人。

珍　嫂　谁？

桃　生　凤子。

珍　嫂　凤子？哈，她是我的弟媳妇呀。

珍　嫂　(一怔)什么？是你弟媳妇？

珍　嫂　是呀。

桃　生　她嫁人了？

珍　嫂　嗯。

桃　生　她没有等我？

珍　嫂　等你……

桃　生　她变了心！

珍　嫂　啊？原来你们是……

　　　　〔收光。

第　二　场

　　　　〔几天后，凤子家。

　　　　〔夜，月光如水。

　　　　〔凤子在整理新房。

　　　　〔幕内伴唱：

　　　　　　一封书信传佳音，

　　　　　　根子探亲回家门。

　　　　　　牛郎织女要相会，

　　　　　　喜在眉头笑在心。

凤　子　（唱）几天来,忙不停,

　　　　　　早把房间布置新。

　　　　　　大红的喜字门上贴,

　　　　　　雪白的墙壁耀眼明。

　　　　　　床上换上了新席子,

　　　　　　床头摆好了鸳鸯枕。

　　　　　　含羞穿上新嫁衣,

　　　　　　没忘那块红头巾。

　　　　〔幕内伴唱:

　　　　　　红头巾,红头巾,

　　　　　　枕边相伴一冬春。

　　　　　　往日陪着想情郎,

　　　　　　今朝戴起做新人。

　　　　〔凤子遐思。

　　　　〔幕内女声独唱:

　　　　　　会想死呀,我的郎,

　　　　　　想断心肝想断肠;

　　　　　　白昼想你做一堆,

　　　　　　夜晚想你共一床。

　　　　〔敲门声。凤子从幻觉中惊醒。

　　　　〔背着背包的根子出现在门外。

凤　子　谁?

根　子　是我。

凤　子　你是谁?

根　子　凤子,我回来了!

凤　子　（开门,激动地拥抱根子）把我抱紧一点,都快把我想死了。

根　子　（避开凤子炽热的目光）……接到我的信了吗?

凤　子　接到了,人家把眼睛都望穿了! 哎,怎么把背包也带来了?

根　子　我调兵工厂工作了。

凤　子　（高兴地）哦! 到后方来了,那可好啦!

根　子　我去看看妈——

凤　子　妈和嫂子都睡了,莫去叫,明天看吧。

〔根子脱下外衣,擦汗。

凤　子　看你一身汗渍渍的,我给你烧水洗个澡——

根　子　洗澡?(烦闷地)咳!

凤　子　(一笑)你还是那牛脾气。(下)

根　子　(心情沉重地)咳!(唱)

　　　　　　　朝思暮想盼团圆,

　　　　　　　回来心头一座山。

　　　　　　　几次门前打倒退,

　　　　　　　想进怕进两头难。

　　　　　　　竹篙山上肉搏战,

　　　　　　　一仗下来我身变残。

　　　　　　　难言之隐怎开口,

　　　　　　　今晚我怎么对她谈。

〔凤子上。

凤　子　水倒好了,快去洗吧,我帮你拿衫裤来。

根　子　不要,我自己会拿……

凤　子　(羞笑)你怕我看你洗澡?

根　子　啊,不……

凤　子　反正我们拜过堂,是夫妻了,怕什么,走!

根　子　(惶恐地)不!不要……

凤　子　你?……可是有什么心事?

〔根子欲言又止,躲避着凤子的目光。

凤　子　(旁唱)

　　　　　　　灯芯不拨灯不明,

　　　　　　　凤子我心中起疑云。

　　　　　　　常言道,新婚久别情似火,

　　　　　　　为什么他吞吞吐吐冷如冰?

　　　　　　　难道他喜新厌旧有外遇,

　　　　　　　难道他心中有愧难开声?

丝线打结慢慢解,

我要耐心细致弄分明。

根子,你今天怎么啦?有什么话就说,不要闷在心里。

根　子　我不好说……

凤　子　我们又不是外人,自己夫妻有什么不好说的?莫急,慢慢说。

根　子　……上个月打竹篙寨,我和敌人拼刺刀的时候,那家伙打了一枪,子弹正好打进我的裤裆里……

凤　子　(顿觉五雷轰顶,天旋地转)啊……

　　　　〔幕内伴唱:啊……

凤　子　(唱)一声辣雷从天降,

　　　　　　　冷雨浇胸透心凉。

　　　　　　　日思夜盼做新娘,

　　　　　　　谁知盼来梦一场!

根　子　(唱)只见凤子泪汪汪,

　　　　　　　一阵愧疚涌心房。

　　　　　　　男人不能为丈夫,

　　　　　　　连累贤妻苦难当。

凤　子　(唱)一盏孤灯昏昏黄,

　　　　　　　从此伴我守空房。

　　　　　　　长夜漫漫怎到头,

　　　　　　　有郎当得没有郎。

根　子　唉!

凤　子　(唱)一声哀叹深又长,

　　　　　　　可怜苦了我的郎,

　　　　　　　不曾圆房先挂彩,

　　　　　　　此恨绵绵怨上苍!

　　　　〔一阵夜风吹过,灯火忽闪。凤子拿起根子那件外衣,上前轻轻地披在根子肩上。

凤　子　(唱)莫叹气,莫忧伤,

　　　　　　　穿起衣服莫受凉。

　　　　　　　凤子不会嫌弃你,

　　　　　你永远还是我的郎。

　　　　　我们好好过日子，

　　　　　和和睦睦度时光。

　　　　　来年抱个过房崽，

　　　　　你做阿爸我做娘。

根　子　（感动地）不！凤子，我不能拖累你，我们……还是离婚吧！

凤　子　（一震）离婚？

根　子　（掏出离婚书）离婚书我早就写好了，你拿去吧。

凤　子　（痛苦地）不……（伏桌痛哭）

　　　　〔根子把离婚书放在桌上，提起背包，痛苦地出门而去。

　　　　〔凤子追出，根子已经走远。

　　　　〔桃生上。

桃　生　凤子！

凤　子　（一怔）你？

桃　生　凤子，我回来了！

凤　子　桃生哥！（痛苦地退回屋内）

　　　　〔桃生欲进屋，凤子把门一关，闩上。

桃　生　凤子！你为什么怕见我？为什么？

凤　子　桃生哥，夜深了，有话明天再说吧。

桃　生　不，我要现在说。你告诉我，你为什么说话不算数，你为什么要骗我？

凤　子　（痛苦地）莫问了……现在已经迟了。

桃　生　不，我要问！（唱）

　　　　　河边的桃树挂了果，

　　　　　凤子你为什么不等我？

　　　　　越冬的红薯变了心，

　　　　　你叫我这孤零零的大雁哪里安窝！

　　　　　那一年，清明过，

　　　　　一条风雨路，

　　　　　送我过了河。

　　　　　背上一身债，

　　　　　心里一团火。

我闯江湖，历坎坷，
住茅棚，睡庙角。
撑排烧窑打石头，
学了弹棉又学补锅。
流了多少血和汗，
受了多少苦折磨。
辛辛苦为了谁？
为了你，为了我，
为了我们的一辈子，
日子过得红火火。
谁知晓啊谁知晓，
漂流的小船回来了，
不见了靠岸的小山坡；
远飞的大雁回来了，
不见了梦中的小天鹅。
她飞呀飞走了，
做呀做了窝。
丢下了小哥哥，
丢下了小哥哥。

凤　子　（唱）莫怪我，莫怪我，
　　　　　　妹妹没忘好哥哥。
　　　　　　妹妹没奈何，
　　　　　　妹妹没奈何。
　　　　　　哥走后，妹寂寞，
　　　　　　常在河边等哥哥。
　　　　　　等到日头落了山，
　　　　　　等得鸟雀归了窝，
　　　　　　等到春来秋又到，
　　　　　　等得花开花又落。
　　　　　　等了三年无音信，
　　　　　　不知是死还是活。

根子这才来提亲，

死活一定要娶我。

去年冬，扩大红军搞动员，

我在他门前唱山歌。

为了让他安心去，

我只好和他结公婆。

丢下了心肝哥，

丢下了心肝哥。

桃　生　(惨笑)命啊，命啊！

凤　子　(痛苦地)忘了我吧，桃生哥，我是根子的人了，你去找过一个吧。

桃　生　不！我就找你，我就要你。凤子，你把门打开，我要见你，我天天都想
　　　　见你啊！(见半天无声)凤子，难道让我见你一面都不肯吗？(痛泣)

〔凤子不忍，欲开门，珍嫂上。

桃　生　(伤感地)你还记得那年你要我给你买一面镜子吗？我买了，是从广东
　　　　带回来的，我现在给你，就放在这门脚下。我走了，你要保重！(转身
　　　　下)

〔凤子"哗啦"打开房门，拾起镜子，睹物思情，失声痛哭。

〔灯渐暗。

第 三 场

〔半个月后。

〔大树下，众妇女飞针走线做军鞋，边舞边唱：

一双军鞋千万针，

针针连着姐妹情。

红军哥哥穿上它，

快快冲上南昌城。

〔秀莲欢快地上。

秀　莲　凤子，我太高兴了，他走了。

妇女甲　是不是你表哥？

秀　莲　对，他刚刚报名当红军走了。

〔茂叔兴冲冲上。

茂　叔　妹崽子,告诉你们一个好消息,这次全乡比赛做军鞋,我们村得了第一名。

众妇女　(欢呼)嗬! 嗬!

茂　叔　我们村的第一名你们猜是谁? 是凤子!

众妇女　凤子!

茂　叔　大家要好好向她学习,下次争取拿到全县第一名!

秀　莲　要拿第一名做得,除非你也来参加纳鞋底。

茂　叔　好,我保证学,保证学。(边说边走)

秀　莲　姐妹们,他说话不算数,拿他"打油"!

〔众妇女七手八脚抬起茂叔"打油"。

茂　叔　(跌坐在地)哎哟,你们这些鬼妹子呀,我捶死你们去。

〔众妇女笑着溜下。

〔根子妈上。

根子妈　茂叔! 茂叔!

茂　叔　什么事?

根子妈　我托你办的事怎么样了?

茂　叔　什么事?

根子妈　给我珍珍找对象的事呀!

茂　叔　哎呀,这件事你再等一等好不好呢? 等革命成功了,我一定给她找个好老公。

根子妈　我珍珍守寡也好几年了,人心都是肉长的——

茂　叔　莫急,莫急,只要大家安心生产,搞好支前,让红军多打胜仗,找老公的事好说,好说!(下)

根子妈　哎! 茂叔——(追下)

〔桃生挑货担上。

桃　生　(唱)回来失了心上人,

　　　　　跌了心肝跌了魂。

　　　　　河边石阶生青苔,

　　　　　路边竹子叶飘零。

　　　　　抬头只见孤零雁,

　　　　　　　问声妹妹哪里寻？

　　　　　　　好伤心，好气人，

　　　　　　　还有桩大事没完成。

　　　　　　　两碗米酒灌下肚，

　　　　　　　天也昏来地也沉。

　　　　〔珍嫂上。

珍　嫂　（唱）自从见了小货郎，

　　　　　　　得了相思病一场。

　　　　　　　吃饭忘记拿筷子，

　　　　　　　炒菜忘记把盐放。

　　　　　　　清早起床手提鞋，

　　　　　　　夜里洗脚用脸盆装。

　　　　　　　三天两头眠好梦，

　　　　　　　蚊帐肚里做鸳鸯。

　　　（发现桃生，用草弄他的鼻孔）

桃　生　啊嚏——哦，是珍嫂呀。

珍　嫂　还不快起来？河坝上水气重，会病倒。

桃　生　病就让他病吧。

珍　嫂　桃生，看你闷沉沉的，可是有什么心事？

桃　生　……

珍　嫂　男子汉大丈夫透什么长气，有话就说，说出来，我好帮你。

桃　生　你能帮我？

珍　嫂　只要我办得到。

桃　生　咳！这几天生意清淡，我想去高田走走，谁知那边又不准过。

珍　嫂　你才晓得呀，那边有兵工厂，没有路条，哪个也不准过。

桃　生　那我收到这么多废铁怎么办？

珍　嫂　你卖到乡政府去，乡政府会收。

桃　生　咳，我是想卖给兵工厂，多几个钱。

珍　嫂　那你要批到路条才行。

桃　生　我才回来，人生疏，又没门路。

珍　嫂　我帮你批。

桃　生　你批得到?

珍　嫂　包在我身上。

桃　生　(大喜)多谢珍嫂! 多谢珍嫂!

珍　嫂　你呀!

〔凤子拿布包上,见状欲躲。

桃　生　凤子!

凤　子　噢,嫂嫂,大家的军鞋都交上去了,就等你的了。

珍　嫂　好,我马上送去。(欲下又止)

桃　生　凤子,我有话对你说。

凤　子　有什么话,你就说吧。

〔桃生看看珍嫂,又不好说。静场。

〔幕内伴唱:

想开口,难开口,

各有情怀在心头。

凤子、桃生　(二重唱)想叫声好哥哥(妹妹)

几多话儿哽在喉。

珍　嫂　(唱)我想走,又不想走,

尴尴尬尬酸溜溜。

桃　生　(唱)离别情,没说够,

总想找妹说个透。

凤　子　(唱)怎奈嫂嫂在一旁,

叫我怎么好开口。

珍　嫂　(唱)他们旧情还没断,

明不往来暗相投。

桃　生　(唱)这里不是说话处,

凤　子　(唱)为避猜疑赶紧走。

珍　嫂　(唱)对个对绝对得好,

同胞子嫂变对头。

桃　生　你们谈,我走。(下)

凤　子　嫂嫂,我也走。(把布包塞给桃生)这是你不在家的时候我给你做的,
你拿去吧。(急下)

桃　生　（打开布包）鞋……

　　　　〔灯暗。

第 四 场

　　　　〔几天后，桃生家。

　　　　〔夜，一弯新月。

　　　　〔珍嫂拿着一双新鞋喜盈盈地上。

珍　嫂　（唱）心里想着小货郎，

　　　　　　　吃不下来睡不香。

　　　　　　　一时三刻都想他，

　　　　　　　一天不见闷得慌。

　　　　　　　闷得慌，手发痒，

　　　　　　　给他做了鞋一双。

　　　　　　　今天特意送上门，

　　　　　　　看他怎样表衷肠。

　　　　　　桃生！桃生！

　　　　〔桃生从屋外上。珍嫂蒙住桃生的眼睛。

桃　生　凤子，凤子！

珍　嫂　凤子，你心里只有凤子！

桃　生　哦，是珍嫂呀。

　　　　〔珍嫂突然发笑。

桃　生　你笑什么？

珍　嫂　看你脸上脏乎乎的，好像钻了地洞一样。

桃　生　我送破铜烂铁到兵工厂，路上漆黑，跌了一跤。

珍　嫂　活该！

桃　生　（一笑）珍嫂，你找我有事？

珍　嫂　我给你看样东西。

桃　生　什么好东西？

珍　嫂　你转过身去，我叫一、二、三，你再看。

桃　生　好。（转身）

珍　嫂　一、二、三！

桃　生　（回身）鞋,给哪个做的?

珍　嫂　（乐滋滋地）哪个穿得就给哪个。

桃　生　那我来试试。

珍　嫂　哎,你脚下这双鞋是谁做的?

桃　生　是凤子给我做的。

珍　嫂　（嫉妒地）做得这个死样子!

桃　生　不会,还好。你这双倒是松了一点,穿起来哆哆跌。

珍　嫂　（夺过鞋,气呼呼地）我又不是做给你的,不识好歹!（欲下）

桃　生　珍嫂……你不坐一下?

珍　嫂　……难道你一点也不知道我的心事?

桃　生　晓得,可是……

珍　嫂　你不要想她,你想不到。

桃　生　想得到。

珍　嫂　你呀!（唱）

　　　　　　　木鱼脑壳不开窍,

　　　　　　　爱你害你也不晓。

　　　　　　　她的老公是红军。

　　　　　　　天上的月光想不到。

　　　　　　　村上有人在议论,

　　　　　　　根子听到不得了。

　　　　　　　劝你趁早死了心,

　　　　　　　免得羊肉没吃惹身臊。

桃　生　（唱）打铁不怕火星烧,

　　　　　　　恋妹不怕杀人刀。

　　　　　　　斩了头来还有颈,

　　　　　　　斩了颈根还有腰。

　　　　　　　就是浑身都斩碎,

　　　　　　　还有魂魄同妹聊。

　　　　〔凤子提篮上,听屋内有人,止步旁听。

珍　嫂　（眼里含着泪花）难道你就没一句良心话说吗?

桃　生　珍嫂,你对我好,我晓得,说实话,我也喜欢你,可是,我更爱凤子,我爱
　　　　她十多年了,爱得快发疯了。我发过誓,今生今世娶不到她,我一辈子
　　　　不讨老婆!

　　　　〔珍嫂呜地哭出声来,掩嘴奔出门去,碰见凤子,心中生气,故意站在门
　　　　口不走。

凤　子　嫂嫂……

珍　嫂　(冷冷地)去哪儿?

凤　子　啊,去一下桃生家。

珍　嫂　你没听人家说闲话?

凤　子　由她们说,不做亏心事,不怕鬼敲门。

珍　嫂　莫忘了你是有老公的人。

凤　子　嫂嫂放心,我不是那种人。

珍　嫂　哼!(欲下又止)

凤　子　(进屋)桃生哥!

桃　生　(惊喜)凤子!你怎么来了?

凤　子　桃生哥,就要打仗了,红军正在扩充队伍。你有什么打算?

桃　生　这……

凤　子　你去报个名吧!

桃　生　好,我一定去。

凤　子　桃生哥,你知道今天是什么日子吗?

桃　生　什么日子?

凤　子　今天是八月初九,你的生日呀。

桃　生　哦,我倒忘记了。

凤　子　你没爹没娘,单身一人,我特意提了点酒给你庆贺一下。

桃　生　哎呀,这可当不起呀。

珍　嫂　哼!(悻悻地下)

凤　子　你回来后,我也没来看你,心里觉得很对不起你……(哽咽)

桃　生　凤子,不要这样说,我晓得你也是没办法。

凤　子　过去的事就莫提了,以后你就把我当妹妹吧。来,我敬哥哥一杯!

桃　生　凤子,应该我先敬你!

凤　子 我先敬你！（二重唱）
桃　生

　　　　　　双手举杯把哥敬，
　　　　　　多谢哥哥（妹妹）一片心。
凤　子 （唱）三年在外受了苦，
桃　生 （唱）三年等哥瘦了身。
凤　子 （唱）哥送镜子情无价，
桃　生 （唱）妹送新鞋值千金。
　　　　〔幕内伴唱：
　　　　　　你几晓得哥呀哥（妹呀妹），
　　　　　　哥（妹）是有情人。
凤子、桃生　（唱）举杯再把哥（妹）来敬，
　　　　　　　　一片诚心祝愿深。
凤　子 （唱）愿哥参军上前线，
桃　生 （唱）愿妹在家放宽心。
凤　子 （唱）愿哥早日娶嫂嫂，
桃　生 （唱）愿妹早日产麒麟。
　　　　〔幕内伴唱：
　　　　　　你几晓得哥呀哥（妹呀妹），
　　　　　　妹妹（哥哥）好放心。
凤子、桃生　（唱）敬了一杯又一杯，
　　　　　　　　有桩心事怕挑明。
凤　子 （唱）妹有隐痛哥不晓，
桃　生 （唱）哥有隐秘谁知情。
凤　子 （唱）想把真情对他说，
桃　生 （唱）几次想说又吞声。
凤　子 （唱）新打剪刀难开口，
桃　生 （唱）燕子衔泥口要紧。
　　　　〔幕内伴唱：
　　　　　　你几晓得哥呀哥（妹呀妹），
　　　　　　酒醉泪纷纷。

〔凤子哭泣。

桃　生　凤子,你怎么了?可是有什么心事?说出来我好帮你呀!

凤　子　(醉唱小调,无音乐伴奏)

　　　　　正月寡妇是新年,

　　　　　想起寡妇好可怜。

　　　　　门前有田无人作,

　　　　　恶心主呃,亲丈夫,

　　　　　可怜寡妇守空房……

　　　　(又欲喝酒)

桃　生　你醉了,不能喝了。

凤　子　我没醉,我……(酒醉不支,软软地倒在桃生怀里)

　　　　〔珍嫂上,偷听。

凤　子　(呓语)根子……根子……

桃　生　凤子你要什么?

凤　子　我要做新娘……我要做新娘……

桃　生　你不是做了新娘吗?

凤　子　没有! 我没有……你受了伤,你不是个男人了!

桃　生　(暗喜)凤子,根子受伤的事你为什么不告诉我?

凤　子　你,你是谁?

桃　生　我是桃生,我是你的桃生哥呀!

凤　子　桃生哥……(哭)

桃　生　你真傻! 明知他是废人你为什么不走?

凤　子　我不能丢下他,我不能对不起他。

桃　生　你还说对不起他! 你不想想,作为一个男人,他哪一条又对得起你呢? 一个人只有一辈子,应该为自己想想,你不能这样过了,你跟我走,我带你远走高飞!

凤　子　(希冀地)远走……高飞?

桃　生　(唱)苦海对岸一朵火,

　　　　　苦苦为你在闪烁。

　　　　　它愿照亮茫茫夜,

　　　　　带你飞向新生活。

春摇小船游爱河，

夏背竹篓摘甜果，

秋对月光讲故事，

冬舞雪花唱情歌。

情歌永唱七个字，

生死相爱心一颗！

凤　子　（痴迷地）这不是做梦吧？

桃　生　不，是真的。凤子，我的好妹妹，你就答应我吧！

凤　子　（哭着，忘情地）桃生哥……

〔桃生冲动地抱起凤子。

凤　子　放开我，放开我！

桃　生　凤子，我是真心的！

凤　子　不，我不！

珍　嫂　（故意大声地）哎呀嘞！有只野猫在偷食哟！

〔桃生一怔，凤子乘机挣脱，冲出屋子，奔下。

〔灯暗。

第　五　场

〔凤子家门前。

〔朝霞满窗，鸟雀啁啾。

〔凤子对镜梳妆，心里充满阳光。

〔幕内伴唱：

窗外红霞飞，

花枝绽新蕾，

妹妹摘花头上戴，

心里染朝晖。

凤　子　（唱）小小鲜花带露水，

想戴怕戴几回回。

往日看花花落泪，

今日戴花三分羞来七分醉。

> 根子劝我把婚离，
>
> 妈妈也说不反对。
>
> 桃生哥催我拿主意，
>
> 要做紫燕双双飞。

〔幕内伴唱：

> 天蓝蓝，风微微，
>
> 彩云飘，山歌脆……

〔凤子沉浸在美好的憧憬之中。

〔妇女甲、乙拿标语上。

妇女甲 凤子，标语写好了。

凤　子 （念标语）"打倒白狗子！保卫苏维埃！红军万岁！"写得太好了。走，贴标语去！（与妇女甲、乙下）

〔珍嫂、秀莲、茂叔抱着婴儿上。

秀　莲 大妈，大妈，贺喜你呀！

〔根子妈上。

根子妈 秀莲，看你疯疯癫癫的，有什么好事呀？

茂　叔 大妹子，我给你送孙子来啦！

根子妈 （一愣）孙子？

茂　叔 大妹子，根子受伤的事我们都知道了，为了给你家传宗接代，我们特意给你抱了个孙子，刚脱奶的，蛮结实呢。

根子妈 （大喜）茂叔，你给我办了一件大好事，叫我怎么感谢你呀！（接过婴儿）

茂　叔 哎，这是我应该做的嘛！

秀　莲 大妈，这可是你家珍嫂出的好主意呢。

珍　嫂 （掩饰地）哪里哪里，这不都是茂叔的决定吗？

茂　叔 大妹子！（唱）

> 高山打锣响当当，
>
> 凤子的美名传四方。
>
> 生产支前呱呱叫，
>
> 为人贤德又善良。
>
> 特别是老公受伤不嫌弃，

> 甘守活寡奉高堂。
>
> 不使老公生挂虑，
>
> 安心乐意保家乡。
>
> 她是妇女的一面旗，
>
> 她为全村争了光。

我还要到乡政府给她申报一个"模范军属"呢。

根子妈 这可当不起呀。

珍 嫂 妈，这一来凤子就不会改嫁了。茂叔，你也可以放心了。

根子妈 哦，你们坐，我去给你们煮红蛋。

茂 叔 不要，不要，下次来。（下）

珍 嫂 走，我们找凤子去。

秀 莲 （挤眉弄眼地）珍嫂，你可以放心和桃生……

珍 嫂 （阻止地）嘘——（和秀莲下）

〔婴儿啼哭。

根子妈 （高兴地哄着）啊啊啊。莫哭，莫哭，婆婆抱，婆婆抱！（唱）

> 手抱孙儿笑连连，
>
> 好像落雪晴了天。
>
> 绳断又有篾来驳，
>
> 我家有了后代根。

〔婴儿又哭。

根子妈 啊啊，肚子饿了，婆婆去给你端糖水！

〔把婴儿放在竹床上，下。

〔根子和一个红军战士挑担上。

根 子 晓明，你把这担废铁先挑回去，我要回家一下。哦，你告诉厂长，上级指示，这几天恐怕有情况，要注意加强兵工厂的保卫。

〔红军战士下。

根子妈 我回来了。

根子妈 根子，你回来了。

根 子 嗯，回来办点事，等下就走。

〔婴儿啼哭。

根 子 呃，这是谁家的孩子？（抱起婴儿）哟，小家伙，撒泡尿做见面礼呀，哈

　　哈！还是个刁刁起呢！（逗婴儿）崽古头呀崽古头,长大了你也去打白狗子。啊,笑了,笑了,哈哈哈！

　　〔根子妈端糖水上。

根子妈　根子,看你那副得意的样子。

根子妈　这是谁的儿子?

根子妈　你的。

根　子　（一愣）我的?

　　〔凤子暗上。

根子妈　对！茂叔知道你受了伤,特意抱了个孩子给你做崽。

根　子　（大喜）那太好了,我有儿子了,我有儿子了！（稍顿,若有所思地）妈,凤子知道吗?

根子妈　还不知道……

根　子　（慢慢沉重起来）妈,这孩子我们不能要。（放下婴儿）

根子妈　什么,不能要?

根　子　我们不是商量好了让凤子改嫁吗?你给她抱个儿子,叫她还怎么嫁人?

根子妈　（一怔）这……（半晌,痛苦地把婴儿抱给根子）

　　〔根子抱婴儿欲下,婴儿啼哭,根子妈不舍地又把婴儿抱了回来。

根　子　（动情地）妈,我知道你不舍得,你想有个孙子,你做梦都想有个孙子。你苦了一辈子,送了爸爸去当红军,又送哥哥去当红军,爸爸牺牲了,哥哥也牺牲了,剩下我又……没有为你老人家传到后,我对不起你！（哽咽）……说实话,我也想有个儿子,可有了儿子,凤子就不好改嫁了。那守寡的苦你又不是没有尝过。你常说守寡还不如去前线打仗战死。妈,人心都是肉长的,为了凤子,你就答应我这一回吧,我求求你了,妈——（跪下）

根子妈　（心痛欲裂）根子！你不要说了,妈依你……（把婴儿抱给根子,掩面痛哭）

根子妈　我对不起你老人家。（抱婴儿欲下）

凤　子　（泪流满面）等等……（上前抱过孩子欲进内室）

根　子　凤子,你不能接下这个孩子！

凤　子　你的话我听见了,你和妈的心意我领了,可这孩子我要留下。

根子妈 凤子,你要是抱了儿子,就不好再嫁人了,这可是一辈子的事。

凤　子 (痛苦地)妈……

根子妈 你和桃生的事……

根　子 (烦躁地)妈,你别说了,凤子,把孩子给我,给我!

凤　子 不……

根子妈 凤子,妈是过来人,知道女人的心,你不能再作践自己了,这孩子我来带,你要是有合意的就去嫁吧。我和根子不会拦你。

凤　子 (热泪盈眶)妈……

〔静场。

〔幕内伴唱:

　　　　心沉沉,泪盈盈,

　　　　苦水里泡着两颗心。

凤子、根子 (唱)自从他(我)受伤后,

　　　　　　　一朵乌云罩心房。

　　　　　　　心里有苦说不出,

　　　　　　　夫妻相对暗悲伤。

根　子 (唱)几次劝她把婚离,

凤　子 (唱)难舍他母子好心肠。

根　子 (唱)事情不能再拖延,

凤　子 (唱)为人应该讲天良。

根　子 (唱)千缕情丝忍痛割,

凤　子 (唱)割不断夫妻情一场。

根　子 凤子,我对你说过好几次了,你还年轻,往后的日子还长。我知道你和桃生青梅竹马,从小就很要好,当初他要是回来了,我绝不敢娶你。现在他回来了,我又成了废人,这个人要是靠得住的话,你就嫁给他吧。

凤　子 根子……(哭泣)

根　子 (唱)莫悲伤,莫流泪,

　　　　我不能把你再拖累。

　　　　根子记得你的情,

　　　　根子对你心有愧。

　　　　根子希望你过得好,

来生再和你成双对。

心里想说千句话，

千句话语并一句：

请你叫我一声哥，

让我叫你一声妹，

好妹妹——

凤　子　不……

根　子　(从挎包里掏出红布包)这是我送给你们结婚的礼品。你们选好日子，
　　　　到那天我一定会回来背你过门！(双手把红布包捧给凤子)

凤　子　(接过布包,泪如雨下)根子……哥！(跪下)

　　　　〔强烈的音乐起。

　　　　〔切光。

第　六　场

　　　　〔敌机掠过天空的轰鸣声。

　　　　〔夜,女人河边,皓月当空。

　　　　〔凤子上。一道黑影跟上,隐下。

　　　　〔桃生匆匆上。

桃　生　凤子！

凤　子　桃生哥！你找我有事？

桃　生　我想你陪我去个地方。

凤　子　去哪？

桃　生　我姑姑家。

凤　子　你姑姑家？

桃　生　商量我们结婚的事呀。

凤　子　(羞)这么急做什么？

桃　生　我都快想得发疯了。(欲拥抱凤子)

凤　子　你坏,你坏。

桃　生　走吧。

凤　子　哎,去你姑姑家不是走那条路吗？

桃　生　我河对岸还有一个姑姑。

凤　子　没听你说过呀。

桃　生　现在告诉你也不迟嘛。

凤　子　哎,不对,过了河就是白区了,对岸尽是白狗子。

桃　生　怕什么,有我呢。

凤　子　你?

桃　生　我可以保护你。

凤　子　你怎么保护我?你拿什么来保护我?

桃　生　……

凤　子　桃生哥,你有事瞒着我。

桃　生　我有什么事瞒着你?

凤　子　你河对岸根本没有姑姑,你哄我有,河对岸是白区,你也哄我去。

桃　生　我是有个姑姑在河对岸。

凤　子　就是有也没必要连夜去找她呀。再说,就要打仗了,河对岸白军封锁很严,我们就是过得去也回不来呀。

桃　生　这……

凤　子　你一定有什么事瞒着我。

桃　生　不……

凤　子　桃生哥,我都快是你的人了,你还这样不相信我。好吧,要去你一个人去!(转身欲走)

桃　生　凤子!好吧,本来这个事我想过了河再跟你说,既然你问起来了,我也就不瞒你了……(耳语)

凤　子　(大惊)啊?你是国民党军官!

桃　生　(制止地)嘘——

凤　子　你骗我,我不信,我根本就不信!

桃　生　凤子,这么大的事我还敢哄你?实话对你说吧,我们要炸掉你们的兵工厂,特派我回来探听情况,现在情报已经到手,我要带你回去了。

凤　子　真的?

桃　生　你看,这是我画的兵工厂地图。

凤　子　(瘫软地)天哪!(唱)

　　　　　　陡然五雷来轰顶,

　　　　　吓得我一身打抖嗦。

　　　　　不敢想,不敢信,

　　　　　我日思夜想,日盼夜盼,苦苦等待的桃生哥——

　　　　　他他他是个敌人!

桃　生　(唱)你莫哭,你莫惊,

　　　　　哥哥还是你的心上人。

　　　　　三年在外苦挣扎,

　　　　　走投无路当了兵。

　　　　　出生入死望腾达,

　　　　　这才冒死回家门。

　　　　　回家是想接妹妹,

　　　　　接妹出去见光明。

　　　　　桃生永远对你好,

　　　　　海枯石烂不变心。

凤　子　莫说了,你要是还想跟我好,就听我一句话。

桃　生　什么话?

凤　子　快去坦白自首!

桃　生　坦白自首?

凤　子　对,我同你去!

桃　生　不! 我不去!

凤　子　你不去? 你还想去当白狗子!

桃　生　凤子,明天一早飞机就要来炸兵工厂了,我们这片村庄都要变成火海。
　　　　快跟我走吧!

凤　子　(大惊)什么? 明天要炸兵工厂? 你真的要去报信? 你真的要叫飞机
　　　　来炸我们?

桃　生　到了这个地步,我不干也得干了!

凤　子　你这个恶鬼! (扫了桃生一耳光)

　　　　〔桃生冷笑欲下。

凤　子　站住! (停顿,愤慨地)桃生哥,我真没想到你是这样一个人! (伤心
　　　　地)这面镜子是你送的,我经常放在身上,放在心头,总是丢不下你对
　　　　我的那份情意。可是今天,我失望了! 那个让我牵肠挂肚的桃生哥他

不见了,他死了,他死绝了! 人死了,情也死了,这镜子也让它去死吧!

（摔镜,痛泣）

桃　生　死就死!

凤　子　（绝望地唱）

他的心已死,

我的情已休,

心死难挽救,

祸害不能留。

拼,拼不赢,

喊,他会溜,

万一让他过了河,

弥天大祸势难收!

〔出现幻觉:震耳欲聋的爆炸声,天幕上一片血红。

〔幕内伴唱:

火烧眉毛在眼前,

一根丝线吊石牛!

凤　子　（接唱）

见镜片,寒光闪,

寒光照亮我心头。

镜片尖尖像匕首,

正好把他的命来收!

〔幕内伴唱:

舍不得哥哥的情和爱,

舍不得团圆的美梦,梦中的温柔!

凤　子　（接唱）

苦悠悠,恨悠悠,

往事历历难回首。

嫁个根子变残废,

嫁个桃生变白狗。

凤子我人苦命更苦,

薄命桃花逐水流。

再莫想那团圆镜，

为我解忧愁；

再莫想那红头巾，

洞房来遮羞；

再莫想对山歌共诉衷肠，

再莫想夫妻恩爱到白头。

〔鸡啼。

桃　生　（着急地）凤子，我最后问你一句话,你到底走不走？

凤　子　（独白）我该怎么办？

桃　生　好，你不走，我走！

凤　子　你等等……

〔幕内伴唱：

世上唯有女人苦，

苦水滔滔像河流。

中间多少辛酸泪，

点点滴滴都是愁。

〔伴唱声中,凤子痛苦地解开外衣,露出红肚兜,两行泪水潸潸流下。

桃　生　凤子,你？（上前抚摸凤子裸露的手臂）

凤　子　（虚弱地）你不要走，好吗？

桃　生　不，我要走。

凤　子　（牙根一咬）你还是要走！（拿起镜片刺桃生,被桃生抓住手）

〔二人搏斗。

〔忽然黑暗中传来笑声。

桃　生　（一惊）谁？给我出来！

〔珍嫂泰然出现。

珍　嫂　怎么样，你们闹够了吧？

桃　生
凤　子　（惊讶地）是你……

珍　嫂　是我,我是你们的影子,你们走到哪里我就跟到哪里。（对桃生）我说了吧,爱你的人你不喜欢,你喜欢的人偏偏又不爱你。

桃　生　（冷笑）哼,你爱我,我是敌人你也爱我？

珍 嫂 我爱你,因为你是我喜欢的男人。

桃 生 那你劝劝她——

珍 嫂 我为你生为你死,当然要帮你。凤子,看在我的面上,让他走吧。

凤 子 住口!你还好意思为他说话。你无耻,你给我滚!

珍 嫂 好哇!你敢骂我。为了桃生,我受了你一肚子气,今天我非要教训教训你不可!(上前与凤子厮打,夺过镜片)

桃 生 莫打了,莫打了!

珍 嫂 你莫管,她要是敢拦你,我就叫她死在这里!

桃 生 (感动地)珍嫂,今天我才知道真正爱我的人是你。

珍 嫂 (含着眼泪)有你这句话,我死也甘心了。

桃 生 珍嫂,我走了,后会有期!

珍 嫂 慢!你就这样走吗?(动情地)你就不能亲我一下吗?

　　〔桃生上前拥抱珍嫂。

珍 嫂 白狗子!(把镜片猛地插入桃生的心窝)

桃 生 (惊骇,痛苦地)你……(拔出镜片向珍嫂刺去)

　　〔凤子急忙上前掩护,却被刺中心窝,倒下。

桃 生 (惊呆了)凤子……凤子……

　　〔珍嫂举起一块石头向桃生后脑砸去,桃生昏然倒下。

珍 嫂 (抱起凤子哭喊)凤子,凤子……(唱)

　　　　只见凤子血淋淋,

　　　　好像万箭穿我心。

　　　　悔不该鬼迷心窍瞎了眼,

　　　　害得妹妹难做人。

凤 子 (唱)嫂嫂不要泪涟涟,

　　　　过去的事情莫挂心。

　　　　凤子托你三件事,

　　　　一件一件要记清。

　　　　妈妈年老身体弱,

　　　　你要代我多费神。

　　　　有病有痛常照看,

　　　　衣食寒暖要尽心。

根子身残易烦闷，

你要替我多关心。

耐心安慰勤开导，

代我尽尽未了情。

还有嫂嫂终身事，

要抓紧找个意中人，

等你拜堂成亲日，

我的好嫂嫂喂，

我笑在黄泉喜在心。

〔忽然，桃生蠕动了，挣扎着向河岸爬去。

〔珍嫂追上，被桃生一把推倒在地。

〔凤子艰难地爬着追去，拔出胸前镜片猛然起身向桃生刺去，桃生倒毙
在地。凤子摇摇晃晃倒入大河。

珍　嫂　（哭喊）凤子——

〔幕内伴唱：

女人河，女人河，

湾连湾来波连波。

年年月月流不尽，

几多悲欢几多歌。

〔歌声中，霞光升起，长河捧出一轮硕大的红日。

〔朝霞映红的女人河洋洋洒洒，滔滔奔流……

——剧终

（此剧由兴国县山歌剧团演出，获第四届江西玉茗花戏剧节优秀剧目二等
奖、剧作一等奖，发表于《剧本》月刊 1996 年第十期。）

老 镜 子

（大型兴国山歌剧）

时　间　1930—2003 年

地　点　江西兴国

人　物　池煜华、李才莲、谷生、二嫂、盼盼、孙子、关品璋、红军战士、苏区群众、
　　　　解放军军官、团丁若干

序　幕

〔一曲优美的兴国山歌旋律从天外悠悠飘来。

〔湛蓝的夜空中挂着一轮圆月。

〔月光下，一群苏区姑娘在深情演绎《镜子舞》。

〔歌舞：

　　　　天上一个月亮，

　　　　手中一个月亮，

　　　　天上的月亮在手中，

　　　　手中的月亮在心上。

〔激烈的枪炮声，硝烟弥漫，火光闪闪，红军战士们浴血奋战。

〔一声凄厉的呼喊划破长空："才莲——"

〔寂静。

〔一个女人泣血的山歌在低回：

　　　　哎呀嘞，

　　　　哇哩等你就等你，

　　　　等断心肝也唔后悔。

　　　　水打石子翻身转，

　　　　才莲哥，

唔晓我郎几时归?

〔歌声中,缓缓推出山坡,坡上站着池煜华,极目远望,宛如一尊雕像。

〔月亮渐渐变得殷红,似在滴血,滴血……

〔收光。

第 一 场

〔1930 年。

〔喜堂。

〔谷生、二嫂上。

二　嫂　(唱)拜堂了喂!

谷　生　(唱)圆房了喔!

群　众　哟嗬嗬——喂! (上)

〔池煜华和李才莲拜堂成亲。

〔幕内伴唱:

　　　　一拜天地日月光,

　　　　风调雨顺人吉祥。

　　　　二拜高堂身体健,

　　　　有子有孙福满堂。

　　　　夫妻对拜恩爱深,

　　　　白头到老岁月长。

〔众人隐下。

〔李才莲揭开红盖头。

池煜华　(娇羞地)才莲,我好看吗?

李才莲　好看!

池煜华　(娇嗔地)你骗我!

李才莲　煜华,今天是我们圆房的好日子,我送你一面新镜子——

池煜华　(惊喜地)镜子? 我喜欢! 我喜欢!

李才莲　来,我来给你梳头。

李才莲　(唱)哎呀嘞,

　　　　新买镜子亮堂堂,

不照单来只照双。

清早一照郎和妹,

夜晚一照妹和郎。

日日照来夜夜照,

心肝格,

照得夫妻情意长。

池煜华　（唱）哎呀嘞,

郎送镜子亮堂堂,

我把它比作圆月亮。

月儿圆又圆,

永远挂心上。

团团圆圆过日子,

心肝格,

甜甜蜜蜜度时光。

〔女声伴唱:

天上一个月亮,

手中一个月亮,

天上的月亮在手中,

手中的月亮在心上。

〔池煜华和李才莲坐在门槛上,依偎望月。

李才莲　煜华,明天一早我就要走了。

池煜华　放心吧,你不要挂念我。

李才莲　你在家一定要搞好生产,积极支前。

池煜华　我会的,你放心。

〔收光。

〔《送郎当红军》的旋律响起。

〔灯复明。

〔村头,出现群众欢送亲人当红军的场面。

〔谷生找二嫂上。

谷　生　秀莲! 秀莲!

二　嫂　（上）谷生! 来,带上这双新草鞋,这是我亲手给你做的,穿了更亲。

谷　生　好！多谢你！

二　嫂　谢嘛格哟,要说谢我还要谢你。

谷　生　谢我嘛格呀?

二　嫂　谢你没嫌弃我介只寡妇哇。

谷　生　呵呵,介有嘛格嫌,你又标致又能干,跟我有说有笑哇得来,我就喜欢你。

二　嫂　喜欢啊,莫哇得咁好,我问你,我们嘛格时候结婚?

谷　生　等革命胜利了我就回来跟你结婚。

二　嫂　记到啊,你还欠我一对手镯。

谷　生　记得。

二　嫂　记得就好,阿二古,走,我送送你。

谷　生　(憨笑)嘿嘿嘿。

　　　　〔二嫂、谷生和群众下。

　　　　〔池煜华送李才莲上。

池煜华　(唱)送郎送到茶园岗,

李才莲　(唱)一路茶花扑鼻香。

池煜华　(唱)当年树下玩游戏,

李才莲　(唱)我让妹妹扮新娘。

池煜华　(唱)哥吹树叶当唢呐,

李才莲　(唱)胸戴红花扮新郎。

池煜华　(唱)轻轻牵着妹的手,

李才莲　(唱)呜里哇啦进洞房。

池煜华　(唱)送郎送到潋江边,

李才莲　(唱)一江春水在眼前。

池煜华　(唱)当年河水浸膝盖,

李才莲　(唱)我把妹妹背在肩。

池煜华　(唱)一脚深来一脚浅,

李才莲　(唱)差点跌在河中间。

李才莲　(唱)今日又把妻来背,

池煜华　(唱)只怕累坏心肝肝。

李才莲　要抓稳啊!(故意一晃)

池煜华　哎呀!

李才莲　哈哈哈!

池煜华　我叫你笑!我叫你笑!

李才莲　哎?我背上好像有什么东西按人呀?

池煜华　按人?有什么按你呀?

李才莲　有啊,好像有两个软软的包包在按我呢!

池煜华　(娇嗔地)我打你!我打你!

李才莲　哈哈哈!

池煜华　(扯耳朵)敢不敢了?敢不敢了?

李才莲　哎哟,哎哟,不敢了,不敢了!

池煜华　痛吗?

李才莲　痛!

池煜华　我给你轻轻地揉揉——

李才莲　噢。

池煜华　我再给你吹吹——哎,好了。

李才莲　(抱起她)我要是一辈子都这样抱着你多好!

池煜华　(甜蜜地)那我就一辈子让你抱着……

　　　　〔女声伴唱:

　　　　　　送郎送到分水岭,

　　　　　　难分难舍欲断肠。

男人们　(唱)亲人不要泪汪汪,

　　　　　　寒冬过罢有春光。

　　　　　　革命一定会胜利,

　　　　　　全国解放我们就回家乡。

池煜华　我信,我信。

李才莲　对!你要信,你一定要信,就是天塌了,地陷了,你也要相信我一定会
　　　　回来!

　　　　(欲下)

池煜华　(急喊)带上这把长命锁——

　　　　〔幕后伴唱:

　　　　　　啊!

池煜华　(唱)长命锁,送亲郎,

双手发抖泪满眶。

池煜华、李才莲　（二重唱）你（我）一年不回我（你）等一年，

你（我）两年不回我（你）再等望。

你（我）十年八年不回来，

我（你）再等，我（你）再等，

〔幕后伴唱：

直等到海枯石烂，地老天荒！

〔男人们下。

妇女们　（呼喊）我等你——

〔收光。

第　二　场

〔一年后。

〔村头，一面"妇女代耕队"的红旗迎风招展。

〔池煜华扛犁上。

池煜华　姐妹们！犁田啊！

妇女们　（上）犁田啊！（歌舞）

男人去打仗，

丢下一个家，

家是油盐柴米，

家是崽女爹妈。

要吃饭，要支前，

男人走了哟，我里格学犁耙。

唔怕日头辣，

唔怕肩头拉，

唔怕肚中饥，

唔怕热汗洒。

饿也罢，累也罢，

支援前线哟，苦海也吞得下。

二　嫂　姐妹们！放个肩，吃碗擂茶，梳个头来！

〔妇女们下。

池煜华　（唱）手拿镜子来梳妆,
　　　　　　　梳不尽思念长又长。
　　　　　　　才莲啊,我亲亲的郎,
　　　　　　　秋风阵阵,你在何方?
　　　　　　　身上寒衣薄不薄?
　　　　　　　脚穿草鞋凉不凉?
　　　　　　　南瓜泡饭可吃得饱?
　　　　　　　枪林弹雨你可曾受伤?
　　　　　　　才莲啊,我亲亲的郎,
　　　　　　　你可知我天天把你望。
　　　　　　　望穿秋水云渺渺,
　　　　　　　只见孤雁飞,不见我的郎。
　　　　　　　才莲啊!
　　　　　　　你把心放,
　　　　　　　你莫想我,
　　　　　　　你只管打胜仗。
　　　　　　　你在前线多杀敌,
　　　　　　　我在后方多打粮。
　　　　　　　前方后方齐努力,
　　　　　　　革命成功早回乡。

〔枪声响,火光冲天。

〔众团丁押妇女们上。

〔关品璋手执马鞭上。

关品璋　哈哈哈! 我关品璋又回来了!（唱）
　　　　　　　五次大"围剿",红军难招架,
　　　　　　　茶园乡又成了我关某的天下。
　　　　　　　你们都给我听着,
　　　　　　　听少爷给你们训话:
　　　　　　　凡是红军的老婆,
　　　　　　　统统给我改嫁,

　　　　　我要斩断红军的后路，

　　　　　我要拆了他们的家。

　　　　　哼！你不是王铁匠的老婆吗？

　　　　　你老公分我的田抄我的家气死了我老爸，

　　　　　我恨他！恨他！恨他！

　　　　　我问你改不改嫁？

妇女甲　老公都还冇死，我改什么嫁？！

关品璋　这么说，你还想等他？

妇女甲　等！

关品璋　（抽她）等不等？

妇女甲　等！

关品璋　（再抽）等不等？

妇女甲　等！

关品璋　（狠狠地抽）我叫你等、等、等！

妇女甲　你这个恶鬼！我跟你拼了——

　　　　　〔团丁甲开枪，妇女甲倒下。

众妇女　王嫂！

关品璋　谁不听话就跟她一样的下场！（指二嫂）你给我出来！

二　嫂　（怯怯地走出去）少爷……

关品璋　哟，是二嫂呀，你在我家洗衣做饭打过零工，是个聪明人嘛，你就不跟
　　　　　这个死人一样，要听少爷的，啊？

二　嫂　我，我……

团丁甲　我，我你个头！你不改嫁我就一枪毙了你！

池煜华　住手！不许你们欺负我二嫂！

关品璋　啊？是你！（旁唱）

　　　　　眼前一亮，眼前一亮，

　　　　　一年不见她出落得鲜花一样。

　　　　　水灵灵，柳眉杏眼，

　　　　　苗条条，飘来暗香。

池煜华　（旁唱）

　　　　　关品璋地主崽逞霸一方，

　　　　　怕红军逃赣州躲避风浪。

　　　　　如今卷土又重来，

　　　　　反攻倒算黑心肠。

关品璋　　煜华呀！（唱）

　　　　　常言道识时务者为俊杰，

　　　　　如今红军败退无处藏。

　　　　　李才莲就是没死也回不了，

　　　　　你何不另择高枝改嫁新郎？

池煜华　　（唱）乌云遮天难长久，

　　　　　春风一吹见太阳。

　　　　　李才莲福气好长命百岁，

　　　　　打垮了反动派他就回乡。

团丁甲　　这么说，你也要等他？

池煜华　　等！

团丁甲　　真的要等？！

池煜华　　就是杀掉我也要等！

团丁甲　　我叫你等——（把池煜华一脚踹倒在地）

池煜华　　我的镜子！（急忙掏出镜子看有没有摔破）

关品璋　　（假笑）呵呵，是李才莲送给你的吧？给我看一下？

池煜华　　不！

关品璋　　看一下嘛！

团丁甲　　看一下！（上前夺镜，被池煜华咬了他手一口）哎哟！我毙了你！

关品璋　　住手！放了她。

　　　　〔众人一怔。

　　　　〔收光。

第 三 场

　　　　〔三年后，冬天。

　　　　〔池煜华家。

　　　　〔幕内伴唱：

> 寒风冷雨断肠天,
>
> 倚门望郎又三年。
>
> 家书杳杳音信断,
>
> 不知亲郎何日还?

〔音乐声中,池煜华带领妇女做军鞋。

〔二嫂挽个篮子上。

二　嫂　哎呀,这两天怎么咁冷啊。(发现军鞋一惊)煜华!煜华!

池煜华　二嫂!

二　嫂　哎呀嘞!红军都走咁久了,你还带着大家做军鞋呀,要是让关品璋见到了可不得了,快收起来,收起来!

〔妇女们收拾军鞋下。

二　嫂　煜华,吃米果。

池煜华　多谢二嫂。二嫂,有谷生哥的音信吗?

二　嫂　还音信,我等了他两三年,连个人影都有等到,等得我心都凉了!

池煜华　你莫急,谷生哥一定会回来。

二　嫂　哎哟,我说煜华,你怎么尽往好处想呢,我听人家说他早就牺牲了,连尸体都看到了。

池煜华　听风就是雨,莫去信咁多。

二　嫂　(小声地)哎,煜华,圩上有个开酒店的曹老板蛮喜欢我,他今年40岁,老婆死掉了,总喊我嫁给他……

池煜华　二嫂!你还是再等等吧。

二　嫂　不,我不等了……我都已经跟曹老板在一起了……

池煜华　啊!你!

二　嫂　煜华啊!(唱)

> 人生有几个两三年,
>
> 这两年我添的白发数不完。
>
> 青山不老人易老,
>
> 人老珠黄不值钱。
>
> 做人还是讲现实,
>
> 过好一天算一天。
>
> 我劝你也放聪明点,

不要成天想才莲。

池煜华　不,我要想,想到他我心里就踏实,就有劲,就相信革命一定会胜利,才
　　　　莲一定会回来!

〔谷生拄拐棍瘸上,摔了一跤。

谷　生　秀莲! 秀莲!

二　嫂　(大惊)啊! 你……你到底是人还是鬼啊?

谷　生　我是人啊,你没见我回来了吗?

二　嫂　(心乱地)你……你有牺牲?!

池煜华　哎呀! 谷生哥,你受伤了?

谷　生　唉,莫提了,红岗突围,我左腿受伤,团长怕我掉队,硬把我留下来了。

池煜华　前线的情况怎么样了?

谷　生　情况很紧张,敌人包围了瑞金,中央红军已经开始撤离苏区。

池煜华　那我家才莲呢?

谷　生　他……听说他们团前天在红岗突围的时候,整个团都被炮弹炸光了。

池煜华　(大惊)啊!

二　嫂　煜华,你莫急,才莲一定不会出事。

池煜华　(痛苦地)不,我要去红岗找他,无论他是死是活,我都要把他找回来。

二　嫂　煜华——

池煜华　二嫂,你要跟谷生哥好好谈谈,我走了!（急下）

谷　生　煜华! 路上小心!

二　嫂　唉,造孽啊!

谷　生　秀莲,这几年可把你等苦了。

二　嫂　苦也有办法……你这次回来就不走了吧?

谷　生　等我腿好了,我还要去找部队。

二　嫂　啊! 你还是要走?

谷　生　要走。

二　嫂　真的要走?

谷　生　真的要走。

二　嫂　你还是要走……

谷　生　秀莲,我给你买了一对手镯,不晓你喜不喜欢?

二　嫂　(痛苦地)不,我不能要你的手镯……

谷　生　为什么?

二　嫂　你以后再也不要来找我了……(蒙嘴哭,下)

谷　生　秀莲! 秀莲! 手镯——

　　　　〔收光。

　　　　〔灯复明,天低云暗,风雪迷漫。

池煜华　(内唱)

　　　　　　心急如焚奔红岗——

　　　　〔池煜华急上。

　　　　(接唱)

　　　　　　为寻夫,哪顾得山高水远,泥泞路滑,风雪迷茫。

　　　　　　急匆匆来到茶园岗,

　　　　　　一路茶树闪泪光。

　　　　　　当年送郎岗上过,

　　　　　　茶花怒放吐芬芳。

　　　　　　为什么今日愁眉锁?

　　　　　　莫非怜我暗悲伤?

　　　　〔幕内伴唱:

　　　　　　山陡路滑步难行,

　　　　　　一路跋涉到潋江。

池煜华　(唱)见潋江,雪茫茫,

　　　　　　河水断流滩变荒。

　　　　　　想当年,才莲背我过河去,

　　　　　　一江春水暖洋洋。

　　　　　　叹今朝踏雪寻郎苦漂泊,

　　　　　　满目寒沙透心凉。

　　　　〔幕内伴唱:

　　　　　　含悲忍泪往前赶,

　　　　　　分水岭下欲断肠。

池煜华　(唱)霎时间,北风紧,

　　　　　　云散雪霁见红岗;

　　　　　　满山新坟草坯垒,

残旗如血染夕阳。

问大山,红军的队伍在哪里?

问苍天,我的才莲在何方?

稳住心,定住神,四处寻望,

猛然见才莲的长命锁落在路旁。

〔幻觉:枪炮声中,出现李才莲奋勇杀敌倒下的场面。

〔幻觉灭。

池煜华　(唱)莫非是黄土一堆把你葬?

哭一声我的郎,

难道说夫妻重逢在坟场?

才莲啊,

无论如何我也要带你回家转。

〔幕内伴唱:

心切切,泣血寻郎,

气喘喘,汗湿衣裳。

池煜华　(唱)怕什么两脚酸麻连心痛,

怕什么风刀霜剑遍地泥浆。

为见郎,我要把青山找遍!

〔幻觉:出现李才莲的声音:

李才莲　煜华!我有牺牲,我突围了,我跟部队走了……(万山回应)

池煜华　(呼喊)才莲!才莲——(倒在地上)

〔幕后伴唱:

漫天大雪,纷纷扬扬。

〔收光。

第 四 场

〔半年后。

〔池煜华家里。

〔二嫂提一篮鸡蛋上。

二　嫂　唉!(连念带唱)

哎呀嘞！

无奈无奈真无奈，

冇想到关品璋上门来。

逼我帮他一个忙，

去劝煜华把嫁改，

嫁给他关品璋做三小，

有钱有势当太太。

煜华的脾气我晓得，

她心里只把才莲爱，

我就是一身都是嘴，

也劝不到她来把嫁改。

硬着头皮去找她，

看她能不能想得开。

煜华！煜华！你的病有冇好，要不要我来给你刮痧？

〔池煜华上。

池煜华　二嫂，我的病好了，难为你咁有心。

二　嫂　煜华，这篮鸡蛋你留着补补身子。

池煜华　多谢二嫂！二嫂，你跟曹老板过得好不好？

二　嫂　有嘛格好喔，就这样过呗。哎呀嘞，你看你，又对着这面镜子，莫看了，才莲十有八九是——

池煜华　不，他一定会回来。

二　嫂　你莫眠梦嫁老公想得咁好，我劝你有合适的还是找过一个，我以前给你介绍了几个你都不要，今天我再给你介绍一个——

池煜华　二嫂，不要！

二　嫂　见了面再说，关少爷！关少爷！

关品璋　来了！

〔关品璋和四团丁端聘礼上。

关品璋　（唱）祖宗积德显灵光，

关某有田又有枪。

联保主任我新上任，

今朝特来会娇娘。

团丁甲　（唱）嫩娇娘，真漂亮，

四团丁　（唱）少爷要娶她做三房。

关品璋　（唱）圆我幽幽相思梦，

四团丁　（唱）你就等着进洞房。

关品璋　哈哈哈！（唱）

久慕娘子品貌好，

好花一朵十里香。

你若愿意嫁给我，

八抬大轿将你扛。

团丁甲　（唱）关少爷，情意长，

四团丁　（唱）牵你走进温柔乡。

团丁甲　（唱）绫罗绸缎身上穿，

四团丁　（唱）荣华富贵任你享。

池煜华　（唱）荣华富贵我不想，

想我丢郎妄思量。

赃官哪有我丈夫好，

权势怎比恩爱长！

关品璋　（唱）你是要敬酒不吃吃罚酒？

池煜华　（唱）罚酒千杯又岂能把我降。

关品璋　（唱）你不怕我告你通匪将你绑？

池煜华　（唱）何惧你张牙舞爪逞凶狂。

关品璋　（唱）得罪我叫你筋骨断，

池煜华　（唱）寒梅笑对腊月霜！

你给我滚！

关品璋　把这个土匪婆给我绑起来！

〔谷生扛一捆柴瘸上，群众随上。

谷　生　住手！关主任，请问她犯了什么罪，你们为什么要抓她！

关品璋　她不跟李才莲一刀两断，我今天就要拿她是问！

谷　生　她跟李才莲断不断关你什么事？你这是狗拿耗子——多管闲事！

关品璋　少啰唆！给我带走！

谷　生　谁敢把她带走我就打断他的狗腿！

关品璋　好你个伤兵！要不是曹老板在我面前再三担保,我早就把你抓起来了！给我拿下！

池煜华　住手！不准你们欺负他！

关品璋　带走！

群　众　不准带走！不准带走！

关品璋　退下！退下！你们再不退下我就——(向天开了一枪)

二　嫂　哎呀嘞！我说关少爷关主任呃,你大人有大量就莫跟他们计较了,看在我家老曹的面子上,你就高抬贵手饶了他们吧！(小声地)煜华的事我会好好劝她,你先莫急,啊？

关品璋　哼！

　　　　〔关品璋等悻悻地下。

二　嫂　关少爷！关少爷！对不起,对不起啊！(与群众下)

谷　生　煜华,有我在,他们莫想欺负你！

池煜华　(感激地)谷生哥……

谷　生　唉,家里要是有个男人就好。

池煜华　谷生哥,你能不能帮我找个崽？

谷　生　找个崽？

池煜华　我要带个崽给才莲支撑门户。

谷　生　煜华,听说才莲已经牺牲了,你是不是应该考虑——

池煜华　不,他没牺牲,他没牺牲！

　　　　〔幕内伴唱：

　　　　　　花开花落一年年,

　　　　　　日夜倚门望夫还；

　　　　　　门槛踏成弯弯月,

　　　　　　弯弯月儿何时圆？

　　　　〔池煜华站在略显残缺的门槛上,倚门远望。

　　　　〔收光。

第 五 场

〔几年后。

〔池煜华家里。

〔摇篮里,婴儿啼哭。

〔谷生穿件破棉袄,扛一小袋米上。

谷　生　(抱起婴儿哄着)噢噢,盼盼不哭,盼盼乖,唉,这么冷的天,煜华去哪里
　　　　了?(唱)

　　　　　　崽古头,你莫叫,

　　　　　　听大伯,哇搞笑:

　　　　　　细猫子,花鼻公,

　　　　　　细狗子,汪汪叫,

　　　　　　细老鼠,唧唧唧,

　　　　　　细狗蚤,蹦蹦跳,

　　　　　　小盼盼,笑一个,

　　　　　　啊嗬! 崽古头——

　　　　　　射我一身的尿!

　　　　(婴儿又哭,谷生摸摸他的头)哎呀! 怎么烧得咁厉害?(脱下棉袄,将
　　　　盼盼抱在胸前,用冰冷的身体给他退烧)

　　　　〔二嫂挽个篮子上。

二　嫂　煜华! 煜华! 咦? 你在这里做什么?

谷　生　盼盼生病了,我在给他退烧。

二　嫂　哎呀嘞! 你真是比他的亲爸爸还要亲啊!

谷　生　煜华忙不过来,能帮就要帮下子。

二　嫂　谷生啊,自从我们分手以后,我心里总觉得欠你一份情,总想帮你找个
　　　　比我更好的,可你总是推三阻四,你心里是不是有了煜华?(池煜华提
　　　　两包中药上)

池煜华　二嫂,你莫乱说。

二　嫂　我没乱说,你没老公,他没老婆,正好京鼓配苏锣。你看谷生一身都冻
　　　　得打抖,还在给盼盼退烧。

池煜华　哎呀,谷生哥,快穿起棉袄来——(给他披上棉袄)

二　嫂　煜华啊,才莲咁久都冇音信,我看是冇指望了,谷生对你咁好,你们就干脆做一家——

池煜华　(打断地)二嫂! 你莫说了!

二　嫂　总说你都不听,你就瞎婆子等老公等他一辈子吧! 这是我给盼盼买的棉袄,我走了! (下)

池煜华　二嫂!

谷　生　煜华,我也要走了。

池煜华　谷生哥,你的棉袄破了,我给你缝几针。

谷　生　好吧,我来给盼盼煎药。

池煜华　(唱)谷生哥为人厚道又真诚,
　　　　　　多年来待我母子像亲人。

谷　生　(唱)真情相待如兄妹,
　　　　　　是怜是疼说不清。

池煜华　(唱)怎能忘,为找才莲他瘸着腿,
　　　　　　疼爱盼盼胜亲生。

谷　生　(唱)怎能忘,缝补浆洗她常帮我,
　　　　　　患难相扶心贴心。

池煜华　(唱)心贴心,靠得近,
　　　　　　胸中满是感激情。

谷　生　(唱)心贴心,靠得近,
　　　　　　胸中涌起男儿情。

　　　　(鼓起勇气)煜华,外面有人在说我们的闲话……如果你愿意的话,我们再成一个家吧!

池煜华　(一怔)谷生哥,你?

谷　生　(唱)我爱你雪中红梅志坚贞,
　　　　　　我怜你失伴孤雁苦伶仃。
　　　　　　才莲一去不复返,
　　　　　　我已等了你七八春。
　　　　　　寒夜里,我望着你窗前的孤灯愁,
　　　　　　睡梦中,我捧着你的瘦脸泪盈盈。

　　　　　　　　小盼盼我会把他当作亲生子，

　　　　　　　　这个家我会当作责任来担承。

　　　　　　　　煜华呀，

　　　　　　　　谷生腿瘸心地正，

　　　　　　　　一生做你的保护神。

　　　　　　　　我会撑起这个家，

　　　　　　　　与你同奔新前程！

池煜华　（心潮涌动）谷生哥！

谷　生　煜华，你就把我当才莲吧，我一定会好好照顾你和盼盼，永远做你们最亲的人！

池煜华　（旁唱）

　　　　　　　　我也想有个家避风挡雨，

　　　　　　　　我也想让盼盼有个父亲；

　　　　　　　　我也想像二嫂有个依靠，

　　　　　　　　我也想斩断思念找回青春！

　　　　　〔幕内伴唱：

　　　　　　　　哎呀嘞——

　　　　　　　　像小鸟蓝天上自由飞翔，

　　　　　　　　像流水唱欢歌一路奔腾！

池煜华　（唱）没有孤单，没有寂寞，

　　　　　　　　没有长夜，没有寒冷，

　　　　　　　　从今后有一个不离不弃、知疼知热的贴心人……

　　　　　〔池煜华忘情地靠在谷生的肩上。

　　　　　〔忽然出现李才莲的声音："煜华！"

　　　　　〔幻觉：李才莲出现在月亮当中。

李才莲　（唱）煜华啊，我的妻，

　　　　　　　　镜子圆圆，你可曾忘记？

池煜华　（唱）没忘记，没忘记，

　　　　　　　　镜子圆圆，在我心里。

谷　生　（唱）镜子旧了，我给你买新的，

　　　　　　　　新镜子重照一个我和你。

李才莲 （唱）旧镜旧人两分离。

谷　生 （唱）新镜新人在一起。

李才莲、谷生 （二重唱）煜华啊，要不要换面新镜子，

　　　　　　　　　　让生活更美丽？

池煜华 （唱）我不换，我不换，

　　　　　　它是我的月亮，它是我的命！

池煜华、李才莲 （二重唱）哎呀嘞，

　　　　　　　　　　忘不了夫妻情根深千尺，

　　　　　　　　　　唯有那生死恋实难移情。

　　　　　　　　　　想到此，铁打心肝永不软，

　　　　　　　　　　你几晓得心肝哥（妹），

　　　　　　　　　　海枯石烂不变心！

　　　　〔幻觉消失。

　　　　〔隐隐有《天上有个月亮》的旋律飘来……

池煜华 谷生哥，感谢你多年来对我和盼盼的照顾，我心里只有才莲，只要还冇证实他已经牺牲，我池煜华就要等他。从今以后，你就做我的亲哥哥好吗？

谷　生 （痛苦地）……

池煜华 哥！

谷　生 （失望地）……

池煜华 哥！小妹我对不起你了！（跪下）

谷　生 （回身扶起她）小妹！

池煜华 （一把抱住他的腿失声痛哭）哥！

　　　　〔音乐悲怆。

　　　　〔收光。

第 六 场

　　　　〔1950 年春。

　　　　〔村头，漫山遍野的映山红，如火如荼。

　　　　〔一条横幅上写着"热烈欢迎红军亲人回乡探亲"。

〔池煜华、盼盼和群众敲锣打鼓,喜迎亲人。

〔幕内伴唱:

> 雄鸡一唱亮了天,
>
> 红军哥哥回家园。
>
> 欢腾的锣鼓震山响,
>
> 喜庆的唢呐吹破天。

谷　生　(兴奋地上)乡亲们!乡亲们!红军亲人回来了!

二　嫂　谷生!才莲呢?

谷　生　才莲也要回来了!

池煜华　(激动地)二嫂!乡亲们!红军亲人就要回来了,我的才莲也要回来
　　　　了!大家敲起来吧!

〔鼓乐齐鸣,群情欢腾。

〔几个解放军军官上,向群众敬礼。

谷　生　首长们!教富村的父老乡亲欢迎亲人回家!

群　众　欢迎亲人回家!(鼓掌)

〔群众簇拥各自的亲人欢乐地下。

二　嫂　才莲呢?他怎么有回来?

谷　生　我也不晓得。

二　嫂　走,我们去乡政府问一下。(和谷生下)

盼　盼　妈,没有爸爸。

池煜华　(呆呆地)……

盼　盼　妈,你总说爸爸会回来会回来,都说了几千遍几万遍了,可为什么总是
　　　　不见他呀?

池煜华　……

盼　盼　妈,你莫等了,我听人家说,爸爸早就牺牲了,他永远不会回来了。

池煜华　不,他会回来,他一定会回来……

盼　盼　妈,你莫骗自己了,你看人都走光了,我们回家吧。妈!回家!

〔失望的音乐。

池煜华　(依依不舍地转身,一步三回头,蓦然发现,惊喜地)盼盼!你爸爸回来
　　　　了!你爸爸回来了!

盼　盼　爸爸在哪?在哪?

池煜华　你快看,你快看哪——
〔谷生上。
池煜华　(精神失常地扑上去)才莲!你终于回来了呀——(抱住谷生就哭)
谷　生　(慌了)煜华……
池煜华　你这个有良心的!一走就是二十多年,人也不转,信也不回,你晓得我
　　　　这些年受的什么苦吗?
盼　盼　妈,他不是爸爸!他不是爸爸!
池煜华　他是爸爸!他是爸爸!快喊爸爸,快喊呀!
盼　盼　(哭泣地)大伯,你就认了吧!
谷　生　(心中明白,不忍道破)煜华,这些年你受苦了!
池煜华　(清唱"哭嫁"调)

　　　　　　亲哥喂,你还晓得我受哩苦呀!
　　　　　　我白昼等你,夜晡也等你,
　　　　　　就是起风落雪也在介坡上等你。
　　　　　　你看看介些映山红,
　　　　　　介都是我跟盼盼一棵一棵为你介只红军种的呀!
　　　　　　老天爷呃,介些年你到哪去哩哟,
　　　　　　你都把我忘记哩呀!
　　　　　　你介只有良心的,
　　　　　　我恨死哩你呀,唉!

谷　生　我……我现在不是回来了吗?
池煜华　(傻傻地)你回来了?你再也不走了?真的?(狂喜地向四周大声呼
　　　　喊)哎!才莲回来了!他再也不走了!
盼　盼　(使劲摇她)妈!他不是爸爸,他是大伯!他是谷生大伯!
池煜华　(一怔,一步一步向谷生逼去)你为什么要骗我?你为什么要冒充我老
　　　　公?!(打他一个耳光)
谷　生　煜华……
池煜华　哥!(失声痛哭)
谷　生　煜华,你莫哭了,我刚从县里回来,据有关部门记录,才莲可能是在打
　　　　铜钵山的时候牺牲了……
池煜华　(怔怔地)可能?(惨笑)可能,怎么又是可能啊!(跑上山坡,痛苦呼

喊)才莲！才莲！你在哪里？你怎么还不回来呀！（昏倒在地。谷生和盼盼隐去）

池煜华　（唱）昏沉沉，不辨东西南北，

　　　　　　　泪淋淋，声咽气绝。

　　　　　　　看人家欢欢喜喜，

　　　　　　　叹自己凄凄切切。

　　　　　　　看人家夫妻团圆，

　　　　　　　哭我郎如同永别。

　　　　　　　望夫坡，望到了石沉大海，

　　　　　　　相思树，盼来了杜鹃啼血。

　　　　　　　空镜子照不见丈夫容颜，

　　　　　　　团圆梦直落得残残缺缺！

　　　　〔遥远天际传来李才莲的声音："煜华，你要信，你一定要信，不管别人怎么说，就是天塌了，地陷了，你也要相信我一定会回来！"

　　　　〔"我一定会回来"的声音再三回响。

池煜华　（痛心地）会回来，会回来，你回来了吗？你回来了吗……（痛苦至极，头昏欲倒，镜子失手，"啪"的一声摔落地上）

　　　　〔蓦然，天幕上出现一面硕大的镜子，镜中走出李才莲。

李才莲　煜华！

池煜华　才莲？

李才莲　煜华——

池煜华　（悲喜交集）才莲——

　　　　〔幕内伴唱：

　　　　　　　啊！

　　　　　　　如梦似幻云天上，

　　　　　　　月圆人圆泪千行！

李才莲　（唱）叫一声我的妻，

　　　　　　　千万声对不起！

　　　　　　　你等我，等碎了肝肠三千丈，

　　　　　　　你望我，望穿了秋水八万里！

池煜华　（唱）肝肠等碎没关系，

　　　　双眼望穿不可惜；

　　　　郎呀郎，我亲亲的郎，

　　　　因为你是红军，我是你的妻。

　　〔女声伴唱：

　　　　因为你是红军，我是你的妻。

李才莲　（唱）从今后，星星伴月亮，

　　　　寸步不离妻身旁。

池煜华　（唱）我渴了，

李才莲　（唱）我给你泡擂茶；

池煜华　（唱）我饿了，

李才莲　（唱）我给你炖鸡汤；

池煜华　（唱）伏热天，

李才莲　（唱）我给你打蒲扇；

池煜华　（唱）落雪天，

李才莲　（唱）我给你暖滚床。

　　〔女声伴唱：

　　　　千分情啊万分爱，

　　　　刻骨铭心，山高水长！

　　〔一声枪响，幻觉灭，李才莲隐去。

　　〔池煜华清醒，看见地上破碎的镜子，心痛欲裂，吐出一汪鲜血。

　　〔月亮流着鲜血，渐渐变得殷红。

　　〔幕内女声伴唱：

　　　　镜破心欲碎，

　　　　恨郎迟不归。

　　　　吐血粘破镜，

　　　　漫天泪雨飞。

池煜华　（唱）蘸我口中血，粘我心头伤，

　　　　粘得我双手发抖痛断肝肠！

　　　　镜子啊，我心爱的镜子，

　　　　你伴我圆房，伴我送郎，

　　　　伴我支前，伴我守望，

伴我思念，伴我寂寞，

伴我等待，伴我忧伤。

伴我陪我走过几十年岁月的期盼。

只说是镜子圆圆人团圆，

又谁知镜子照单不照双。

到如今镜子破碎心也碎，

心碎犹然望远方。

我望那村头弯弯的小路，

我望那山外红红的霞光；

小路上走来了李才莲，

红霞照着我英俊的郎。

头戴五角星，

腰系驳壳枪。

紧紧将我抱，

热泪流成行。

风也醉，花也香，

燕成对，人成双。

心中的镜子永不碎，

〔幕内伴唱：

圆圆的梦想永放光芒！

〔霞光升起，满台朝晖。

〔收光。

尾　声

〔圆月当空。

〔歌舞：

天上一个月亮，

手中一个月亮，

天上的月亮在手中，

手中的月亮在心上。

　　　　　　天上的月亮是我的守望,

　　　　　　心中的月亮是我的期盼。

　　　〔2003 年。

　　　〔夜静如水。

　　　〔年老的池煜华坐在矮竹椅上,拿着镜子缓缓梳头。

孙　子　奶奶,政府帮我们家盖了新房子,真好!

池煜华　好啊,好啊。

孙　子　奶奶,谷生爷爷说,我爷爷冇牺牲,他在北京做了大官,马上就要回来看你了。

池煜华　(淡淡一笑)傻孩子,那是谷生爷爷逗你玩的。

孙　子　奶奶,你还等爷爷吗?

池煜华　等!我虽然冇等到你爷爷,可我等到了革命成功,等到了共产党万万年啊!(清唱)

　　　　　　哎呀嘞,

　　　　　　哇哩等你就等你,

　　　　　　等断心肝也唔后悔。

　　　　　　水打石子翻身转,

　　　　　　才莲哥,

　　　　　　唔晓我郎几时归?

　　　〔白发苍苍的池煜华拄着拐杖,站在残缺不堪的老门槛上,倚门远望。

　　　〔出字幕:2001 年,经有关部门调查确认,时任少共中央分局书记的李才莲于 1935 年 5 月在瑞金铜钵山的一次突围战斗中,不幸壮烈牺牲,时年 22 岁。

　　　　　　　　　　　　　　　　　　　　　　　　　——剧终

　　　〔此剧由兴国山歌保护中心演出,获江西省 2016 年度文艺创作繁荣工程资助项目、第七届中国(张家港)长江流域戏剧艺术节优秀入选剧目,第十届江西玉茗花戏剧节优秀剧目奖、优秀剧本二等奖。〕

长征第一渡

（大型赣南采茶戏）

时　间　1934 年秋

地　点　江西于都

人　物　竹妹、牛崽、春林、管爷爷、金凤、赵叔、王连长、群众、红军官兵等

序

〔1934 年。

〔第五次反"围剿"战场。

〔在撕心裂肺的唢呐声中启光。

〔前沿阵地，烽火硝烟，激烈的枪炮声，夹杂着敌机的轰鸣声。

〔红军战士们浴血奋战，前仆后继，战旗烧焦，尸积如山。

〔在悲壮的音乐中旁白：1934 年 10 月，由于王明"左"倾路线的错误领导，中央红军未能打破国民党军第五次"围剿"，被迫放弃中央革命根据地，进行战略转移。

〔硝烟散去，苍山如海，残阳如血。

〔红军战士们扛枪、挑担、推炮车行军的凝重画面。

〔雄浑的合唱：

　　　　路迢迢，秋风凉，

　　　　敌重重，军情忙。

　　　　红军集结于都河，

　　　　战略转移去远方。

〔光隐。

第 一 场

〔于都河畔,锣声震荡。

〔内喊:"开会啰——"

〔启光,大樟树下,赵叔正在主持村民大会。

赵 叔 乡亲们!接县苏维埃紧急通知,白军已经包围了我们苏区,中央红军要进行战略转移,过几天就要来我们于都集结,渡河出征了。乡亲们!
(唱)

　　　　大军渡河不容缓,

　　　　军情紧迫箭在弦。

　　　　于都河河面宽阔水流急,

　　　　架浮桥急需我们来支援。

群 众 (唱)要桥就架桥,

　　　　要船就给船;

　　　　要力就出力,

　　　　要钱就捐钱。

赵 叔 (唱)千根麻绳一股劲,

　　　　披星戴月抢时间。

　　　　架起出征第一渡,

　　　　红旗飘飘永向前。

群 众 (唱)架起出征第一渡,

　　　　红旗飘飘永向前!

赵 叔 好!大家回去早点准备,越快越好,散会!

〔群众下。

赵 叔 牛崽,你等一下。你常年撑船摆渡,这河里的水情怎么样?

牛 崽 河底是沙石,河水不算深,可以架浮桥。

赵 叔 好,村支部已经决定由你担任架桥队队长,你要尽快组织人手帮红军架桥。

牛 崽 我?

赵 叔 对,好好干,浮桥架好了,赵叔我帮你找个标致老婆。

牛　崽　要找就赶早，打铁趁热。

赵　叔　啊？

牛　崽　（唱）牛崽生来单身相，

　　　　　　　一根独苗没爹娘，

　　　　　　　二十七八还在打光棍，

　　　　　　　想老婆想得心发慌。

赵　叔　不要急，我一定帮你找个好妹子。

牛　崽　（唱）别的妹子我不想，

　　　　　　　我想的妹子又守空房。

赵　叔　守空房？

牛　崽　（唱）去年她老公牺牲了，

　　　　　　　还强忍悲痛支前忙。

　　　　　　　我怜她爱她不敢讲，

　　　　　　　一颗红豆心里藏。

　　　　　　　今世若能娶到她，

　　　　　　　命短十年又何妨！

赵　叔　好！你说，她是谁？

　　　　〔竹妹推一独轮车木板上，被牛崽看见。

牛　崽　远在天边，近在眼前——

赵　叔　竹妹！

竹　妹　赵叔！我送了一车木板过来，你看扎不扎实？

赵　叔　唔，蛮扎实，不愧是支前模范，事事带头。哎，竹妹，我想跟你商量个事。

竹　妹　什么事？

赵　叔　竹妹啊，春林牺牲也一年多了，你有没想过改嫁？

竹　妹　（一愣）改嫁？

赵　叔　苏维埃提倡婚姻自由，为革命改嫁也很光荣嘛。

竹　妹　赵叔……

赵　叔　我给你介绍个后生，他是个黄花崽，革命觉悟很高，多次给红军抬担

　　　　架，搞运输，还戴过光荣花呢。

竹　妹　赵叔看上的人总不会错。

赵　叔　你可愿意？

竹　妹　我……

赵　叔　竹妹，现在是非常时期，我们考虑问题一定要从革命利益出发，晓
　　　　得啵？

竹　妹　晓得。

赵　叔　这个人很重要，眼下我正要他组织人手帮助红军架桥呢。

竹　妹　他是谁？

赵　叔　哎？人呢？牛崽！你个崽古头，躲在竹篷里干什么？快出来！

　　　〔牛崽不好意思地上。

竹　妹　（一愣）同年哥?!

牛　崽　同年嫂……

　　　〔赵叔暗下。

竹　妹　（旁唱）

　　　　　　　一石击起千层浪，
　　　　　　　顿时脸红心又慌。

牛　崽　（旁唱）

　　　　　　　多年暗恋同年嫂，
　　　　　　　今日相对口难张。

竹　妹　（旁唱）

　　　　　　　同年哥，好后生，
　　　　　　　为人厚道热心肠。

牛　崽　（旁唱）

　　　　　　　红艳艳一朵杜鹃花，
　　　　　　　她悄悄扎根在我心房。

竹　妹　（旁唱）

　　　　　　　自从春林参军后，
　　　　　　　他常到我家里来帮忙。

牛　崽　（旁唱）

　　　　　　　犁耙辘轴我包干，
　　　　　　　老爷爷生病我奉药汤。

竹　妹　（旁唱）

　　　　　　　平日只把他当哥看，

怎曾想命中注定要成双?

〔伴唱:

要成双,忆亲郎。

一时难把感情放。

竹　妹　(接唱)

抬眼望,滔滔于都河翻细浪,

渡河急需架桥梁。

他常年摆渡识水性,

我应该鼓励他为架浮桥献力量。

〔金凤扛一块门板上,偷听。

牛　崽　同年嫂,我的情况你都晓得,要不是春林牺牲了,打死我也不敢向你求婚。今天既然挑明了,我就问你一句话,你愿不愿意?

竹　妹　你会不会帮红军架桥?

牛　崽　会!

竹　妹　会不会照赵叔说的去做?

牛　崽　会!

竹　妹　那,我可以考虑。

牛　崽　(惊喜地)竹妹!

竹　妹　不过,婚姻大事,我还要问一下我家婆。

金　凤　(将门板砰地一放)我不同意!

竹　妹　(一惊)妈……

金　凤　你们在这里干什么?

竹　妹　没干什么,我们在……在聊天。

金　凤　聊天?莫以为我不晓得,老公一死你就想走,好嘛,你走嘛,走了就不要回来!

竹　妹　(着急地)妈,我不是——

金　凤　还说不是!光屁股上吊——死不要脸!

牛　崽　你!你怎么乱骂人?

金　凤　我就要骂!她是我的媳妇,你想把她拐走,做梦!

竹　妹　妈!

牛　崽　我找赵叔去!(急下)

竹　妹　(急喊)同年哥!

金　凤　(强拉竹妹)走! 回家!

〔光隐。

第 二 场

〔几天后。

〔幕启。于都河畔,架桥工地。

〔歌舞:

红军来了架浮桥,

嘿啰! 嘿啰!

大河两岸涌春潮,

嘿啰! 嘿啰!

扛来门板一块块,

撑来渔船一条条。

一份捐献一颗心,

千万颗红心在闪耀。

〔飞机的轰鸣声。

王连长　敌机来了! 卧倒!

〔敌机声远去。

赵　叔　王连长,幸亏还没架桥,要是让敌机发现就糟了!

王连长　是啊,刚才总部发布命令,为了防备敌机侦察,浮桥的施工改在傍晚到
　　　　天亮以前进行。

赵　叔　好,我去通知民工,做好一切准备。

〔内喊:赵叔! 管爷爷捐船来了!

〔音乐起。管爷爷和金凤撑着船从河边缓缓而来。

管爷爷　(唱山歌)

竹篙打水两边开,

哥哥冇爷妹冇嬷。

今日唔曾做到阵,

明朝两工到转来。

哟——喂！哈哈哈！

赵　叔　　管大哥！你老人家也这么有心啊！

管爷爷　　不好意思，来迟了，来迟了。

王连长　　大爷，谢谢您！

管爷爷　　不用谢，不用谢！

赵　叔　　管大哥，这是红军工兵营的王连长。

管爷爷　　哦，和我孙子差不多大嘛，哈哈哈！（从腰上拔出一把唢呐）哎？我的烟袋呢？

金　凤　　爹，您这是唢呐！

管爷爷　　呵呵，拿错了。

王连长　　大爷，您这把唢呐怎么和我指导员的那把一样呀？

管爷爷　　一样？我是有两把唢呐，一把给我孙子了。

王连长　　您孙子叫？

金　凤　　管春林。

王连长　　哎呀！他就是我的指导员呀！可他……（悲痛的音乐）

金　凤　　（哭泣）春林……

管爷爷　　我的两个崽和这个孙子都在反“围剿”的战场上牺牲了……我想起他们心里就痛，可我不哭，想他们的时候我就吹唢呐，吹起来这心里才好受啊！（悲怆地吹起《送郎调》）

〔战士甲跑上。

战士甲　　报告连长！总部首长来渡口视察，营长叫你去一下。

王连长　　好！赵叔，大爷，少陪了！（与战士甲下）

赵　叔　　管大哥，竹妹改嫁的事，金凤跟你说了吧？

管爷爷　　说了。

赵　叔　　你们赶紧商量，牛崽还等着我回话呢。我先走啊。（下）

管爷爷　　金凤，竹妹是你媳妇，这事你得拿主意啊。

金　凤　　爹，你莫提了！（唱）

　　　　　　那天我把竹妹骂，

　　　　　　一肚子怒气喷喷发。

　　　　　　我儿尸骨还未寒，

　　　　　　她就急着去改嫁。

　　　　　　丢下二老她不管，

　　　　　　拍拍屁股过别家。

　　　　　　别说我当妈的多难受，

　　　　　　就是乡邻也要说闲话！

管爷爷　（唱）二十多岁好年华，

　　　　　　好比一朵杜鹃花，

　　　　　　花儿也要雨露润，

　　　　　　你怎能让她老守寡。

　　　　　　牛崽人品也不错，

　　　　　　忠厚老实又听话，

　　　　　　竹妹愿意嫁给他，

　　　　　　你就莫把后腿拉。

　　　　〔竹妹推独轮车上。

金　凤　爹，你要为她说话我也没办法，她要走尽管走，我不会拦她！

竹　妹　妈。

金　凤　（不理睬地）哼！

竹　妹　妈，我的结婚证不见了，是不是你——

金　凤　我拿你的结婚证做什么？真是的！

竹　妹　妈，我和牛崽的事是赵叔牵的线，是为了鼓励他帮红军架桥，所以我……

管爷爷　竹妹，你做得对！

竹　妹　其实，我对春林的感情一直也没有放下……

金　凤　说得好听！

竹　妹　信不信由你，反正我改不改嫁都是你的媳妇，也绝不会丢下你和爷爷不管！妈，要下雨了，给你伞。我走了。（欲下）

金　凤　等等！说实话，我也不是不让你改嫁，其实我心里跟你爷爷一样，也是心疼你的。我是过来人，我知道守寡的苦，也知道你这样做是为了红军，为了架桥。可是身为一个母亲，看到自己的媳妇要被别人娶走，我这心里就像被刀子挖了一样……（痛泣）

　　　　〔牛崽上。

竹　妹　（唱）听了妈妈心酸话，

不由竹妹冒泪花。

儿子牺牲，妈妈泪哭干，

媳妇改嫁，妈心里如刀扎。

好妈妈，你放心吧，

竹妹就是过别家，

心儿也永远伴着妈。

粗重活计我会回来做，

衣食寒暖我会常牵挂。

爷爷我会勤照看，

有病我会去把药抓。

村里的任务我包完成，

支前再把模范拿。

儿子媳妇我一肩挑，

这个家还是我的家！

金　凤　好媳妇啊！

牛　崽　爷爷，大婶，竹妹说的也是我的心里话，我向你们保证：我一定会像春林一样担起这个家，做你们的好孙子、好儿子！

金　凤　牛崽，大婶我是说归说，做归做，既然你们俩愿意，我也不反对，以后你要好好待竹妹，不许骂她，更不许打她，听见没有？

牛　崽　听见了！我发誓，我以后要是对竹妹不好，让雷公劈死我！（跪下）

管爷爷　好好好，快起来，快起来，从今以后，我们就是一家人了。

金　凤　（拿出结婚证）竹妹，不好意思，你的结婚证是我拿了，你们去找政府换过一张吧。

竹　妹　妈……

金　凤　拿去。

竹　妹　（接过结婚证，含泪向远方跪下）春林！我对不起你了……

牛　崽　（也跪下）老庚！你就放心吧，我一定会照顾好你一家的！

管爷爷　好了好了，快起来吧。

竹　妹　走。

牛　崽　（高兴地）哎！爷爷，大婶，回头我请你们吃酒！

管爷爷　哈哈！这孩子！

　　〔牛崽推起独轮车同竹妹下。

　　〔雷声隐隐。

　　〔金凤打伞扶管爷爷下。

　　〔光隐。

　　〔灯光复明。

　　〔牛崽用独轮车推着竹妹高兴地上。

牛　崽　(唱)结婚证领到手心花怒放,

竹　妹　(唱)说不出是喜是悲还是惆怅。

牛　崽　(唱)同年嫂变老婆如愿以偿,

竹　妹　(唱)同年哥变老公做梦一样。

牛　崽　(唱)我好比孤零的大雁有了家,

竹　妹　(唱)我好比疲惫的小船靠了港。

牛　崽　(唱)从今后并蒂莲花共欢笑,

竹　妹　(唱)但愿我二度寒梅重见春光。

　　〔赵叔和群众甲、乙抬担架上。

赵　叔　竹妹!县里通知,红军渡河之前有几千名伤病员要留下安置,我们村
　　　　也分到了任务,这个伤员是安排到你家的,快领回去吧。

竹　妹　好!

赵　叔　等下我会派人送药来。(匆匆下)

竹　妹　大哥,这个伤员是哪个部队的? 叫什么名字?

群众甲　不晓得。

　　〔竹妹轻轻拉开被单一看,大吃一惊!

　　〔一道闪电掠过,雷声。

竹　妹　啊! 这,这不是春林吗? 春林! 春林!

春　林　竹妹……

竹　妹　(悲喜交集)你可回来了!

牛　崽　(上前一见春林,惊呆了)啊!

　　　　〔幕内伴唱:

　　　　　　刚结连理,

　　　　　　忽起波澜,

　　　　　　春林回来了,

这可怎么办?

〔收光。

第 三 场

〔启光。架桥工地,晚霞绚丽。

〔歌舞:

　　　船儿锁大江,

　　　木板铺霞光。

　　　钉子密打密,

　　　铁锤砰砰响。

　　　架浮桥,架浮桥,

　　　军民并肩齐奋战,

　　　汗水湿衣裳。

〔暗转,架桥工地,月明星稀。

〔歌舞:

　　　月儿挂天上,

　　　河水泛银光。

　　　马灯一盏盏,

　　　篝火闪闪亮。

　　　架浮桥,架浮桥,

　　　姐妹踏月送茶饭,

　　　情意深又长。

〔暗转,竹妹家,厅堂上挂有三朵褪色的大红花。

〔竹妹给躺在床上的春林盖上被子。

竹　妹　(唱)大红花,堂上挂,

　　　　　不朽的英灵放光华。

　　　　　三朵红花三条命,

　　　　　没想到,一条活命回了家。(取下一朵红花)

　　　　　回了家,不说话。

　　　　　呼他他不醒,唤他他不答,

　　　　疼得我心里如刀刮。

　　　　〔幕内伴唱：

　　　　　　无言的泪水如雨下。

春　林　（苏醒）妈……爷爷……

竹　妹　莫起来，他们还没回来。

春　林　（头痛）哎哟……

竹　妹　（心疼地）春林，你忍着点，赵叔马上会派人送药来。（给他喂水）你不
　　　　是最喜欢听我唱《送郎调》吗，我唱给你听啊。（清唱）

　　　　　　送郎送到天井边，

　　　　　　一朵乌云遮半天。

　　　　　　保佑龙天落大雨，

　　　　　　留我亲郎歇夜添，

　　　　　　年头一走年尾转，

　　　　　　歇了一夜当一年。

春　林　好听，好听。

　　　　〔牛崽提草药匆匆地上。

牛　崽　（唱）看稳落雨又转晴，

　　　　　　没想到春林翻了生。

　　　　　　架桥事务安排定，

　　　　　　急忙去把老庚看。

　　　　　　走到门前心忐忑，

　　　　　　见了老庚怎开言？

竹　妹　（看见牛崽，慌乱地）你，你来干什么？

牛　崽　赵叔叫我带了些草药过来。

竹　妹　（小声地）同年哥，他的伤势很重，不该说的话千万不要乱说。

牛　崽　我晓得。这些草药拿去用擂钵擂好，等下我来敷药。

竹　妹　好。（接过草药下）

牛　崽　老庚！老庚！

春　林　你是？

牛　崽　我是牛崽呀。

春　林　哦！是老庚啊！

牛　崽　莫起来,莫起来。嘿,我还以为你牺牲了呢,这下好了,我俩老庚又可以唢呐对唢呐,吹它三天三夜的"公婆吹"了!

春　林　老庚,我怕没这个福气了。

牛　崽　你胡说!

春　林　老庚啊! (唱)

　　　　　人说老庚最知心,

　　　　　打断骨头连着筋。

　　　　　想当年,你我河里赛龙船,

　　　　　同把那抛粽子的靓妹恋在心。

　　　　　船到中流你退出,

　　　　　把竹妹让给了我管春林。

　　　　　婚后三天我参军去,

　　　　　战斗负伤雁离群。

　　　　　家书封封无音信,

　　　　　直到今朝才回村。

　　　　　老庚啊,

　　　　　万一我伤重好不了,

　　　　　家中拜托你多照应。

牛　崽　(唱)老庚你要放宽心,

　　　　　保重身体最要紧。

　　　　　你家就是我的家,

　　　　　手心手背一样亲。

　　　　　爷爷我会照顾好,

　　　　　大婶我会多留神,

　　　　　还有同年嫂……

　　　　〔竹妹端擂钵上,示意牛崽不要乱说。

牛　崽　(接唱)

　　　　　我会把她当亲妹,

　　　　　小心呵护尽爱心。

　　　　　(竹妹瞪他一眼)

　　　　　噢! 不对不对,是对你们全家尽爱心,不是对她一个人……

春　林　（旁唱）

　　　　　　　他二人眼神不对劲，

　　　　　　　吞吞吐吐好像有隐情。

竹　妹　（旁唱）

　　　　　　　最怕牛崽说漏嘴，

　　　　　　　害得春林难做人。

春　林　（旁唱）

　　　　　　　难道他俩有情况？

竹　妹　（旁唱）

　　　　　　　春林已然起疑心。

牛　崽　（旁唱）

　　　　　　　霎时脸红耳发烫，

竹　妹　（旁唱）

　　　　　　　话到嘴边又吞声。

牛　崽　（旁唱）

　　　　　　　不如干脆做哑巴——

春林、竹妹、牛崽　（三重唱）想问他来不好问。

　　　　　　　　　　　　　　　想说怕说难为情。

　　　　　　　　　　　　　　　闭紧嘴巴不开声。

竹　妹　同年哥，药擂好了。

牛　崽　（想说话又不敢说，去接擂钵）……

竹　妹　（不放心）同年哥，还是我来。

牛　崽　（频频示意）不，还是我来。

竹　妹　我来！

牛　崽　（固执地）我来！

竹　妹　我来！

　　　　〔竹妹与牛崽争擂钵，竹妹一放手，牛崽跌坐“倒毛”，口袋里的结婚证
　　　　滑落在地。

春　林　老庚，东西掉了。

牛　崽　（脱口而出）不要紧，是一张结婚证。

竹　妹　（急喊）同年哥！

牛　崽　噢！不对不对，是，是一张纸！

春　林　什么纸？给我看一下。

牛　崽　(犹豫，打抖，抽自己耳光)我混账！我该死！我不是人！

春　林　你怎么了？

牛　崽　(声泪俱下)老庚！对不起，我以为你牺牲了，我，我跟同年嫂领了结婚证了！(跪下把结婚证递给春林)

〔春林猛然起床，接过结婚证一看，双手发抖。

春　林　(唱)一见结婚证，

　　　　　　　猛然头发昏，

　　　　　　　透气透不顺，

　　　　　　　浑身打抖嗦，

　　　　　　　没想到啊没想到，

　　　　　　　我在前线杀白狗，

　　　　　　　你们在家中暗偷情！

牛　崽　老庚！不是这样的！

春　林　(唱)你趁我不在家，

　　　　　　　竟敢起贼心，

　　　　　　　同年嫂也敢娶，

　　　　　　　你你你瞎了眼枉为人！

牛　崽　老庚……

春　林　(踹他一脚)你给我滚！

竹　妹　春林！

春　林　(打她一耳光)死开！

牛　崽　老庚！老庚！你莫打她，你莫打她，千怪万怪都怪我不好啊！(唱)

　　　　　　　我不该向竹妹开口求婚，

　　　　　　　我不该去换你的结婚证。

　　　　　　　水到下丘后悔迟，

　　　　　　　要打要杀，你杀我一个人。

竹　妹　(唱)他没错，他是真心，

　　　　　　　我们清清白白没偷情！

　　　　　　　赵叔好心牵红线，

为架浮桥才打结婚证。

春　林　（唱）生米成熟饭，

　　　　　　团圆成泡影，

　　　　　　滚滚男儿泪，

　　　　　　滴滴腹内吞。

牛　崀　（唱）老庚你莫气，

　　　　　　错了我改正。

　　　　　　我把竹妹还给你，

　　　　　　我们还要做老庚。

　　　　　　我现在去换结婚证——

　　　　　　〔管爷爷和金凤上。

春　林　且慢！你去架桥吧。（接唱）

　　　　　　这团乱麻我会理清。（昏厥）

牛　崀　（急扶）老庚！

金　凤　（哭喊）春林！我的崀啊！……

　　　　　　〔光隐。

第 四 场

　　〔几天后，架桥工地。

　　〔赵叔和王连长上。

战士甲　报告连长！为了防止敌机发现，浮桥建了又拆，拆了又建，木材损耗很
　　　　大，木板已经不够用了！

王连长　通知战士们尽量节省木板，一定要保证浮桥按时竣工。

战士甲　是！（下）

赵　叔　王连长，乡亲们正在积极想办法，保证不会误事。

　　　　〔内喊：赵叔！管爷爷送棺材来了！

赵　叔　什么？棺材都送来了？乱弹琴！叫他们抬回去！

　　　　〔管爷爷和金凤急上。

管爷爷　你为什么不收我的棺材？

赵　叔　管大哥，那棺材是你老人家百年之后要用的东西，我们就是再困难也

不能收啊!

管爷爷　我好不容易说通了全家人,你不收也得收!

王连长　大爷! 您的心意我领了,木板够了,这棺材我帮您送回去。

管爷爷　(生气地)连长同志! 你莫骗我了! 我天天在工地上打转,木板够不够我老汉最清楚! 现在乡亲们能拆的拆了,能捐的捐了,都到了河干水尽的时候了,我要是不捐这棺材,乡亲们怎么会开动脑筋多想办法? 若是浮桥架不起来,这八万多中央红军又怎么去渡河出征哪! (唱)

　　　　　我一生打鱼水上漂,

　　　　　一条破船养家糊口受尽煎熬。

　　　　　我老伴病死茅屋借钱葬,

　　　　　恶霸逼债打得我皮开肉绽血洒荒郊。

　　　　　红军来了乌云散,

　　　　　翻身做主我挺起腰。

　　　　　打土豪,分田地,

　　　　　造新船,住瓦房,

　　　　　好日子就像那芝麻开花节节高。

　　　　　可恨白匪来"围剿",

　　　　　要把咱胜利的果实来毁掉。

　　　　　反"围剿"我送子参军上前线,

　　　　　大儿子死了我又把小儿子教。

　　　　　哥哥死了弟弟上,

　　　　　儿子死了孙子再把仇来报!

　　　　　我管家三个男丁前仆后继倒在了战场上,

　　　　　血和泪常在我老汉心头浇!

〔幕内伴唱:

　　　　　三朵红花一条心,

　　　　　誓死捍卫苏区的红旗永不倒!

管爷爷　(接唱)

　　　　　如今红军有困难,

　　　　　急需木板架浮桥。

　　　　　八万多红军在等待,

四面白匪在包抄。

倘若不把这桥架好，

十万分危险要来到。

为了解除燃眉急，

私心杂念尽可抛。

莫说是捐几块棺材板，

就是捐命我也不动摇！

金　凤　连长，这浮桥是我们和红军的连心桥，你就收下我爹这份心意吧！

王连长　（激动地握住管爷爷的手）大爷！

〔暗转，竹妹家，夜。

〔竹妹在擂草药，春林斜靠在床头。

竹　妹　（唱）风悠悠，愁悠悠，

千愁万绪压心头。

春　林　（唱）痛悠悠，昏悠悠，

昏迷醒来心内疚。

竹　妹　（唱）春林疑云虽散去，

伤重又添几分忧。

春　林　（唱）生命即将归天去，

道歉的话还没对她说出口。

竹　妹　（唱）道什么歉来愧什么疚，

只要你活着就足够。

春　林　（唱）身后大事已想定，

老庚没到我愿难酬。

春　林　竹妹，牛崽呢？他怎么还没来？

竹　妹　他还在工地架桥，走不开。

〔远处传来锣声："捐木板啰……"

竹　妹　（唱）铜锣声声声急骤，

木板告急令人愁，

家中门板全拆尽，

二老的床板也搬走。

爷爷连棺材也不留，

还有什么能拿出手?

(忽然看到)床!床!床……

(唱)见婚床,心一抖,

床刀床板寸多厚。

若能搬去铺桥面,

添寸添尺添彩头!

不,这婚床是他亲手做,

油漆画满鸳鸯游。

若是搬去架浮桥,

岂不是把他的心伤透?

何况他伤势严重难行走,

叫他睡地铺,我怎么开得了这个口……

春　林　(唱)妻的心事我看透,

一股热泪腹中流。

左是丈夫右是桥,

叫她怎么顾两头?

身为大丈夫,

为妻解忧愁;

身为红军指战员,

倾情奉献我要带个头!

春　林　竹妹,你来帮我把这床铺拆了。

竹　妹　不,不……

春　林　你不拆,我自己来拆。(挣扎着起床)

竹　妹　你莫起来!莫起来……

〔牛崮上。

牛　崮　老庚,你这是干什么?

春　林　老庚,你来得正好,快,快来帮我。

牛　崮　你怎么了?

春　林　我要把床拆了,拿去架浮桥,快呀,快动手啊!

牛　崮　你疯了,拆了这床,你睡哪里?

春　林　你不拆,我拆!

牛　崽　（抓住他的手）老庚！

春　林　放开我！放开我！为了架浮桥，我爷爷把棺材都捐出去了，我还有什
　　　　么不舍得的吗！（挣脱，拆床，昏厥）

竹　妹　
　　　　（急喊）春林！老庚！
牛　崽　

春　林　（虚弱地）老庚……我不行了……

牛　崽　你胡说！

春　林　（唱）先向老庚道个歉，
　　　　　　　　我的臭脾气你莫挂心间。
　　　　　　　　我不该疑心你暗偷竹妹，
　　　　　　　　我不该打骂你一时发癫。
　　　　　　　　可叹春林福分浅，
　　　　　　　　无缘和竹妹共百年。
　　　　　　　　伤口复发难救治，
　　　　　　　　生离死别在眼前。
　　　　　　　　老庚啊，
　　　　　　　　我把竹妹托付你，
　　　　　　　　愿你二人结良缘。
　　　　　　　　共同担起这个家，
　　　　　　　　让我九泉之下无挂牵。

牛　崽　（泣不成声）老庚！

竹　妹　（痛哭地）春林……

春　林　拆……床……（气绝）

牛　崽　（哭喊）老庚！

竹　妹　（哭喊）春林！

　　　　〔光隐。
　　　　〔灯光复明。
　　　　〔架桥工地，乌云翻滚，秋风落叶。
　　　　〔《送郎调》如泣如诉……
　　　　〔幕内伴唱：
　　　　　　送郎送到天井边，

一朵乌云遮半天。

保佑龙天落大雨，

留我亲郎歇夜添。

年头一走年尾转，

歇了一夜当一年。

〔伴唱声中,竹妹捧着春林的军装军帽,牛崽用独轮车推着拆散的婚床,心情沉重地朝架桥工地缓缓走来……

〔金凤扶着管爷爷随同前来……

〔唢呐高奏,一片悲壮肃穆的气氛。

〔王连长和战士们一齐向他们全家庄严敬礼。

〔光隐。

第 五 场

〔于都河畔,晚霞绚丽。

〔大树上拉了一条"庆祝浮桥胜利竣工"的横幅。

〔锣鼓唢呐声中启光。军民们正在观赏民间歌舞《茶篮灯》。

〔幕内伴唱:

于都河水长又长,

翻身感谢共产党,

领导人民闹革命,

分田分地娶婆娘。

于都河水清又清,

杯杯擂茶送红军,

红军喝了香擂茶,

勇敢冲锋杀敌人。

众战士 (热烈鼓掌)好!

王连长 赵叔! 部队正准备渡河,我们得回去收拾一下,告辞了!

赵 叔 同志们慢走!

〔战士们列队跑下。

赵　叔　乡亲们！这几天，我们全县为红军补充了上万名新兵，眼下还要征调
　　　　大批青壮年参加运输队，我们村不能落后，愿意去的自动报名！

　　　　〔人群中都是些老人、妇女。

　　　　〔众人的目光渐渐集中到牛崽身上。

　　　　〔牛崽有点紧张，他看了下竹妹。

　　　　〔竹妹迟疑了一下，向牛崽点了点头。

　　　　〔牛崽正要出去，被金凤一把扯住。

牛　崽　（还是站了出来）赵叔，我参加一个！

赵　叔　好！

金　凤　等等！赵叔，参加运输队是要跟红军走吧？

赵　叔　是啊。

金　凤　牛崽是个独崽，没爹没娘的，能不能换个人？

赵　叔　村里的后生都走光了，你说换谁？

金　凤　我去！

赵　叔　不行，你又不是男的。

金　凤　可牛崽刚找好对象啊！

赵　叔　那也得克服一下！

金　凤　赵叔，我一家三个男人都当红军战死了——

管爷爷　（训斥地）金凤！你胡说什么！

金　凤　我就要说！（唱）

　　　　　　　牛崽虽非我亲生，

　　　　　　　如今也算一家人。

　　　　　　　倘若让他出征去，

　　　　　　　竹妹结婚结不成！

赵　叔　（唱）红军出征事情大，

　　　　　　　先公后私要分明。

　　　　　　　你是模范军烈属，

　　　　　　　更要带头当标兵。

金　凤　（唱）牛崽虽然报了名，

　　　　　　　爷爷反对也不行。

管爷爷 （唱）牛崽报名报得对，
　　　　　　我举双手来赞成。

金　凤 （唱）爷爷赞成不作数，
　　　　　　竹妹为何不开声？

竹　妹 （唱）新打剪刀难开口，
　　　　　　竹妹心中乱纷纷。

金　凤 （唱）不能去！

管爷爷 （唱）应该去！

竹　妹 （唱）我该做决定！

金凤、管爷爷、竹妹　（三重唱）争争吵吵好焦心！

牛　崽 爷爷，大婶，你们莫争了！（唱）

　　　　　　牛崽生来有血性，

　　　　　　不是贪生怕死人。

　　　　　　如今红军需要我，

　　　　　　我就该勇敢去献身！

　　　　　　我不能给竹妹脸上抹黑，

　　　　　　我要学我的老庚春林。

　　　　　　虽然舍不得竹妹，

　　　　　　虽然来不及成亲；

　　　　　　虽然征途漫漫有危险，

　　　　　　虽然不知哪日再回村；

　　　　　　可我有爱，

　　　　　　可我有情，

　　　　　　伴随我跋山涉水不觉累，

　　　　　　日夜温暖着我的心！

　　　　〔幕内伴唱：

　　　　　　啊，亲人的爱，家乡的情，

　　　　　　是生命的力量，不灭的明灯！

竹　妹 （唱）好哥哥，好哥哥，
　　　　　　你的话说疼了我的心。

当年的情景又重现,

好像临别送春林。

〔幻觉中出现竹妹送春林参军的情景。

〔《送郎调》深情而缠绵……

〔歌舞:

送郎送到天井边,

一朵乌云遮半天。

保佑龙天落大雨,

留我亲郎歇夜添。

年头一走年尾转,

歇了一夜当一年。

〔返回现实。

竹　妹　(唱)当年送他我脸带笑,

今日送你也笑三分,

九月菊花露笑颜,

有谁知我心中的泪水像雨淋!

〔幕内伴唱:

世上女人水做的心,

一寸泪来一寸情!

竹　妹　(唱)竹妹生来黄连命,

命里守不住好男人。

春林参军离我去,

回家三天把命殒。

如今牛崽又要走,

一去哪日是归程?

万一他有个长和短,

竹妹我又要变成夜伴孤灯的守寡人。

守寡人,苦命人,

铸就了铮铮铁骨红红的心!

泪已干,悲已尽,

心中只有我红军。

红军失败天地暗，

红军胜利享太平。

为了天下的女人不命苦，

我愿把牛崽交给红军！

〔幕内伴唱：

啊，送走一个又一个，

送不尽耿耿忠心苏区情！

管爷爷　竹妹说得对！没有红军就没有我们的一切，参加运输队我老骨头也去一个！

群　众　我也去一个！我也去一个！

赵　叔　好！能挑的挑，能背的背，能送多远送多远，豁出命也要为我们红军尽心尽力，这才是于都老表！

群　众　(豪迈地)于都老表！于都老表！我们是于都老表！哈哈哈！

〔音乐起。

管爷爷　牛崽马上就要跟红军出征了，今天是个黄道吉日，我宣布，牛崽和竹妹现在举行拜堂！

〔竹妹和牛崽相视无语，一片悲壮气氛。

〔唢呐高奏，竹妹和牛崽拜堂成亲。

赵　叔　一拜天地！二拜高堂！夫妻对拜！地久天长！

〔军号嘹亮。

赵　叔　乡亲们！红军就要渡河了，大家赶快准备，送红军亲人出征！

金　凤　赵叔！那牛崽呢？

赵　叔　军令如山，现在就走。

金　凤　啊！

〔众人的目光一起投向竹妹和牛崽。

竹　妹　(闪着泪光)去吧！

牛　崽　(一咬牙)好！(反身跑下)

〔收光。

第 六 场

〔紧接前场。

〔浮桥桥头。

〔军号声悠远。

〔于都河畔,夜色朦胧,影影绰绰的火把从四面八方涌来。

〔源源不断的红军战士扛着枪,挑着担,推着炮车登上浮桥,向前挺进。

〔赵叔带领群众,箪食壶浆,扛箱挑担,与王连长等挥泪告别。

〔一阵令人揪心的唢呐声响起。

〔管爷爷、金凤、竹妹送推独轮车的牛崽上,独轮车上满满地载着子弹箱。

牛　崽　爷爷,妈,你们不要送了。竹妹,你要好好照顾爷爷和妈,我一定会回来的,你要等我。

竹　妹　我等!

牛　崽　我走了。

竹　妹　等下!

〔《送郎调》的旋律在流淌。

竹　妹　(拿出结婚证)这张结婚证,我把它带来了,它是我们婚姻的开始,也是我们离别的开始,你把它带上,想我的时候就看看它……

牛　崽　还是你留着吧,就当我陪在你的身边,永远也没分开。

竹　妹　不,还是你带着,它不单是一张结婚证,也是我竹妹的一颗心啊!(唱)

结婚证,崭崭新,

它为女人定终身。

谁不想一纸证书伴到老,

夫妻相爱不离分;

谁不想夫妻长相守,

白头偕老度晨昏。

正为了天下太平万家欢乐,

才舍弃这洞房花烛恩爱情!

我一家与红军生死与共,

抛头颅洒热血不怕牺牲。

于都河水浪打浪,

先烈的梦想要传承。

我望你接过这结婚证,

继承春林的遗志勇敢向前进!

牛　崽　(唱)双手接过结婚证,

接过了嘱托接过了责任。

从今后,我一肩挑着红军的重担,

一肩挑着妻子的叮咛,

万水千山不停步,

千难万险向前冲。

一定戴上大红花,

为你争光让你高兴!

竹　妹　好! 我等着你的好消息!

牛　崽　爷爷,妈,我走了。

竹　妹　等等!

〔牛崽一转身,怔怔地望着竹妹。

竹　妹　牛崽,我们结了一次婚,手都没有牵过一下,你现在就要走了……要不要亲我一下……

牛　崽　(大恸,饱含泪水,猛地将竹妹紧紧地抱在怀里)竹妹!

〔竹妹泪如雨下。

〔金凤拭泪。

〔管爷爷老泪纵横,吹起了唢呐。

〔《送郎调》悲壮而悠远……

〔牛崽抹干眼泪,推起独轮车,毅然加入红军的队伍。

〔忽然,惊雷闪电,风雨骤降,竹丛摇曳,火把忽明忽灭。

竹　妹　(紧张地大喊)哎呀! 不好了! 浮桥松动了! 要散架了!

〔浮桥上,红军战士身子摇晃,有人掉入河中。

金　凤　哎呀! 有人掉到河里去了! 快救人哪!

〔群众急上,束手无策,焦急不安。

竹　妹　乡亲们!(唱)

　　　　　　风在吼,雨在浇,

　　　　　　浪在打,桥在摇。

　　　　　　千钧一发火燃眉,

　　　　　　众志成城保浮桥。

　　　　　　用血肉筑牢第一渡,

　　　　　　何惜捐躯把命抛!

群　众　(唱)用血肉筑牢第一渡,

　　　　　　何惜捐躯把命抛!

竹　妹　(高呼)稳住桥板!保护浮桥!(毅然跳河)

金　凤
管爷爷　(高呼)稳住桥板!保护浮桥!(毅然跳河)

群　众　(高呼)稳住桥板!保护浮桥!(毅然跳河)

〔撕心裂肺的唢呐声响起。

〔群众与风雨水浪搏斗。

〔群众用肩膀扛住桥板,组成了一座长长的人桥。

〔电闪雷鸣,风雨交加。

〔战士们快步从桥上通过,流着泪向河里的群众敬礼。

〔幕内伴唱:

　　　　　　路迢迢,秋风凉,

　　　　　　敌重重,军情忙。

　　　　　　红军夜渡于都河,

　　　　　　战略转移去远方。

〔光隐。

尾　声

〔启光,于都河畔,巍峨的丰碑下,苏区群众送别红军长征的群雕造型。

〔音乐中旁白:1934 年 10 月 17 日至 20 日,中央红军八万六千余人,在中革军委的指挥下,从 50 千米于都河畔的 18 个渡河点,跨过六座浮桥,有序地渡过了于都河,踏上了万里长征的漫漫征途。

〔音乐大作,霞光升起。

〔天幕上出现周恩来的亲笔题词:于都人民真好,苏区人民真亲。

〔《送郎调》的歌声扬起,绵绵不绝……

——剧终

(此剧本获 2016 年度江西省文学创作重点扶持项目,收入该项目出版的作品集《剧本卷》。)

牛 角 湾

（大型戏曲）

时　间　第二次国内革命战争时期

地　点　赣南某偏僻山区

人　物　罗妹子、陈大牛、二叔、罗家富、小柳、店老板、阿祥、牛牯、毛崽、李先
生、三妹子、骚鸡、农会会员、赤卫队员、红军战士、群众、靖卫团丁等

第　一　场

〔幕内伴唱：

　　　　牛角湾,牛角湾,

　　　　天上还有九重山。

　　　　甩开大步朝前走,

　　　　管它山高路又弯。

〔紧张的音乐声中幕启：舞台一片漆黑,只有天幕深处火光熊熊,依稀
可见一座大院在燃烧。

〔幕内团丁喧嚷："抓罗寡妇！"

〔罗妹子持镰刀奔上,隐入暗处。

〔众团丁持火把追上,搜索。

〔突然幕内传来一声铳响。

团丁甲　在那边——

骚　鸡　追！谁抓到这个嫩货,先让他尝鲜！

〔众团丁追下。

〔二叔从暗处上。

〔罗妹子摸上,发现有人,举刀就劈。

二　叔　（急忙闪过）罗妹子！

罗妹子 （认出）二叔！

二　叔 好险哪！妹子，你怎么把肖阎王的大院烧了？

罗妹子 可惜没烧死这个活阎王！

二　叔 你闯下大祸了，快逃吧！

罗妹子 不！我要报仇！（唱）

　　　　　一把火烧不尽满腔仇恨，

　　　　　我与他肖阎王不共戴天。

　　　　　恨狗贼太把我罗氏看贱，

　　　　　硬逼我保贞节守寡终生。

　　　　　只因我和大牛暗暗相恋，

　　　　　他骂我伤风败俗，绑进祠堂，鞭抽棍打，

　　　　　打得我鲜血淋漓，昏死在堂前。

　　　　　冤有头，债有主，

　　　　　仇要报，血要还，

　　　　　不杀那肖阎王，

　　　　　我难出头天！

二　叔 唉，他是一族之长，儿子又是靖卫团总，这牛角湾谁斗得过他啊！

罗妹子 不斗也没活路，我豁出去了！

二　叔 不能啊，刚才若不是大牛开铳把他们引开，你就完了。

罗妹子 是大牛哥？

　　　　　〔幕内传来枪声。

罗妹子 （一急）大牛哥——（欲冲下）

二　叔 （急忙拦住）你不能去！

罗妹子 要生一块生，要死一块死！（甩开二叔，又要冲下）

　　　　　〔陈大牛执火铳暗上。

陈大牛 罗妹子！

罗妹子 （惊喜地）大牛哥！

陈大牛 肖阎王到处抓你，快逃吧！

罗妹子 逃？逃到哪里去啊？（唱）

　　　　　天涯茫茫，苦海滔滔，

　　　　　我一片黄叶往哪飘？

> 高山重重，云路迢迢，
>
> 我苦命的寡妇往哪逃？

二　叔　（唱）听说红军下了山，

> 专打地主和土豪，
>
> 隔山东坪全红了。

罗妹子　红了？什么叫红了？

二　叔　我也说不清楚，你表叔不是在东坪吗，快去吧。（接唱）

> 留得青山在，
>
> 不怕没柴烧。

陈大牛　趁四下无人，快走吧！

〔突然，幕内追兵又至："哈哈！罗寡妇躲在这里呢！""快抓呀！谁抓到归谁玩呀！哈哈！"

陈大牛　我来对付他们，你们快走！

罗妹子　大牛哥——

二　叔　走！（拉罗妹子下）

〔大牛开铳反击，枪声激烈。

〔灯渐暗。

第　二　场

〔东坪圩口，一角酒店。

〔幕内伴唱：

> 千年铁树开红花，
>
> 千年土地回老家。
>
> 土豪劣绅威风倒，
>
> 贫苦工农笑哈哈。

〔伴唱声中灯亮，手持小红旗的群众欢乐过场。

〔两个戴红袖章的人把一张大红标语贴在墙上。

店老板　卖酒啰！糯米酒娘，又甜又香，革命同志，都来尝尝，有钱付钱，无钱赊账！

〔罗家富和女红军小柳上。

罗家富	吴老板,生意好啊!
店老板	好好好,搭帮共产党,保护小工商,生意兴隆通四海,财源茂盛达三江哪,哈哈! 罗书记,你们坐,喝碗酒来。
罗家富	别客气,今日逢圩,要开大会批斗黄斑虎呢。
店老板	好啊,等下我也参加一个。
罗家富	可得上台发言啰!
店老板	我吴三元什么时候落后过呀? 哈哈哈!

〔罗家富、小柳下。

罗妹子　（内唱）

　　　　冲出了沉沉黑夜,

　　　　翻过了重重山岗。

〔罗妹子风尘仆仆地上。

罗妹子　（唱）这东坪怎这般天高地阔,

　　　　欢歌笑语,满目红光?

　　　　红缨闪闪亮,

　　　　红旗迎风扬;

　　　　红星头上戴,

　　　　红花挂胸膛。

　　　　红灯笼,高高挂,

　　　　红标语,贴满墙。

　　　　人人脸上是红红的笑,

　　　　红红的笑声拌蜜糖。

　　　　莫非是天公下红雨,

　　　　红得这世界变了样?

〔一群小学生手执红缨枪,高呼口号,押着一个戴高帽子的土豪过场。

店老板	嘿嘿! 老天爷开了眼,没想到这个黄斑虎也有今天!
罗妹子	老板,黄斑虎是什么人呀?
店老板	他你都不晓得呀? 他就是东坪最大的恶霸地主,头上生疮,脚底流脓,坏透了顶!
罗妹子	那班细伢子怎么敢这样对他呀?
店老板	嘿,你还不晓呀? 共产党领导农民闹暴动,穷人翻身掌权了!（唱《暴

动歌》)

> 我们大家来暴动，
>
> 进行农村大革命，
>
> 打土豪，杀劣绅，
>
> 一个不留情。
>
> 建设苏维埃，
>
> 工农来专政，
>
> 无产阶级世界革命，
>
> 最后得成功。

罗妹子　哦！难怪二叔说东坪红了，莫非就是这个意思？老板，你认识我表叔吴有田吗？

店老板　你问吴有田呀，他可是翻身喽，暴动后，他分了黄斑虎三间青砖瓦房，还"由"了一个老婆呢！

罗妹子　什么叫"由"呀？

店老板　"由"呀，就是女人嫁老公，男人讨老婆，比方说，你要是看中了那个后生，只要他愿意，你又合心，就可以手牵手"由"过去！

罗妹子　寡妇可以"由"吗？

店老板　当然可以，谁也不能阻拦。

罗妹子　好啊！等我们牛角湾红了，我就"由"大牛哥！哎，老板，东坪这样红火，是哪个领头？

店老板　农民协会。

罗妹子　农民协会？

店老板　喏，（指墙上那幅标语）你看——

罗妹子　大字墨墨黑，我一个都认不得。

店老板　就这四个字——农、民、协、会，简单说就是农会。

罗妹子　（死死记下）农——会——农民"血"会。

店老板　（纠正读音）农民协会，对了。

罗妹子　老板，农民协会有什么本事呀？

店老板　本事可大呢！只要农会的招牌一挂，来报名的比朝神的还多呢！那天呀，我也报了个名，嗬！那天晚上，几百人冲进黄斑虎家里，吓得他像筛糠一样。我说：'黄斑虎呀，你可是发大沉疴哟？要不要提个火笼你

　　烤烤？'他说：'不敢，不敢，小人表示欢迎。'呸！管他欢迎不欢迎，我们分了他的浮财，开了他的谷仓，他屁都不敢放一个。哈哈哈！

罗妹子　（兴奋地）这农会还这么灵呀！

店老板　（得意地）金字招牌，你说灵不灵！

罗妹子　这招牌到哪里去做呀？

店老板　做？哪有做，那是人家共产党带来的，听说就我们这里才有呢！

罗妹子　有卖吗？

店老板　哪有卖？听说不是这号人，人家共产党还不给呢！（下）

罗妹子　哦……（唱）

> 听了老板一席话，
> 不由心中起浪花。
> 那牌牌果然神通大，
> 祖宗灵牌哪当它。
> 若是我牛角湾也把牌挂，
> 乡亲们定会来参加；
> 若是我牛角湾也把牌挂，
> 肖阎王就得做狗爬。
> 到那时——
> 人人有饭吃，
> 个个有钱花；
> 寡妇也可以"由"，
> 要嫁就出嫁。
> 到时候我定要"由"上大牛哥，
> 做一对恩爱夫妻，白头到老，
> 还要生他一对胖娃娃。
> 心切切恨不得就把牌挂，

（白）只是这牌牌到哪里去找呢？……有了！

（接唱）

> 见标语不由我开了心花！
> 趁无人我暗把标语撕下，

（撕下"农民协会"四个字）

借此宝带回家我自有办法。

〔店老板上。

店老板 哎！你怎么撕标语？你是什么人？站住！

〔罗妹子急下。

店老板 （急喊）不好啦！有人撕标语呀！抓坏人呀！

〔切光。

第 三 场

〔十字路口，茶亭树下。

〔挑担歇脚的、过路的来来往往，他们在窃窃私语。

牛 牯 哎，听说肖阎王跑了？

阿 祥 没错，昨晚我起来喂牛，亲眼见三顶轿子，还有抬皮箱的，不声不响地
出了肖家大院。

毛 崽 阿祥哥，你见多识广，知道是怎么回事？

阿 祥 听说东坪、西坪、竹子坳全都闹红了，肖阎王跑得比兔子还快！

牛 牯 哎？什么叫闹红呀？

阿 祥 我也不清楚，反正地主老财的日子不好过了。

牛 牯 痛快！阿祥哥，我们也闹起来，你来领头吧！

阿 祥 不行不行，我没投过师傅，连哈数都搞不清楚。

牛 牯 我就不信牛角湾找不出一个领头的好汉！

〔众人下。

〔罗妹子手挽竹篮，兴冲冲地上。

罗妹子 （唱）穿山坳，过小桥，

一路走来喜眉梢。

幸亏东坪走一遭，

眼界大开斗志高。

暗暗借来无价宝，

我要依着葫芦来画瓢。

心急顾不得把帮手找，

成立农会要赶早。

（放下篮子，取出木牌，挂在树上）

　　　　十字路口把人招。

（掏出剪开的四个字，蒙了）哎呀，这四个字怎么贴呀？哪个在上，哪个在下呀？待我问问人家——唉，大路头上，有哪个识文断字的哟！待我去找李先生——唉，他家又那么远……咳！管它，先贴上去再说。

（贴成了"民农协会"，念）农、民、协、会！嘿！蛮像！（从篮里取出一只牛角，挂在木牌上面，一看，忍俊不禁，接唱）

　　　　四个大字四四方，

　　　　牛角弯弯挂牌上。

　　　　农民协会长了角，

〔幕内伴唱：

　　　　土不土来洋不洋。

罗妹子　（唱）更加威武更雄壮！

　　　　一块招牌四扇墙，

　　　　农民协会坐中央。

　　　　风吹雨打都不怕，

〔幕内伴唱：

　　　　赛过铁来赛过钢。

罗妹子　（唱）一张石凳溜溜光，

　　　　报名用具摆凳上。

　　　　一只米升一碗豆，

　　　　米升豆子当簿账。

　　　　谁要报名抓颗豆，

　　　　丢进筒里叮当响。

　　　　一颗豆子一颗心，

　　　　千颗豆子筒里装。

　　　　同心（升）合胆办农会，

　　　　活捉恶霸肖阎王。

〔罗妹子点燃爆竹，群众纷纷涌上，争看招牌。

牛　牯　喂，大家不要吵，让阿祥哥认认！

阿　祥　（念）"民、农、协、会"……

罗妹子 不对,是农民协会。

阿　祥 你上面贴的是民农协会呀!

罗妹子 (醒悟,校正)哦!我这双眼睛哪!

牛　牯 哎?你这个农民协会怎么没名没姓呀?

罗妹子 有呀,上面不是挂了牛角呀!

牛　牯 哦,牛角农民协会!(仿牛叫)哞哟——(众大笑)

罗妹子 (一本正经地)笑什么?有什么好笑!你看清楚来,这牛角是直的吗?

毛　崽 是弯的,是弯的!

罗妹子 那该怎么念?

毛　崽 牛角湾农民协会。嘿嘿,有意思!

牛　牯 喂,农民协会是干什么的?

群　众 是啊,你给我们讲讲嘛,我们不晓得啊!

罗妹子 (来劲了)好!乡亲们,前几天我到东坪,你们猜我看到了什么?那可是大开眼界啊!那边呀,天都红了,真的,我从来不打野话。有人认得东坪的黄斑虎吧,以前多神气呀,现在怎么样?连细伢子都押着他游街。真的,是我亲眼看到的,还戴了这么高的纸帽子,跪跪拜拜,就像黄狗吃屎一样呢!(群众开心地笑了)还有,黄斑虎的田呀,谷子呀,全都被农会没收了,分给了穷人。你们不信?我表叔就分到三间瓦房,还有,我表叔打了三年光棍,如今还"由"到一个老婆呢!

毛　崽 (感兴趣地)喂,什么叫"由"呀?

罗妹子 "由"呀,就是女人嫁老公,男人讨老婆。打个比方,你要是看中了哪个妹子,只要她愿意,你又合心,就可以手牵手"由"过去!

〔群众一阵欢笑,气氛十分轻松。

罗妹子 你们看,这块招牌就是东坪带回来的。不信?我罗寡妇自己写不来这字,这是人家共产党写的字,是货真价实的牌子。好了,现在我要问问大家,农会好不好呀?

群　众 好!

罗妹子 大家愿不愿意参加?

群　众 愿意!

牛　牯 (激动地)喂!什么时候开肖阎王的谷仓?

罗妹子 我们准备好了,等下就去!

牛牯　好！开了谷仓，老子要好好吃它一顿饱饭。来！我算一个！

毛崽　有这么好剃的头，我也来一个！

阿祥　我也来一个！

　　　〔群众纷纷报名。

罗妹子　乡亲们！不要挤，一个一个来。愿意参加的，到这碗里抓一颗豆子，放进米升筒里，就算报了名。

牛牯　好！我放第一个！

　　　〔群众接二连三抓豆子报名。

牛牯　（鼓动地）毛崽，你还打什么主意？快去，看有没有老婆"由"她一个。

毛崽　嘿嘿……

罗妹子　对！只要你看中了谁家的妹子，农会帮你做主！

毛崽　要钱不？

罗妹子　不摆酒席不要钱。

毛崽　好！我也来一个。（抓了一颗豆子，丢进筒里）

李先生　（喝骂）住手！你好大的胆子！

毛崽　外公，快去抓豆子，进了农会，"由"老婆不要钱呢。

李先生　无稽之谈！

毛崽　无鸡？有鸡！不但有鸡，还有鹅鸭猪肉分呢。

李先生　胡闹！你可晓得参加农会是要杀头的！

毛崽　（一愣）啊？

李先生　（拉毛崽）还不快走！

罗妹子　慢！李先生，你是个知书识礼的人，读书人就该讲道理，你自己不参加就算了，怎么去拉别人的后腿？

李先生　罗屋人，你来看——（念墙上的告示）"众位乡亲，注意看清，团防布告，严禁通匪，聚众造反，格杀勿论！"（唱）

　　　　　县城离此路不远，

　　　　　城里驻了靖卫团。

　　　　　聚众造反非小可，

　　　　　身家性命难保全。

罗妹子　（唱）怕死不敢来造反，

　　　　　造反不怕险和难。

只要众人同肝胆，

　　众手能把泰山搬。（撕去告示）

李先生　（又拉毛崽）毛崽，快走！

毛　崽　（欲抓回那颗豆子）我的豆子——

罗妹子　（阻止地）不行！男人嘴，将军箭，泼出去的水，射出去的箭，不能收回！

毛　崽　我不参加了——（去抢米升，豆子撒了一地，有人欲捡）

罗妹子　（威严地）不准捡！谁捡了就是肖阎王的走狗！

　　〔众人一怔，面面相觑。

　　〔忽然"砰"的一声枪响，众人惊慌失措，四散逃下。

　　〔罗妹子急忙收拾招牌。

　　〔团丁涌上，枪口对准罗妹子。

　　〔罗妹子无所畏惧，昂然挺立，亮相。

　　〔收光。

第 四 场

　　〔夜晚，肖家土牢。

罗妹子　（唱）更鼓声声催人醒，

　　　　黑牢森森冷如冰。

　　　　遍体鳞伤不觉痛，功败垂成痛我心。

　　　　为什么东坪栽花花茂盛？

　　　　为什么家乡插柳不成荫？

　　　　为什么刚刚开船就漏水？

　　　　为什么刚刚花开就凋零？

　　　　莫非是炒熟的豆子不发芽？

　　　　莫非是自做的木牌牌不灵？

　　　　莫非是夹生的米饭不相黏？

　　　　莫非是米升难量众人心。

　　〔幕内伴唱：

　　　　问明月，问星星，

　　　　星星不知月不明。

罗妹子　（唱）大牛哥啊，我的心上人，

　　　　　　　阿妹想你泪花淋。

　　　　　　　原只想洞房花烛同欢笑，

　　　　　　　谁料想新娘未做做囚人。

　　　　　　　妹死后，你别伤心，

　　　　　　　阿妹死了还有魂。

　　　　　　　阿哥打猎南山走，

　　　　　　　妹变清风伴你行；

　　　　　　　阿哥想妹五更夜，

　　　　　　　阿妹陪你到天明。

　　　　〔骚鸡背着枪，提灯笼上。

骚　鸡　（连唱带念）

　　　　　　　男人们叫我老嫖客，

　　　　　　　女人们叫我骚公鸡。

　　　　　　　老嫖客，骚公鸡，

　　　　　　　哪个见色心不迷。

　　　　　　　皇帝老子也贪花，

　　　　　　　吕洞宾也把仙姑戏。

　　　　　　　美貌女子最勾魂，

　　　　　　　秋波一转，我的魂归西。

　　　　　　　喜只喜，罗氏寡妇长得美，

　　　　　　　一朵野花惹人醉。

　　　　　　　阿哥子想她发了癫，

　　　　　　　想得我口水滴答滴。

　　　　　　　巧只巧今晚轮着我值勤，

　　　　　　　学一个牛郎织女甜蜜蜜。

　　　　（轻佻地）罗妹子，小娇娇！

罗妹子　呸！

骚　鸡　嘻！还蛮神气嘞！神气又怎么样？今晚上你可是我手中的糯米团，要
　　　　你扁就扁，要你圆就圆。罗妹子呀，你犯的罪可不轻啊，听说要砍脑壳
　　　　嘞！唉，一朵好花就要谢了，真可惜啊！俗话说：人生一世，吃喝玩乐，

像你这样标标致致的妹子,白白跟木头人睡了十多年,连男人的味道都没尝过,真可惜呀!不开声?莫非有意了?不错,等我再挑逗她几句。罗妹子呀,好花不常开,好景不常来,人生一世,谁不想风流一时呀,干脆今晚就让阿哥我来陪陪你吧?

罗妹子 ……

骚　鸡 你想好没有呀?

罗妹子 (故意地)你说什么呀?

骚　鸡 我说你要是愿做我的老婆,我就放了你。

罗妹子 放我?你不怕杀头?

骚　鸡 我怕什么!脚底擦油我不晓得溜呀!要是你愿意,我们两个一起跑。

罗妹子 我不想连累你……

骚　鸡 嘻嘻,我怕什么连累哟,不是老子吹牛,莫说肖阎王,就是南兵北兵我也见多了呢,怕什么!(边说边开牢门,嬉皮笑脸地向罗妹子摸去)

罗妹子 你死开!

骚　鸡 嘻嘻,没关系,夜深人静,又没外人。

罗妹子 你再要上前,我就扭你的嘴巴!

骚　鸡 嘻!何必这么绝情呢?

罗妹子 天下绝情的男人多,既然要相好,你得带我走,天涯海角不变心。

骚　鸡 当然,当然。

罗妹子 你要发誓。

骚　鸡 (咚地跪下)上有青天,下有土地,我骚鸡要是变心,雷打火烧,不得好死。好了,誓也发了,愿也许了,心肝,我们就——

罗妹子 看你——

骚　鸡 噢,对,对!(吹灭灯笼,把枪放下,去摸罗妹子)心肝,你在哪里哟?

〔二人在黑暗中周旋。

罗妹子 大哥,还不过来。

骚　鸡 宝贝,你在哪——

〔罗妹子一枪砸去,骚鸡应声倒下。

罗妹子 (边砸边骂)死骚鸡,天杀的,叫你尝尝姑奶奶的味道!

〔罗妹子出够气后,反关牢门,逃下。

〔灯暗。

第 五 场

〔欢腾的音乐声中灯亮。东坪的土戏台上,正在进行军民联欢大会。军民们正在观赏一出苏区舞蹈,舞毕,热烈鼓掌。

小　柳　下面,有请县委书记罗家富同志来个节目,大家说好不好呀?

众　人　好!

小　柳　(鼓动地)罗家富!

众　人　来一个!

小　柳　罗家富!

众　人　来一个

小　柳　一二三!

众　人　快快快!

〔罗妹子匆匆上。

罗家富　(从观众中站起)好吧! 要演等下,先让我准备一下。

小　柳　好,我们等你。下一个节目,由我为大家演唱一曲《罗家富办农会》。

罗妹子　什么? 罗寡妇办农会? 这不是唱我吗?

小　柳　(唱)一曲新词情意浓,

　　　　　　弦歌悠悠唱英雄。

　　　　　　英雄就是罗家富,

　　　　　　一片丹心似火红。

罗妹子　(高兴地)哟,真的是唱我罗寡妇呀!

小　柳　(接唱)

　　　　　　路曲曲,山重重,

　　　　　　万事开头难成功。

　　　　　　一人拾柴火不旺,

　　　　　　首次造反落了空。

罗妹子　(醒悟地)对啊! 一个篱笆三个桩,一个好汉三个帮,我不就是输在没有帮手,一个巴掌拍不响吗?

小　柳　(唱)罗家富,志不穷,

　　　　　　半夜越狱出牢笼。

> 披星戴月把救星找,
>
> 得见救星毛泽东。

罗妹子 毛泽东?我可没碰见姓毛的呀。

小 柳 (接唱)

> 罗家富,展笑容,
>
> 毛委员教导记心中。
>
> 拜别救星回家转——

罗妹子 不对呀,我人都还在这里,怎么说我回去了?

小 柳 (接唱)

> 昼夜奔忙播火种。
>
> 走村寨,入茅棚,
>
> 访饥寒,问苦衷。
>
> 痛说阶级仇,
>
> 联络穷弟兄。
>
> 奋臂挥戈闹暴动——

罗妹子 不对不对!根本没有这回事,妹子,你唱错了!

小 柳 (没听见,继续唱)

> 高举红旗打冲锋——

〔罗妹子忍不住跳上戏台,扯住小柳。

罗妹子 我说妹子,你不要再唱了,再唱下去可要把我羞死了!

小 柳 你是谁?

罗妹子 我是罗寡妇呀!

小 柳 你是罗家富?

罗妹子 不骗你,我真的是罗寡妇!

〔众人大笑。

罗妹子 不要笑!不要笑!

〔众人笑得更响。

罗妹子 (赌气地)好!要笑就等你们笑饱来!

罗家富 (走上戏台)同志妹——

罗妹子 我不姓同,我姓罗!

〔众人又是一阵欢笑。

罗家富	你叫什么名字？
罗妹子	我没有名字，我姓罗，人家都叫我罗寡妇。
罗家富	哦！怪不得！
罗妹子	难道你们这里也有一个罗寡妇？
小　柳	他就是我刚才唱的罗、家、富！
罗妹子	（惶恐地）哦！我听错了，对不起，请别见怪。
小　柳	请你先下去好吗？
罗妹子	不！我要问问他：大叔，你是不是也办了农会？你会带徒弟吗？我是专门来投师傅的。
罗家富	啊？
罗妹子	你要不带徒弟，就带我去见那个毛……毛什么？
小　柳	毛泽东？
罗妹子	对，他一定是你们的师傅头。大叔，他在哪里？你带我去见他吧！

　　〔店老板忽然走上戏台。

店老板	嘿嘿！我看了老半天，总算把你认出来了！
罗妹子	（有点慌乱）你……
店老板	不认识啦？罗书记，那天在我店门口撕标语的就是她！

　　〔众人的目光一齐注视罗妹子。

罗妹子	我不是撕，是借，是借！
店老板	有借有还，拿来呀——
罗妹子	被、被肖阎王烧掉了……
店老板	吓！果然是肖阎王的奸细，罗书记，把她抓起来吧！

　　〔台下众人附和。

罗家富	大家静一静。你刚才提到肖阎王，莫非你是牛角湾人？
罗妹子	是呀。
罗家富	你就是牛角湾那个挂招牌、抓豆子办农会的罗寡妇？
罗妹子	你怎么晓得？
罗家富	你的事全东坪都晓得了，你好胆量啊！
罗妹子	可惜饭好差灶火，真不好意思。大叔，你就收我做个徒弟吧！
罗家富	（故意地）这可得考考你。
罗妹子	那你考吧。
罗家富	（唱）一考你闹革命为了什么？

罗妹子	（唱）为的是换好命，"由"上大牛哥。
罗家富	哎，闹革命是为了劳苦大众，怎么是为了自己呢？
罗妹子	等我革命成功了再给大家革也不迟呀！
罗家富	（唱）二考你闹革命依靠哪个？
罗妹子	（唱）一靠亲二靠友大家合伙。
罗家富	又错了，闹革命是要依靠广大人民群众，怎么能单靠亲戚朋友呢？
罗妹子	亲戚朋友更肯帮忙呀！
罗家富	（唱）三考你闹革命有何本领？
罗妹子	我走得、饿得、苦得、累得——（接唱）

　　　　　　更有那赤胆一颗。

罗家富	哈哈哈！干革命学问大得很，单凭这点本事，差得远呢！
罗妹子	不懂我会学，你教我嘛。
罗家富	这个……
罗妹子	不要这个那个了，你今天收也好，不收也好，反正我要跟你走！
罗妹子	赖着不走了？
罗妹子	你今天不收我，我就赖在这里不走了！（赌气地坐在地下）
罗家富	哈哈！快起来，我是和你闹着玩的，其实我早就看中了你这个徒弟！
罗妹子	（一骨碌爬起，跪下）师傅！（唱）

　　　　　　面对师傅双膝跪，

　　　　　　悲喜交加泪双飞。

　　　　　　从此跟定共产党，

　　　　　　生生死死永相随。

罗家富	（风趣地）同志们，刚才我和我这个徒弟算是演了一出戏，名字就叫《拜师记》，节目演完了，谢谢大家！
罗妹子	（笑容满面，四面鞠躬）谢谢大家！谢谢大家！

　　　　〔众笑，灯暗。

第 六 场

　　〔夜晚，牛角湾的竹林里。

　　〔罗妹子手挽竹篮机警地上，仿青蛙叫。

〔陈大牛暗上,也仿青蛙叫。

〔两种青蛙声此起彼伏,越叫越近。

陈大牛　(欣喜地)罗妹子!

罗妹子　大牛哥!

陈大牛　(唱)多日不见心上人,

罗妹子　(唱)丢了心肝失了魂。

陈大牛　(唱)喊遍青山不见妹,

罗妹子　(唱)妹在梦里把哥寻。

陈大牛　(唱)听说阿妹受了刑,

罗妹子　(唱)可恨世道路不平。

陈大牛　(唱)想救阿妹无踪影,

罗妹子　(唱)苦命的鸟儿飞东坪。

陈大牛　(唱)飞东坪,

罗妹子　(唱)找救星;

陈大牛　(唱)拜菩萨?

罗妹子　(唱)学真经。

陈大牛　(唱)天下乌鸦一样黑,

罗妹子　(唱)东坪的日头耀眼明。

陈大牛　(唱)阿妹为何这般高兴?

罗妹子　(唱)经霜的红梅喜迎春。

陈大牛、罗妹子　(二重唱)妹欢笑,哥开心,

　　　　　　　　春风吹散万里云。

〔陈大牛情不自禁地握住罗的手,罗触电似的抽了回来。

陈大牛　你怎么了?

罗妹子　(严肃地)正经一点!别乱摸乱摸的,我现在是革命干部了。

陈大牛　革命干部?你当官了?

罗妹子　上级派我回来建立组织,开展武装斗争,建立红色政权。

陈大牛　是不是又要办农会了?

罗妹子　现在不叫农会,叫苏维埃,是真心实意为群众服务的政府,是——

陈大牛　好了好了,我问你,我们什么时候"那个"?

罗妹子　我现在给你谈革命,你扯那个干什么?

陈大牛　你干革命不就是为了"那个"吗？

罗妹子　扯淡！干革命是为了人民大众,怎么是为了"那个"？

陈大牛　照你这么说,我们就不要"那个"了？

罗妹子　以后再说。

陈大牛　还以后？我都三十了！

罗妹子　那……你得依我一件事。

陈大牛　要彩礼？

罗妹子　不是。

陈大牛　要坐轿？

罗妹子　不是。

陈大牛　那你要什么？

罗妹子　我要你参加我们的组织。

陈大牛　苏维埃？

罗妹子　怎么样？

陈大牛　我劝你不要去冒这个风险。

罗妹子　那你还想不想跟我"那个"？

陈大牛　想。

罗妹子　想你就参加,不参加你就别想！

陈大牛　罗妹子——

罗妹子　别叫我！少你这粒麻子我也要做成饼！

陈大牛　你……行吗？

罗妹子　怎么不行？我现在是投过师傅的人了,哑巴吃汤圆——心里有数。

陈大牛　就我们两个？

罗妹子　还有我二叔,他已经答应了。还有李先生,等下也会来。

陈大牛　要我来可以,不过,等你革命成功了,你可不许"由"别人哩！

罗妹子　你放心,我哪个都不"由",就"由"你。

陈大牛　(憨笑)嘿……

罗妹子　(嗔爱地)你呀！(朝他额上戳一指头,又急忙抚摸)疼吗？

陈大牛　(学罗妹子)别乱摸乱摸,我现在是革命干部了！

　　　　〔罗妹子嗔笑地追打大牛下。

　　　　〔二叔提灯笼引李先生上。

二　叔　李先生,小心一点。

李先生　唉,三更半夜的,你带我去哪里?

二　叔　我不是说了,村头的刘屋嫂肚子痛,请你去看病呀。

李先生　怎么钻到竹篷里来了?

二　叔　到了你就晓得。

〔罗妹子、陈大牛上。

罗妹子　李先生。

李先生　(吓了一跳)啊! 这……这是怎么回事?

罗妹子　(一笑)李先生,对不起,我不这样请你,你就不肯来了。

李先生　唉! (转身便走)

〔二叔吹灭灯笼,李先生不辨路径,欲走不能。

二　叔　李先生,既然来了,就别走了,来,这里有块石板,你请坐。

罗妹子　李先生,实话对你说吧,朱毛红军下了山,四边天角都红起来了,我们牛角湾要成立苏维埃,我们请你也来参加。

李先生　(惊恐地)不,我不参加,我不参加……

罗妹子　你别害怕,这次不比上次,这回有共产党的领导,有红军撑腰,保险马到成功!

李先生　不,不……

罗妹子　苏维埃是穷人的靠山,你李先生也受过肖阎王的压迫,难道你就不想翻身?

李先生　我……(一个劲地摇头)

罗妹子　(故意地)参不参加当然由你,不过苏维埃的名单上已经写上了你的大名,坐牢杀头恐怕由不得你了!

李先生　(信以为真)我的天啊! (唱)

　　　　　　　听罢言来吓破胆,
　　　　　　　手脚冰冷头冒汗。
　　　　　　　罗氏做事太武断,
　　　　　　　分明逼我上梁山。
　　　　　　　罗屋人啊!
　　　　　　　我双手没有四两力,
　　　　　　　七老八十有何能,

　　　　　　世上多少英雄汉,

　　　　　　你要我老朽为哪般?

罗妹子　我叫你来,又不是要你舞刀弄枪,你能帮我写写画画就行。

李先生　不行啊!(接唱)

　　　　　　我妻儿子女一桌半,

　　　　　　全靠我行医度饥寒。

　　　　　　万一我有个长和短,

　　　　　　全家就要去讨饭。

　　　　　罗屋人,求你开恩,把我的名字划掉,我求求你!

罗妹子　(鄙视地)胆小鬼!

二　叔　(阻止地)罗妹子……

罗妹子　他不肯,你向他磕头呀?

二　叔　一锹能挖出一口井来吗?

罗妹子　这种人胆子小,树叶落下都怕打破头,上次我办农会就是他拆的台!

陈大牛　这样的软骨头宁可不要!

二　叔　我们牛角湾的穷人中只有他断文识字,不要他行吗?

罗妹子　怎么不行? 传单、标语我从东坪带来了,多得是。

李先生　那,我走了啊……

罗妹子　且慢! 先交代,后买卖,谁要是泄露了我的秘密,我罗寡妇对他不客气!

李先生　不敢,不敢。(颤巍巍地下)

　　　　〔罗妹子从篮里取出一面红旗,挂在竹子上。

罗妹子　(庄严地)好,我们开会了。今天晚上,我们牛角湾苏维埃领导小组就算成立了。我这里有雄鸡一只,水酒一壶。(斩雄鸡,将血注入酒中,举杯)来,我们一起向党宣誓:保证革命到底,死不反水!

陈大牛
二　叔　革命到底,死不反水!

三　人　(碰杯)干!

罗妹子　同志们!(唱)

　　　　　　革命就要有肝胆,

　　　　　　敢下火海上刀山。

大牛哥快把猎手联系好，

二叔你再找农友把心谈。

过几天竹林里面开大会，

会后分头散传单。

刮起那红色风暴惊敌胆，

三　人　（合唱）闹它个山摇地动地覆天翻。

〔亮相。收光。

第 七 场

〔深夜，肖家大院，万籁俱寂，偶尔传来打更的梆子声。

〔团丁甲持枪站岗，来回走动。

〔陈大牛翻墙而入，团丁甲惊觉，大牛扑上去与他搏斗。

〔骚鸡急上，欲向陈大牛开枪，罗妹子跳下墙头，挥刀与之搏斗。团丁涌上，开打。

〔院外亮起火把，赤卫队员手执大刀、长矛、火铳，呐喊着冲进大院，势不可当。团丁缴枪投降。

〔众人亮相。收光。

第 八 场

〔肖家大院门外，阳光灿烂，红旗招展。

〔唢呐鞭炮声中灯亮，赤卫队员们把"牛角湾乡苏维埃政府"的木牌挂起，众人欢呼雀跃。

罗妹子　哈哈哈！（唱）

一夜之间换天地，

肖家大院飘红旗。

苏维埃牌子高高挂，

穷乡亲得翻身扬眉吐气。

看来革命并不难，

打天下坐江山也不稀奇。

只要多花几斤力，

实现共产主义也容易。

件件工作安排定，

陈大牛　（接唱）

"那个"事情要对她提。

罗妹子！罗妹子！

罗妹子　（一本正经地）别乱叫，我现在是乡苏主席了。

陈大牛　噢，罗主席！

罗妹子　什么事，陈大牛同志？

陈大牛　我想单独跟你谈谈。

罗妹子　单独什么，就这里谈。

陈大牛　我想问你，现在革命成功了，我们两个可以"那个"了吧？

罗妹子　"那个"嘛，可以考虑。

陈大牛　（惊喜）你答应了？

罗妹子　你打算什么时候办？

陈大牛　我什么都准备好了，就明天，怎么样？

罗妹子　不！

陈大牛　（一急）那你说什么时候？

罗妹子　就今天！

陈大牛　（大喜）啊！

罗妹子　（唱）盼星星，盼月亮，

日盼夜想做新娘。

洗去头上寡妇名，

还我清白女儿装。

陈大牛　（唱）从此后——

冰化雪消春来到，

花儿成对鸟成双。

罗妹子　（唱）白日里夫妻双双干革命，

陈大牛　（唱）回家来挑水做饭忙又忙。

罗妹子　（唱）到夜晚——

陈大牛　（唱）月光光，照凉床，

床上一对美鸳鸯；

罗妹子　（唱）枕边多少温情话——

　　　　〔幕内伴唱：

　　　　　　尽在绣花被里藏。

陈大牛　（唱）到明年你就把崽养，

　　　　　　生个儿子粗又壮。

　　　　　　眼睛像你嘴像我，

罗妹子　（羞）啐！

陈大牛　噢！（接唱）

　　　　　　喊我爹来叫你娘。

　　　　〔俩人沉浸在幸福的遐想之中。

　　　　〔阿祥拿信急上。

阿　祥　罗主席，东坪罗书记来信。

罗妹子　念。

阿　祥　我认不了几个字。

罗妹子　认得几多算几多。

阿　祥　（念信）"小罗同志……"

罗妹子　（高兴地）哎，这是叫我呢，快念。

阿　祥　"肖、王、大、从、动、日、牛、我、不、退……"

陈大牛　咳！等于白念！

罗妹子　别急，慢慢念，我们来猜。

阿　祥　"肖、王——"

罗妹子　肖阎王！

阿　祥　"大、从、动——"

罗妹子　大——大队人马，从——动——从县城出动！

阿　祥　"日、牛——"

罗妹子　日——日子，牛——牛角湾！

陈大牛　对！一定是说肖阎王什么日子要打回牛角湾。

阿　祥　"我、不、退——"

罗妹子　我们不能后退！

陈大牛　管他哪天来，我叫他肉包子打狗——有来无回！

罗妹子	事不宜迟,赤卫队马上集合,准备打仗!
陈大牛	是!(跑下)
罗妹子	阿祥,你快去找罗书记,请红军马上前来助战。骑马去!
阿　祥	是!(跑下)

〔幕内传来集合的牛角声。二叔领李先生急上。

二　叔	罗妹子,东坪来信了?快拿给李先生认认。
罗妹子	(厌恶地)他?哼!
二　叔	(拿过信)李先生,请你念念。
李先生	(念信)"小罗同志:肖阎王带领大队人马,从县城出发,即日可到牛角湾"——啊!我家也分了他几斗谷子,这便如何是好……(急得团团转)
二　叔	李先生,别害怕,快念下去。
李先生	(战战兢兢地)"敌强我弱,不能蛮干,望火速撤退。"
罗妹子	火速撤退?哈哈哈!李先生,你怕是被肖阎王吓破了胆,自己想逃,才故意哄我们撤退吧?
李先生	老天爷在上,我念的字字是真!
罗妹子	真个屁!我师傅经常教我,与敌人要针锋相对,敢打敢拼,现在敌人来了,他会叫我去当逃兵吗?
二　叔	李先生总不会把信念错吧?
罗妹子	靠不住,这老头一贯胆小怕死,他的话不能相信!
李先生	信不信由你,我走了……(匆匆下)

〔陈大牛率赤卫队上。

陈大牛	报告!赤卫队集合完毕。
罗妹子	同志们!大家都分到了土地和粮食吗?
众队员	分到了!
罗妹子	毛崽,你不是还"由"到一个老婆吗?
毛　崽	"由"到了,嘿嘿嘿!
罗妹子	如果肖阎王要把它夺回去,你们答不答应?
众队员	不答应!
罗妹子	东坪来了信,肖阎王就要打回来了,我命令你们去揍死他,大家有没有这个胆量?
众队员	有!

罗妹子　好！仗打赢了，每人赏大洋十块。出发！

二　叔　慢！罗妹子！（唱）

敌强我弱形势危，

鸡蛋碰石不可为。

罗妹子　（唱）胜利果实要保卫，

岂容仇敌逞凶威。

二　叔　（唱）几支破枪不济事，

人单力薄要吃亏。

罗妹子　（唱）红军援兵随后到，

歼敌全靠这一回。

二　叔　（唱）远水不能解近渴，

劝你不要瞎指挥。

罗妹子　什么？我瞎指挥？

　　　　〔远处传来枪声。

罗妹子　（唱）枪声报警催人急，

军情紧迫火燃眉。

斩钉截铁下命令，

谁敢违抗枪毙谁！

出发！

陈大牛　出发！（率赤卫队急下）

二　叔　（气极）我不干了！（欲下）

罗妹子　（威严地）站住！难道你忘了我们喝过血酒吗？

二　叔　（一怔）……

罗妹子　肖阎王就在眼前，难道我们能贪生怕死，拍屁股走人吗？

二　叔　（一震）……

罗妹子　这样做，我们还对得起党，对得起乡亲们吗？

二　叔　唉！

罗妹子　二叔，你还要当好我的军师才是啊！

二　叔　事到如今，只有通知乡亲们把粮食财物藏好，往山里转移。

罗妹子　不！我正想把乡亲们组织起来打仗！

二　叔　啊?!　你这不是把乡亲们往死路上赶吗？

罗妹子　不！这叫人多力量大，吓都要把敌人吓死！三妹子！

三妹子　到！

罗妹子　快去通知乡亲们：有大刀的带大刀，没大刀的带长矛，没有大刀长矛
　　　　的，镰刀、扁担、木梓棍也好，统统跟我上阵杀敌！

三妹子　是！（急下）

　　　　〔枪声越来越密。

　　　　〔牛牯急上。

牛　牯　罗主席！肖阎王人多枪多，像潮水一样，我们快挡不住了！

罗妹子　告诉陈大牛，拼命顶住，不能后退！

牛　牯　这……

罗妹子　我和援兵马上就到，快去！

牛　牯　是！（急下）

　　　　〔枪声激烈，有抬伤员的群众匆匆过场。

二　叔　（焦急地）罗妹子！你不能再糊涂了，再打下去，赤卫队就要全军覆没，
　　　　陈大牛也难免一死，难道你真的不怕做寡妇吗？

罗妹子　（心头一震。下意识地）不，我不做寡妇，我不做寡妇！快，快叫他们
　　　　撤退——

二　叔　嗳！（欲下）

罗妹子　且慢！（唱）

　　　　　　　猛想起罗书记教我学革命，

　　　　　　　师傅的传教句句在心。

　　　　　　　个人重三两，革命重千斤，

　　　　　　　一事当前先为群。

　　　　　　　牛角湾夺来不容易，

　　　　　　　乡亲们刚刚得翻身。

　　　　　　　我岂能动私念立场不稳，

　　　　　　　我岂能负重托去当逃兵。

　　　　　　　苏维埃大旗不能倒，

　　　　　　　洒尽热血也要拼！

二　叔　（绝望地）完了！完了！我找罗书记去！（急下）

　　　　〔陈大牛急上。

陈大牛　罗妹子！

罗妹子　又叫罗妹子！

陈大牛　咳！罗主席！肖阎王来势凶猛，赤卫队死的死，伤的伤，子弹也快打光了，我看……

罗妹子　（脸一沉）你想怎么样？

陈大牛　（忙改口）拼命顶住，绝不后退！

罗妹子　（高兴地）这就对了！

陈大牛　可是……再打下去，我们全部都要"光荣"了！

罗妹子　你怕死？

陈大牛　死我不怕，就怕再也见不到你。说真的，罗妹子，撤退吧，我舍不得你啊！

罗妹子　（严厉地）陈大牛！你这是什么思想！大敌当前，你还谈这个！把红袖章给我下掉！（逼大牛下了红袖章）好，你可以退了，你退吧，你退吧！（愤然欲下）

陈大牛　（大吼一声）回来！是死是活我去顶，你不能去！共产党万岁！（欲冲下）

罗妹子　等等！（把红袖章递给大牛，大牛接过，一把握住罗妹子的手，又触电似的缩回去）

罗妹子　（伸出手）你摸吧，使劲摸吧！

陈大牛　不！我要亲你！

罗妹子　（热泪盈眶）大牛哥……

　　　　〔枪声逼近，陈大牛来不及亲罗妹子一口，大吼一声，冲下。

　　　　〔阿祥急上。

阿　祥　（上气不接下气地）罗主席！罗主席！

罗妹子　（惊喜万分）阿祥！你回来了！红军呢？是不是红军来了？啊！红军来了！我们有救了！

阿　祥　（气喘吁吁地）没，没有，罗主席，我们搞错了，红军转移了，罗书记来信是叫我们不能蛮干，要赶快撤退啊！

罗妹子　（惊呆）撤退？

　　　　〔牛牯背陈大牛急上。

牛　牯　罗主席！肖阎王打进圩上来了，大牛哥刚冲到街上就中了子弹……

罗妹子　（大惊）陈大牛！陈大牛！你醒醒……

陈大牛　（微弱地）罗妹子……我不行了……让我亲你……一口……（死去）

罗妹子　（撕心裂肺地）大牛哥！是我害了你呀！（唱）

晴天霹雳惊雷响，

心肝碎裂痛断肠。

悔恨交加血泪涌，

肖阎王！

不送你上西天，我决不下战场！

〔团丁涌上，罗妹子拔出大刀，奋勇拼杀。

〔危急之际，突然冲锋号响，罗家富率赤卫队杀上，团丁溃退。

罗妹子　（声泪俱下）师傅……

罗家富　快撤！

〔切光。

〔幕内伴唱：

牛角湾，牛角湾，

天上还有九重天，

甩开大步朝前走，

管它山高路又弯。

〔伴唱声中，灯光复明，天幕上霞光万道。罗妹子从罗家富手中接过一
只绣着五角星的书包，庄重地背起，坚毅地朝霞光走去……

〔群众和赤卫队员们向罗妹子挥手祝愿……

〔幕徐闭。

——剧终

（此剧本原名《好一朵山茶花》，由赣南文工团以歌剧形式演出。剧本修改
定稿后，更名为《牛角湾》，发表于《影剧新作》2001年第二期。）

腰 缠 万 贯

（大型赣南采茶戏）

时　间　第二次国内革命战争时期

地　点　赣南苏区

人　物　侯有财、桃子、八姑、邱老三、邱主席、贺部长、连元、谷嫂、打师、群众、红军战士、戏子们、地主、轿夫

第一场　投自己一票

〔圩场，古戏台上下。

〔幕内伴唱：

　　　　分粮食喽！

　　　　分浮财喽！

　　　　哟嗬——喂！

〔古戏台上有一条横幅："打土豪分田地"。在邱主席、贺部长的主持下，红军战士们把粮食衣物分发给贫苦群众。

〔幕内伴唱：

　　　　红旗红星红袖章，

　　　　打倒地主分钱粮。

　　　　千年土地回老家，

　　　　贫苦工农把权掌。

邱主席　（呼口号）打倒土豪劣绅！

群　众　打倒土豪劣绅！

贺部长　一切权力归苏维埃政权！

群　众　一切权力归苏维埃政权！

邱主席　革命成功万岁！

群　众　革命成功万岁!

　　　　〔邱主席、贺部长和红军战士押劣绅下。

侯有财　(欢呼)翻身了! 解放了!

　　　　〔侯有财(丑扮)、桃子等戏子穿着戏装,载歌载舞上。

侯有财　(唱)铁树开花朵打朵,

桃　子　(唱)红军来了喜事多。

侯有财　(唱)男男女女打眼拐,

桃　子　(唱)妹子不要缠细脚。

侯有财　(唱)光棍可以"由"老婆,

桃　子　(唱)寡妇可以恋情哥。

戏子们　(唱)虾公笑出眼珠仁,

　　　　　　　鸭婆笑得飞过河。

　　　　〔邱老三敲锣上。

邱老三　选举了! 选举了!

　　　　(横幅翻了过来——"选举大会")

邱老三　乡亲们! 我叫邱老三,现任中华苏维埃共和国老圩乡代理妇女主任。
　　　　今天,乡里派我来选村苏维埃主任,非常时期,一切从简,哪个愿意当
　　　　的就举手! (没人举手)呃嘿? 官都没人当呀?

连　元　(举手)我当!

邱老三　我说哩,再小的官也有人当哇! 上台来,做个自我介绍。

连　元　哎呀! 我不来,我不来,我当不了!

谷　嫂　胆小鬼! 看我的! 邱老三,你看我怎么样?

邱老三　你?

谷　嫂　妇女翻身,男女平等,你们男人能当官,我们女人就不行?

邱老三　行啊,行啊!

谷　嫂　那你说我可不可以?

邱老三　你说你可不可以?

谷　嫂　可以! 我会煮饭,会种菜,会给老公洗衫,会给毛伢子喂奶,我挑谷都
　　　　挑得起一百八十斤!

群　众　哈哈哈!

邱老三　好好好,等下再说。

连　元　我提一个——侯有财！他是我们戏班里的头号角色！

侯有财　不行不行，麻布袋做龙袍——我不是这块料。

谷　嫂　尿浆灰好肥田——你就是这块料！（唱）

　　　　　　有财的戏文唱得好，

　　　　　　丑里八怪惹人笑。

　　　　　　他当主任蛮好玩，

　　　　　　人人拿他当活宝。

桃　子　不好，不好，他瘦不拉几像个猴子，没一点官相。

连　元　要什么官相啊！（唱）

　　　　　　他祖宗三代租田作，

　　　　　　丢下禾镰没饭饱，

　　　　　　一身穷得叮当响，

　　　　　　根红苗正最可靠。

打　师　（唱）贫农子弟掌大印，

　　　　　　　穷人说话他撑腰。

妇女甲　（唱）这后生脾气生得好，

　　　　　　　见到石头都眯眯笑。

谷　嫂　（唱）喜欢和女人扯乱弹，

　　　　　　　喊他做崽都说好。

邱老三　（唱）干部就要人和气，

　　　　　　　群众基础很重要，

　　　　　　　他当主任还合适。

桃　子　哎？人呢？

连　元　（拉出侯有财）在这里——

邱老三　（接唱）

　　　　　　要你龙上天，你偏狗钻灶！

群　众　哈哈哈！

连　元　师兄，你就当起来吧。

侯有财　不行不行，我没这个本事。

邱老三　你演戏都演得，死人都被你演得活，还没本事？

侯有财　师弟，当官好不好喔？

连　元	当然好,至少桃子你就更好勾了哇。
侯有财	哎?是哦!省得她妈妈老是嫌我穷,从来就不正眼看我,我要是当了官,她就不敢这样子(斜着眼)看我了哇。
桃　子	死样子!
侯有财	(看了桃子一眼,有点飘飘然)嘿嘿,想我是想当,就不晓得可当得好?
桃　子	当当当,当你个头!你当了官哪个跟我配戏?你要是做了陈世美我往哪里摆呀?哼!

〔八姑挑一担豆浆上。

八　姑	卖豆浆咯!卖豆浆咯!五个毫子一碗,买一碗送一碗,买两碗——
侯有财	送两碗——(上前献殷勤)八姑,休息一下,休息一下。
桃　子	妈!
谷　嫂	八姑,你的豆浆怎么又涨价了?
八　姑	心不杀,家不发,该涨价时就涨价。
邱老三	不要打岔!侯有财,你当不当啊?
侯有财	我……
八　姑	当!做人不要太老实,当了官好捞钱。
侯有财	捞钱?
八　姑	是呀,你活了三十岁,穷了大半生,如今不捞,还等哪时?你真要想娶我女儿做老婆,就把这个官给我买下来!噢,不对不对,是当起来。
侯有财	(自语地)当了官就可以捞钱,有了钱就可以娶老婆……好!我当!
邱老三	慢!苏区的干部不是说当就能当的,要经过群众选举。
侯有财	怎么选?
邱老三	举手表决。
群　众	好!(举手)
邱老三	(宣布)通过!
侯有财	慢!举手不算,无凭无据,要是反悔怎么办?
八　姑	我有办法!
邱老三	什么办法?
八　姑	(端出一碗豆子)抓豆子——选举!
妇女们	哈哈哈!会笑死,会笑死!
邱老三	(问侯有财)可不可以?

侯有财	可以!
邱老三	(问群众)可不可以?
群　众	可以!
邱老三	好,开始!

〔音乐声中,群众把豆子投入侯有财伸出的戏帽里。

邱老三	选举完毕,一致通过!
侯有财	慢!邱主任,我还一票没投嘞!
邱老三	快投呀!
侯有财	好嘞!(唱)

　　　　豆子圆丁丁,

　　　　捏在指中心,

　　　　红运从天降,

　　　　实在是好开心。

　　　　过去是当戏子打光棍没人瞧得起,

　　　　如今是当主任发号令管辖一个村。

　　　　单身的日子熬到了头,

　　　　不愁娶不到心上人。

　　　　这一票我投的是感谢票,

　　　　感谢乡亲敢信任。

　　　　这一票我投的是表态票,

　　　　当一个清官留美名。

　　　　这一票我投的是祝愿票,

桃　子	(唱)祝愿你从此走好运。
侯有财	(唱)甩掉背时运,
桃　子	(唱)交上发财运,
侯有财	(唱)加上当官运,
桃　子	(唱)配上桃花运,
戏子们	(唱)官运财运桃花运,

　　　　　　越走越称心!

〔侯有财舞起身段,滑稽地投了自己一"票"。

群　众	(鼓掌)好!

妇女们　　侯主任！侯主任！演堂子戏来看一下！哈哈哈！

侯有财　　好好好！演戏就演戏,答谢乡亲们！

〔突然敌机扔炸弹,群众吓得乱跑。

桃　子　　有财哥,快走！

侯有财　　不要跑！不要跑！大家听我的！扑倒！扑倒！

（没一个人听他的）

侯有财　　（要哭了）妈呀,这个官不好当哦！

〔灯暗。

第二场　这个官不好当

〔一年后。

〔八姑的豆腐店内外。

〔戏子们在帮八姑磨豆腐。

戏子们　　（唱）麻石磨,圆又圆,

　　　　　　　　磨到豆腐好赚钱,

　　　　　　　　可惜铜钱没我份,

　　　　　　　　依呀依子哟,磨豆腐,

　　　　　　　　赚吃赚累真可怜。

八　姑　　（唱）细妹子你们莫叫苦,

　　　　　　　　后生仔也莫多埋怨,

　　　　　　　　八姑请你们磨豆腐,

　　　　　　　　依呀依子哟,磨豆腐,

　　　　　　　　男女搭配,搞搞笑笑,眼拐溜溜,口水流到嘴角边。

戏子们　　哈哈哈！

〔桃子跑上。

桃　子　　妈妈妈妈！销公债的来了！

八　姑　　啊！要钱的来了,快,快躲起来！

〔众人下。

〔侯有财背挎包上。

侯有财　　（唱）走村串户销公债,

打起笑脸讨钱忙。

且喜乡亲觉悟高，

认购公债献力量。

只有八姑最落后，

一毛不拔太荒唐！

八姑！八姑在家吗？

〔桃子上。

桃　子　不在家，出去做客了。（示意八姑在里面）

侯有财　哦，出去做客了呀。

桃　子　找她有什么事啊？

侯有财　好事！

桃　子　什么好事？

侯有财　（大声地）她的钱——

〔八姑急上。

八　姑　我的钱，我的钱，我的钱呢？

侯有财　八姑，我是说你的钱要放好来，不要被贼偷掉了。

八　姑　哼，原来你是耍我的呀！

侯有财　我要是不说钱，你怎么会跑出来？

八　姑　（嗤笑）你这个世下鬼！

侯有财　八姑，我口干了。

八　姑　桃子，泡茶。

〔桃子下。

八　姑　有财，我来问你，你都当了一年村主任了，这个官好不好当呀？

侯有财　好当。

八　姑　可有味道？

侯有财　好有味道！

八　姑　给八姑说说，这一年捞到多少？

侯有财　捞到好多！嘘——不能乱讲，不能乱讲。

八　姑　八姑又不是外人，怕什么？

侯有财　真的要听？

八　姑　凡是赚钱的事我都爱听。

侯有财　好,那你就听我道来!（唱）

　　　　　　当官实在是有味道,

　　　　　　大把的"油水"我捞足了。

　　　　　　捞到了苦,捞到了累,

　　　　　　捞到了受气和挨罪。

　　　　　　一分钱薪水都没有,

　　　　　　想餐饭吃也想不到。

　　　　　　没办法,只有自带干粮去办公,

　　　　　　番薯干子来当饱。

　　　　　　如今我还是一条光棍,两袖清风,三餐自费,

　　　　　　四季劳碌,五心不定,六神无主,七上八下,

　　　　　　九九(久久)难熬,十分辛劳。

　　　　　　天呀天,

　　　　　　没想到尽走背时运,

　　　　　　什么老本都亏掉了!

　　　　〔桃子端茶上。

桃　子　活该!你这是木匠担枷——自造!

八　姑　怨天怨地怨你自己,人家当官发财,你当官还要自家带米。

侯有财　带米的又不是我一个。

八　姑　好了好了,时候不早了,是不是在这里吃午饭?

侯有财　想赶我走呀?嘿嘿,午饭我不吃,我吃番薯干。

桃　子　死相!有话就明讲嘛。

八　姑　打开天窗说亮话,是不是来问我要钱?

侯有财　不不不,不是要钱,是来请你老人家买点公债。

八　姑　我都没钱吃饭了,还买公债!

侯有财　不会吧,看样子你请了很多帮工。

八　姑　还请得起帮工?苦都苦死了!

　　　　〔桃子向侯有财使眼色。

侯有财　（计上心来）八姑不要苦,你坐过来,我和桃子演一段戏文你看,让你开
　　　　心开心。桃子,我们唱起来,跳起来!（故意一滑,跌坐在地）哎哟!
　　　　哎哟!

〔戏子们涌上。

戏子们 哈哈哈！跌得好，跌得好！

连　元 师兄，你激动就激动，不要太激动了！

侯有财 （一跃而起）嘿嘿！八姑，你的帮工都出来了！

八　姑 回去！你们都给我回去！

连　元 八姑，我们帮你磨了半天豆腐，只赚了累还没赚到吃呢。

八　姑 还吃！我叫你们吃烧饼！（扬起巴掌追打戏子们）

〔戏子们笑下。

侯有财 八姑，对不起啊。

桃　子 你这个世下鬼，故意出我妈的洋相！

八　姑 不要讲了，去舀碗豆腐脑给有财吃。

侯有财 不要不要，我吃番薯干。

八　姑 那就吃酒娘冲蛋？

侯有财 我吃番薯干。

八　姑 我说有财呀！（唱）

　　　　你的来意我知晓，

　　　　你要放亮眼睛把我瞧。

　　　　我是你未来的丈母娘，

　　　　劝你不要得罪了。

侯有财 （唱）多谢亲爱的"丈母娘"，

　　　　干部的亲戚更要觉悟高。

　　　　购买公债莫落后，

　　　　免得惹人来取笑。

八　姑 （唱）我省钱也是为桃子，

　　　　她是我的独根苗。

　　　　如果你要不听话，

　　　　休想摘我的水蜜桃！

侯有财 好好好，我不摘，我不摘总可以吧？

桃　子 不可以！（唱）

　　　　侯有财你想得好，

　　　　船到江心想抛锚。

　　　　　　桃子等了你两三年,

　　　　　　你想丢我办不到!

侯有财　我不是不摘桃子,我是没有法子,我是想你帮我一下子,叫你妈出点
　　　　票子。

桃　子　是这样啊!好,我帮你,我妈哪个都不怕,就怕我。妈!(唱)

　　　　　　有财的工作不好搞,

　　　　　　千斤重担一人挑。

　　　　　　别人不帮我们帮,

八　姑　(唱)帮他说话你不害臊!

桃　子　(唱)说我臊,我就臊,

　　　　　　我就要和他心一条。

八　姑　(唱)嫁给这个穷光蛋,

　　　　　　你会提箩把饭讨!

桃　子　这么说,你是不肯帮他了?好,你不帮我帮!

八　姑　你想怎么样?

桃　子　我要和你分家!

八　姑　啊!

桃　子　钱归我,房子归你。

八　姑　啊!

桃　子　拿钱来。

八　姑　天哪!我哪有钱啊!

桃　子　拿不拿?不拿就分家!分家!

八　姑　好好好,我拿,我拿。

桃　子　少了,多拿一点。(搜八姑的口袋)

八　姑　短命女子哩,老娘的钱都被你掏空了!

桃　子　(把钱交给侯有财)给你——

侯有财　这么多啊,嘻嘻!

八　姑　笑什么!鬼崽子!一点面子都不给,你会做初一,我就会做初二,你要
　　　　是不赚到钱来,这辈子休想讨我女儿做老婆!哼!(下)

侯有财　八姑!八姑……

桃　子　有财哥,不要叹气,你来看——

侯有财　荷包？

桃　子　这是我特意给你绣的。

侯有财　一个空荷包有什么用，要装满钱来才有劲哇！

桃　子　你想得好！我送你这个荷包就是要你赚到钱来，我们好早点成亲，让我妈脸上也有光呀。

侯有财　我要是赚不到呢？

桃　子　那你就打一辈子光棍去吧，哼！（下）

侯有财　桃子！桃子……唉！花荷包呀花荷包，你要是能装满金条就好喽！

邱老三　（在幕内）侯有财！不要做梦了，快去销公债！

侯有财　（苦笑地）好好好，我会去，你不要总催我嘛！（唱）

　　　　当官难，难当官，
　　　　吃亏受累我有份，
　　　　什么好处都没一点。
　　　　忙扩红，忙生产，
　　　　忙优抚，忙支前。
　　　　白天一身汗，
　　　　夜来一身酸；
　　　　床前月光照，
　　　　烦事万万千；
　　　　做梦都还有任务来，
　　　　压力重重没安生。
　　　　累都还算了，
　　　　就是没个钱。
　　　　三餐半饥饱，
　　　　身上破衣衫。
　　　　老婆还是娶不起，
　　　　可怜夜夜对孤灯。
　　　　都说当官能发财，
　　　　我是越当越穷越寒酸，
　　　　当官当得我会呕血，
　　　　再也不当这鸟毛官。

罢罢罢，

牙根一咬辞职去，

一心一意去赚钱！

连　元　（幕内声）侯主任！你想辞职呀，怕是还要升官哦！

侯有财　啊？升官？

〔收光。

第三场　没想到连升三级

〔几天后。

〔山路上。

〔枪声。

〔身负重伤的邱主席背公文包上。

邱主席　（唱）军事"围剿"敌猖狂，

苏区政权快垮光。

县苏的同志被打散，

冒弹雨突重围我身负重伤。

死，我不怕，

生，我渴望。

身藏金条十二根，

十二座大山压心上。

革命经费比命贵，

万万不能落魔掌。

急盼同志来接应，

切莫昏死在山岗。（昏倒）

〔侯有财上。

侯有财　（唱）心匆匆，步匆匆，

过了横排翻高崇。

乡里区里去辞职，

竹篮打水一场空。

今日下县找主席，

下了官帽一身松。

忽听树上老鸦叫,

石子路上血迹红。

侯有财 (发现邱主席)耶?邱主任!你怎么睡在地上?快起来,快起来,不要着凉了。

邱主席 我,我不是邱主任。

侯有财 打鬼话!你不是乡里的邱老三吗?

邱主席 不是,我是他弟弟邱昌明。

侯有财 啊!你就是县苏的邱主席呀!天哪天,你俩兄弟怎么长得这么像!哎呀,你受伤了!

邱主席 你是?

侯有财 我是老圩村的侯有财呀。

邱主席 哦!有财同志,我们早就知道你工作积极,是全县推销公债的模范。县委已经下文任命你为县财政部部长,要不是形势突变,你早就上任了。你看,这是你的任命书——

侯有财 (恍如梦中)任命书?

邱主席 (取出小布包)有财同志,这包里有十二根金条,是全县人民买公债的钱,你一定要把它交给省财政部的贺部长。

侯有财 是!保证完成任务!

邱主席 拜托你了……(死去)

侯有财 (悲痛地)邱主席!

〔灯暗。追光。

侯有财 (怔怔地)邱主席走了,他怎么走得这么快啊……看看这盖着大印的任命书,掂掂这沉甸甸的金条,我侯有财是不是在做梦啊?(咬手指)哎哟!不是做梦呃。天呀天,我侯有财今天是怎么了?

〔幕内戏谑地唱:

升官了喂!

发财了喔!

哟嗬——喂!

〔音乐大作,出现幻觉:戏子们抬着"财政部长"的金匾舞上。侯有财进入惊喜状态。

〔吹吹打打,桃子坐着花轿袅袅而来,侯有财与她拜堂。

〔幕内伴唱:

　　　　超级浪漫,

　　　　福从天降。

　　　　连升三级,

　　　　又娶新娘。

　　　　腰缠万贯,

　　　　心花怒放。

　　　　红运当头,

　　　　烧了高香!

侯有财　(狂喜地)我可以买好多包子了!买五个丢五个!

戏子们　嗬!

侯有财　我可以喝五碗白酒了!喝死了不要赔!

戏子们　嗬!

侯有财　我可以抱着桃子睡大觉了!(飞吻)啵!

戏子们　嗬!

侯有财　哈哈哈!

　　　　〔"啪啪"两声枪响,侯有财跌坐在地,幻觉灭。

侯有财　(如痴如呆)晕!我这是在天上还是在地下啊?

　　　　〔收光。

第四场　终于把老婆哄上了床

　　　　〔几天后。

　　　　〔洞房。

　　　　〔幕内伴唱:

　　　　连升三级把官当,

　　　　腰缠万贯做新郎。

　　　　懵懵懂懂"发大财",

　　　　欢欢喜喜入洞房。

　　　　〔桃子披着红盖头坐在床前。

侯有财　（唱）新娘子，坐床前，

　　　　　　　红红的盖头遮笑颜。

　　　　　　　一双绣花手，

　　　　　　　放在小腹上；

　　　　　　　两团嫩茶苞，

　　　　　　　挺在胸脯前。

　　　　　　　雾里看花花更美，

　　　　　　　阿哥想她发了癫；

　　　　　　　吃饭忘记拿筷子，

　　　　　　　炒菜忘记放油盐；

　　　　　　　三天两头眠好梦，

　　　　　　　蚊帐床上戏娇莲。

　　　　　　　喜今朝老天开了眼，

　　　　　　　洞房花烛结良缘。

　　　　　　　美梦成了真，

　　　　　　　新娘在眼前。

　　　　　　　心花朵朵开，

　　　　　　　心头扑扑窜。

　　　　　　　一步一步往前靠，（欲揭盖头）

桃　子　（忽然把盖头一掀，接唱）

　　　　　　　这一刻好像等了二十年！

侯有财　（戏腔）娘子，你可是迫不及待呀？

桃　子　（娇羞地）打你！打你！

侯有财　好了好了，时候不早了，我们该睡觉了。

桃　子　死相！看你的脚——

侯有财　哦！对对对，我还没洗脚。

桃　子　我去帮你打水。（下）

侯有财　嘿嘿，过劲，想我侯有财可怜巴巴打了半辈子光棍，从来没人服侍过我，今天呀，我可得好好享受一下做老公的味道了。

　　　　〔桃子端水上。

桃　子　（唱）新郎官，坐到来，

脱掉你那双烂草鞋。

侯有财　（唱）脱了左脚脱右脚，
　　　　　　　　臭气熏天冲鼻来。

桃　子　（唱）想着金条不怕臭，
　　　　　　　　香花朵朵心中开。

侯有财　（唱）她轻轻地洗来柔柔地擦，
　　　　　　　　擦得我春心荡漾难按捺。

桃　子　（唱）洗去昔日苦，擦出今朝欢，
　　　　　　　　洗洗擦擦，擦擦洗洗情满怀。

侯有财　（唱）人有老婆多幸福，
　　　　　　　　快乐温暖又恩爱。

桃　子　（唱）洗好脚，抹干水，
　　　　　　　　给郎换双新布鞋。

侯有财　（唱）穿上新鞋好得意，
　　　　　　　　当这个老公划得来。

侯有财　（悄悄地将她一抱）老婆！

桃　子　（一颤）……

侯有财　（轻声地）我们上床吧？

桃　子　（羞涩地）嗯……

　　　　　〔音乐如水。

侯有财　老婆……

桃　子　你急什么嘛，我有话要跟你说。

侯有财　明天说。

桃　子　我不，我就要现在说。

侯有财　好好好，你说。

桃　子　从今天起，我就是你老婆了，你有没想过要对我表示点什么？

侯有财　表示什么？表示拥抱——

桃　子　你急什么嘛！那荷包呢？给我看一下。

侯有财　就看一下啊——

桃　子　这里面都是金条？

侯有财　嗯，一共十二根。

桃　子　哇！这么多！老公,这荷包能不能让我来保管?

侯有财　不行不行!

桃　子　怎么不行,哪个家不是老婆管钱呀?

侯有财　这个钱还是我来管更保险。

桃　子　哼,那你明天带我去打金首饰!

侯有财　打不得。

桃　子　怎么打不得?

侯有财　这金条不是我的。

桃　子　(一愣)什么? 不是你的?

侯有财　这是县里的邱主席托我交给省里的公款,就是砍了脑壳也不能动!

桃　子　啊!（冲出帐子跳下床)你你你——（唱)

　　　　　你哄了我,你这个大坏蛋!

　　　　　你瞒了我,你这个鬼东西!

　　　　　那天你醉酒露金条,

　　　　　我妈一见笑嘻嘻。

　　　　　催我赶紧嫁给你,

　　　　　还垫钱为你办婚礼。

　　　　　到如今吃了喜酒拜了堂,

　　　　　你才说金条是公家的。

　　　　　大梦惊醒后悔迟,

　　　　　又气又恨恨死你!

侯有财　(唱)对不起,醉酒露金本无意,

　　　　　谁料到你妈爱财太性急。

　　　　　也怪我没把实情对你讲,

　　　　　说实话我也想浑水摸鱼捡便宜。

桃　子　啊!（唱)

　　　　　你投机取巧考第一,

　　　　　没钱你就莫娶妻!

侯有财　(唱)要怪就怪我太想你,

　　　　　充一回阔佬也是为了得到你。

桃　子　(唱)嫁了你这个穷光蛋,

　　　　　　　今后吃饭都吃不起。

侯有财　（唱）你老公不会总姓"穷"，

　　　　　　　腰缠万贯会有期。

桃　子　（唱）呸呸呸，啐啐啐，

　　　　　　　不想听你吹牛皮。

侯有财　（唱）当面给你立字据，

　　　　　　　白纸黑字见心迹。

　　　　　（写保证书）

　　　　　　　我保证三年之内赚大钱，

　　　　　　　让老婆穿金戴银坐飞机。

　　　　　　　若是有财吹牛皮，

　　　　　　　生的儿子没肚脐！

侯有财　拿去——

桃　子　我要现的。

侯有财　现的没有。

桃　子　那就拜拜！（欲下）

侯有财　去哪里？

桃　子　回家。

侯有财　家在这里。

桃　子　这不是我的家。

侯有财　我们是拜了堂的夫妻。

桃　子　跟着你我要吃一辈子亏！（欲下）

侯有财　桃子！

桃　子　（止步）……

侯有财　……好吧，你走吧！（将红盖头扭成一根红绸带）

桃　子　你要干什么？

侯有财　不用你管！

桃　子　有财！

侯有财　闪开！（踏上凳子）

桃　子　（吓坏了）不！有财，你不要上吊，不要啊！你要是走了我怎么办啊！

侯有财　（将红绸带套在脖子上）老婆，我走了啊——

桃　子　（哭喊）有财！你不要走！快下来，我不走了……

侯有财　啊？你不走了？你不走了那我也不走了。（跳下凳子）

桃　子　（吓得瘫坐在地上）我的妈呀……

侯有财　老婆,对不起,你处罚我吧（扑通跪下）

桃　子　啊！两公婆还要跪什么哟！（扶起）

侯有财　（将她一抱）我的好老婆哎！

桃　子　（捶他的肩头）你这个贱骨头,贱骨头！

侯有财　哈哈哈！

〔灯暗。

第五场　饥饿与幻想

〔一年后。

〔景同第二场。

〔婴儿啼哭。连元等戏子缠着八姑（抱着婴儿）不放。

戏子们　（唱）红蛋好吃难剥壳,

　　　　　　　姜酒好吃没几多；

　　　　　　　小里小气做满月,

　　　　　　　依呀依子哟,做满月,

　　　　　　　八姑你冤枉做外婆。

八　姑　（唱）后生仔你莫贪吃,

　　　　　　　妹崽子你莫啰唆；

　　　　　　　有吃有喝就是好,

　　　　　　　依呀依子哟,就是好,

　　　　　　　管它是少还是多。

连　元　八姑,我没吃饱。

戏子们　八姑,我饿了。

八　姑　我也没吃饱,我也饿了！

连　元　八姑,我们去帮你磨豆腐,赚吃,好不好？

八　姑　红军走了,白军来了,豆腐店关门了,八姑要饿死了！（婴儿哭）哎哟,
　　　　我的小宝才真的饿了,桃子！桃子！（下）

戏子们　哟嗬！吃不成了！

连　元　走,我们到圩上去演白天场,不卖票,赚吃。

戏子们　好,走!(欲下)

　　　　　〔邱老三敲锣上。

邱老三　团总有令,追查金条,举报者有赏,隐瞒者坐牢,私藏金条不交者格杀勿论!

连　元　金条?!

　　　　　〔戏子们面面相觑。

　　　　　〔灯暗。

　　　　　〔灯复明。

　　　　　〔山路上,深夜,有隐隐的狗吠声。

　　　　　〔侯有财荷锄上。

侯有财　(唱)红军走了,白军来了,

　　　　　　　贺部长也不知到哪去了。

　　　　　　　找了又等,等了又找,

　　　　　　　等等找找,找找等等我好心焦。

　　　　　　　风声紧,豺狼叫,

　　　　　　　防万一,要趁早。

　　　　　　　乌云遮月秋风起,

　　　　　　　半夜起床埋金条。

　　　　　〔幕内伴唱:

　　　　　　　山寂寂,夜悄悄,

　　　　　　　风吹草木叶萧萧。

侯有财　(唱)花荷包,系在腰,

　　　　　　　荷包里面藏金条。

　　　　　　　今夜将它地里埋,

　　　　　　　明朝再把部长找。

　　　　　　　根根金条交财政,

　　　　　　　保证不少半分毫。

　　　　　(挖地,将荷包埋下)

　　　　　　　忽然间饥饿难忍冷汗冒,

两脚发软身欲倒。

几天粒米未下肚,

饥肠辘辘实难熬!

〔幕内伴唱:

饿啊饿,饿呀饿,

挖几棵草根嘴上嚼。

嚼啊嚼,嚼啊嚼,

忽来梦幻眼前飘。

〔出现幻觉:八姑挑豆浆叫卖上。

八　姑　卖豆浆咯! 卖包子咯!

侯有财　妈,给我来二十个包子。

八　姑　饿痨鬼! 吃这么多不会撑死呀?

侯有财　再吃二十个也撑不死。

八　姑　拿钱来。

侯有财　没钱,记账。

八　姑　你的金条呢?

侯有财　那金条又不是我的,是邱主席牺牲前托我交给组织的,一分一厘也不
　　　　能动。

八　姑　(一怔,忽而大笑)哈哈! 你这个二百五,邱主席死都死了,哪个晓得金
　　　　条在你身上?

侯有财　是我的就是我的,不是我的就是金山银山也不能动。

八　姑　你就这么老实?

侯有财　谁叫我是个革命干部。

八　姑　哼! 人都快饿得笔笔直了,还干部干部!

侯有财　(猛醒)哎呀! 是啊,人都快饿得笔笔直了,还留着金条做什么?

八　姑　快拿出来买吃的啊!

侯有财　对! 买了再讲,这世上还有什么比命更重要!(八姑隐去)

　　　　(唱)挥锄又把金条挖,

挖起金条把山下。

赶紧找个饮食店,

迫不及待叫店家。

〔出现幻觉：

戏子们扮伙计端菜上。

先来一碗米粉肉，

戏子们 好嘞！

侯有财 （唱）再来一盘白斩鸭。

戏子们 来喽！

侯有财 （唱）姜丝鱼头要小炒，

戏子们 （唱）炒呀子炒呀要小炒。

侯有财 （唱）酸菜肚尖要爽牙。

戏子们 （唱）爽呀子爽呀要爽牙。

侯有财 （唱）捶鱼丝，荷包蛋，

戏子们 （唱）花生米，嫩黄瓜。

侯有财 （唱）香菇炖仔鸡，

戏子们 （唱）青椒炒蛤蟆。

侯有财 （唱）大米白饭来三碗，

戏子们 （唱）吃了不够再来加。

侯有财 （唱）再打两斤老谷烧，

戏子们 （唱）吃呀喝呀，喝呀吃呀，

吃它个昏天黑地，满嘴流油，肚皮圆圆像西瓜！

侯有财 哈哈哈！（戏子们隐下）

〔出现邱主席的声音："有财同志，这包里有十二根金条，是全县人民买公债的钱，你一定要把它交给省财政部的贺部长。"

侯有财 （接唱）

声声叮嘱耳边响，

阵阵霹雳心头炸。

金条是公款，

岂能随便花。

回头再把金条埋，（欲埋又止）

似听见小宝饥饿在哭妈。

〔出现幻觉：另一表演区，桃子头缠手帕，在给婴儿喂食。

桃　子 （唱）苦命的娘来苦命的娃，

不该落在穷人家。

缸里没粒隔夜米，

充饥只有番薯渣。

无田无地无戏演，

忍饥挨饿度生涯。

贫病交加有谁怜？

你的爹脚不落屋，心不在家。

侯有财　（唱）听妻言，心如刀扎，

想瘦崽，眼冒泪花。

我也想卖苦力出外挣钱，

我也想借田作糊口养家。

怎奈是负重托责任重大，

不找到贺部长心难放下。

桃　子　（唱）我虽然怨你恨你将你骂，

背地里却疼你身体太差。

侯有财　（唱）一只番薯切三块，

两块往我碗里扒。

桃　子　（唱）男人是家的顶梁柱，

情愿饿我莫饿他。

侯有财　（唱）妻子落下月子病，

没钱医治身体垮。

桃　子　（唱）只要你平安不出事，

再多委屈我吞得下。

侯有财　（唱）愧对老婆愧对崽，

桃　子　（唱）嫁给你这样的丈夫我没办法。

侯有财　（唱）心痛欲裂再把金条挖——

〔幕内伴唱：

救妻救儿救全家。（桃子隐下）

〔出现群众的声音：“侯主任！侯主任！演堂子戏来看一下！哈哈哈！”

侯有财　（接唱）

乡亲们待我亲如一家，

　　　　工作上支持我不说二话。

　　　　买公债骨头熬出二两油，

　　　　有多少穷乡亲忍饥挨饿桌谷卖纱。

　　　　这金条是群众的血汗钱，

　　　　我怎能胡乱侵吞顾自家。

　　　　饿死不做亏心事，

　（又将荷包埋下）

〔幕内伴唱：

　　　　清心对明月，明月照天涯。

〔侯有财身心疲惫，坐下发呆。

〔万籁俱寂。

〔音乐灵动，灯光变幻，舞台上的小草忽然幻化成漫山遍野的映山红。

〔幕内伴唱：

　　　　哎呀嘞！

　　　　日头一出照山崖，

　　　　映山红花开红军来。

　　　　紧紧握住亲人的手，

　　　　热泪滚滚笑颜开！

〔歌声中，红军战士和贺部长上。

侯有财　（激动地）贺部长！

贺部长　有财同志！（紧紧握手）

〔侯有财把荷包交给贺部长。

〔众人鼓掌。

〔幻觉灭。猫头鹰叫。天，依然一片漆黑。

〔女声哼鸣。

〔侯有财还坐在那儿发呆。

〔不远处，桃子抱着孩子在哭泣。

〔侯有财听见哭声，走上前见是桃子，愧疚地低下了头。

〔桃子越哭越大声，忽然转身跑下。

侯有财　（急喊）桃子……（愧疚地打自己耳光）

〔收光。

第六场　腰缠万贯去讨米

〔三年后。

〔景同第一场。

〔打师在表演武功。

打　师　各位乡亲,注意听了,本打师从小练武,医药行道,狗皮膏药,包贴包好。凡是冷水烫到,棉花按到,灯芯打到,丝线刺到,吃茶哽到,一切疑难杂症,包医包好!

群　众　(喝彩)好!

邱老三　师傅! 给我来一张!

打　师　你老人家得了什么病? 是不是睡着了睡不得,吃饱了吃不得?

邱老三　不是,不是。

连　元　我晓得! 是红军走了,你这个妇女主任当不成了,成了个打铜锣的白身人了!

打　师　哦! 原来是没官当了,不习惯了。

邱老三　是啊,是啊,老是吃不下,睡不着,人也瘦掉了,头发也掉光了,还老是牙齿痛,你看,这边可是有点肿?

打　师　别动! (给他嘴边贴上膏药)

邱老三　嘿嘿,嗖凉嗖凉,蛮舒服。

谷　嫂　邱老三! 你这个妇女主任怎么搞的? 好久都不来看我们了,是不是怕还乡团割掉你的小鸡鸡啊?

邱老三　不是不是……

群　众　哈哈哈!

邱老三　(恼羞成怒,敲锣)大家听着! 团总有令,圩场口岸不准聚众闹事,散开! 散开!

〔众人下。

侯有财　(内唱)

　　　　　　贫病潦倒脚又残,

〔侯有财拄棍子上。狗吠。

侯有财　死狗! 死狗! 你过来哇! 去年你咬烂了我的脚,如今又想来咬我的卵

呀,我扫你两棍!(接唱)

寒风瑟瑟又一年。

手拿打狗棍,

身穿烂衣衫;

肩背讨米袋,

破笠半遮颜。

为妻为儿去讨米,

暗把红军的消息探。

走梅窖,过银坑,

上九堡,下营盘。

走了几多风雨路,

爬了几多冤枉山。

左探右问无消息,

好比石头落深潭。

贺部长啊,你到底在哪里?

红军啊,哪日把家还?

再寻找,再打探,

哪怕北风刺骨寒。

挨冻受饿我不怕,

不找到贺部长不心甘!

〔邱老三敲锣上。

邱老三 团总有令,追查金条,举报者有赏,隐瞒者坐牢,私藏金条不交者格杀勿论!

侯有财 邱老三!邱主任!

邱老三 你是?

侯有财 我是侯有财呀!

邱老三 啊!你这是……

侯有财 (苦笑地)前世造了孽,今世讨米吃啊!

邱老三 唉,你也没官当了,落得清闲了。还说我过得苦,你比我过得还苦!

侯有财 (悄声地)可晓得红军到哪里去了?

邱老三 (谈"红"色变)不晓得,不晓得……

侯有财　可晓得省财政部贺部长的下落？

邱老三　她……（欲说又止，左右看看）

侯有财　（兴奋地）她在哪里？快告诉我！

邱老三　她……

侯有财　她怎么样了？

邱老三　她早就被还乡团抓去了，送到城里做了县长的三姨太了。

侯有财　胡说！

邱老三　我刚才还见她和县长在团总家里吃酒，不信你自己去看。（下）

侯有财　（震惊）啊！（唱）

　　　　　　如雷轰顶，心似箭穿，

　　　　　　霎时间，脑子一片空白，

　　　〔幕内伴唱：

　　　　　　好似哑巴吃黄连。

侯有财　（唱）苦苦打听，白天黑夜，

　　　　　　苦苦寻找，万水千山；

　　　　　　苦苦守望，望穿了双眼，

　　　　　　苦苦煎熬，熬碎了心肝！

　　　　　　血雨腥风山河变，

　　　　　　常听得哪个叛变哪个牺牲；

　　　　　　可我万万没想到，

　　　　　　我日思夜盼无限敬仰的贺部长也变节偷生！

　　　　　　革命是如此残酷，

　　　　　　人心是如此善变；

　　　　　　世道是如此险恶，

　　　　　　生存是如此多艰。

　　　　　　寒流滚滚天地暗，

　　　　　　断线的风筝落深渊。

　　　　　　厄运连连万念灰，

　　　　　　心中好像塌了天。

　　　（转念一想）嗨！我愁什么呀！邱老三给靖卫团打锣去了，贺部长给县长当三姨太去了，他们的资格都比我老，职务都比我高，他们都不革命了,我还革什么呀? 我要为自己活一把了! (摸出一根金条)老朋友,老天爷知道我受了那么多苦,把你们赏给我了,从现在起,你们就是我的了,我侯有财可以坐着吃、睡着笑,不用做叫花子了! (舞了起来,忽又百感交集地傻哭)呜……

〔桃子抱孩子急上。

桃　子　侯有财! 儿子病了!

侯有财　啊! 我看看,(一摸)哎呀,烫手!

〔连元上。

侯有财　快,拿这根金条去给小宝看病——

桃　子　金条……

(连元一愣,躲着偷听)

侯有财　快拿去呀!

桃　子　(迟疑地)你不是说这是公款吗?

侯有财　公款又怎么样? 现在归我了。

桃　子　你不是说砍了脑壳也不能动吗?

侯有财　想动就动,怕什么!

桃　子　你想通了?

侯有财　我早就该想通了,我这个二百五!

桃　子　老公,你真好!

侯有财　(欲拿又止)……

桃　子　拿来呀!

侯有财　(讪笑)嘿嘿嘿……(唱)

这金条,本姓公,

只不过暂时寄放我手中。

虽然是组织一时找不到,

我相信寒冬过罢有春风。

贤妻呀,

要命我可以拿给你,

唯有这金条不能动。

桃　子　你不是说这金条归你了吗?

侯有财　刚才是鬼憟了我,说的鬼话。(自打嘴巴)该打! 该打!

桃　子　（唱）你真是一只可怜虫，
　　　　　　　揣着金条甘受穷。
　　　　　　　老婆孩子丢脑后，
　　　　　　　还要说谎把我哄。

侯有财　（唱）老婆孩子我最疼，
　　　　　　　没吃没喝我心痛。
　　　　　　　你看我寒冬腊月去讨米，
　　　　　　　不怕去吹老北风。

桃　子　（唱）看你讨米还蛮光荣，
　　　　　　　丢人现眼辱祖宗。
　　　　　　　如今小宝得了病，
　　　　　　　你得抱他去看郎中。

侯有财　小宝！小宝！哎呀！（唱）
　　　　　　　一见小宝病情重，
　　　　　　　吓得我全身抖抖动。
　　　　　　　万一他有个长和短，
　　　　　　　后悔药要吃到进地窿。
　　　　　　　罢罢罢，
　　　　　　　拿出金条去看病；
　　　　　　　不不不，
　　　　　　　砍掉脑壳也不能动。

桃　子　（唱）今天我算是看透了你，
　　　　　　　你哪有儿子在心中。
　　　　　　　骨肉之情全不念，
　　　　　　　我问你脸红不脸红！

侯有财　我去借，我去讨——

桃　子　等你讨来小宝都没救了！

侯有财　啊……

桃　子　算了，侯有财，我们离婚吧，从今往后，我们一刀两断，各不相干！

侯有财　等等！（犹豫再三，最后用力咬了一点金条给她）借给你！

　　　　〔桃子接过急下。

侯有财	唉,总算为我儿子活了一把!
连　元	哈哈! 师兄,有金条也不告诉我啊。
侯有财	(惊骇)你……
连　元	师兄,不要怕,有钱大家赚,只要你把金条给我一半,我保证不说出去。
侯有财	师弟,这是乡亲们买公债的钱,是捐给红军的公款啊!
连　元	现在还有什么红军,早就散伙了。我们还是把它分了吧。
侯有财	不!
连　元	不舍得呀,那好吧,看在我们兄弟情分上,我就分三根,两根? 一根? 一根总可以吧?
侯有财	伸过手来。
	〔连元伸过手去。
侯有财	(举棍就打)我给你金条! 我给你金条!
连　元	你敢打我!
侯有财	打你我还嫌手脏!
连　元	走! 到靖卫团去讲!
侯有财	你敢!
	〔两人扭打,荷包落地,被连元抢去。
侯有财	(揪住他)乡亲们快来呀!
	〔群众涌上。
谷　嫂	崽古头! 光天化日你敢打抢?
连　元	嘿嘿,我是闹着玩的——(欲下)
打　师	站住! 你手里拿的是什么?
连　元	没什么……
侯有财	他抢了我的荷包,里面是乡亲们买公债的血汗钱哪!
群　众	啊? 拿出来! 拿出来!
连　元	我拿,我拿。对不起啊,师兄……
侯有财	谁是你的师兄! 你这个认钱不认人的龟蛋!
连　元	是是是……
打　师	你要敢去告密,我就叫你从头到脚贴满膏药!
连　元	不敢不敢。(溜下)
侯有财	多谢乡亲们!

谷　嫂　有财兄弟,金条的事暴露了,你还是早走为妙。

侯有财　好。

打　师　等等,我听一个红军伤兵说,油山上还有一支红军游击队。

侯有财　(惊喜)啊! 我这就去找他们!

打　师　兄弟,油山离这里一百多里路,你的脚……

侯有财　不怕! 我是八仙里的铁拐李,腾云驾雾飞万里! 告辞!

众　人　保重!

　　　　〔灯暗。

第七场　只要还有一口气

　　　　〔紧接前场。

　　　　〔山路上。

　　　　〔天低云暗,北风呼啸。

　　　　〔侯有财拄棍子上。

侯有财　(唱)一瘸一拐把路赶,

　　　　　　　急急忙忙去油山。

　　　　　　　山高路远北风紧,

　　　　　　　腹中饥饿不胜寒。

　　　　　　　咳喘老病今又患,

　　　　　　　胸口不适总咳痰。

　　　　　　　忽听背后有人喊,

　　　　　　〔桃子挽个包袱上。

桃　子　侯有财,我可找到你了!

侯有财　(接唱)

　　　　　　　老婆前来为哪般?

桃　子　走,给我回去!

侯有财　回去做什么?

桃　子　离婚!

侯有财　呵呵,还在生我的气呀?

桃　子　我不生你的气生哪个的气! 还不把衣服穿起来,冻死你我才高兴!

侯有财　（笑）嘿嘿嘿。

桃　子　你去哪？

侯有财　去油山找红军游击队。

桃　子　找你个头！天寒地冻的，你不要命了？

侯有财　我要命啊。

桃　子　那我问你，是钱重要还是命重要？

侯有财　钱重要。

桃　子　你是要钱还是要命？

侯有财　我要钱不要命！

桃　子　你！

侯有财　哈哈哈！

桃　子　笑什么！你今天不跟我回去，我就跟你离婚！

侯有财　又来这一套！

桃　子　你回不回？

侯有财　不回。

桃　子　不回就离！

侯有财　我不离。

桃　子　不离也要离！

侯有财　（故意地）好！离就离！离就离！

桃　子　（一怔，哭腔）

　　　　　　　天呃！你个没良心的侯有财哟，

　　　　　　　良心被狗吃掉了呀！

　　　　　　　可怜我跟着你受了多少苦，吃了多少亏，

　　　　　　　你没点心痛，还说要跟我离婚！

　　　　　　　我命苦啊，老娘！

　　　　　　　我可怜的宝崽哟，唉！

侯有财　好了好了，不要哭了。

桃　子　我就要哭！我命苦啊，老娘！

侯有财　求求你不要哭了，老娘！（扑通跪下）

桃　子　哼，又来这一套！

侯有财　你不要搞错了，不是我跪你，我是代表红军跪你。

桃　子　啊！这我可当不起,快起来,快起来!（扶起）

侯有财　多谢老婆!（欲下）

桃　子　等等!

侯有财　又什么事?

桃　子　我要跟你一起去。

侯有财　我又不是游山玩水,有什么好跟的。

桃　子　我要跟。

侯有财　回去。

桃　子　不回去。

侯有财　回去!

桃　子　就不回去!

侯有财　老天爷!这山高路远,又没吃的,你跟着我去讨饭去受苦啊?

桃　子　我不管,我就要跟着你,你走到天边我也要跟着你!

侯有财　（无奈）好好好,我前世欠了你的,走啊。

桃　子　（得意地笑）嘿嘿嘿!

侯有财　（学她）嘿嘿嘿!上坡了。

桃　子　我来拉你。

侯有财　（唱）上坡想起采茶戏,（出现戏子们伴舞）

桃　子　（唱）唱起采茶一身轻。

侯有财　（唱）我扮丑角爱搞笑,

桃　子　（唱）我演小旦最动情。

侯有财　（唱）媚眼飞得溜打溜,

桃　子　（唱）迷死多少看戏人。

侯有财　下坡了。

桃　子　我来扶你。

侯有财　（接唱）

　　　　　　下坡想起当主任,（出现乡亲们伴舞）

桃　子　（唱）官不官来民不民。

侯有财　（唱）白天穿一双烂草鞋,

桃　子　（唱）夜晚提一盏破灯笼。

侯有财　（唱）我做群众的孝顺子,

桃　子　（唱）群众把你当崽亲。

侯有财　过桥了。

桃　子　我来牵你。

侯有财　（接唱）

　　　　　　　过桥想起我的妻，

桃　子　（唱）我是刀子嘴来豆腐心。

侯有财　（唱）吵嘴打架没冤仇，

桃　子　（唱）嘴上骂来心里疼。

侯有财　（唱）腰缠万贯不敢用，

桃　子　（唱）只有我懂得你的心。

　　　　〔侯有财咳喘。

桃　子　（扶他坐下）有财，你这样玩命，吃不吃得消啊？

侯有财　吃不消也要做，谁叫我是革命干部。

桃　子　倒霉干部！

侯有财　我还倒霉？要是红军不走，我都当财政部部长了！

桃　子　你这种人呀，官越大，人越穷！

　　　　〔寒风呼啸，雪花飘飘。

侯有财　哎呀，下雪了，好玩，好玩！

桃　子　快走吧。

侯有财　（戏腔）油山，我铁拐李来也——

桃　子　有财！小心！

侯有财　哎呀！（脚下一滑，滚下山崖，吐出一口鲜血）

桃　子　（大惊）哎呀！你吐血了？

　　　　〔音乐凄婉。

侯有财　（强装笑颜）不要紧，老毛病了。

桃　子　（哭泣）……

侯有财　哭什么，阎王老子还没叫我去呢……不要哭了，等我把金条交给红军
　　　　以后，我就解脱了，就可以好好照顾你和小宝了。

桃　子　有财……

侯有财　我说了，三年之内，定要让你穿金戴银坐飞机。

桃　子　不，我什么都不要，我就要你好好活着。

侯有财 （愧疚地）我这辈子最对不起的就是你，下辈子我当牛做马也要报答你。（咳血）

桃　子 有财！你咳血了！

侯有财 我，我好像有点撑不住了……

桃　子 来人哪！快来人哪！有人吗？有财，你要挺住，我背你下山。

侯有财 不，不用了……老婆，我犯了个错误……我不该在小宝病重的时候，咬了一点金条给他看病，我要是死了，你一定要替我向组织交代，就是卖了我们那间老屋也要还回去啊！（又咳血）

桃　子 （痛哭地）有财！你不能死啊！

侯有财 老婆！我也舍不得死啊！（唱）

　　　　　紧紧拉住妻的手，

　　　　　热泪滚滚腹中流。

　　　　　未曾享福就永别，

　　　　　苍天把我的命来收！

　　　　　我的妻啊！

　　　　　有财一死你要多保重，

　　　　　想我就到梦里头。

　　　　　十五十六团圆夜，

　　　　　你我月下重聚首。

　　　　　夫妻同把戏来唱，

　　　　　来世再来共枕头。

　　　　　我的妻啊！

　　　　　话到嘴边心愧疚，

　　　　　还有一事来相求：

　　　　　千斤重担托付你，

　　　　　望妻挑起往前走。

　　　　　顶风冒雪上油山，

　　　　　代我去把遗愿酬。

　　　　　待等红梅把春报，

　　　　　我死在黄泉也乐悠悠。

桃　子 （心碎地）有财！

〔侯有财把荷包郑重地交给桃子。

〔桃子含泪接过荷包。

桃　子　（唱）手在抖,身在抖,

心在滴血泪在流。

为了这金条,为了这嘱托,

我活活的丈夫把命丢!

有财啊!

你活得辛苦活得累,

活得窝囊活得忧。

在世没顿饱饭吃,

四处乞讨把人求。

死了没副棺材埋,

狂风暴雪把尸收。

千怪万怪你不该来成家,

妻儿跟着你把泪流。

这金条就像索命鬼,

索得你日不宁,夜不安,

腿瘸脚拐,病魔缠身还要去油山,

鲜血吐尽一命休!

结发情,深似海,

容得下万怨与千愁。

桃子我甘愿做你的糟糠妻,

再穷再苦不回头。

你没走完的道路我接着走,

誓把这金条交到红军手!

侯有财　快去……不要两个人……都死在这里……

桃　子　有财!

侯有财　（微弱地）油……山……（气绝）

桃　子　（哭喊）老公!（大山回应）

〔大雪飘飘,洁白的雪花覆盖在侯有财身上。

〔桃子手捧荷包,泪流满面。

〔幕内伴唱：

花荷包,花荷包,

千斤重托系在腰。

一颗丹心金不换,

留得清香万代飘。

〔伴唱中,桃子擦干泪水,把荷包缠在腰间,拿起棍子,奔下。

〔忽然,侯有财苏醒了,他蠕动着,挣扎着,向前爬行,爬行……

〔天地寂静,雪花飞舞……

〔收光。

——剧终

（此剧本入选 2013 年度江西省优秀文学剧本。）

十五的月亮十六圆

（大型赣南采茶戏）

这是一段人生、爱情、婚姻的历程，一段情感残缺、冲突、磨合的历程，其间
充满着人性的苦涩与渴望，最终却在文化的基点上获得圆满。

——题记

时　间　清末民初

地　点　赣南某花灯之乡

人　物　阿　秀——舞灯女

　　　　　水　牯——舞灯队头人，阿秀的丈夫

　　　　　九　灯——扎灯师，后为南洋灯彩公司老板

　　　　　巧　妹——阿秀的女儿

　　　　　叔　公——阿秀的父亲

　　　　　舞灯汉子、媒婆、村民、保镖、侍女、轿夫等

一

　　〔幕内伴唱：

　　　　　章江边上闹花灯，

　　　　　龙腾狮舞乐翻天。

　　　　　人山人海看阿秀，

　　　　　疑是天女降人间。

　　〔歌声中幕启：花灯璀璨，鼓乐震天，场面宏大，热闹非凡。

　　〔水牯舞狮、九灯耍灯，争相向高跷上撒鲜花的阿秀献媚。最后，阿秀
　　把鲜花撒在了九灯头上，众人喝彩。

　　〔花灯散尽，夜阑人静；月色溶溶，村落隐隐；九灯和阿秀在幽会。

九　灯　（唱）一朵莲花九个灯，

赠给妹妹定情缘。

阿　秀　（唱）灯是哥来花是妹，

灯哥哥亮在我心尖尖。

九　灯　（唱）生要恋，死要恋，

生死恋你嫩娇莲。

阿　秀　（唱）生不分，死不离，

生死相爱万万年。

〔莲灯熄灭了，月光如水。

〔俩人深情地相拥着……

〔一支赣南民歌如痴如醉地飘过来（无伴奏）：

十五十六月光光，

妹子私私配情郎。

心肝连肉肉连心，

俩人抱拢做一床。

〔蓦然，一道粗野的骂声从天而降：

水　牯　弟兄们！给我搜！

〔灯大亮，叔公家乱成了一锅粥，水牯带着一伙汉子正在搜寻阿秀。

众汉子　大哥，不见。

水　牯　（一把揪住叔公）老东西！你家阿秀呢？

叔　公　我不知道啊！

水　牯　少来这一套！（唱）

舌头没骨胡乱吐，

你信口说话不算数。

你说过三个女儿任我挑，

你说过新屋造起就拜花烛。

叔　公　（唱）老汉无能家贫苦，

蒙你借钱造新屋。

房子刚刚才造起，

还望后生多宽恕。

水　牯　（唱）你一拖再拖将我要，

今日要拆你的屋！

弟兄们,动手!

〔众汉子正要动手,忽然被一道美妙的歌声吸引住了。

阿　秀　（内唱）

哎呀嘞!

心肝哥哥嫡嫡亲,

一天不见想死人;

清早想你到天黑,

半夜想你到天明。

众汉子　（惊喜地）是阿秀!

水　牯　（呼喊）阿秀!我喜欢你!我要娶你!

众汉子　哈哈哈哈!

〔叔公一惊。

〔收光。

二

〔灯亮。媒婆领头、水牯舞狮、众汉子吹唢呐抬花轿,兴高采烈地舞上。

水　牯　（唱）舞起那个雄狮一身爽,

众汉子　（唱）恭喜大哥做新郎。

水　牯　（唱）左舞个金童勾玉女,

众汉子　（唱）右舞个金鸡戏凤凰。

水　牯　（唱）上舞个狮子滚绣球,

众汉子　（唱）下舞个狂蜂采花忙。

水　牯　（唱）热热闹闹去接亲,

众汉子　（唱）胜过上京做皇上。

〔九灯背个包袱风尘仆仆地上。

九　灯　（唱）初一出门扎彩灯,

十五偷偷赶回来。

实在想念心肝妹,

去找阿秀诉情怀。

〔九灯见水牯舞狮过来,取下包袱当绣球与之嬉戏,边舞边下。

〔暗转,阿秀家厅堂,张灯结彩,喜字高挂。

〔阿秀提莲灯上。

阿　秀　(唱)大红喜字堂上挂,

　　　　　映得我脸上羞答答。

　　　　　羞答答,去出嫁,

　　　　　莲灯伴我去郎家……

〔阿秀遐想,幻觉中出现新郎打扮的九灯,俩人拜堂,欢乐起舞。

〔唢呐鞭炮声起,幻觉消失。

〔叔公与众亲人上,小妹给阿秀盖上红盖头。

〔水牯和九灯舞狮上,"狮子"调皮地咬起红盖头偷看阿秀,众大笑。

阿　秀　(生气)你! 讨厌!

水　牯　(得意地)厌什么厌,你爸把你嫁给我了!

阿　秀　(一愣)什么? 嫁给你了? 爸! 你不是说嫁给九灯吗?

九　灯　这是怎么回事?

阿　秀　(急切地)爸! 你说呀! 你说呀!

〔水牯和众汉子等隐下。

叔　公　(愧疚地)孩子,爸爸不该瞒你,水牯看中了你,非你不娶,要不就要拆
　　　　屋赶我们走,我怕你不肯去,才哄你是嫁给九灯啊!

阿　秀　(如雷轰顶)啊! (唱)

　　　　　只说是嫁给九灯哥,

　　　　　几夜夜做梦都唱甜歌。

　　　　　陡然又说嫁水牯,

　　　　　原来是爸爸哄了我!

　　　　　爸哎,

　　　　　你要我嫁水牯,

　　　　　怎么不告诉我。

　　　　　他的门楼向东向西都不晓,

　　　　　叫我怎么住得乐;

　　　　　他的脾气又凶又犟又厉害,

　　　　　怎么跟他结公婆。

　　　　　爸哎,

我和九灯哥，

情投意又合；

你说新屋造起就过门，

免得夜长梦又多；

谁知你转眼就变卦，

哄我又去嫁别个。

好比利刀割心肝呀，

你叫我怎么对得起九灯哥！

九　灯　（唱）好妹妹，你不要哭哥哥，

　　　　哥哥晓得你爱我。

　　　　只因哥哥不在家，

　　　　险些让妹受折磨。

　　　　好在哥哥回来了，

　　　　天塌下来有我托。

　　　　你就咬定不去嫁，

　　　　我就将命拿来搏。

阿秀、九灯　（唱）三万斤铁水铸肝胆，

　　　　　　天王老子也不奈何！

阿　秀　九灯哥，我们走！

　　　〔水牯、众汉子、媒婆上。

媒　婆　（拦住）哎哟！好马不骑二主，好女不嫁二夫，既然许配了水牯，干吗又跟他走呀，不怕别人笑你偷野老公呀？

阿　秀　（抽她一个耳光）滚！（欲下）

水　牯　（恼火地）站住！我花了铜钱娶你，你就是我的人了，想走，没那么容易！弟兄们！带走！

九　灯　谁敢！（唱）

　　　　任你人多势力大，

　　　　任你钢刀颈上架；

　　　　要想我俩来分开，

　　　　除非是河水倒流，石头开花！

　　　〔水牯和九灯开打，台凳翻飞，众汉子上前助战，情势危急。

阿　秀　（哭喊）别打了！你们别打了！

叔　公　（焦急地）阿秀啊！再打下去九灯就没命了，这个家也完了，看在九灯
　　　　和我们全家人的份上，你就去吧，爸爸我求求你了！（跪下）

众亲人　（也一起跪下）阿秀！姐姐……

阿　秀　（悲痛欲绝）我……去……（昏厥）

九　灯　（嘶喊）阿秀——

　　　　〔一阵凄厉的唢呐声撕心裂肺。

　　　　〔灯暗。

三

　　　　〔灯亮。水牯醉醺醺地上，众舞灯汉子伴舞。

水　牯　（唱）两碗老酒灌下肚，

　　　　　　　昏天黑地去转屋。

　　　　　　　转到屋里抱老婆，

　　　　　　　抱到老婆上床铺。

　　　　　　　上身脱她的红背褡，

　　　　　　　下身脱她的花短裤。

众汉子　（唱）哇！

　　　　　　　下身脱她的花短裤。

水　牯　（唱）脱脱脱，脱不掉，

　　　　　　　她身上穿了六条裤。

　　　　　　　六根裤带捆得紧，

　　　　　　　死死把她的肚皮箍。

众汉子　啊？（唱）

　　　　　　　死死把她的肚皮箍？

水　牯　（唱）我用剪刀剪，巴掌抽，

　　　　　　　硬是把她强制服。

　　　　　　　玩了前夜没后夜，

　　　　　　　还是气得眼鼓鼓！

众汉子　哈！（唱）

　　　　　还是气得眼鼓鼓！

　　　　〔暗转,傍晚,水牯家楼上。

阿　秀　（唱）日落西山暗沉沉,

　　　　　　　点起莲灯念亲人。

　　　　　　　灯儿闪闪哥不见,

　　　　　　　只见天边孤雁鸣。

　　　　　　　听不到哥哥的花灯调,

　　　　　　　看不到哥哥的大眼睛。

　　　　　　　吃不到哥哥的酸杨梅,

　　　　　　　得不到哥哥的恩爱情。

　　　　　　　一天不得一天过,

　　　　　　　满天乌云哪日晴?

　　　　〔阿秀一阵恶心。

　　　　〔水牯端一盘杨梅开心地上。

水　牯　（唱）一盘杨梅鲜鲜嫩,

　　　　　　　买给老婆尝尝新。

　　　　　　　水牯人粗脾气臭,

　　　　　　　爱你是真心。

　　　　〔阿秀不理他。

水　牯　（唱）见你吃酸我高兴,

　　　　　　　邻居说你怀了孕。

　　　　　　　里外工夫我包干,

　　　　　　　不用你费神。

　　　　〔水牯递杨梅给阿秀吃,阿秀还是不理他。

水　牯　哈哈！还生我的气呀？来,宝贝,过来让我亲亲——（阿秀躲闪）老婆
　　　　都做了,还不好意思？（一把搂住阿秀）哈哈哈！

　　　　〔阿秀挣脱。

水　牯　（愠怒,发现莲灯,阴沉地）唔？这灯扎得不错嘛！是他送给你的?

　　　　〔阿秀不理。

水　牯　（妒火中烧）哼！你就给我死了这条心吧！（狠狠往地上一摔）

阿　秀　（惊叫）我的灯——（欲捡）

水 牯 （怒打阿秀）我叫你捡！我叫你捡！（踩灯）捡呀！捡呀！

阿 秀 （发疯似的扑向水牯）你还我的灯——

〔水牯吓蒙了，怯怯地下。

〔阿秀拾起破烂的莲灯，失声痛哭。

〔天边露出一弯冷月，几颗寒星。

阿 秀 （唱）短命鬼，心肠狠，

踩莲灯踩得我肝肠断！

离开娘家才多久，

身心累累尽伤痕。

我要走，我要回，

我要回去找九灯，

扑进我哥的怀抱里，

我要把一肚苦水全哭干！

〔九灯暗上，敲门。

阿 秀 （一惊）谁？

九 灯 （悄声地）阿秀！是我！

阿 秀 九灯哥！（欲开门又止）

九 灯 阿秀，快开门！

阿 秀 （痛苦地）不……九灯哥，我是他的老婆了，你忘了我吧……

九 灯 我忘不了！我到阴间也忘不了！我知道他今天去城里打灯了，不会回来，你快打开门来，我要带你远走高飞！

阿 秀 （唱）怕只怕我一走，

哥哥要受牵连；

更怕连累老爸爸，

全家泪涟涟！

九 灯 （着急地）阿秀！你怎么不说话？

阿 秀 九灯哥，你走吧，他回来了……

九 灯 回来了我也不怕！你开门！你给我开门！

阿 秀 你再不走，我就要喊人了！

〔九灯一惊，痛苦地下。

〔阿秀开门，见九灯远去，不禁心如死灰。

阿　秀　（凄凉地）九灯哥……

〔阿秀进屋，拿出麻绳上吊，忽然一阵恶心，想起腹中孩子，又不忍心。

（接唱）

舍得死，舍得命，

舍不得腹中小姣生。

她是九灯的亲骨血，

她是阿秀的命根根，

她是我眼睛的一汪水，

她是我心头的一盏灯！

〔幕内伴唱：

灯啊灯，小小的灯，

灯啊灯，闪闪的灯；

小灯灯亮在心窝窝，

小灯灯挂在心尖尖。

〔灯暗。

四

〔半年后。

〔一阵婴儿的啼哭声清亮悦耳。

〔灯亮。水牯家，水牯抱着婴儿逗笑，乐不可支。

水　牯　（念童谣）

呜哩哇，呜哩哇，

宝宝女，要出嫁。

不要哭，不要叫，

爸爸背你上花轿。

花轿走掉了，

宝女不见了，

宝女不见了。

〔轻轻地把婴儿放进摇篮，欲下，婴儿啼哭。

水　牯　呵呵呵，爸爸不走，爸爸陪着宝宝。（戴起狮头，念着锣鼓经，逗婴儿）

〔阿秀端糖水上。

阿　秀　哎呀！你这是干什么呀，去去去，别吓坏了孩子！

水　牯　哈哈哈哈！

〔幕内，媒婆喊："水牯！你出来一下！"

〔水牯应声下。

阿　秀　（给婴儿喂糖水）啊，宝宝乖，宝宝听话。（吟唱儿歌）

　　　　　　月光光，岭子背，

　　　　　　鹅洗菜，鸭挑水，

　　　　　　送饭送到岭子背，

　　　　　　捡到一个花妹妹，

　　　　　　和她亲个嘴……

〔聚光：舞台一角，媒婆在对水牯窃窃耳语……

〔隐隐的雷声。

水　牯　（惊愕）什么？怀胎七个月就生孩子……是个野种？

〔"野种！"的骂声反复回响。媒婆隐下。

〔灯光复原。

水　牯　（克制地）我问你，这孩子到底是谁的种？

阿　秀　（一惊）……

水　牯　是我的还是他的？

阿　秀　（惊恐地）……

水　牯　把孩子给我！

阿　秀　（抱紧婴儿）不……

水　牯　（大声）给我！

阿　秀　（哭叫）我不！

水　牯　（夺过婴儿，爆发地）你这个野种——（举起欲摔）

阿　秀　（撕心裂肺地）水牯——

〔霹雳炸响。

〔婴儿大哭。

水　牯　（唱）吞得下千把刀，

　　　　　　吞不下这口气！

　　　　　　娶个老婆二道货，

生个孩子别人的。

一顶绿帽头上戴，

我水牯成了活乌龟！

我哭！

我笑！

我苦！

我恨！

恨不得掐死这小东西！

阿　秀　（唱）天哪！我求求你，

求求你别害我的女。

闺女没有错，

她没得罪你，

要打要杀你朝我来，

要我拿命也答应你！

水　牯　（唱）她那里，哭嘤嘤，

我心头，血淋淋！

弄死这野种，

实在不忍心；

放过这野种，

冤气没处伸；

不认这野种，

家中无宁日；

认下这野种，

又怕口水淹死人！

天啊！

心头乱纷纷！

〔叔公带村民甲、乙上。

叔　公　（唱）女儿生下私生女，

羞在脸上痛在心。

族长命我来把阿秀绑——

绑了！（族人甲、乙绑住阿秀）

阿　秀　（一惊）爸爸！你？……

叔　公　（唱）心如刀绞难开声。

阿　秀　（唱）女儿做错什么事？

叔　公　（唱）未婚先孕出丑闻。

阿　秀　（唱）真心相爱有什么错？

叔　公　（唱）祖规族法不容情。

阿　秀　（唱）你要把女儿绑去哪？

叔　公　（唱）族长说要把你装进猪笼塘里沉！

阿　秀　（震惊）啊！

叔　公　（痛泣）儿啊……

　　　　〔婴儿大声悲啼，阿秀抱起女儿，心痛欲裂。

阿　秀　（唱）女啊，我的好闺女，

　　　　　　　妈妈就要离别你。

　　　　　　　没妈的日子你怎么过，

　　　　　　　今后谁来抚养你。

　　　　　　　饥肠辘辘谁给你喂奶吃，

　　　　　　　雨雪飘飘谁给你添寒衣？

水　牯　（唱）她的泪在淌，我的心在泣！

阿　秀　（唱）女啊，我的好闺女，

　　　　　　　妈妈再也见不到你。

　　　　　　　想妈的时候不要哭，

　　　　　　　想妈要到月夜里。

　　　　　　　月光朦胧是妈含泪的眼，

　　　　　　　夜莺啼血是妈在呼唤你。

水　牯　（唱）怎忍长相别，生死两分离！

叔　公　走吧！

水　牯　慢！（唱）

　　　　　　　老丈人，你老糊涂，

　　　　　　　错把冬瓜当葫芦，

　　　　　　　我和阿秀早就有私情，

　　　　　　　还没成亲就怀了肚。

要说有错是我错，

要浸猪笼要沉塘，

该是我水牯！

〔众人惊讶，面面相觑。

〔水牯解开阿秀身上的麻绳，把婴儿抱给阿秀。

水　牯　阿秀，你别听他们嚼舌头，小心把我们的宝女带好，啊？

阿　秀　（声泪俱下）水牯……

〔音乐起，水牯无言，兀自痛苦。

〔灯暗。出现威严的声音："现已查明，阿秀伤风败俗，未婚先孕，乃是水牯强行所为。婚前越轨，有伤风化，为正乡规，现将水牯绑到祠堂门口，罚跪竹杠一天，以示惩戒！"

〔灯亮。电闪雷鸣，暴雨如注，赤膊的水牯被反绑着跪在竹杠上淋雨。

〔无字歌起：啊……

〔风雨中，阿秀打着雨伞扑向水牯，给他遮雨。

水　牯　你跑来干什么？快给我回去！

〔狂风卷走了雨伞，阿秀赶紧脱下外衣给他遮雨。

水　牯　（怒吼）滚回去！你还在坐月子呀祖宗！听见没有？

阿　秀　我不回去……（失声痛哭）

〔天昏地暗，雷雨交加。

〔灯暗。

五

〔八年后，已是民国初年。

〔叔公家门前，唢呐声声，鞭炮齐鸣，众村民送寿匾上，给叔公祝寿。

〔阿秀提鸡提篮，水牯肩驮巧妹上。

巧　妹　（举着小莲灯）外公！外公！巧妹给你拜寿来了！

叔　公　（高兴地）好好好，快下来，快下来！

巧　妹　（唱）拜寿拜寿，

拜到堂前，

恭祝外公。

又添寿年。

寿年越高，

身体越壮，

眼光脚健，

赛过神仙。

叔　公　哈哈！唱得好，唱得好！

水　牯　爸，这是我在广州给你买的老花眼镜，还是南洋货呢，你试试。

叔　公　啊，好，好。水牯啊，你们一去广州就是几个月，虽说能多赚几个钱，可她母女不放心啊！

巧　妹　爸，外公说得对，外出打灯好辛苦，你别去了，我不让你去！（撒娇）

阿　秀　（阻止地）巧妹！

叔　公　好好好，客人都到齐了，进里面喝酒去吧。

　　　　〔众人下。

　　　　〔九灯衣衫褴褛，形神憔悴，用油纸伞挑个破包袱上。

九　灯　（唱）八年一别家乡远，

　　　　　　　卖艺江湖落魄还。

　　　　　　　羞见叔公与阿秀，

　　　　　　　几番进退步不前。

　　　　〔巧妹玩小莲灯上。

巧　妹　（打量九灯）哎，你是哪个？是讨饭的吧？你的碗呢？

九　灯　去去去，小丫头！

巧　妹　你不要呀，那我走了啊。

九　灯　哎，妹子，这盏灯是谁给你扎的？

巧　妹　是我妈扎的。

九　灯　你妈叫什么名字？

巧　妹　叫阿秀。

九　灯　（惊愕）啊……

　　　　〔阿秀上。

阿　秀　巧妹！快来吃饭了！

巧　妹　嗬！吃饭喽——（跑下）

九　灯　（认出阿秀，脱口而出）阿秀！

阿　秀　　(一颤,回头一看)是你……

　　　　　　〔幕内伴唱:

　　　　　　　　像是在雾里,

　　　　　　　　像是在梦里,

　　　　　　　　雾里梦里都不是,

　　　　　　　　我的心肝哥(妹)呀,

　　　　　　　　我可见到了你!

阿　秀　　(唱)八年不见真想你,

　　　　　　　铁打眼睛都望穿哩。

九　灯　　(唱)八年不见真想你,

　　　　　　　麻石心肝都想烂哩。

阿　秀　　(唱)我想你,他乡的饭菜可吞得下?

九　灯　　(唱)我想你,在家可曾受人欺?

阿　秀　　(唱)我想你,有愁有闷可想得开?

九　灯　　(唱)我想你,受苦受气可会哭啼啼?

阿秀、九灯　　(二重唱)八年春来春又去,

　　　　　　　　　八年人离心不离。

　　　　　　　　　朝朝望莲灯,

　　　　　　　　　夜夜梦归期;

　　　　　　　　　盼来了哥哥(妹妹)的流泪眼,

　　　　　　　　　万语千言不知从哪来说起。

　　　　　　〔绵绵的音乐在流淌……

阿　秀　　九灯哥,这些年在外面好吗?

九　灯　　唉,兵荒马乱,手艺难做,钱没赚到一个,人倒弄得颠颠倒倒。

阿　秀　　我这几年也不知怎么过来的,幸亏身边有个巧妹,心里才有一丝安慰。

九　灯　　巧妹?

阿　秀　　就是刚才那妹子,今年八岁了,还是你当年留下的那点血脉……

九　灯　　啊! 快,快叫她出来!

阿　秀　　巧妹! 巧妹!

　　　　　　〔巧妹上。

阿　秀　　快过来,见过你爸爸……的弟弟。

巧　妹　妈,他不是爸爸的弟弟,他是叫花子!

阿　秀　胡说!

九　灯　孩子! 巧妹!

巧　妹　我不理你,我刚才拿饭给你吃,你还骂我!

阿　秀　死丫头,再胡说我打烂你的嘴! 还不快叫叔叔。

巧　妹　叔叔好!

九　灯　孩子,弟弟妹妹呢?

巧　妹　我没有弟弟妹妹,妈妈说就生我一个。

九　灯　你爸爸会打你吗?

巧　妹　不会,我爸对我可好了,天天叫我宝宝女,还买麻糖、油饼给我吃呢!
　　　　喏,这件花衫就是我爸买的,好看吗?
　　　　〔水牯上。

水　牯　巧妹,你在跟谁说话呀?

巧　妹　我跟叔叔说话呢!

水　牯　(见九灯,一怔)啊?! 是你! (唱)
　　　　　　冤家路窄,冤家路窄,
　　　　　　没想到遇上巧妹的爸。

九　灯　(唱)仇人相见,仇人相见,
　　　　　　恨不得一口吞了他!

阿　秀　(唱)我发抖,我害怕,
　　　　　　一万个惊雷心头炸。

九　灯　(唱)忘不了仇,忘不了恨,

水　牯　(唱)握紧了拳头咬紧了牙。

阿　秀　(唱)九灯啊,快走吧,

九　灯　(唱)大仇未报我不退下。

阿　秀　(唱)水牯啊,算了吧,

水　牯　(唱)这肚子窝囊气,我今天要发一发。

九　灯　(唱)打!

水　牯　(唱)打!

阿　秀　(唱)要打就把我打死吧!
　　　　〔阿秀下意识地护住九灯。

水 牯 （一巴掌过去）你这贱货！

巧 妹 （惊叫）妈！

九 灯 阿秀！

阿 秀 你别管我,你快走！

九 灯 我不！我要你跟我走！

水 牯 跟你走？嘿嘿,好呀！她是我五十块大洋娶来的,你有钱现在就可以把她带走。拿钱呀——十块,五块,一块！一块钱都没有？哈！凭你这叫花子还想赎老婆,下辈子来吧！哈哈哈哈！

九 灯 （气极,冲上去）我杀了你——

阿 秀 （拼命地推开九灯）你走！你给我走！

巧 妹 （死死地挡住水牯）爸！我不让你打架,我要你走,走！（强推水牯下）

九 灯 （欲哭无泪,仰天大笑）叫花子！我是叫花子！（转而痛泣）……

阿 秀 （痛心地）你哭什么！是个顶天立地的汉子你就该挺直腰杆对天发誓！

九 灯 发誓？

阿 秀 你要是个争气的男人,就该活得像个人样,要还是这副可怜巴巴的样子,你以后就别来见我！

〔如雷轰顶,九灯惊呆。

阿 秀 （转而深情地）九灯哥！（唱）

桃花开时我等你,

等你骑着骏马回；

秋月圆时我等你,

等你戴着红花归。

妹要看——

喧天的锣鼓把你迎,

惊喜的目光把你围；

花花的灯彩把你拥,

香香的米酒把你醉。

到那时——

我和巧妹来接你,

手挥莲灯笑微微；

站在人前我好风光呀，

满脸红霞飞！

〔幕内伴唱：

九灯啊九灯，你要争口气，

九灯啊九灯，等你踏着彩云归。

九　灯　（激动得发抖）阿秀！你要等着我！你一定要等着我！（转身欲下）

阿　秀　（叫住）九灯哥！我这里只有两块大洋，你拿去吧——

九　灯　（双手捧过，深深一跪）阿秀！（落泪）

〔音乐缠绵，阿秀深情地送别九灯……

〔远处飘来凄凉的歌声（加女声哼鸣）：

哥哥漂海去南洋，

妹在家中泪汪汪。

眼泪滴落大海水，

问哥几时回故乡。

〔一束聚光罩着水牯，他已在暗处看见了刚才那一幕，内心十分痛苦。

〔巧妹跑上。

巧　妹　爸爸！爸爸！人家说我这件花衫不好看，你说好不好看？爸，我要你说，我要你说嘛！

水　牯　（心烦地扫了她一巴掌）你吵死！

巧　妹　（哭了）……

水　牯　（心疼地）噢噢，别哭别哭，爸爸打错了，爸爸不该打你，我闺女这件花衫最好看，我闺女长得比鲜花还好看！

巧　妹　（破涕为笑，忽又认真地）爸爸。

水　牯　啊？

巧　妹　你是我的亲爸爸吗？

水　牯　这……

巧　妹　人家都说你不是，可我总说是，因为只有亲爸爸才对我这么好呀！

水　牯　（激动）……

巧　妹　爸，等我长大了，我一定好好服侍你，杀鸡卵子给你吃，帮你洗衣服！

水　牯　（眼泪涌了出来）我的好闺女！

〔《月光光》的旋律在萦绕……

〔收光。

六

〔十年后。

〔水牯家。

〔夜,依然是一弯冷月,几颗寒星。

〔幕内伴唱:

　　花开花落又十年,

　　巧妹长成嫩娇莲;

　　明日就要去出嫁,

　　难舍爹娘养育恩。

〔灯亮。巧妹扑在桌上哭泣。

水　牯　(劝慰)傻丫头,别哭了,男大当婚,女大当嫁,哪个没有这一回?你就
　　　　是嫁了,爸还是你的爸,这家还是你的家,哪个敢欺负你,爸爸我揍扁
　　　　他!好了好了,打起劲来,爸爸舞狮子你看喽!(戴上狮头逗巧妹,念)

　　　　呜哩哇,呜哩哇,

　　　　宝宝女,要出嫁,

　　　　不要哭,不要叫,

　　　　爸爸背你上花轿。

　　　　花轿走掉了,

　　　　宝女不见了,

　　　　宝女不见了……(哽咽)

巧　妹　爸,你别哭,我还会回来的,我一定会交代妈妈好好照顾你。

　　　　〔突然,水牯"哇"的一声,猛烈地舞动狮头,宣泄着内心的苦闷,歪倒
　　　　在地。

巧　妹　爸!你怎么了?是不是又痛风了?

水　牯　(长叹一声)唉……

巧　妹　我给你揉揉。爸,我知道你心里不快活,我唱支歌你听吧,你最喜欢听

的。(唱)

　　　　　月光光,岭子背,

　　　　　鹅洗菜,鸭挑水。

　　　　　送饭送到岭子背,

　　　　　捡到一个花妹妹,

　　　　　和她亲个嘴。

　　〔忽然出现巧妹童年时的声音:"爸爸! 爸爸! 我要跟你亲个嘴!"

水　牯　(鼻子一酸)巧妹!

巧　妹　(扑进水牯怀里)爸爸!(唱)

　　　　　明日女儿要出嫁,

　　　　　实在难舍好爸爸。

　　　　　儿走了,你莫牵挂,

　　　　　你要保重你自家。

　　　　　出门打灯你要少喝酒,

　　　　　莫跟人家去打架。

　　　　　风脚有痛要去看,

　　　　　当花的铜钱你要舍得花。

　　　　　还有一事要记到,

　　　　　你要爱惜我妈妈。

　　　　　她嫁你跟你不容易,

　　　　　你们要和和气气恩恩爱爱做一家。

　　〔阿秀在楼上倾听,脸上有惨淡的月光。

水　牯　(唱)女儿的嘱咐记在心,

　　　　　爸也有心事说你听。

　　　　　你妈对我没情分,

　　　　　十八年夫妻冷冰冰。

　　　　　你一走,我更苦,

　　　　　有话不知说谁听。

　　　　　我要跟你一道去,

　　　　　到你郎家去安身。

> 屋旁草棚搭一间，
>
> 一只炉子一盏灯。
>
> 田里五谷我会种，
>
> 园中蔬菜我会淋。
>
> 不求女儿养活我，
>
> 但求女儿暖我心。

巧　妹　(心痛地)爸！你别说了……

水　牯　去，把你妈的那盏花灯拿来。

　　　　〔巧妹下。

阿　秀　(旁唱)

> 他的话，像枚针，
>
> 句句刺痛我的心。
>
> 十八年夫妻做得苦，
>
> 好比生饭不过心。
>
> 自想自责也心痛，
>
> 想开声来难开声。

水　牯　(旁唱)

> 你有苦，我理解，
>
> 你不该把我当外人。
>
> 十八年夫妻十八年爱，
>
> 你何曾施舍我半分。

阿　秀　(旁唱)

> 只为九灯爱我深，
>
> 一点相思到如今。
>
> 铭心刻骨难忘记，
>
> 一个情字叫我怎么分。

　　　　〔巧妹提莲灯上。

巧　妹　爸，这盏花灯都烂了。

水　牯　唉，那都是我当年踩坏的，今天我要好好补回去。

阿　秀　我来补——

水　牯　不,还是我来补。

　　　　　〔巧妹暗下。

水　牯　阿秀,巧妹明天就要出嫁了,我明天也要出远门……我有句话想对你说。

阿　秀　你别说,我知道……

水　牯　知道我也要说。(唱)

　　　　　　　水牯人笨你不嫌,

　　　　　　　好歹夫妻十八年。

　　　　　　　难为你勤勤恳恳长相守,

　　　　　　　虽然酸苦也觉甜。

　　　　　　　明日我要离你去,

　　　　　　　你在家中休挂牵。

　　　　　　　粗重工夫莫去做,

　　　　　　　吃穿不要太省钱。

　　　　　　　有病有痛要去看,

　　　　　　　夜晚睡觉记得把门闩。

　　　　　　　你莫愁,

　　　　　　　犁田割禾我会转,

　　　　　　　干塘抓鱼我上前。

　　　　　　　猪肉鹅鸭我挑给你,

　　　　　　　吵嘴打架我帮拳。

　　　　　　　夫妻一场不容易,

　　　　　　　莫忘这段前生缘。

　　　　　　　灯补好了,拿去吧。

　　　　　〔水牯递灯,阿秀未接,无声抽泣。

　　　　　〔水牯点亮莲灯,再递给阿秀,还是未接。

　　　　　〔一声鸡啼。

水　牯　时候不早了,我要去收拾衣服鞋袜,明天好早点走……

　　　　　〔水牯提着灯向楼上走去,那沉重的脚步声一下一下撞击着阿秀的心灵。

〔阿秀再也控制不住,走上楼梯,拦腰抱住水牯,泪如雨下。

阿　秀　(哭)水牯! 你不要走……

〔水牯一颤,莲灯脱手,滚下楼梯……

〔幕后独唱(无伴奏):

　　　　灯盏装油没几多,

　　　　恋妹不到没奈何;

　　　　好比田中蛤蟆鲇,

　　　　怎得生脚来过河。

〔收光。

七

〔前场的第二天。

〔喧天的锣鼓唢呐、绚丽的彩灯花轿,外加一面"南洋花灯大王"的锦绣旗幡,簇拥着西装革履的九灯,气派非凡地上。

九　灯　(唱)高头大马气轩昂,

　　　　锣鼓喧天,唢呐高扬,

　　　　灯彩飞舞,观者攘攘,

　　　　笑看我衣锦还乡!

　　　　十年海外创大业,

　　　　灯彩公司冠南洋。

　　　　今日荣归接妻女,

　　　　要把孽债一笔偿。

〔暗转,水牯正在家里办喜事,宾客盈门,喜气洋洋。

〔汉子甲惊慌地跑上。

汉子甲　大哥! 大哥! 不好了,九灯找你算账来了!

水　牯　啊!

〔九灯带着四个保镖和侍女上。

〔众宾客惊散。

九　灯　水牯哥! (唱)

向大哥,鞠个躬,

十年了,我们又重逢。

这些年难为你照看她母女,

小弟感激在心中。

五百银圆表谢意,

请还我妻子女儿合家团圆重续旧梦。

〔侍女端过一盘银圆。

水　牯　(唱)好一盘大洋光闪闪,

我看它好比草一盆。

黄金有价情无价,

真情实爱难再生。

你就是搬来金山千万座,

也买不去我心中的情半钱!

九　灯　她本来就是我的人!你同意不同意我今天也要把她们带走!

水　牯　你敢!

九　灯　(冷笑)嘿嘿!哼哼!哈哈哈哈!

水　牯　(盛怒)滚!

众保镖　(掏出手枪)不许动!

巧　妹　(惊呼)爸!

〔巧妹和阿秀出现在楼上。

巧　妹　你是什么人?你捣什么乱?这是我的家,你给我滚!

阿　秀　(喝住)巧妹!

九　灯　(激动地)阿秀!

阿　秀　(心情复杂地)九灯哥,你回来了……

九　灯　(兴奋地)我回来了!我回来了!我今天就是来专程接你的呀,阿秀!

没想到吧,从今天起,我们的梦想就要实现了!(唱)

我要带你去享福,

海岸边有我们美丽的别墅。

吃不完琼浆玉液山珍海味,

穿不尽绫罗绸缎时装洋服。

看不够高楼大厦繁华都市，

赏不尽异国风光南亚明珠。

驱小车我伴你逛闹市，

荡轻舟我陪你游五湖。

闲时打打牌，

兴来跳跳舞。

波斯猫，小洋狗，

丫鬟仆人任你呼。

阿　秀　（心情复杂）不，不，九灯哥，多谢你一片心意，这天大的福分我可承受
　　　　不了啊……

九　灯　（感觉不对）啊？

阿　秀　（有意岔开）噢，九灯哥，你回来得正好，今天是巧妹出嫁的日子，巧妹，
　　　　快来见过爸爸。

巧　妹　他是我爸爸？

水　牯　他是你的亲生父亲。

巧　妹　我怎么没见过他？

阿　秀　你很小的时候他就到南洋去了。

九　灯　巧妹，我的孩子！跟爸爸走吧，爸爸南洋有高楼大厦，有花园，有小汽
　　　　车，还有大把大把的钱，我会给你享不尽的荣华富贵！

巧　妹　我不去！

九　灯　（意外地）什么？你也不去？（有点生气）不行！你是我的亲生女儿，
　　　　说什么我也不能把你留在这里！（对侍女）把小姐带上船去！

巧　妹　（急喊）妈——

阿　秀　九灯哥，巧妹已经许配了人家，今天就要过门，你不能把她带走。

九　灯　（不高兴地）你别管，我有的是钱，我会叫那男的另娶别人！把小姐
　　　　带走！

巧　妹　我不去！我不去！（喊水牯）爸！妈！

阿　秀　九灯哥——

九　灯　（铁青着脸）带走！（巧妹被保镖甲、乙强行拉下）

水　牯　（怒不可遏）放开！快给我放开！你敢抢我的孩子，我跟你拼了——

九　灯　（恨恨地）给我打！

　　　　〔保镖丙、丁毒打水牯，水牯拼命反抗。

阿　秀　住手！住手！（气愤地）九灯！你还不叫他们住手！

九　灯　（凶狠地）你别管！今天我要好好地出出这口恶气！给我狠狠地打！

阿　秀　（气极）我叫你打！（抽九灯一个耳光）

　　　　（唱）都说男人有钱就会变，

　　　　　　谁知你变得这样恶！

　　　　　　三言两语就说打，

　　　　　　你逞什么强来摆什么阔！

九　灯　我是为你出气呀！

阿　秀　（接唱）

　　　　　　你以为他对我蛮凶恶，

　　　　　　其实他脾气虽犟心慈和。

　　　　　　半辈子打灯人硬直，

　　　　　　顾家顾女顾老婆。

　　　　　　赚到钱一分一厘交给我，

　　　　　　回家来砻谷打碓劈柴火。

　　　　　　好食让我吃，

　　　　　　好衫买给我。

　　　　　　巧妹更是他的命，

　　　　　　从小疼爱娇恤多。

　　　　　　只因早孕生巧妹，

　　　　　　他苦苦替你背黑锅。

　　　　　　祠堂门前跪竹杠啊，

　　　　　　差点跪断了那双脚！

水　牯　你别说了！

阿　秀　（接唱）

　　　　　　如今你要我跟你走，

　　　　　　丢他在家怎么过。

　　　　　　衣服脏了谁来洗，

三餐茶饭谁来做。

有病谁给他熬汤药,

有痛叫他喊哪个。

老了谁跟他来做伴,

落雪谁跟他暖被窝。

最怕他那只风脚痛啊,

没人照顾会变瘫!(失声痛哭)

水　牯　(泪流满面)阿秀!(唱)

叫声阿秀我的妻,

伤心的事情莫去提。

要提都是我的错,

是我水牯害了你。

害你有爱爱不得,

害你日夜受委屈。

一害害了你半辈子,

我对不起你,对不起你,对不起你!

从今后,

十八年孽缘一刀斩,

要离要走我答应你!

阿　秀　(唱)我不走,我不离,

秧苗离不开这坨泥。

离不开女儿离不开你,

离不开十八年酸甜苦辣的情和义。

九灯哥啊,原谅我,

九灯哥啊,莫生气。

莲花虽然没并蒂,

莲心永远记着你。

今生不能成双对,

下世再来恋过你。

九　灯　(肝胆欲裂)不!我不!(唱)

我不要下世，我不要下世，

我今生就要你这个人。

妹妹的真情买不到，

妹妹的爱心世难寻。

喝的是南洋水，

想的是心肝妹；

望的是他乡月，

恋的是生死情。

为了你，我立志青云勤发奋，

为了你，我搏击商海历艰辛；

为了你，我抛洒血汗筑爱巢，

为了你，我夜夜做梦赎妹身！

朝朝暮暮盼团圆，

盼来了团圆又要把手分！

万贯家财有何用啊，

千金买不回妹妹的心！

千怨万怨我怨谁？

十八年苦酒强自吞！

〔九灯抓起酒壶猛喝，阿秀阻止。

〔凄恻的音乐如泣如诉……

九　灯　（含着泪光）　啊？这不是我当年送给你的那盏花灯吗？怎么还留着？（深情地抚摸着）

阿　秀　灯在，情在……

九　灯　（感叹地）可如今灯也旧了，情也旧了……

阿　秀　再旧的花灯也一样亮着真情！

九　灯　可这一个情字，你能分为两半吗？（扭灯，撕灯，惨笑）哈哈哈哈……

阿　秀　（大恸，一跪）九灯哥！（泪如雨下）

　　　　〔幕内伴唱：

　　　　　啊！

　　　　　初三初四蛾眉月，

十五十六月团圆。

　　太阳出了又会落，

　　月亮缺了又会圆。

〔歌声中，九灯扶起阿秀，挥泪告别。

〔歌声中，接亲的花轿上，阿秀让九灯和水牯共同背起了巧妹。

〔暗转，花灯璀璨，狮灯劲舞，鼓乐喧天，高跷上的巧妹将鲜花撒向人群。

〔一轮硕大的圆月冉冉升起。

〔幕徐闭。

———剧终

　　（此剧本原名《秀嬷》，获华东第十三届田汉戏剧剧本二等奖，剧本发表于《影剧新作》1998 年第四期。）

鹅　　缘

（大型赣南采茶戏）

时　间　当代

地　点　赣南某农村

人　物　阿宝、秀娥、翠花、毛芋头、小芳、九公公、阿顺、众村民等

第　一　场

〔五彩灯光梦幻般地旋转着，喜悦热烈的音乐声中，众村民簇拥着佩戴"八一勋章"的阿宝上。

〔某领导给阿宝戴上"劳动模范"的红绶带，阿宝喜笑颜开。

〔花花绿绿的钞票漫天飞来，挂满阿宝一身。

〔四姑娘推搡着佩戴新娘花的翠花上，催促阿宝上前示爱。

〔阿宝拥抱翠花，接吻。

〔一声响亮的接吻声，灯暗。

〔起光：睡在床上的阿宝抱着个枕头狂吻不止。

阿　宝　（唱）五色祥光照脑袋，

标致妹子抱在怀。

钞票叠叠飞进袋，

风风光光去把会开。

说是梦，不是梦，

阿宝我生来八字乖。

公公生前是"二万五"，

我是红军的好后代。

公公的勋章胸前戴，

县老爷也把我的马屁拍。

年年给优抚，

岁岁吃信贷。

信贷吃完吃救济，

荷包里总是有钱来。

叹只叹，财源细细一根线，

肚中有饱难发财。

二十七八还打光棍，

不得娇妻上床来。

说是红军后代，其实我也蛮衰，种几粒谷子尽生虫，养几只鹅鸭又遭瘟。想去打工，路脚又远；想做生意，又怕亏本，只好打打红军牌，要几个烧酒钱。

〔小芳上。

小　芳　哥！哥！

阿　宝　小芳，款贷到了没有？

小　芳　贷到了！

阿　宝　贷到几多？

小　芳　一个"0"蛋！

阿　宝　那"救济款""慰问金"呢？

小　芳　一分都没有。

阿　宝　好你个秀娥，你也做得太绝了！

小　芳　哥，秀娥姐说，你不要年年都指望这口奶来吃，现在断奶了，看你怎么办？

阿　宝　哼，我找她去！

小　芳　（阻止地）哥，你还有没有志气？年年向政府伸手要钱，连我都不好意思了！

阿　宝　什么不好意思？我们公公是"二万五"，为革命抛头颅，洒热血，有大大的功劳。

小　芳　公公是公公，我们是我们呀！

阿　宝　公公栽的树，我们就不可以乘凉呀？

小　芳　你的手呢？你的脑子呢？我看你是吃惯了脾气吃昏了头！

阿　宝　你敢教训我？

小　芳　我不跟你这个不争气的哥哥过了,我去打工。

阿　宝　你敢?

小　芳　就敢!

〔翠花出现。

翠　花　好,有志气!

小　芳　嫂子,你?

翠　花　小芳,你刚才的话我都听见了,你做妹妹的都不愿跟他过,难道我这没过门的嫂子还愿跟他过一辈子?

阿　宝　(惊讶)啊? 你想变心?

翠　花　不是我变心,而是你这个"等靠要"让我不放心,我不能跟着你吃一辈子贷款。

阿　宝　有贷款吃还不好? 人家想吃都吃不到。

翠　花　这是我们谈恋爱的时候,你三次带我进城花的钱:第一次你给我买了两个发卡,第二次你请我吃了一杯冰激凌,第三次你请我看了一场录像,一共三块八角钱,还给你。

阿　宝　翠花,不是我不舍得花钱,我实在是拿不出啊!

翠　花　像你这样三根头发上,四根头发下,哪个愿跟着你受穷受苦?

阿　宝　苦怕什么,有感情就可以。

翠　花　感情能当饭吃吗? (唱)

　　　　　人家的男人像座山,

　　　　　你是山下烂泥团;

　　　　　人家的男人像棵树,

　　　　　你是树下草一根。

　　　　　只怪我当初瞎了眼,

　　　　　不该把你红军后代的名声贪。

　　　　　从今后我走路隔你三道岭,

　　　　　一刀两断不相干。

　　　　拜拜! (下)

小　芳　翠花姐! (追下)

阿　宝　哼! 拜拜就拜拜,没你这个黄毛婆我还会打光棍? 我堂堂"二万五"的孙子,人家想高攀都高攀不上! (拿起酒瓶喝酒)

〔秀娥挎个篮子上。

秀　娥　阿宝！阿宝！

阿　宝　我正要找你,(一伸手)拿来——

秀　娥　拿什么?

阿　宝　优抚款、救济款、慰问金呀。

秀　娥　我不是告诉了小芳,给你断奶了吗?

阿　宝　你不怕我饿死呀?

秀　娥　就是要饿死你这个懒虫!

阿　宝　别当了书记就眼睛大,我们可是从小一块玩尿和泥长大的哩!

秀　娥　少啰唆!

阿　宝　真的不给呀?

秀　娥　不给!

阿　宝　好,你不给,我就喝农药你看!(从床下拿出一瓶农药)给不给? 不给
　　　　我就喝啊——

〔秀娥气得一把夺过农药。

秀　娥　你不害臊!(唱)

　　　　　　　你枉为男子汉,

　　　　　　　从头到脚冒馊汗。

　　　　　　　脚下拖双烂凉鞋,

　　　　　　　身上吊件旧布衫。

　　　　　　　年年伸手要救济,

　　　　　　　吃懒了骨头吃出了名。

　　　　　　　人家叫你"老革命",

　　　　　　　背后把你当笑谈。

　　　　　　　你玷污了我们全村人,

　　　　　　　你坏了你公公的好名声。

　　　　　　　你还有什么脸面在世上,

　　　　　　　倒不如投河吊颈去阴间。

　　　　(趁阿宝不注意,换上瓶酒,递给阿宝)喝呀,你喝呀! 喝死你去,世上
　　　　少个懒鬼,政府少个负担!

〔阿宝一震,静场。

阿　宝　（绝望地）优抚款没了,扶贫款、救济款也没了,老婆也没了,妹妹也要
　　　　　走了,大家都不要我了,哈哈,我成了个多余的人!（抓过秀娥手中的
　　　　　"农药"）公公,你别走远,阿宝我跟你来了!（猛喝"农药",一抹嘴巴）
　　　　　好药哇!（唱）

　　　　　　　　一瓶农药灌下肚,
　　　　　　　　天昏地黑眼糊糊。
　　　　　　　　顷刻就要吐白沫,
　　　　　　　　两脚一蹬命呜呼。
　　　　　　　　小命呜呼我不怕,
　　　　　　　　就怕阴曹地府遇见我公公"二万五"。
　　　　　　　　"二万五"见了我这穷光蛋,
　　　　　　　　定要骂我是"二百五"。
　　　　　　　　骂我阿宝死没用,
　　　　　　　　枉为男人大丈夫。
　　　　　　　　人家造新楼,
　　　　　　　　我却住烂屋。
　　　　　　　　人家骑摩托,
　　　　　　　　我却扇脚步。
　　　　　　　　人家钞票一大把,
　　　　　　　　我却是跌掉眼珠都没钱赎。
　　　　　　　　"二百五"对不起"二万五",
　　　　　　　　早知有今日,
　　　　　　　　悔不该有当初。

　　　　　（歪倒在床上）啊,我要死了,我就要断气了……

秀　娥　（忍不住笑）死阿宝,快起来,别闹了,我给你说正事,村里开了会,让我
　　　　　来跟你结对子帮你。

阿　宝　我不要帮了,我都快死了……

秀　娥　快起来,我给你带来了两对鹅种,脱贫致富就从这两对鹅种开始吧。

阿　宝　我不要,我要去向公公报到了,同志们,永别了!

秀　娥　（拉起他）死懒虫,你命大,死不了,你喝的不是农药。

阿　宝　什么?（一骨碌爬起,抓过酒瓶一看,一闻)我的妈呀!我明明喝的农

药,怎么变成烧酒了?

秀　娥　(笑弯了腰)哈哈哈哈!

〔灯暗。

第 二 场

〔三年后。

〔阿宝的新屋门前,有鹅棚、小河等。

〔幕内伴唱:

　　　　过冬的茅草发了芽,

　　　　逢春的枯树开了花。

　　　　一场噩梦惊醒了,

　　　　打声啊嗬忙发家。

〔欢乐的音乐声中灯亮,鹅群喧闹,小芳呼鹅、赶鹅,打扫鹅棚。

小　芳　(唱)阳春三月艳阳天,

　　　　一河灰鹅闹连连。

　　　　哥哥放鹅河边走,

　　　　我清扫鹅棚忙得欢。

　　　　人勤春早家业旺,

　　　　越干心里越香甜。

〔摩托车刹车的声音。

〔毛芋头扛一包化肥上。

毛芋头　小芳!小芳!

小　芳　你又来找我做什么?

毛芋头　找你谈心呀!

小　芳　(害羞)死开!

毛芋头　(憨笑)嘿嘿,是我姐姐见你哥哥种的黑麦草发黄,叫我送袋化肥来催催肥。

小　芳　你姐姐真是太关心我哥哥了。

毛芋头　应该的,帮扶对象嘛。

小　芳　看你一身灰尘,转过身来。(用毛巾帮他掸灰尘)

217

毛芋头　（甜滋滋地）嘿，蛮舒服。（唱流行歌曲）"村里有个姑娘叫小芳，长得
　　　　好看又善良，一双美丽的大眼睛，辫子粗又长……"

小　芳　（害羞地）不许唱！不许唱！

毛芋头　我就要唱，我还要大声唱，唱给你哥哥听。

小　芳　我哥哥不喜欢你，说你长得丑，像只猴牯。

毛芋头　可我有技术，我会给灰鹅"人工授精"，他会吗？

小　芳　什么"人工授精"？

毛芋头　就是给鹅婆盖公呀！

小　芳　哎呀，丑死了，丑死了！

毛芋头　不丑不丑，要不要做给你看？（欲从挎包里拿工具）

小　芳　（蒙着脸）我不看，我不看。

　　　　〔幕内传来阿宝的喊声。

毛芋头　你哥哥来了，我要走了。（欲下）

　　　　〔阿宝上。

阿　宝　毛芋头，不要走，不要走，（端凳子）来来来，坐一下。

毛芋头　不坐。

阿　宝　（端茶）吃茶。

毛芋头　不吃。

阿　宝　嗬！还摆架子呀！你晓得这是哪个的家？是"二万五"的家，这只茶缸
　　　　还是我公公用过的！

毛芋头　哎？你公公那枚勋章呢？怎么不戴了？

阿　宝　戴起来做什么，好让人家又叫我"老革命"呀？哎，你那门技术到底教
　　　　不教？

毛芋头　想学拿钱来——

阿　宝　还要钱呀？我学你的算你有福气！

毛芋头　现钱打现价，没钱不要谈。

阿　宝　毛芋头，你少给我来这套！（唱）

　　　　　　叫声毛芋头，

　　　　　　你别太顽固；

　　　　　　我是红军的亲孙子，

　　　　　　应该来照顾。

毛芋头　嗬！红军的孙子又怎样？要是不能干，你就是天王老子的孙子也没用！

阿　宝　我不能干？你敢说我不能干？

毛芋头　你会"人工授精"吗？你会吗？有本事就演来看一下！

阿　宝　（央求地）总得给点面子咯。

毛芋头　不给！

阿　宝　好好好喂！（接唱）

　　　　　　　叫声贤妹夫，

　　　　　　　　你别太糊涂。

毛芋头　哎，慢来慢来，你叫谁妹夫呀？

阿　宝　叫你呀！

毛芋头　你封我做妹夫了？

阿　宝　未来的妹夫呀。

毛芋头　嘿嘿，我配不上你家小芳。

阿　宝　配得上，你是科技人才。

毛芋头　我长得丑。

阿　宝　你长得靓。

毛芋头　我像个猴牯。

阿　宝　你是个帅哥。

毛芋头　猴牯。

阿　宝　帅哥。

毛芋头　猴牯！

阿　宝　帅哥！（接唱）

　　　　　　　叫声贤妹夫，

　　　　　　　　你别太糊涂。

　　　　　　　你姐是个好书记，

　　　　　　　真心实意将我扶。

　　　　　　　她扶你扶都一样，

　　　　　　　助人为乐最幸福。

毛芋头　嘴巴倒蛮甜，要我时叫我妹夫，不要我时叫我猴牯，我才不上你的狗屎当！

小　芳　毛芋头,你别总摆架子,你想不想我? 想你就教,不想那就拜拜!

毛芋头　(慌忙地)啊! 不拜拜,不拜拜,我教,我教。

　　　　〔秀娥拿本书上。

秀　娥　什么教呀教的,这么热闹呀?

阿　宝　报告书记,我想学你弟弟的"人工授精",他不肯。

秀　娥　(笑)你答应把小芳嫁给他不就肯了?

毛芋头　姐,有希望,他刚才叫了我妹夫呢! 小芳,走,我先教你。(拉小芳下)

秀　娥　阿宝,我给你借了一本市场营销的书,你好好看下子。

阿　宝　看这个有什么用,还不如学人工授精更有味道。

秀　娥　你不要尽顾发展养鹅不注意市场呃。

阿　宝　放心,我这是哑巴吃饺子——心中有数。

秀　娥　你还有什么困难吗?

阿　宝　有。

秀　娥　讲。

阿　宝　报告书记,我没老婆。

秀　娥　怎么,你就想老婆了呀?

阿　宝　你以为我还在玩尿泥呀?

秀　娥　你不是说先发家后成家吗?

阿　宝　我现在不是发起来了?

秀　娥　嗬! 做了两间屋,养了一群鹅,这就叫发呀? 没见过大蛇屙屎!

阿　宝　作田老表够吃够穿,有老婆睡觉不就行了,还想上天?

秀　娥　再要有伙崽女在身边就更好喽!

阿　宝　你别挖苦我,我再没用也比我公公年轻的时候强吧? 他那时都住茅棚、吃野菜、穿烂布根。

秀　娥　可人家却打下了一座江山。

阿　宝　你却想我打一辈子光棍!

秀　娥　我是希望你更有作为。

阿　宝　做媒? 嘿嘿,我正想请你给我做媒呢。

秀　娥　你倒蛮会钻空子,说,喜欢什么样的妹子?

阿　宝　我喜欢——(欲言又止)

秀　娥　说呀。

阿　宝　你会骂我。

秀　娥　我骂你什么？说。

阿　宝　好,我说!（唱）

　　　　　韭菜开花一条心,

　　　　　你就是我的意中人。

秀　娥　（害羞）打鬼话!

阿　宝　（接唱）

　　　　　瓜子脸,桃红色,

　　　　　樱桃口,小腰身。

　　　　　胸挺屁股翘,

　　　　　腿圆腹部平。

　　　　　更有一双迷人眼,

　　　　　秋波一闪会勾魂。

　　　　　你治好了我的懒惰病,

　　　　　你勾走了我的处男心。

　　　　　害得我吃饭好比吞石子,

　　　　　睡觉好比烙烧饼。

　　　　　清早洗脸手提鞋,

　　　　　白糖炒菜当味精。

　　　　　三魂跌掉了两魂半,

　　　　　还有一半不知哪里寻。

秀　娥　你别在那里哄鬼神!

阿　宝　不信? 我可以剖开心给你看。

秀　娥　你剖,你剖呀。

阿　宝　剖就剖!（顺手拿起一把水果刀做开膛状）

秀　娥　（惊叫）哎呀! 你当真要剖呀?

阿　宝　你都不相信我!

秀　娥　（夺过刀）相信你,相信你,你以为这样我就会相信你呀,有本事做出一番事业来我就佩服你。要是像现在这样呀,你这就叫癞蛤蟆想吃天鹅肉——

阿　宝　怎么讲?

秀　娥　痴、心、妄、想！

　　　　〔阿宝跌坐在地,秀娥乐得大笑。

　　　　〔小芳上。

小　芳　哥！秀娥姐,不好了,市场上的鹅跌价了！

阿　宝　跌了几多?

小　芳　一斤跌了二角钱,听说还要跌呢。

阿　宝　啊！(算数)一二得二,二八一十六,三一得三,三六一十八。哇！我的天！这下工夫就跌了我四百八,再跌下去,老命都会跌掉了！

小　芳　跌得好,谁叫你留着卖高价。

秀　娥　好了好了,别争了,听说上海那边鹅好卖,快跑趟上海吧。

阿　宝　上海我没去过,千里迢迢,人生地不熟,万一亏本,屎裤子都会卖掉。

秀　娥　路是人走出来的,市场是闯出来的,你应该出去见见世面。

阿　宝　远走不如近爬,我懒得去花脑筋。

秀　娥　你看你,又缩手缩脚了,你要怕,我同你一起去。

阿　宝　你?

秀　娥　我出一半钱,赚了归你,亏了算我的。

阿　宝　嘿,要得,坐赢不输,还有个标致妹子作陪。好,我去,不过讲定来,赚了钱俩人平分,要是亏了……

秀　娥　怎么样?

阿　宝　你就嫁给我做老婆。

秀　娥　什么什么?

阿　宝　请我吃烤鹅！

　　　　〔众笑。灯暗。

第　三　场

　　　　〔傍晚。上海街头某食品店内外,有几张餐桌。

　　　　〔食品店生意红火,顾客盈门,翠花戴工作帽,穿工作服,忙个不停。

　　　　〔顾客散去,翠花走出柜台。

翠　花　(唱)花开花落又一春,

　　　　　　上海打工历艰辛。

初时苦做制衣女，

后来又到美容厅。

如今开了连锁店，

食品行业竞输赢。

多亏朋友来相助，

生意兴隆誉申城。

搏击商海求发展，

我要做个女强人。

〔阿顺戴眼镜，提个食品袋，文质彬彬地上。

阿　顺　翠花，这是我刚研制出来的第三代香酥鸭，你试销一下，看好不好卖。

翠　花　太好了！阿顺，你坐，喝点什么？

阿　顺　不用，你累了一天，蛮辛苦的，你坐，我帮你倒茶。

翠　花　阿顺，自从你加盟了我的连锁店，我那些鸡鸭食品的科技含量一下子提高了很多，味道也更好了，简直有点供不应求。

阿　顺　我建议你办个食品厂，你有资金，我有技术，我们合在一起开，保证赚钱。

翠　花　好，你尽快拿出个方案来。

阿　顺　哎。(犹豫地)翠花，这是我给你写的信。

翠　花　(诧异地)有话当面说，写信干什么？

阿　顺　我不好意思……啊，等我走了你再看。(急下)

翠　花　(念信)"亲爱的翠花：你是南国一红豆，在我心中发了芽。日日夜夜在生长，但愿开出并蒂花。"(笑)这个书呆子呀！

〔灯暗。

〔二表演区灯亮。

〔秀娥、阿宝分头穿行在上海街头。

秀　娥　(唱)一到上海脚不停，

阿　宝　(唱)急急分头找熟人。

秀　娥　(唱)打听行情找销路，

阿　宝　(唱)好比大海去捞针。

秀　娥　(唱)跑了一天没收获，

阿　宝　(唱)累得腰酸腿抽筋。

秀　娥　（唱）咬紧牙关继续找，

阿　宝　（唱）救命菩萨哪里寻。

〔二表演区灯暗，秀娥隐去。

〔一表演区灯亮。

阿　宝　咦？什么东西这么香呀？

翠　花　（笑脸相迎，说上海话）老板，要不要来点香酥鸭？

阿　宝　等一下……

翠　花　（改说普通话）噢，老板是外地人呀？请坐，喝杯茶——（认出阿宝，一愣）咦？这不是阿宝吗？这个懒鬼怎么跑到上海来了？

阿　宝　（旁白）咦？这个老板娘有点面熟呀？

〔翠花戴起口罩，阿宝没有认出来。

阿　宝　老板娘，你店里收不收鹅呀？

翠　花　（爱理不理地）不收。

阿　宝　你可知道哪里会收鹅呢？

翠　花　不晓！

阿　宝　（苦笑地）唉，求人不如求己，我还是放下架子喊起来吧。（四面吆喝）喂——哪里要收鹅吗？我有鹅卖哟！……咦？（唱）

　　　　　我我我，曲项向天歌，

　　　　　喊喊喊，鬼都没一个。

　　　　　喊得我喉咙壳壳燥，

　　　　　喊得我汗水像雨落。

　　　　　喊得我肚皮贴上壁，

　　　　　喊得我绝力绝气眼落窝。

　　　　　想从前用钱只晓靠政府，

　　　　　到如今一分一厘靠自我。

　　　　　辛劳方知钱难赚，

　　　　　创业才晓路坎坷。

　　　　　好比长征二万五，

　　　　　万水千山经得磨。

　　　　　（声音沙哑地）卖鹅哟！……

翠　花　呀！（唱）

他那里蓬头垢面汗淋淋，

声嘶力竭喊不停。

为生活劳碌奔波无门路，

恰好似我当年孤苦的身影。

虽说是与他断交已三年，

今日里见此情也生怜悯。

喂，你别喊了，坐下来休息一下吧。

阿　宝　不坐，生意还没做，一坐更啰唆。

翠　花　你吃点什么吧，我的香酥鸭蛮香呢！

阿　宝　好吧，给我来二两，尝尝什么味道。

翠　花　好嘞。（端过一盘鸭肉）

阿　宝　（一边吃，一边赞不绝口）好吃，好吃。对了，留一半给秀娥尝尝。（包好，放进挎包）老板娘，多少钱？

翠　花　按价十一块，就拿十块钱。

阿　宝　（掏钱，一愣）啊嗬，我只有九块钱了。

翠　花　（轻视地）好你个男子汉，出门才带这点钱，不会是来骗吃的吧？

阿　宝　笑话！我堂堂"二万五"的孙子会来骗吃？

翠　花　（挖苦地）"二万五"的孙子还用来上海卖鹅？

阿　宝　"二万五"的孙子就不可以卖鹅？

翠　花　好吧，看在你公公的面子上，九块就九块。

阿　宝　不行，还差一块钱，我不能白占你的便宜，我帮你打一小时工可不可以？

翠　花　我要你打什么工，算了。

阿　宝　不能算了，我公公说，"三大纪律八项注意"什么时候都不能忘记。老板娘，要我做什么你就吩咐吧。

翠　花　这……

阿　宝　你不吩咐，那我就自己找了。嘿，等我洗起碗来！（唱）

扭开龙头洗碗筷，

洗去心中良心债。

做人就要有志气，

占人便宜不应该。

〔幕内伴唱：

　　　　哈哈！我的好乖乖，

　　　　一句言话见风采。

翠　花　好了好了，不要洗了，那些碗筷都要被你洗烂了！

阿　宝　（唱）拿起抹布来抹台，

　　　　越抹心里越开怀。

　　　　宁可自己累一点，

　　　　别让人家不痛快。

〔幕内伴唱：

　　　　哈哈！我的好乖乖，

　　　　不愧是老革命的好后代。

翠　花　好了好了，抹干净了！

阿　宝　我再扫扫地——

翠　花　别扫了，等我来。

阿　宝　还是我来。不给你做点事，我过意不去呀！（扫地）

翠　花　（旁唱）

　　　　这小子变得好勤快，

　　　　诚实善良质未改。

　　　　一元钞票见人品，

　　　　恰好似一根春笋出土来。

阿　宝　老板娘，还有什么事？

翠　花　没有了。

阿　宝　你坐，我去给你倒盆洗脚水。（下）

翠　花　别去，别去！（唱）

　　　　过去只看他表面，

　　　　今日才把他了解。

　　　　旧情未了又添好感，

　　　　不觉柔情滚滚来。

阿　宝　（端盆热水上）老板娘，我看你从早忙到晚也蛮辛苦的，快坐下来泡泡
　　　　脚，舒服舒服。

翠　花　（感动，不禁失声地）阿宝！

阿　宝　（一怔）你是……

翠　花　（下了口罩）我是翠花呀！

阿　宝　（脸盆落地）啊！

翠　花　阿宝哥！

阿　宝　翠花！（两人紧紧握手,忽又处于尴尬之中）

　　　　〔幕内伴唱:

　　　　　　一只脸盆落下地,

　　　　　　一团欢喜涌上心。

　　　　　　相逢欲把离情诉,

　　　　　　相对却是尴尬人。

　　　　〔秀娥上。

秀　娥　阿宝！阿宝！

阿　宝　（急忙松手）秀,秀……娥……

秀　娥　哎呀！你这个世下鬼,找了你半天,你在这里做什么?

阿　宝　我……

秀　娥　我我我,我你去死,销路没找到,你还在这里搞什么鬼！

阿　宝　（制止地）嘘——

翠　花　（正在打手机）喂,是阿顺吗? 我问你个事,我们那个食品加工厂能不能加工鹅呀? 现在就需要? 那太好了！哎,就这么定了。（关机）你们的鹅我全部要了。

阿　宝　哎呀！那可太好了！

秀　娥　哎? 这不是翠花姐吗?

翠　花　（惊喜地）秀娥！你怎么也来了?

秀　娥　翠花姐,听说你发财了,怎么不回家看看?

翠　花　会去的,我现在要办一个食品厂,以后你们有鹅尽管运来,我全部给你们包销。

阿　宝　我们那点鹅不够你塞牙缝。

翠　花　你可以贴广告收购呀,收得越多,赚得越大。

阿　宝　那本钱呢?

翠　花　发动大家集股呀,有钱哪个不晓得赚?

秀　娥　嘿！好主意！

阿　宝　（由衷地）翠花,难怪你会发财!

翠　花　出死力没用,要多动脑筋赚活钱。

阿　宝　（眼睛一亮）赚活钱!嘿!说得好,凭你这句话,我请你一餐客。

翠　花　不会是蒜子辣椒炒猪肉吧?

阿　宝　打鬼话,是蛤蟆耳朵炒豆芽!

翠　花　啊?哈哈哈!

　　　　〔众笑,灯暗。

第 四 场

　　　　〔村头,竖着一块广告牌,上写:"特大喜讯,包你发财。灰鹅贩运联合体集股启事"。

　　　　〔阿宝斜披广告条幅,与小芳在载歌载舞做宣传:

喇叭一吹嘀嘀嗒,

扇子一舞开红花。

广告牌牌村头挂,

宝哥哥今日招兵马。

龙呀龙格古呀古,

快快来参加。

招兵马,为大家,

众人划船力量大。

灰鹅销到上海去,

包你钞票一大把。

龙呀龙格古呀古,

赚得你笑哈哈。

毛芋头　咦?唱了半天,鬼都没一个上卦?

阿　宝　别急,你姐姐正在帮我们做工作呢。

　　　　〔暗转,秀娥家门口,月夜。九公公在搓稻草绳,秀娥在一旁递稻草。

秀　娥　公公,村里正在集股办一个灰鹅贩运联合体,万事开头难,我们家先带个头吧?

九公公　如今就是名堂多,大队不叫,叫什么村委会,生产队不叫,叫什么村小组。如今又来了个什么联合体,搞什么鬼名堂?

秀　娥　公公,我们这个联合体是专门收鹅运到上海去卖的。

九公公　长途贩运,那不是搞投机倒把吗?

秀　娥　不是投机倒把,是搞活经济,方便群众。

九公公　要几多钱?

秀　娥　一股五千块。

九公公　吓?五千块?这可不是个小数目。放出去还不晓会不会肉包子打
　　　　狗——有去无回。

秀　娥　公公放心,我们算了细账,保证赚钱。

九公公　哪个牵头?

秀　娥　阿宝。

九公公　他?这个崽死懒蛇根,根本不是这块料,我不参加了。

秀　娥　那是以前,如今他科技养鹅,被乡政府评为优秀专业户,不但自己一门
　　　　心事赚钱,还邀拢大家来发财呢。

九公公　你别总夸他,我晓得你跟他共个喉咙透气,去上海也同去同回,你是书
　　　　记,别上了那个鬼的当!

秀　娥　(撒娇地)唔,公公……

　　　　〔幕内传来阿宝的喊声:"秀娥!"

　　　　〔秀娥应声下。

九公公　(叹气)看哪,又勾上了啊!

　　　　〔毛芋头拉小芳上。

毛芋头　哎,怎么不走了?

小　芳　我怕……

毛芋头　怕我公公吃掉你?

小　芳　万一他不肯,我不是太丢面子了?

毛芋头　不会,他最喜欢你了。(拉小芳进院子)公公,小芳来了。

小　芳　公公好!

九公公　小芳啊,过来让公公看看。嗬!真的又标致,又水灵,难怪毛芋头想掉命!

毛芋头　公公,小芳说了,只要你肯出钱,我们马上就可以结婚,给你生个曾
　　　　孙子!

小　芳　(嗔他一眼)你!

九公公　好呀,那我就去拿钱,你们今天就给我拜堂,来不来?

毛芋头　来! 来!

九公公　你莫急急跳,我说小芳呢。

小　芳　公公,你老人家能不能先把钱拿出来参加我们的联合体?

九公公　这……

毛芋头　可以,反正是我的老婆本,怕什么?

九公公　(训斥)蠢货! (毛芋头脖子一缩,不吭声了)

　　　　〔阿宝、秀娥上。

秀　娥　(唱)只因公公性子犟,

阿　宝　(唱)特找秀娥打商量。

秀　娥　(唱)两人设下婆笼计,

阿　宝　(唱)要叫阿公进畚筐。

秀　娥　公公,有客来了! (分别与小芳、毛芋头耳语)

九公公　客呢?

阿　宝　九公公,是我。

九公公　(没好气地)是你呀,不是来向我借钱的吧?

阿　宝　我是来给你退钱的。

九公公　退钱?

阿　宝　(递红包)这是你毛芋头给我妹妹订婚的钱,我双手双脚交还给你,拿
　　　　着,别掉了。

九公公　啊? 是不是嫌少?

秀　娥　不是,人家不同意这门亲事,是来退亲的。

九公公　退亲? 是不是毛芋头得罪你了?

阿　宝　九公公! (唱)

　　　　　　公公你莫急,

　　　　　　听我哇你听。

　　　　　　你的孙子毛芋头,

　　　　　　是个好后生。

九公公　那为什么又要退亲呢?

秀　娥　(唱)只因公公你,

　　　　　　是个老脑筋。

死死掐着几个钱，

实在精考精。

九公公　我怎么精呀？

阿　宝　（唱）要问怎么精，

你肚知心里明。

结亲本是结仁义，

你翻脸不认人。

九公公　我怎么不认人？

秀　娥　（唱）邀你去入股，

你硬是不答应。

思想落后不开窍，

气人不气人。

九公公　哦！闹了半天，原来是怪我不肯入股呀！

毛芋头　公公，入股这个事是阿宝哥牵的头，我们既然要做亲戚，就要全力支持，哪个像你这样，两个钱死精脑壳。

九公公　蠢货，我还不是为了你呀！

秀　娥　公公，你要想清楚来，是要钱还是要小芳啊？

小　芳　毛芋头，你要不支持我哥哥，我就跟你拜拜啊！

阿　宝　九公公，钱在你手上，我走了啊！

九公公　且慢！要我入股可以，但你要给我写张字据。赚了，归我毛芋头；亏了，你得把本钱还给我。

阿　宝　你坐赢不输啊？

九公公　还有，你得把小芳抵押给我毛芋头做老婆。

阿　宝　这么便宜？

九公公　不行就算了。

阿　宝　哎，九公公，把我押给你怎么样？

九公公　你押给我有什么用？

阿　宝　押给你做孙女婿哇！

秀　娥　（打阿宝一下）轻骨头！

阿　宝　好好好，押给你做三年长工，这总可以了吧？

九公公　一言为定？

阿　宝　立字为据!

九公公　好,这个红包还给你——

阿　宝　(接过红包一撕)嘻!里面尽是卫生纸呢!

〔众笑。灯暗。

第 五 场

〔村头。

〔幕内伴唱:

买灰鹅,卖灰鹅,

买买卖卖赚钱多。

鹅老板上了大报纸,

你猜是哪个?

〔阿宝胸佩勋章,夹公文包,喜气洋洋地上。

阿　宝　哈哈哈!(唱)

"联合体"上了报,

忙得我焦头烂额难开交。

接待记者谈体会,

总结经验写材料;

电视台请我去亮相,

劳模会选我做代表。

〔幕内伴唱:

做呀子做,做代表,

抬头挺胸蛮自豪!

阿　宝　(唱)三十年我头一次出风头,

头一次为我公公争荣耀。

勋章胸前戴,

劲头卟卟飙,

加快步伐向前跑,

我要让乡亲个个鼓腰包。

〔幕内伴唱:

　　　　　鼓呀子鼓,鼓腰包,

　　　　　个个夸你本事好。

　　　　〔手机响,阿宝接话。

毛芋头 (画外音)阿宝哥,买汽车的事怎么样了? 要不要叫大家来开个会?

阿　宝 开什么会,看准了就干。

毛芋头 还要不要收鹅了?

阿　宝 要! 再收两千只,今晚装车,运往上海,越快越好!(关机)

　　　　〔秀娥挎个包上。

秀　娥 阿宝!

阿　宝 秀娥,这几天你到哪去了?

秀　娥 到乡里学习。

阿　宝 又学习。哎,我问你,我们的关系怎么办?

秀　娥 我们的关系? 什么关系?

阿　宝 对象关系。

秀　娥 扶贫对象?

阿　宝 过时了,要改作"恋爱对象"。

秀　娥 (嗔笑)你又说鬼事。

阿　宝 严肃点,我是正式找你谈话呢。秀娥同志,我问你,你以前经常会找我,为什么现在不找了? 你以前见到我总有说不完的话,为什么现在见到我都不声不响了?

秀　娥 那是你比我更能干了,不用我多嘴多舌了。

阿　宝 不,你现在见到我总是躲避我的目光,你不敢正眼看我。

秀　娥 你多心了。

阿　宝 不,是你多心,你多了一颗恨我之心!

秀　娥 (脱口而出)不是恨,是爱! 啊,不不不,是团结友爱的爱……

阿　宝 是爱情的爱?

秀　娥 是团结友爱的爱!

阿　宝 是爱情的爱!

秀　娥 是团结友爱的爱!

阿　宝 好好好,反正都是一个字——爱!(唱)

　　　　　多谢你对阿宝团结友爱,

把阿宝当对象情深如海。

事业上尽心尽力帮助我，

感情上辣味里面藏关怀。

秀　娥　我就是要辣出你的汗来，辣得你喊不敢来！

阿　宝　(接唱)

到如今，你辣得我癞蛤蟆面貌改，

辣得我更把你天鹅爱。

能不能痴心不妄想？

妹子呀，请你爽口表个态。

秀　娥　(唱)一扇心房被打开，

两朵红云浮上腮。

心事被他来识破，

倒叫我含羞带笑意徘徊。

想当初扶贫结对到他家，

人穷志短家道衰。

几年后勤劳致富面貌改，

成了个商海弄潮的好人才。

芝麻开花节节高，

今天的阿宝值得爱。

秀　娥　(从包里取出一条红领带递给阿宝)给你——

阿　宝　领带？

秀　娥　你不是要我表态吗？

阿　宝　(一吻领带，系在脖子上)好不好看？

秀　娥　(忍俊不禁)丑相！

阿　宝　我宣誓：系上红领带，更把秀娥爱，两人一条心，永远不分开！

　　　　〔小芳急上。

小　芳　哥，秀娥姐，不好了！老六哥从上海回来说，市场上的鹅多得不得了，
价格跌得很凶，我们十几车鹅全都亏本了！

阿　宝　(大惊)啊！

秀　娥　(接过手机)喂！是老六吗？你马上通知收购组立即停止收鹅，什么？
除了现有的三千只，又收购了两千只？是谁叫你收的？是阿宝？(关

机)阿宝呀阿宝！我早就提醒你要注意市场,注意市场,你就是不听,这下好了,上海那边亏了十万块,家里又积压了五千只鹅,你说怎么办?

〔九公公、毛芋头急上。

九公公　阿宝！你干的好事！我们联合体这下被你搞死了!

秀　娥　公公别急,我们正在想办法。

九公公　水都到了下丘,还有什么办法！我早就说过,他不是那块料,你硬说他行,现在怎么样? 毛芋头的老婆本都被他亏光了!

毛芋头　公公!

九公公　阿宝,你说过,就是亏了也会把本钱还我,还说要给我打三年长工,合同在这里,你现在就给我兑现!

秀　娥　(生气地)公公！合同的期限还没到,你莫胡闹,毛芋头,带公公回去。

〔毛芋头拉九公公下。

小　芳　哥,你别生气,要是实在没办法,就让我代你去打三年长工吧!

阿　宝　(吼)爱去你就去！去！现在就去!

〔小芳委屈地哭下,秀娥追下。

阿　宝　(唱)青天白日遇到鬼,

　　　　　　　天下数我最倒霉。

　　　　　　　看稳的猫牯变猫婆,

　　　　　　　看稳的龙头变蛇尾。

　　　　　　　看稳发财变蚀本,

　　　　　　　一场欢喜变伤悲。

　　　　　　　到如今,输了本钱输了理,

　　　　　　　输了面子好后悔。

　　　　　　　我本该够吃够穿就算了,

　　　　　　　莫去心多贪富贵。

　　　　　　　到头来自搬石头自砸脚,

　　　　　　　大难临头难挽回。

　　　　　　　直落得五心不定,四肢冰冷,

　　　　　　　三心二意,一把鼻涕一把泪!

〔秀娥上。

秀　娥　阿宝,你不要难过,这事不能全怪你,我找了一些股东,大家都表示愿
　　　　意分担一部分损失。

阿　宝　我不要! 好汉做事好汉当,我决定把我那两间新屋卖掉,要还不够,就
　　　　是光屁股我也要凑足十万,赔给大家。

秀　娥　赔钱是小事,关键是以后怎么办?

阿　宝　唉,算了,我没劲了,不想干了。

秀　娥　什么? 你不想干了?

阿　宝　干来干去把老本都干光了,我还干个屁呀?

秀　娥　男人大丈夫,这点挫折都受不了?

阿　宝　这个生意风险太大了,我真的不想干了。

秀　娥　你再说一句。

阿　宝　不干了!

秀　娥　(气极)好哇! 你这个怕死鬼,你这个缩头乌龟,难怪翠花会甩掉你,原
　　　　来你当真是一坨烂泥巴,死都糊不上壁!

阿　宝　生成的相,沤成的酱,我就是这个死样!

秀　娥　好,算我白帮了你,从今以后,你不要挨我了!

阿　宝　就要挨!

秀　娥　挨你去死! 把我的领带解下来!

阿　宝　什么意思?

秀　娥　你不配系它!

阿　宝　我系都系了。

秀　娥　你别给我赖皮,我最后给你一句话,你要是想系这根领带,你就给我好
　　　　好干,你要是打退堂鼓,我就跟你拜拜!

阿　宝　你这是强迫命令!

秀　娥　强迫就强迫,你到底干还是不干? 不干我就——

阿　宝　(妥协地)好好好,我干,我干……

秀　娥　挺起腰来!

阿　宝　挺起腰来!

秀　娥　抬起头来!

阿　宝　抬起头来!

秀　娥　目标:正前方,起步——走!

阿　宝　（走正步）一、一二一……（忽然回头大喊）我骂你个辣椒婆！（跑下）

〔秀娥扑哧一笑，追下。

〔灯暗。

第 六 场

〔翠花豪华的办公室。

〔翠花打扮入时，气质不凡，正在忙碌地接电话。

翠　花　喂，你好，我是顺发公司，啊，是王经理呀！你们那批货我给你发过来了。还要？好，我再给你一百件。不行不行，只能这样了。好，拜拜！（另一部电话响）喂，我就是啊，啊！周县长呀，你们那个项目还可以，我准备派人来考察一下。什么时候来我会通知你，好，就这么定了。拜拜！（唱）

> 人生难得运气通，
>
> 成功来自奋斗中。
>
> 小小食品来起步，
>
> 我如今成了一老总。
>
> 办工厂搞投资财源滚滚，
>
> 创大业谋发展其乐无穷。
>
> 整天忙碌身心累，
>
> 累后又觉心里空。

（电话铃响）喂，哪位？啊！是阿宝呀！什么时候来的？你现在哪里？好啊，欢迎欢迎，一定要来啊！（接唱）

> 忽听阿宝要来到，
>
> 不由心头荡春风。
>
> 昔日情景又重现，
>
> 情丝缕缕绕心中。

〔阿顺上。敲门。

翠　花　（开门就叫）阿宝！……啊，是阿顺啊……

阿　顺　翠花，周县长那个项目已经通过了论证，是不是可以签合同了？

翠　花　为了慎重起见，我还要亲自去考察，这事你安排一下吧。

阿　顺　好。（迟疑地）翠花，我写给你的信都看了吗？

翠　花　看了。

阿　顺　怎么不给我回信？哪怕写几个字也好。

翠　花　你不见我都没空吗？

阿　顺　噢，我这里还有一封——

翠　花　这都第几封了？

阿　顺　上面有编号：2006 第 28 封。

翠　花　哈哈哈！可爱的副总！（欲看信）

阿　顺　（害羞地）噢，噢，现在别看，等我走了再看。（急下）

翠　花　（念信）"翠花，我最最亲爱的红豆，摘九千九百九十九片红叶，采九千九百九十九朵玫瑰，也表不尽我对你最纯洁、最真诚、最深切的爱……"

　　〔翠花拿起笔回信。画外音："阿顺：谢谢你！在事业上，我们是志同道合的朋友，但在感情上我觉得我们并不合适。你是个研究生，知识渊博，前途无量，一定能找到比我更好的终身伴侣，我祝福你！"

　　〔阿宝上。

阿　宝　（念）过了中山路，穿过大酒吧，转角上楼梯，就是这一家。（敲门）

翠　花　请进。

阿　宝　（鞠躬）尊敬的翠花小姐，你好！

翠　花　（笑）别来这一套，坐。（一边倒茶，一边开玩笑）阿宝，你今天不会是来帮我抹桌子扫地的吧？

阿　宝　只要你需要，我可以继续为你效劳！

翠　花　那就去给我打盆洗脚水吧。

阿　宝　（讪笑）嘿嘿，说正经的，我们村要办个灰鹅食品厂，把积压的大量灰鹅就地加工，向外销售。听说你发了大财，特来登门拜访，顺便给你带了点家乡的土特产。（拉开包，取出两袋腊鹅）

翠　花　（念）"鸿兴腊鹅"。

阿　宝　这是我们自己试制出来的产品，这包是熟的，你尝尝。啊，我还带了酒来，今天呀，我请客。

翠　花　（尝了一块）哎，味道不错呀，多少钱一斤？

阿　宝　卖四十八块钱一只，每只足有三斤以上。

翠　花　要是在上海，起码可以卖到八九十块。

阿　宝　那你就在家乡办个食品分厂咯？

翠　花　家乡的投资环境怎么样？

阿　宝　铁路公路,四通八达,电话手机,随处可打,环境优美,服务到位,政策优惠,包你大发!

翠　花　少给我卖嘴皮子,卖糖人谁不说糖甜?

阿　宝　亲不亲,故乡人,你总得照顾下我咯?

翠　花　照顾你? 跟你谈了一场恋爱,你才为我花了多少钱? ——三块八!

阿　宝　你别总踩我的痛脚趾!

翠　花　谁叫你不争气?

阿　宝　我现在不是争气了吗? 我告诉你,我现在是村灰鹅贩运联合体的头头,兼村招商引资工作领导小组副组长!

翠　花　嗬! 这么大的官呀! 那你还来找我干什么,不觉得脸上无光?

阿　宝　什么光不光,大丈夫能屈能伸,今天我脸上无光,明天我可要大放异彩!

翠　花　嘴巴子康健没用,还要有这个——(钱)

阿　宝　(讪笑)嘿嘿,所以我就来求你帮忙哇,翠花嘞! (唱)
　　　　　　　　一杯酒,恭喜你,
　　　　　　　　恭喜你当了总经理。
　　　　　　　　年轻漂亮的小富姐,
　　　　　　　　明星不敢和你比。

翠　花　(唱)出身农村打工妹,
　　　　　　　　全凭吃苦有志气。
　　　　　　　　万丈高楼才砌脚,
　　　　　　　　哪敢和明星比高低。

阿　宝　比得!

翠　花　比不得!

阿　宝　比得!

翠　花　比不得!

阿　宝　(接唱)
　　　　　　　　二杯酒,来赔情,
　　　　　　　　原谅我对你少爱心。

三年恋爱才花了三块八，

你说我丢人不丢人。

翠　花　（唱）不怨哥哥太丢人，

只怨哥哥家道贫。

怨你没有男儿志，

不怨你对我没爱心。

阿　宝　怨得。

翠　花　怨不得。

阿　宝　怨得。

翠　花　怨不得。

阿　宝　（唱）三杯酒，希望深，

好朋友就该讲真情。

如今阿宝有困难，

还望你大旱降甘霖。

翠　花　（唱）心肝哥哥求上门，

妹妹自该来照应。

只要哥哥会领情，

十斤命我也割给你八九斤。

阿　宝　割不得。

翠　花　割得。

阿　宝　割不得。

翠　花　割得。

阿　宝　来，再喝！

翠　花　怕会喝醉。

阿　宝　生意成不成，酒桌上见分明，我就是要你喝醉来，才好稀里糊涂答应

我呀！

翠　花　你说什么？

阿　宝　啊，我是说，真心不真心，酒桌上见分明，既然做朋友，就要喝尽兴，宁

愿伤身体，不要伤感情。

翠　花　对对对，不要伤感情。喝……（酒杯落地）

（唱）三杯酒喝得我醉醺醺，

醉眼痴痴望情人。

过去他穷酸潦倒邋遢相，

如今是西装革履好精神。

闯市场谋发展吃苦耐劳，

重事业讲情义一片真诚。

悔不该当初离开他，

这样的好男人谁不动心。

阿　宝　翠花,你没事吧?

翠　花　(醉意)没事,嘻嘻,过来陪我谈谈心好吗?

阿　宝　哎。

翠　花　(摸阿宝的领带)你这条领带太低档了,我给你换一条进口的?

阿　宝　谢谢,这条领带还是新的,我舍不得换。

翠　花　你结婚了吗?

阿　宝　还没有。

翠　花　我也没有。唉,现在的好男人不多,不是贪钱就是好色,没一个靠
　　　　得住。

阿　宝　唉,现在的好女人真多,不是有钱就是有色,可惜没一个看上我。

翠　花　钱? 钱多有什么用? 还不如找个称心如意的男人。

阿　宝　称心如意的男人有什么用,还不是要求爹爹拜奶奶。

翠　花　阿宝哥,你心里有我吗?

阿　宝　你呢?

翠　花　我有,你呢?

阿　宝　没有,啊,有,有! 唉,喝醉了!

翠　花　一会儿有,一会儿没有,癫佬!

阿　宝　没吃过毛桃子不晓得屙秋痢,你哪晓得我心上的苦。

翠　花　苦什么呀,成不成还不是我一句话?

阿　宝　等你那句话,等得我头发白。

翠　花　要我点头可以,你得答应我一个条件。

阿　宝　莫说一个条件,就是十个八个我也答应你。

翠　花　那好,你起来,跟我喝了这杯交杯酒。

阿　宝　还要喝?

翠　花　就是会死也要喝这杯交杯酒。

阿　宝　什么意思？

翠　花　阿宝哥,这可是我们破镜重圆的"团圆酒"呀!

阿　宝　(惊醒)哇! 我的妈呀! (唱)

　　　　　　定时炸弹心头炸,

　　　　　　炸得我两眼翻白嘴丫丫。

　　　　　　一千个条件都好办,

　　　　　　唯有这交杯酒怎么吞得下。

　　　　　　我与秀娥感情好,

　　　　　　我俩是金童玉女绿叶红花。

　　　　　　几回回相约月光下,

　　　　　　她挨着我来我挨着她。

　　　　　　有一次我斗胆亲了她一下,

　　　　　　没想到她竟然亲了我一夜!

　　　　　　但等那食品厂美梦成真,

　　　　　　白天鹅就要飞进我的家。

　　　　　　我怎能为资金贪财负义,

　　　　　　丢掉秀娥来娶她。

　　　　　　若是我今天不饮这杯酒,

　　　　　　又只怕引资办厂成空话。

　　　　　　满腔心血化泡影,

　　　　　　对不起乡亲,对不起秀娥,我心如刀扎!

　　　〔灯光变幻,进入幻觉:秀娥手舞红绸带深情地向阿宝舞来。

　　　〔一群灰鹅姑娘拥着一块"灰鹅食品厂"的金匾向阿宝舞来。

　　　〔阿宝在二者之间周旋、选择,最终选择了牌匾。

　　　〔幻觉消失,灯光复原。

阿　宝　(接唱)

　　　　　　罢罢罢,

　　　　　　甘蔗没有两头甜,

　　　　　　取蔸取尾由自家。

　　　　　　天赐良机莫错过,

火烧眉毛救眼下。

喝!（与翠花碰杯喝交杯酒）我喝!（痛苦地拿起酒瓶猛喝,大醉）

翠　花　阿宝哥……

阿　宝　翠、翠花,快,快把资金拨到我账上来,越快越好!

翠　花　你急什么,我们还要签合同呢。

阿　宝　合同?

翠　花　嗯。我写好了:"阿宝要建厂,翠花来投资,公司挂牌日,我俩结婚时。"

阿　宝　（失惊）啊?!

翠　花　签字吧。

阿　宝　（一咬牙）唉!（签字）

〔灯暗。

第 七 场

〔村头,灰鹅食品有限责任公司门前,张灯结彩,热闹欢腾,这里将要举行隆重的揭牌剪彩仪式,毛芋头和小芳等青年正在表演歌舞。

〔幕内伴唱:

锣鼓一打震天响,

唢呐一吹闹洋洋。

灰鹅公司成立了,

喜讯如潮卷山乡。

〔秀娥、阿宝、翠花、阿顺等上。秀娥主持仪式。

秀　娥　乡亲们! 我们的村办企业"顺发灰鹅食品有限责任公司"在上级党政的鼓励下,在外商老板翠花小姐的大力资助下,今日正式挂牌成立了! 下面请公司董事长翠花小姐讲话,大家欢迎!

（热烈的掌声）

翠　花　（激动地）乡亲们! 今天是我们公司成立的大喜日子,能为家乡的父老乡亲做点事,我感到非常高兴。我今天来,一是庆贺我们公司成立,二是要告诉大家一个好消息,散会后,我要请大家吃喜糖!

〔群众欢呼,鼓掌。

群众甲　翠花,新郎官是谁呀?

（翠花欲说，被阿宝暗暗扯了一下）

毛芋头 是不是香港的大老板呀？

九公公 是不是县长、书记呀？

小　芳 是不是电影明星呀？

翠　花 不是。

毛芋头 （推出阿顺）我知道，一定是这位戴眼镜的秀才先生。

阿　顺 （连连后退）不不不，不是……

众　人 到底是谁呀？

阿　宝 （着急地）翠花，别说。

翠　花 现在宣布不是正好吗？

阿　宝 我还没向书记汇报。

翠　花 现在汇报也不迟呀。

阿　宝 怎么开得了口啊！

翠　花 你不好意思我来说。

阿　宝 （阻止地）不不不要……

翠　花 乡亲们，大家不要猜了，我的新郎官呀，远在天边，近在眼前——（指阿宝）

众　人 （傻眼了）阿宝？……

阿　宝 唉！（抱头蹲下）

〔众人面面相觑，静场。

小　芳 哥！你怎么搞的，你和秀娥姐谈得好好的，怎么又和翠花姐谈了？

毛芋头 是不是贪她有钱？

九公公 为了钱你就敢喜新厌旧呀？哼！我骂你这个陈世美呀！（唱）
　　　　骂声阿宝你没良心，

众　人 （唱）没良心。

九公公 （唱）喜新厌旧太花心。

众　人 （唱）太花心。

九公公 （唱）惹得我们伤了心，

众　人 （唱）伤了心。

九公公 （唱）叫你总经理当不成！

众　人 （唱）当不成！

〔群众一片哗然,阿宝大吼一声,静场。

阿　宝　别闹了! 事情到了这种地步,我干脆给大家说明白吧。为了争取董事长到我们村来投资,我实在没有办法……

众　人　啊!

九公公　舌头没骨,吐进吐出,你不晓得反悔呀?

阿　宝　反不了,董事长怕我赖皮,让我签了合同。

毛芋头　签了合同又怎么样,又不是打结婚证,怕什么!

阿　宝　不,我是总经理,我要信守合同,我要对自己的诺言负责。从签字的那刻起,我就做好了准备,要像我公公当年拔出大刀冲锋那样,就是抛头颅洒热血也要去争取胜利! 可是,使我十二万分痛苦的是,我违背了自己的意愿,我对不起我的梦中情人,秀娥,我的好秀娥! 我对不起你呀! (唱)

　　　　　　　千哭万哭哭不尽,
　　　　　　　哭不尽你对我的爱和情。
　　　　　　　三年奋斗心相印,
　　　　　　　你给了我勇气和信心。
　　　　　　　创业路上万般苦,
　　　　　　　你伴我步步前进风雨兼程。
　　　　　　　如今与你要分手,
　　　　　　　好像刀子剜我心。
　　　　　　　滚烫的领带要交回你,
　　　　　　　我的心肝妹呀,
　　　　　　　怎不叫我痛断魂!

秀　娥　阿宝。你别说了……

〔翠花忽然失声痛哭。

阿　宝　(不忍地)翠花,你不要哭,大丈夫说话算数,我一定会履行合同。

翠　花　你谈了对象为什么要瞒我? 你这个世下鬼,你叫我怎么见人! (哭泣)

阿　顺　(愤愤地)翠花! 别跟他说那么多,我们把资金撤走吧!

阿　宝　(急忙地)不! 你不能把资金撤走,这个厂是我和乡亲们的命根子啊!

阿　顺　你这种人信不得,我们不跟你合作,翠花,我们撤吧!

阿　宝　撤? 你要撤我就死给你看!

阿　顺　你别吓唬人！

阿　宝　你以为我不敢？你看！我农药都准备好了！（亮出一瓶农药）

众　人　（大惊）啊！

阿　宝　乡亲们哪！（唱）

　　　　　　　以前我把农药喝，

　　　　　　　苦的是没脸世上活。

　　　　　　　如今我把农药喝，

　　　　　　　为公司为事业死也欢乐。

　　　　　　　见了公公我眯眯笑，

　　　　　　　脸不红来背不驼。

　　　　　　　公公呀，

　　　　　　　我也走了一段长征路，

　　　　　　　跌跌爬爬笑话多。

　　　　　〔众人载歌载舞：

　　　　　　　笑话多，笑话多，

　　　　　　　哭哭笑笑才是生活。

阿　宝　秀娥,我的好秀娥！（唱）

　　　　　　　这枚勋章交给你，

　　　　　　　这条领带留给我。

　　　　　　　我要系到世下去，

　　　　　　　骨头变灰也不下脱。

　　　　　〔众人载歌载舞：

　　　　　　　不下脱，不下脱，

　　　　　　　你做鬼都想人家做老婆。

阿　宝　翠花,我的董事长！（唱）

　　　　　　　原谅我办厂急如火，

　　　　　　　感谢你投资支持我。

　　　　　　　来世再来报答你，

　　　　　　　天天打水你洗脚。

　　　　　〔众人载歌载舞：

　　　　　　　来洗脚，来洗脚，

　　　　　脚底暖到心肝窝。

阿　宝　毛芋头,我的好妹夫!(唱)

　　　　　我把妹妹交给你,

　　　　　你要好生疼老婆。

　　　　　保佑生到儿子别像你,

毛芋头　别像我?

阿　宝　你长得丑呀。

毛芋头　啊?

阿　宝　(接唱)

　　　　　要像本舅小帅哥。

　　　　〔众人载歌载舞:

　　　　　小帅哥,小帅哥,

　　　　　死到临头还作乐!

阿　宝　同志们,永别了!

秀　娥　(夺过农药)阿宝!你可是发癫了?

阿　宝　(跺脚)我实在没办法啊!

秀　娥　你别急,我有办法。

阿　宝　你有办法?

秀　娥　对,你跟翠花结合更利于公司的发展,我同意你履行合同。

阿　宝　(心痛欲裂)不,我反对!

翠　花　我也反对!(唱)

　　　　　听了你们一席话,

　　　　　不由我又羞又愧冒泪花。

　　　　　原来你们已相爱,

　　　　　爱情的种子已发芽。

　　　　　为事业你们竟然来割爱,

　　　　　倒让我成了插足的傻瓜。

　　　　　强扭的瓜儿不香甜,

　　　　　捆绑的夫妻成冤家。

　　　　　挥泪忍痛来收场,

　　　　　成全你们事业家庭美满婚姻并蒂花。

　　　　　阿宝,对不起,我不知道你们已经相爱了,从今往后你就把我当你的妹妹吧!（撕碎那张合同）

秀　娥　（感动地）翠花姐!

阿　宝　翠花,我对不起你,要是能讨两个老婆就好了。

阿　顺　（诚恳地）翠花,你别难过,我会永远跟你在一起!

翠　花　阿宝,秀娥,我祝你们俩美满幸福,白头到老!（与秀娥拥抱）剪彩吧!

秀　娥　（激动地）揭牌剪彩,鸣炮奏乐!

　　　　　〔音乐大作,歌舞欢腾:

　　　　　　　　说灰鹅,唱灰鹅,

　　　　　　　　唱起灰鹅喜事多。

　　　　　　　　今日唱了一小段,

　　　　　　　　明朝还有几谷箩。

　　　　　〔在喜庆的气氛中闭幕。

——剧终

　　　（此剧曾由赣南采茶剧团排演,剧本获 2006 年上海"江海置业杯"全国当代题材戏剧创作征稿比赛大戏类二等奖。剧本入编中国戏剧出版社出版的剧本集《哥哥鸟》。）

好戏在后头

（赣南采茶戏）

时　间　当代

地　点　赣南老区某山村

人　物　王晓冬、黄有来、杨赛花、肖亚男、豆巴、八姑、小强、钟大爷、林县长、众
　　　　村民

第一场　走马上任

〔村口，一棵大枫树，树杈上吊着一块薄铁皮。左侧是豆巴家低矮的土
坯屋，屋旁有一口池塘。远山如黛。

〔有一支山歌飘来：

　　　哎呀嘞——

　　　上只子观音崇呃，

　　　过板子杉木桥啰，

　　　转几道狗屎弯呃，

　　　到了介枫树坳啰。

〔启光，有点智障的豆巴背一个扁篓气喘吁吁地跑上。

豆　巴　（喊）黄……黄书记！有急事！

　　　　〔黄有来上。

黄有来　豆巴，发什么狗屎慌，喊命呀！

豆　巴　（傻笑）嘿嘿嘿。

黄有来　嘿什么，有什么事快讲！

豆　巴　（越急越结巴）我……我……（唱）

　　　　我刚才到赶圩，

　　　　遇……遇到了乡书记，

他喊我快、快去转，

捎个口信你，

等下县里来检查，

千万莫大意。

黄有来　又来检查？唔，十有八九是来检查扶贫的。豆巴，你这个信报得好，奖你一根烟。

豆　巴　多谢书记，嘿嘿嘿。

黄有来　上次是乡里检查，这次是县里检查，管他哪里来检查，我们还是外甥打灯笼——

豆　巴　照旧(舅)？

黄有来　对！

豆　巴　(拿树棍急敲薄铁皮)哎！要检查喽！要检查喽！

　　　　〔众村民抓着鸭子急上。

　　　　〔伴唱：

收拾哩，收拾哩，

上面又来检查哩。

铁皮喇喇响，

好像催命鬼。

你捉鸭，我捆脚，

扎布条，写名字。

捉到鸭子急急跑，

"扑通！"

一丢丢到水塘里。

黄有来　乡亲们哪，等下要是问到扶贫的事，你们怎么回答呀？

八　姑　讲好话！

黄有来　怎么讲？

八　姑　感谢政府感谢党，我们穷人脱贫了！

村民甲　感谢政府感谢党，我们穷人致富了！

黄有来　错！精准扶贫才几天，你们就脱贫了？致富了？露马脚！

八　姑　那要怎么讲？

黄有来　上次不是教了你们？

豆　巴　外甥打灯笼——照旧。

黄有来　不晓得讲的躲远来,可晓得?

八　姑　(赌气地)不晓得!

黄有来　(望远处)哎呀,来了来了,快散开,散开!

　　　　〔众村民下。

　　　　〔王晓冬背行李上。

王晓冬　哎?人呢?怎么就不见了?(唱)

　　　　　　　我本是机关干部,

　　　　　　　在县里工作舒服。

　　　　　　　没想到精准扶贫,

　　　　　　　派我来驻村入户。

　　　　　　　说好听第一书记,

　　　　　　　实际上重担一副。

　　　　　　　今日里走马上任,

　　　　　　　心里头怦怦打鼓。

　　　　　　　不知道能否胜任?

　　　　〔伴唱:

　　　　　　　愁嘛格嘞,

　　　　　　　车到山前必有路。

　　　　(摸出小酒瓶,欲喝酒)

黄有来　(上)同志,你是县里来的吧?

王晓冬　(急忙藏起小酒瓶)噢,对对对。

黄有来　你们领导呢?

王晓冬　领导没来,就我一个光杆司令。

黄有来　啊?

王晓冬　你是村里的黄书记吧?

黄有来　是是是,黄有来。

王晓冬　我叫王晓冬,是县里派来驻村扶贫的,这是我的介绍信——

黄有来　哦!王书记你好!欢迎你!

王晓冬　乡里本来要派个人给我带路,我说算了,枫树坳是有名的红军村,一问
　　　　就知道了。哎,村里怎么没有电话?

黄有来　有啊。

王晓冬　怎么打不通?

黄有来　呵呵,王书记呀!(唱)

　　　　枫树坳人口多,山高路小,

　　　　穷山村线路老化信号太糟。

王晓冬　那要赶快维修。

黄有来　(接唱)

　　　　村委会空架子经费缺少,

　　　　心有余力不足日子难熬。

王晓冬　乡亲们生活怎么样?

黄有来　(接唱)

　　　　多亏了精准扶贫号角响,

　　　　党支部真抓实干见成效。

王晓冬　好!

黄有来　(数板)

　　　　一村一户抓产业,

　　　　麻鸭生产创新高。

　　　　你看这家专业户——

　　　　(唱)满塘的鸭子水上漂。

王晓冬　哇,他一户人就养了这么多鸭,要是大家都像他一样,脱贫就快了。

豆　巴　(上)黄书记,检查完了?

黄有来　不是检查,搞错了!

豆　巴　(敲铁皮)哎! 不是检查! 搞错了!

　　　　〔众村民上,抓鸭,抢鸭,争争吵吵。

八　姑　这只鸭子是我的,

村民甲　是我的。

八　姑　我的绑了布条,

村民甲　我的也绑了布条。

八　姑　我的写了名字!

村民甲　你的名字呢?

八　姑　(唱)哎呀嘞! 收拾哩,

　　　　　　名字都被水浸掉哩呀哪嗬唉!

村民甲　乱弹琴!这只鸭本来就是我的!

八　姑　是我的!

王晓冬　哎哎!别争了,你们怎么都跑到这里来抓鸭子?这是人家的私有财产。

八　姑　什么私有财产,都是大家凑的!

王晓冬　(一怔)凑的?

八　姑　还不是做给介些当官的看的呀!

王晓冬　啊!

黄有来　(苦笑地)呵呵,王书记,不好意思,上面经常下来检查,又是评比,又是通报,我不这样应付应付,这日子怎么过啊。

豆　巴　黄书记,下次莫演戏了,会跌出屎来。

村民乙　对,我们穷是穷,但要穷得有志气!

　　　　(众村民纷纷赞同)

黄有来　噢噢,乡亲们,这是县里派到我们村扶贫的王书记,大家欢迎!

　　　　(没几个人鼓掌)

王晓冬　乡亲们!从今天起,我就是枫树坳的一员了,我一定努力工作,希望大家多多支持!

八　姑　支持!支持!保证支持!嘿嘿,我说王书记吧!(唱)
　　　　　　财神菩萨进了村,
　　　　　　你手上肯定有资金。

王晓冬　(唱)一分钱资金也没有,
　　　　　　只有我这个扶贫人。

八　姑　(唱)光来个人有啥用,

村民甲　(唱)打双空手谁欢迎?

黄有来　(唱)你们不要乱讲话,
　　　　　　对待领导要尊敬。

王晓冬　(唱)乡亲们,请放心,
　　　　　　人民政府为人民。
　　　　　　扶贫政策已制定,
　　　　　　好比大旱降甘霖!

　　　　(分发宣传册)大家看看这本册子就知道了。

八　姑　　王书记,这里面讲的可是发钱的事啊?

王晓冬　　不是,是精准扶贫的优惠政策,比如贴息贷款呀、种养补贴呀、土坯房
　　　　　　改造的补助呀,只要是贫困户,都能享受。

黄有来　　乡亲们哪,这就是钱呀!

八　姑　　(立即举手)王书记! 我是贫困户!

村民甲　　(举手)王书记! 我也是贫困户!

众村民　　(纷纷举手)王书记! 我也是贫困户!

王晓冬　　啊?

　　　　　〔山歌:

　　　　　　　　出奇出奇真出奇,

　　　　　　　　柑子树上打樟梨……

　　　　　〔收光。

第二场　精准识别

　　　　　〔大枫树下,众老人扶着手杖在说悄悄话。

大妈们　　(唱)喂,老头拐,

大爷们　　(唱)哎,喊嘛格?

大妈们　　(唱)你们可晓得?

大爷们　　(唱)晓得嘛格哟?

大妈们　　(唱)村头介只鬼八姑,

　　　　　　　　钻子头上起天柱。

　　　　　　　　她的家里咁有钱,

　　　　　　　　怎么也申报贫困户?

　　　　　〔八姑拿着申报表兴冲冲地上。

八　姑　　哎! 申报贫困户喽! 申报贫困户喽! 哎? 你们还不去申报呀? 去迟
　　　　　　了就会冇喔!(笑下)

大爷们　　(唱)狗屎屙在肥土上,

　　　　　　　　越是有钱越照顾。

　　　　　　　　红包一塞好办事,

　　　　　　　　不是贫困户也能当贫困户!

〔暗转,八姑家。

八　姑　（念唱）

　　　　八姑我生来八字好,

　　　　一崽一女本事高。

　　　　崽在深圳当经理,

　　　　女在圩上卖烧烤。

　　　　票子多得做鬼叫,

　　　　日子过得蛮逍遥。

　　　　钱多不咬手,

　　　　发财要学习,

　　　　装一把贫困户,

　　　　把政策的油水捞。

　　　　村民小组要审议,

　　　　我暗暗给组长塞红包。

　　　　他老老实实往上报,

　　　　我躲在家里偷着笑。（进内室）

〔豆巴领王晓冬上。

豆　巴　王书记,到了。

王晓冬　豆巴叔,耽误你的时间了。

豆　巴　冇事,我去喂鸭了。

〔豆巴走了几步,又悄悄折回来,躲在窗外偷听。

〔几个乡邻也溜来偷听。

〔王晓冬摸出小酒瓶,喝了两口,精神大振。

王晓冬　（唱）扶贫工作不好搞,

　　　　睡得晚来起得早。

　　　　进村才只一个月,

　　　　昨日一称瘦掉了。

　　　　瘦了几斤我不怕,

　　　　随身带了两件宝:

　　　　一件是苏区党员证,

　　　　一件是这瓶老谷烧。

　　　　　　党证是爷爷的传家宝，

　　　　　　烧酒是娘子来酿造。

　　　　　　党证给我添力量，

　　　　　　烧酒为我解疲劳。

　　　　　　今日上门摸家底，

　　　　　　精准识别察秋毫。

　　　　八姑！八姑在家吗？

八　姑　（上）在家，在家。哎呀，是王书记呀，请坐请坐，吃杯酒来，哦！不对不
　　　　对，是吃杯茶来。

王晓冬　多谢八姑。

八　姑　王书记，我申报了贫困户，不晓得可曾批下来？

王晓冬　还没有，村委会还要研究。

八　姑　（试探地）还要"烟、酒"？

王晓冬　不是烟酒，是研究。

八　姑　哦哦哦，听错了，听错了，是研究，是研究。

王晓冬　（旁唱）

　　　　　　这八姑，不简单，

　　　　　　话中有话来试探。

八　姑　（旁唱）

　　　　　　苍蝇不叮无缝的蛋，

　　　　　　不信他猫公不吃腥。

豆　巴　（唱）王书记，你要擦亮眼，

　　　　　　她是一个白骨精。

众乡邻　（唱）嘿冇错，嘿冇错，

　　　　　　死佬都被她哄得生。

八　姑　（旁唱）

　　　　　　我今日要演场戏文给他看，

王晓冬　（旁唱）

　　　　　　我还得生个妙计把实底探。

众乡邻　（唱）嘿冇错，嘿冇错，

　　　　　　省得她装穷叫苦耍刁蛮。

八　姑　　哎哟,哎哟!

王晓冬　八姑,你怎么了?

八　姑　　我脑壳痛啊,有脑贫血啊。

王晓冬　你有脑贫血呀?

八　姑　　是啊,医生说我吃得差,营养不良。

王晓冬　那就吃好一点啰。

八　姑　　我哪有钱啊?家里穷得叮当响,还要请你多帮忙。

王晓冬　帮忙?(摸出小酒瓶喝了一小口,灵机一动)嘿!有了。八姑,我帮你
　　　　　儿子介绍个对象好不好?

八　姑　　好呀!

王晓冬　(唱)妹子今年二十三,

　　　　　　　　高档宾馆当领班。

　　　　　　　　有才有貌德行好,

　　　　　　　　每月工资八千元。

八　姑　　哎哟,条件不错!

王晓冬　可是那天我一介绍你家的情况,她就……

八　姑　　怎么样?

王晓冬　(接唱)

　　　　　　　　鼻子一哼眼一翻,

　　　　　　　　两句言语蛮难听:

八　姑　　啊?

王晓冬　(接唱)

　　　　　　　　"她儿子是个打工仔,

　　　　　　　　死穷烂苦出了名。

　　　　　　　　要我嫁给贫困户,

　　　　　　　　除非是黄鳅生鳞马生角,

众乡邻　(唱)东边日头出西山!"

八　姑　　啊!

王晓冬　她还说:"叫他老妈给我端端洗脚水还差不多。"

八　姑　　啊!这个臭丫头,太小看我了!(唱)

　　　　　　　　她井底蛤蟆不见天,

          冇见过马王爷三只眼。

          我崽虽然打过工,

          如今是咸鱼翻身赚大钱。

          东莞深圳包工程,

          有房有车有店面。

          去年他给我做生日,

          送我一对金手圈!(亮金手圈)

王晓冬　(唱)哎哆啰拐!

          金手圈,金灿灿,

          最少也值七八万!

八　姑　哼! 不怕她眼睛大,我的眼睛比她还大!

王晓冬　就是,有钱还怕讨不到好老婆。哎,八姑,我就搞不清,说你穿得烂,你
          又带着金手圈;说你吃得差,你的子女又很有钱。万一你当了贫困户,
          乡亲们还不会骂我瞎了眼?

八　姑　(讪笑,塞红包)嘿嘿嘿,不好意思,请王书记照顾一下——

王晓冬　哎哎,搞不得,搞不得,我要是收了你的红包,饭碗都会敲掉,老婆还要
          提我的耳朵,叫我跪床脚!

八　姑　哼! 你是不晓得我外甥是堂堂的县委书记吧?

王晓冬　我晓得,就是他在做报告的时候要我们瞪大眼睛,不能让任何人假冒
          贫困户,浑水摸鱼!

          〔豆巴等在窗外窃笑。

王晓冬　(走出屋子)啊! 你们在偷看我演戏呀?

豆　巴　王书记,你演得蛮好,下次跟我演一场。

王晓冬　你也想跟她一样啊?

豆　巴　我不啊,我又不想当贫困户,冇面子,不光彩,讨老婆都讨不到。

王晓冬　(呼口号)向豆巴叔学习!

众乡邻　向豆巴叔学习!

王晓冬　向豆巴叔致敬!

众乡邻　向豆巴叔致敬!

王晓冬　(摸出小酒瓶)来来来,吃酒! 吃酒!

众乡邻　(唱)哎呀子嘞!

　　　　　介瓶谷烧劲道好,

　　　　　嘿冇错嘞嘿冇错!

　　　　　亏了书记计谋高。

　　　　　嘿冇错嘞嘿冇错!

　　　　　好得今日冇上当,

　　　　　书记吧,

　　　　　你也蛮"鬼刁",蛮"鬼刁"!

王晓冬　哈哈哈!

　　　　〔八姑羞得无地自容。

　　　　〔收光。

第三场　借鸡生蛋

　　　　〔大枫树下,众老人摇着蒲扇在闲聊。

大妈们　(唱)六月天空起凉风,

　　　　　　　凉风就是王晓冬。

大爷们　(唱)鸭子上架呱呱叫,

　　　　　　　精准扶贫立大功。

大妈们　(唱)哎哆啰拐,村里修了水泥路,

大爷们　(唱)哎哆啰拐,移动宽带户户通。

大妈们　(唱)村委会装上了新电脑,

大爷们　(唱)你看介只黄书记的手机时时刻刻分分秒秒,

　　　　　　　握呀么握手中。

　　　　　(模仿打电话)

大爷甲　喂,你好!请问你吃了饭吗?

大妈甲　冇喔。

大爷甲　快吃,吃好了我们聊聊天,

大妈甲　聊嘛格哟,都七老八十了。

大爷甲　亲爱的,我爱你!

大妈甲　(唱)哎呀嘞!

　　　　　　　羞羞羞,卖黄鳅,

羞得脸上巴巴滚，

众老人 （唱）活像一只红虾公！

哈哈哈！

〔黄有来低头玩手机上。

大妈甲 哎呀，黄书记来了，走走走！

〔众老人溜下。

黄有来 （手机响）喂，哪位？哦！是赛花呀，对对对，是我。（一怔）什么？你要见我？正在来的路上？（慌乱地）哦，我在忙，嗯，好，好，等下见，等下见。不好！（唱）

忽然晴空霹雳炸，

深圳来了杨赛花。

网上的情人要见我，

她怎知我有老婆我有家。

原只想网上玩玩婚外恋，

谁知她打蛇粘棍缠上啦。

要是老婆晓得了，

会把我的皮来剥；

要是群众晓得了，

会骂我是个老嫖客。

三十六计走为上，

关机走人躲开她。（下）

〔杨赛花上。

杨赛花 （唱）网上相遇结情缘，

我和有来聊得欢。

他在村里当书记，

我在商海赚大钱。

两人虽未见过面，

两心早把情意牵。

今日特地来相会……

〔豆巴上。

杨赛花 大叔，你们村的黄书记在哪？

豆　巴　（听错了）王书记呀,在村委会。嘿,他来了——

杨赛花　哟,是个帅哥!（接唱）

　　　　　但愿花好月又圆。

〔王晓冬上。

王晓冬　豆巴叔,准备拆旧建新了? 要帮忙叫一声啊。

豆　巴　嗯嗯,王书记,有人找你。

王晓冬　你是?

杨赛花　我是赛花呀!

王晓冬　噢,你好,你找我?

杨赛花　我从深圳赶来,不找你找谁呀?

王晓冬　哦,好,请到村委会坐坐——

杨赛花　去村委会干吗,那是我们说话的地方吗?

王晓冬　那……

杨赛花　（试探地）去你家不行吗?

王晓冬　我家就在村委会。

杨赛花　几个人?

王晓冬　就我一个。

杨赛花　（暗喜）就你一个?

王晓冬　对。

杨赛花　你为什么没告诉我?

王晓冬　我现在不是告诉你了吗?

杨赛花　（嗔怪地）你真坏!

王晓冬　我真坏?

杨赛花　哼!（唱）

　　　　　我一天到晚忙生意,

　　　　　大老远跑来不容易。

王晓冬　你做什么生意的?

杨赛花　（接唱）

　　　　　开超市,卖特产,

王晓冬　（惊喜）哇,我们村就好多特产。

杨赛花　（接唱）

　　　　　　　我说东来你搭西!

王晓冬　(唱)原来是深圳的大老板,

　　　　　　　初次见面行个礼。

杨赛花　(唱)我要你行礼做什么,

　　　　　　　只要你对我有诚意。

王晓冬　(唱)诚心诚意欢迎你,

　　　　　　　枫树坳处处有商机。

杨赛花　(唱)我来这里是想见你,

　　　　　　　你不谈感情谈商机!

王晓冬　(唱)商机对我最重要,

　　　　　　　先合作共发展再建友谊。

杨赛花　哼,没想到你网上一套,现在又是一套。

王晓冬　什么?网上?我们聊过吗?

杨赛花　你别给我来这套。路遥知马力,日久见人心,我杨赛花今天算是把你这黄书记看透了!(欲下)

王晓冬　等下!杨老板,你是不是找错人了?我姓王,不姓黄。

杨赛花　啊?你不是黄有来?

王晓冬　我叫王晓冬,是驻这个村的第一书记。

杨赛花　哦!不好意思,我搞错了。(欲下)

王晓冬　哎!杨老板,你不是要找黄有来吗,我把他叫来——(掏手机)

杨赛花　别打了,他关机了。

王晓冬　啊?这老哥也太不像话了!杨老板,你别生气,我告诉你,这个黄有来他不是单身,他有老婆孩子。

杨赛花　啊?这个骗子!

王晓冬　杨老板,你别伤心,这种玩网恋的人哪里都有,关键是我们自己要有免疫力。不过还好,幸亏没出问题,回头我一定叫他向你赔礼道歉,做深刻的检讨!

杨赛花　谢谢你,我今天总算遇上好人了。

王晓冬　杨老板,你来一趟山里不容易,如果你有兴趣的话,我可以把我们村的特产向你做个介绍。

杨赛花　不用了,就冲你是个好人,有什么特产可以拿来给我看看。

王晓冬 好嘞！豆巴叔，敲铁皮。

豆　巴 （敲铁皮）哎！收土特产的老板来喽！

〔众村民提特产上。

〔伴唱：

枫树坳，特产多，

山高路远卖出难。

守着宝山饿肚皮，

难得有人来买单。

王晓冬 （唱）我们有香菇和板栗，

众村民 （唱）嘟格里格嘟！

王晓冬 （唱）我们有茶油和笋干，

众村民 （唱）嘟格里格嘟！

王晓冬 （唱）我们有脐橙和柚子，

众村民 （唱）我们有番薯芋头生姜板鸭和花生。

杨赛花 （唱）一见特产眼发亮，

这山货深圳最喜欢。

王晓冬 （唱）喜欢你就收购去，

难得今朝好机缘。

杨赛花 （唱）可惜产品数量少，

不够我超市卖一天。

王晓冬 （唱）要多就来签协议，

产销对接长期合作赚大钱。

杨赛花 好，我先带点回去试销一下，回头再跟你联系。

王晓冬 一言为定！

〔黄有来提一篮脐橙急上。

黄有来 老板娘！老板娘！我的脐橙是特优产品，名叫血橙，果肉红红的，味道甜甜的，你尝一下——

杨赛花 哎呀，真好吃，这位大叔，你家的脐橙我全要了。

黄有来 太好了！

王晓冬 杨老板，我给你介绍下，这位就是我们村的黄书记。

杨赛花 啊？你就是黄有来！

黄有来　（一惊）你是……

杨赛花　（悻然地）乡亲们，你们的特产我都要了，就一个人的我不要！

众乡亲　谁的？

杨赛花　我不说，他自己知道！

黄有来　（手上的脐橙落地）啊？唉！

〔光隐。

第四场　特殊帮扶

〔月夜，有大山的剪影。

〔篱笆墙边有一棵柚子树。

〔小强背着竹筐和几个小男孩蹑手蹑脚地上。

小　强　（唱）八姑家的柚子大又黄，

众男孩　（唱）皮薄肉嫩甜又香。

小　强　（唱）白天想来怕看见，

众男孩　（唱）夜晚偷偷摘一筐。

〔众男孩搭人梯让小强爬上柚子树。

〔小强刚摘下几个柚子，就被八姑发现。

八　姑　（内喊）哪个偷柚子啊！捉贼呀！捉贼呀！

〔众男孩提起竹筐一溜烟跑下。

〔八姑急上。

〔小强从树上跳下。

八　姑　（拿竹篙朝小强乱打）我打死你这个小贼古！打死你！打死你！

〔小强抓住竹篙，一拉一放，八姑跌了个四脚朝天。

八　姑　哎哟喂！你介只鬼崽子！冇爷佬教导的哟！

〔小强溜下。

〔暗转，小强家里，陈设简陋，墙上贴有"革命烈士证明书"。

〔小强背竹筐上。

小　强　（唱）两只柚子筐里装，

剥给爷爷尝一尝。

柚子能治糖尿病，

爷爷吃了身健康。

爷爷，我回来了。

〔钟大爷拄棍子上。

钟大爷 小强，你今天又冇去上课？

小　强 我等下去。（拿出柚子）爷爷，你看——

钟大爷 柚子？哪来的？

小　强 买的。（掏出一张钞票）爷爷，给你钱——

钟大爷 一百块？哪来的？

小　强 是我挣的。

钟大爷 小强啊，你爸死得早，你妈又打工去了，你千万莫犯事啊！

小　强 不会的。

〔八姑上。

八　姑 想想不舒服，去找小贼古。（一见柚子，火冒三丈）好哇！今天你可逃不掉了！钟大爷，你孙子偷了我的柚子！

钟大爷 啊？小强，你？

小　强 我冇。

八　姑 我亲眼看见你偷，你还不承认！你还放我跌一跤，把我的腰都跌伤了，哎哟！

钟大爷 八姑啊，细伢子不懂事，请你原谅他一回，这一百块钱你拿去买点药水擦一下吧。

小　强 （夺过钱）我不！这钱是给爷爷看病的！

钟大爷 拿过来！

小　强 不拿！

钟大爷 （追打小强）你拿不拿！你拿不拿！

〔王晓冬扛一袋米上。

王晓冬 钟大爷！别打了！别打了！

钟大爷 王书记呀，不好意思啊，我孙子说我有糖尿病，偷了八姑家两只柚子给我吃，我说赔点钱给人家，他就不肯。

王晓冬 小强，你关心爷爷没有错，错就错在偷人家的柚子，这就不对了。八姑，看在这孩子还小，你就原谅他一次吧，这柚子钱我来付——

八　姑 不用不用。好吧，看在王书记的面子上，这次就算了，下次要是捉到

了,手都砍掉你的去!王书记,少陪了。(下)

王晓冬	八姑慢走。钟大爷,这袋米是扶贫工作队送给您老人家的。
钟大爷	哎呀王书记呀,你每次来不是送油就是送米,过意不去啊!
王晓冬	您老是贫困户,又是红军烈士的后代,应该的。钟大爷,您家的低保和医保我都给您办好了,这是证件,请您收好。
钟大爷	多谢王书记啊!
王晓冬	小强,听说你经常迟到旷课,期中考试语文数学都不及格,是不是啊?
小 强	王叔叔,我冇心事读书了,我想请长假,去帮妈妈打工。
王晓冬	啊?
小 强	妈妈太辛苦了,又要寄钱给爷爷看病,又要供我读书,天天晚上都要加班,都累出病来了……(拭泪)
王晓冬	想妈妈吗?
小 强	想。
王晓冬	(拨通手机)来,和妈妈通个电话。
	(动情的音乐)
妈 妈	(画外音)喂,是王书记吗?
小 强	(哽咽地)妈妈!是我……
妈 妈	是强强呀,孩子,你哭什么?是不是想妈妈了?
小 强	嗯。
妈 妈	好孩子!妈妈也想你啊!
小 强	妈,你的病怎么样了?还在吃药吗?
妈 妈	病好了,你别老挂念我,在家要听爷爷的话啊。
小 强	嗯。
妈 妈	你的学习成绩怎么样了?
小 强	……
妈 妈	怎么不说话?是不是又旷课了?
小 强	……
妈 妈	是不是跟同学打架了?
小 强	冇!
妈 妈	冇呀?你要是不听话,我不给你买电话手表了!
小 强	(赌气)不买就不买,我不要!(挂机)

王晓冬　小强！（唱）

　　　　你妈妈几次来电和我聊，

　　　　她说你很想买一块电话手表。

　　　　可是她每次想买你又说不要，

　　　　要把钱留给爷爷把病疗。

　　　　好孩子年虽小懂得孝道，

　　　　把妈妈感动得热泪直掉。

　　　　她望你有了表别睡懒觉，

　　　　爱学习守纪律按时到校。

　　　　她望你有了表常和她联系，

　　　　把学习和生活多向她汇报。

　　　　她望你品学兼优身体好，

　　　　升中学考大学名列前茅。

　　　　（拿出一个小盒子）小强，你看！

小　强　（惊喜）电话手表！

王晓冬　是你妈给你买的。

小　强　（看着盒子，泪花闪闪）不，这不是妈妈买的……

钟大爷　谁买的？

小　强　（哭）是王叔叔！

钟大爷　啊！

小　强　王叔叔，我给你钱——

王晓冬　哪来的？

小　强　是我帮人家挑砖挣的，挑一天二十元，我挑了五天，挣了一百元。

王晓冬　（一看小强的肩头，惊呆了）啊！

王晓冬　（唱）见小强肩头红肿露血痕，

　　　　　　不由我心如刀绞阵阵疼！

　　　　　　没想到孩子也苦到这一步，

　　　　　　穷得辍学去挣钱。

　　　　　　一担砖头一身汗，

　　　　　　担担砖头磨破肩；

　　　　　　脚打战，咬牙根，

　　　　小肩膀撑起了穷家半边天！

　　　　小强啊，

　　　　只要你爱学习，勤发奋，

　　　　你的学费我承担，

　　　　一直资助你上大学，

　　　　把穷苦的命运来扭转。

　　　　绝不让红军的后代没文化，

　　　　缺衣少食度日难，

　　　　苦守大山一辈子，

　　　　贫困的帽子代代传。

王晓冬　（递电话手表）小强，收下吧——

小　强　（大哭跪接）王叔叔！

王晓冬　（急扶）小强！

　　〔光隐。

第五场　一纸协议

　　〔大枫树旁，豆巴和几个泥工在拆土坯房。

泥工甲　（唱山歌）

　　　　哎呀嘞！

　　　　撑船要根好竹篙，

　　　　做屋要把好泥刀。

　　　　拆掉危房建新屋，

　　　　同志哥，

　　　　矮牯子上楼步步高！

　　〔黄有来骑摩托车搭肖亚男上。

豆　巴　哎哎，黄书记！拆旧建新的补助到了冇？

黄有来　到了，每户一万五，不够的话，农行还有贴息贷款。

豆　巴　好嘞！

黄有来　师傅们，村里要办脐橙加工厂，你们可会参股？

泥工甲　会呀，工厂开到家门口，又有事做，又有钱赚！

黄有来 对对对!

豆　巴 黄书记,又勾到一个美女呀,走桃花运啊!

黄有来 打鬼话! 这是王晓冬书记的爱人,莫乱讲! (下)

豆巴等 哈哈哈!

　　〔暗转,KTV 包厢,杨赛花在 K 歌。

王晓冬 (鼓掌)好! 没想到杨总经商是行家,唱歌也是行家,来,我敬你一杯!

杨赛花 不行不行,不能喝了。

王晓冬 一定要喝。(唱)

　　　　　这杯酒,感谢你,

　　　　　企业扶贫进山村,

　　　　　帮我乡亲销特产,

　　　　　殷殷献爱心。

杨赛花 精诚所至,金石为开,你王晓冬可没少来找过我啊。

王晓冬 谢谢杨总支持,我先干为敬,干! (接唱)

　　　　　第二杯,有求你,

　　　　　有桩大事燃眉急,

　　　　　村办脐橙加工厂,

　　　　　融资遇难题。

杨赛花 你请我喝酒就是为了这个?

王晓冬 这个项目可以解决一百多家贫困户的增收和就业问题啊!

杨赛花 我不感兴趣。

王晓冬 好好好,我们不谈这个,来来来,喝酒,喝酒,干! (接唱)

　　　　　第三杯,很遗憾,

　　　　　村里的文化生活太简单。

　　　　　我想建个小广场,

　　　　　带个公园好休闲。

　　　　　农家书屋加电商,

　　　　　一方戏台一片天。

杨赛花 (醉意地)晓冬,我明白你的意思,你呀,都把我当成银行的取款机了,是不是啊?

王晓冬 不不不,我们是合作共赢,对双方都有利的——

杨赛花　等下,晓冬,你能陪我跳支舞吗?

王晓冬　跳舞?

杨赛花　(弦外有音)只要你愿意,我就干了这杯……

王晓冬　真的? 哎呀,不行不行!

杨赛花　是嫌我没你老婆漂亮?

王晓冬　不是不是。

杨赛花　是嫌我单身,怕我缠着你?

王晓冬　哎呀,这你就言重了。

杨赛花　那就来呀。

王晓冬　我不会跳,怕踩到你的脚。

杨赛花　你不是不会跳,你是胆子小。来,牵着我的手,搭着我的腰——

王晓冬　等下,杨总,是不是跳了舞就签协议?

杨赛花　不就是一句话吗?

王晓冬　好! 我跳!

〔伴唱:

　　　　一个是醉眼蒙眬情缱绻,

　　　　一个是渴望签约舞蹁跹。

　　　　几曾见风月场中谈交易,

　　　　穷应酬一片苦心为谁甜?

杨赛花　晓冬,抱抱我……

王晓冬　不……

杨赛花　我要……

〔肖亚男上。

肖亚男　咦? 他跑到哪去了? (推门一看,惊呆了)啊!

王晓冬　亚男?!

肖亚男　好哇! 我说你怎么一个多月没回家,原来是外面有女人了!

杨赛花　王书记,我走了。

王晓冬　等等,这杯酒——

杨赛花　下次吧。

王晓冬　不不不,这个协议——

杨赛花　以后再说。(欲下)

肖亚男　　站住！想走？没那么容易！

王晓冬　　亚男！你想干什么？（护住杨赛花）

肖亚男　　好哇,你这个没良心的,要跟小三一起来对付我！（一阵晕眩）

王晓冬　　（急扶）亚男！亚男！

肖亚男　　（推开他）滚开！王晓冬,我告诉你,我限你两小时之内回来见我,我们法院见！（哭下）

王晓冬　　亚男！亚男！嘿嘿,对不起,我老婆她误会了,坐坐坐。

杨赛花　　你也真是,老婆闹成这样了还缠着我。

王晓冬　　不好意思,喝酒喝酒。

杨赛花　　王晓冬,你别闹了,你就是天上说到地下转,也别想要我一分钱！

王晓冬　　嘿嘿嘿。

杨赛花　　嘿什么嘿,就这么定了！（欲下）

王晓冬　　哈哈哈！（极痛苦地）枫树坳啊,为什么我们这么命苦？脐橙加工厂啊,你叫我去哪弄钱？我就是把家里的房子卖掉也远远不够啊！帮扶,帮扶,谁又来帮扶我呀？我无能,我真的很无能,我当不了这个第一书记,我不当了,我不当了！（抓起酒瓶猛喝）

杨赛花　　王晓冬！你疯了！（夺过酒瓶）你再喝我就砸死你！

王晓冬　　（醉哭）枫树坳啊……

杨赛花　　又是枫树坳,枫树坳,它到底和你有什么大不了的关系嘛！

王晓冬　　（唱）枫树坳当年出了铁红军,

　　　　　　我爷爷曾在这里闹翻身。

　　　　　　带领群众打土豪分田地,

　　　　　　只为穷人不受贫！

　　　　　　谁知道八十多年过去了,

　　　　　　枫树坳还是贫困村。

　　　　　　年轻人外出去打工,

　　　　　　老人家守屋带孙孙。

　　　　　　田地生杂草,

　　　　　　水渠变荒圳；

　　　　　　破屋常漏雨,

　　　　　　一病就返贫。

这日子总也过不好，

千呼万唤要扶贫！

扶贫谈何易，

帮困缺资金。

输血没有用，

造血是根本。

因此我借力发力扶产业，

招商引资把手伸。

低声下气装孙子，

喝酒跳舞去求人。

老婆见了气愤走，

限时限刻要离婚。

困难重重我不怕，

就是赴火也甘心！

我只要——

乡亲们有饭吃，有衣穿，有房住，

读得起书，看得起病，

不会骂我们共产党，

不会怨这个社会不公平。

我才对得起——

对得起这亲亲的枫树坳，

对得起流血牺牲的老革命；

对得起这本党员证。

我才安得下这颗焦虑的心！

杨赛花 （唱）听晓冬掏心掏肺一番话，

不由我心动情动冒泪花。

为扶贫他呕心沥血甘吃苦，

对乡亲他倾力帮扶胜一家。

他对我如朋似友真心相待，

不为名不为利品质可嘉。

这样的好男儿值得敬佩，

　　　　　　这样的好干部谁人不夸。

　　　　　　我也曾是打工妹，

　　　　　　贫穷的滋味尝够啦。

　　　　　　晓冬的切肤之痛我感同身受，

　　　　　　为朋友我该雪中送炭帮一把。

　　　　　　晓冬啊，

　　　　　　脐橙加工厂，我投二百万，

　　　　　　文化小广场，我再去想办法。

　　　　　　就冲你满腔热血信任我，

　　　　　　这杯扶贫酒我义不容辞来喝下！

　　　　干！

王晓冬　干！

　　　〔暗转，公路上，肖亚男打摩的上。

肖亚男　（唱）气冲冲打摩的赶回县城，

王晓冬　（骑摩托车上，唱）

　　　　　　急匆匆追娘子一路飞奔。

肖亚男　（唱）没料到他驻村驻出了婚外恋，

王晓冬　（唱）没想到她不问真假就走人。

肖亚男　（唱）回家去找老妈告他一状，

王晓冬　（唱）追上去好言解释让她放心。

　　　　亚男！亚男！

肖亚男　别理他，走！（唱）

　　　　　　催油门加速度任他去喊，

王晓冬　（唱）抄近路绕个弯我拦在路中心。

　　　　你走不了了，下车吧！

肖亚男　（对摩的司机说）冲过去！

　　　　（肖亚男所乘摩托呼地向前冲去，王晓冬急忙闪开）

肖亚男　哈哈哈！

王晓冬　我叫你跑！（猛追）

肖亚男　（唱）趁机会把他引回城里去，

王晓冬　（唱）生妙计假装翻车令她一惊。

（翻车）哎呀！

肖亚男　（回头一看）停车！师傅停车！

王晓冬　哎哟……

肖亚男　（着急地）晓冬，你伤到哪儿没有？

王晓冬　脚都断掉了喔，哎哟！哎哟！

肖亚男　（心疼地）老公，你忍着点，我这就送你去医院。

王晓冬　哈哈哈！

肖亚男　你？哼！

王晓冬　师傅，给你钱，谢谢啊。

　　　　（摩的司机下）

王晓冬　（摸出小酒瓶）娘子，来一口？

肖亚男　去跟你的小三喝吧！

王晓冬　什么呀，她是深圳一家超市的老板，是我们村招商引资的重点对象。

肖亚男　什么对象！眉来眼去搂搂抱抱的，都贴在一起了！

王晓冬　什么搂搂抱抱，那是跳交谊舞！你以为招商引资很容易呀？为了谈成
　　　　一个项目，哪个不要一些应酬？（喝酒）

肖亚男　（夺过小酒瓶）喝你的头！你要跟她过你就去，你要跟我过，就给我回
　　　　去上班！

王晓冬　组织上还没通知我！

肖亚男　我妈是县领导，我会跟她说！

王晓冬　我的扶贫任务还没完成！

肖亚男　我不管，今天你得给我写个协议，保证春节前给我回来，否则就两个
　　　　字，你懂的！

王晓冬　啊？

肖亚男　写！

王晓冬　我……

王晓冬　写不写？不写就离——

王晓冬　好好好，我写，我写。哎？我的酒瓶子呢？
　　　　〔光隐。

第六场　好戏在后头

〔红枫挺立,豆巴的新房贴着红对联。

〔杨赛花和大妈们在广场跳采茶舞。

〔伴唱:

　　瑞雪飘飘迎新年,

　　广场落成笑连连。

　　枫树坳村换新貌,

　　山也笑来水也甜!

〔豆巴敲响大枫树上吊着的一面大钟。

豆　巴　喂!大家停一下,黄书记要讲话喽!

黄有来　乡亲们!告诉大家一个好消息,经过上级检查验收,我们枫树坳全村
　　　　脱贫了!

众村民　(欢呼)嗬!

黄有来　乡亲们,我还要告诉大家,王晓冬书记在我们村扶贫三年期满,今天他
　　　　就要离开我们,回城里上班了。

　　　　(全场沉默)

黄有来　王书记在我们村辛辛苦苦工作了三年,人也瘦了,白头发也增多了。
　　　　他为我们村的脱贫攻坚付出了大量心血,他不愧是苏区干部的好后
　　　　代,不愧是一个真正的共产党员!

　　　　(掌声如雷)

黄有来　乡亲们,你们看,王书记从村委会出来了,我宣布:敲锣打鼓,欢送王书
　　　　记回县里工作!

　　　　(鼓乐齐鸣)

〔王晓冬背行李上。

〔众村民端着米酒,提着脐橙,前来送行。

〔伴唱:

　　一碗碗米酒飘着香醇,

　　一篮篮脐橙盛满乡情,

　　一双双眼睛噙着热泪,

一声声好书记呀,难舍难分!

王晓冬　（唱）今日离村心潮滚,

舍不得枫树坳,舍不得好乡亲。

这块红土地,哺育了新中国,

解放几十年,却还在受清贫。

先烈在泉下暗流泪,

群众对干部成见深。

贫穷的面貌不改变,

我们党怎么去告慰先烈取信于民?

党号召不忘初心牢记使命,

党教导扶贫别落下一个人。

重任在肩睡不着觉,

群众的疾苦痛我心。

困难中见"党证"力量倍增,

彷徨时访贫苦责任千钧。

三年扶贫攻坚路,

各方援手献爱心。

上下联动齐奋战,

才有这脱贫摘帽欢歌笑语暖阳璀璨照新村!

黄有来　（唱）今日分别留遗憾,

还有个小康计划未完成。

王晓冬　（唱）待我回城后,

向组织再申请,

重返枫树坳,

继续新长征。

黄有来　（唱）干群同心干,

拧成一股绳。

王晓冬、黄有来　（唱）定教那山变绿,水变清,

山变摇钱树,

水变聚宝盆;

家家迈上幸福路,

　　　　　同奔小康新前程。

众村民　（唱）家家迈上幸福路，

　　　　　　　同奔小康新前程！

　　　〔轿车喇叭声。内喊：林县长来了！

　　　〔肖亚男陪林县长上，杨赛花与肖亚男尴尬碰面。

王晓冬　妈！您来了。

林县长　嗯，枫树坳脱贫了，我来看看。

黄有来　林县长，你来得正好，我们村制定了一个小康计划，是晓冬亲自
　　　　策划——

王晓冬　（暗暗踢他一脚）你们先忙去吧。

黄有来　林县长，你们聊。（示意众村民下）

林县长　晓冬呀，我知道你在这里干得不错，群众很满意，我也很满意！

王晓冬　妈，我向你汇报一下。

林县长　汇报工作叫县长。

王晓冬　是，妈，噢，不，林县长，枫树坳这个小康计划挺好的，要是我能多留一
　　　　年，把这后头的戏给唱好，乡亲们的日子——

肖亚男　什么？多留一年？不行！

王晓冬　亚男……

　　　　（杨赛花暗上）

肖亚男　（亮协议）这张"协议"，你应该没忘记吧？

王晓冬　没忘记，可是——

肖亚男　没有可是，要不就跟我回去，要不就履行协议——离婚！

林县长　亚男！

肖亚男　妈，你不知道，他有小三了，他根本就不想回家！

林县长　胡说！

肖亚男　我胡说？你去问问那个杨赛花。

林县长　谁是杨赛花？

杨赛花　我，我就是杨赛花。林县长，您女儿说的这个事我向您解释下。

肖亚男　还有什么解释的，都搂在一起了。（哭）

杨赛花　不就是跳个舞吗，你也不能见风就是雨吧？

肖亚男　我见风就是雨？我要是不接他回去，你们还要在枫树坳风雨同舟是

吧？你就是喜欢他，想着小三上位！

杨赛花 对！我是喜欢他，怎么样？这里全村的老老少少都喜欢他！够了吧！

（唱）肖亚男，你细思忖，

你老公有几斤几两你最知情。

论权力，小小的村书记芝麻大，

论钱财，三千多工资羞死人；

论身体，满面倦容，身心憔悴，

他哪一点像个养小三的人？

他心怀梦想，一身正气，一心为民，

这种人哪有心事搞婚外情？

你怎么说我不要紧，

我站得正来立得稳，

你要是无端侮辱他，

我不答应！我不答应！乡亲们也不答应！

林县长 晓冬，怎么回事？

王晓冬 因为招商的事，我和杨总跳了一支舞，刚好被亚男看见，我们之间真的没什么，何况杨总现在已经找好了对象，马上就要结婚了。不过，我没尽到一个做丈夫的责任，没有好好关心亚男，让她辛辛苦苦等了我三年，我对不起她。

肖亚男 （百感交集，失声痛哭）妈……

王晓冬 （唱）忽然间，鼻子酸，

哭声如鞭子，抽得我心里疼！

三年扶贫我丢了家，

不经意把家当旅馆。

肖亚男 （唱）匆匆回，匆匆去，

家中百事从不管。

王晓冬 （唱）女儿生日我没回去看一眼，

妻子住院我在村里忙抗旱。

肖亚男 （唱）多少个周末盼你转，

多少个寒夜眼望穿。

王晓冬 （唱）身在扶贫点，日夜攻难关，纵有念妻情,怎得到身边?

肖亚男　（唱）我懂你,我爱你,

再苦再累无怨言。

王晓冬　（唱）你无怨,我有愧,

三年愧疚万万千。

肖亚男　（唱）你眼里只有枫树坳,

我在你心里轻如烟。

王晓冬　（唱）不不不,爱妻是我的贤内助,

也在为扶贫做贡献。

我代表乡亲们感谢你,

从今后咱夫妻双双把家还。

（肖亚男笑了）

（众上）

林县长　亚男,事情已经很明白了,晓冬也向你道歉了,你该满意了。

肖亚男　杨总,对不起,我错怪你了。

杨赛花　没事,亚男妹子,我衷心地祝愿你们家庭幸福,生活美满!

肖亚男　谢谢杨总!

黄有来　林县长,给乡亲们说几句吧。

林县长　好的。乡亲们! 首先,我要代表县委、县政府向你们光荣脱贫表示热烈祝贺! 不容易呀,三年多时间,你们枫树坳就大变样,变得我都认不出来了。希望你们不要停步,要把脱贫的成果巩固好,提升好,继续努力奔小康,还有好戏在后头啊!

（众鼓掌）

黄有来　乡亲们! 让我们再一次敲响锣鼓,为王书记送行!

肖亚男　等下!（拿出那张"协议",流着泪撕了）

王晓冬　（内疚地）亚男,我欠你和孩子太多了!

肖亚男　你想留就留下吧,我和妈先回了。给你——（把那个小酒瓶递给他）

王晓冬　哇!（激动地拥抱妻子）

〔伴唱:

一碗碗米酒飘着香醇,

一篮篮脐橙盛满乡情,

一双双眼睛噙着热泪，

叫一声好书记呀，我的亲人。

哎呀嘞！

第一书记，寒冬的春风，

第一书记，旱地的甘霖。

扶贫攻坚你辛苦了，

我的好书记呀，我的亲人！

〔收光。

——剧终

（此剧本获 2018 年度江西省文联、省作协"江西故事中国梦"江西文学重点扶持工程作品。）

雪　夜
（采茶小戏）

时　间　1934年隆冬

地　点　中央苏区于都县

人　物　曾德明——男,50多岁。盲人,唱古文的艺人

　　　　桂　香——女,30多岁,曾德明的妻子,智障

　　　　小　刘——男,20岁,红军伤员

〔启光,黑夜,雪花飞舞。

〔隐约有稀疏的枪声和狗吠声传来。

曾德明　（内唱）

　　　　上圩卖唱去讨米,

〔曾德明背一把二胡,挂一根棍子,匆匆上,跌跤,爬起,圆场。

曾德明　（唱）扑面雪花湿寒衣。

　　　　山野风卷血腥味,

　　　　枪声响处哭声凄。

　　　　靖卫团四处搜查紧,

　　　　惦挂小刘心里急。

　　　　脚步匆匆回家转,

〔桂香背婴儿上。

桂　香　（傻傻地等望）老公,我肚饥哩,我肚饥哩……

曾德明　（接唱）

　　　　智障老婆门前倚。

桂　香　老公！你怎么才回来呀！（唱）

　　　　天上墨墨黑,

　　　　不见一颗星;

雪花飘呀飘，

树上挂了冰。

我望呀望呀望你转，

肚子咕咕叫，

饿得头发晕。

老公，我要饭吃，我要饭吃……

曾德明　莫闹了，今日落雪，家家关门，米冇讨到，只讨到一只番薯，唉！

桂　香　我要番薯，我要番薯——

曾德明　不行，这番薯是给小刘吃的。

桂　香　我不，他都有白饭吃，我都有吃。

曾德明　小刘是红军伤员，苏维埃把他交给我们，我们再困难也要让他吃饱来。

桂　香　我不，我肚饥哩，我肚饥哩……

曾德明　我们等下煮点野菜充充饥吧。

桂　香　我不，我要饭吃，我要饭吃，唔……（一屁股坐在地上，婴儿啼哭）

曾德明　（哄孩子似的）桂香，莫吓到了宝宝，等我明天讨到了白饭猪肉，一定让你吃饱来，啊？听话，快起来。

桂　香　（勉强站起）你又来骗我！

曾德明　我不骗你，好老婆，快去烧火，我要去地窖里看一下小刘。快去呀！

〔桂香嘟囔着下。

曾德明　唉！老婆呀老婆，我老曾对不起你啊！（唱）

瞎夫傻妻怜对怜，

缺衣少食度日艰。

儿子宝宝未满岁，

日夜饿得哭连连。

全家挨饿还能忍，

最怕小刘不安全。

开开窖门往里进，（弯腰进地窖）

小刘！小刘！

〔一盏小油灯亮起，头缠绷带的小刘从担架床上起来。

小　刘　曾叔！

曾德明　（接唱）

快吃个番薯解饥寒。

小 刘 曾叔,我刚才吃了饭,你吃。

曾德明 我吃过了,快拿去。

小 刘 还是留给婶婶吃吧,她要给宝宝喂奶,没吃饱可不行啊。

曾德明 她吃饱了。

小 刘 曾叔,你莫骗我了,婶婶说你们为了把粮食让给我吃,一天到晚只吃两餐,而且每餐都是野菜当饱。

曾德明 这比我当年住破庙喝西北风好多了。

小 刘 曾叔啊!(唱)

  红军突围去,

  伤员被留下,

  组织安置我到你家,

  给你的压力如山大。

  霜雪皑皑你去讨米,

  夜撂草药为我细包扎。

  饭菜端到床面前,

  提水倒尿又送茶,

  暖暖的被窝让我盖,

  你们却盖的是蓑衣破袄烂棉花。

曾德明 (唱)怎能忘陈毅主任动情话,

  把群众比作是红军的爹妈。

  他说道:"红军走了心没走,

  苏区永远是革命的家。

  伤病员就是你们的儿子和女婿,

  你们尽管当牛当马使唤他。"

  一番嘱托千钧重,

  听得我老曾冒泪花。

  是红军给我分了田和地,

  是红军让我不住破庙不讨饭,娶妻生子有了家!

  共产党的恩德说不尽,

  红军的情义要报答。

　　　　　　莫说是吃点饭敷点草药，

　　　　　　就是要命我也舍得拿！

小　刘　（感动地）曾叔！

曾德明　小刘，今天靖卫团包围李家村，杀害了几十个红军伤员和革命群众，听说他们还不甘休，还要挨家挨户搜查。

小　刘　曾叔，我不能连累你，我要去找部队。

曾德明　不行，你的伤还有好。

小　刘　曾叔，我对你说句实话，我是陈毅首长的机要员，身上带有中央政府留守处的机密文件——

曾德明　啊！那就更不能乱走，为了防备敌人搜查，我马上把你转移到更安全的地方去。

　　　　　〔狗吠。音乐骤紧。

　　　　　〔桂香背着婴儿慌慌张张地上。

桂　香　老公！老公！

曾德明　桂香！出了什么事？

桂　香　有，有敌人……

曾德明　（一惊）啊！在哪里？

桂　香　在隔壁搜，搜——

曾德明　搜查？

桂　香　嗯！嗯！

曾德明　事不宜迟，赶快转移！

　　　　　〔"啪啪"两声枪响，幕内出现火把光。

　　　　　〔幕内："人呢？跑到哪里去了？给我搜！"

曾德明　不好！（唱）

　　　　　　枪声响，豺狼嗥，

　　　　　　火烧眉毛心内焦！

桂　香　（唱）老公老公怎么办？

　　　　　　天要塌了要塌了！

小　刘　（唱）不能连累曾叔叔，

　　　　　　烧毁文件出地窖！

曾德明　且慢！（唱）

　　　　　不到万一莫暴露,

　　　　　留得青山在,不怕没柴烧。

　　　〔桂香发现桌上那只番薯。

桂　香　哇! 一只番薯! (拿起欲吃)

曾德明　(夺过番薯)你还有心事吃番薯!

桂　香　(抢番薯)唔,我要番薯! 我要番薯……

曾德明　(急忙用手捂她的嘴)不不不不,不能闹!

　　　〔曾德明示意桂香不要出声,桂香怔怔点头。

　　　〔幕内:"报告团总! 屋里全搜遍了,一个人也没有!""不可能,房前屋
后,再给我搜!"

　　　〔火光逼近,人声隐隐。

　　　〔小刘拔出匕首,欲冲出去。

桂　香　(急喊)小刘!

曾德明　(急忙)嘘——

　　　〔桂香掩口,点头会意。

　　　〔曾德明扑在地窖门边侧耳细听。

　　　〔一时寂静。

　　　〔忽然,桂香背上的婴儿哇的一声哭了起来。

曾德明　(大惊,压低声音急吼)莫哭!

　　　〔桂香一惊,解开背带放下婴儿,使劲地拍打他,婴儿哭得更大声了。

　　　〔曾德明急得直踩脚,怎么示意桂香也无济于事。

　　　〔婴儿大哭。

曾德明　(唱)宝宝哭声紧,

　　　　　声声揪我心。

　　　　　哭声传出去,

　　　　　大祸要降临。

　　　　　倘若小刘被抓走,

　　　　　遭审讯,受毒刑,

　　　　　失机密,误军情,

　　　　　我对不起陈毅,对不起红军!

　　　〔紧张的音乐。

〔曾德明抱过婴儿,轻轻地哄着,无济于事。

〔曾德明拿出番薯,放进婴儿嘴里,哭声依旧。

〔桂香抱过婴儿,解衣给他哺奶,婴儿停了一下,又哭了起来。

桂　香	(着急地)老公!我十多天有饭吃,奶水都有了!
曾德明	啊!
桂　香	老公!怎么办?
曾德明	(急得团团转,忽然立定,从牙缝里爆出一句)掐!
桂　香	(傻傻地)掐?掐什么?
曾德明	(声音发抖)掐喉咙……
桂　香 小　刘	(大惊)啊!
小　刘	(唱)曾叔发了疯, 　　　说话令人惊!
桂　香	(唱)要掐你就掐死我, 　　　亏你是他老父亲!
小　刘	(唱)要抓要杀由我去, 　　　不能危及小生命!
曾德明	(唱)小刘你若敢出去, 　　　老曾打断你脚棍!
桂　香	(唱)亲生骨肉不心疼, 　　　你是恶鬼不是人!
曾德明	(唱)桂香说话似利刃, 　　　刺得我心头血淋淋! 　　　我儿生来招人疼, 　　　对我这老爸格外亲。 　　　要我哄来要我抱, 　　　阿爸阿爸叫不停。 　　　一把屎来一把尿, 　　　带亲了孩子操碎了心! 　　　我老来得子不容易, 　　　三代单传缺男丁。

倘若我儿把命丧，

祖宗香烟谁继承？

倘若我儿把命丧，

老来无子我靠谁人？

倘若我儿把命丧，

老婆要跟我来拼命；

倘若我儿把命丧，

我肝肠寸断活不成！

自古虎毒不食子，

我怎能掐、掐、掐、掐死我的小亲亲哪……

〔曾德明泪下，痛不欲生。

〔婴儿大哭。

〔曾德明惊慌，内心在激烈挣扎。

〔幕内："报告团总！我听到小孩的哭声！""啊？给我搜！""是！"

曾德明　（浑身发抖）呀！（接唱）

敌人魔爪在逼近，

好像听见脚步声。

刻不容缓快下手，

咬定牙根我横了心！

我的儿呀儿，

莫怪爸爸不疼你，

我的儿呀儿，

莫怪爸爸心肠狠；

只要宝宝不出声，

爸爸下手尽量轻。

曾德明　把宝宝给我！

桂　香　（惊恐地睁大眼睛，使劲地摇头）我不……

曾德明　给我——

小　刘　曾叔！（紧紧拉住曾德明不放，曾德明用力挣脱，扑地跌倒，跪步上前，

欲抱婴儿）

桂　香 （扑通跪下，不停地磕头）老公！我求求你饶了宝宝，我不闹饭吃了，我不闹饭吃了……

曾德明 住口！你这个傻婆娘！（甩她一个耳光）

桂　香 （一愣）哎呀！我真傻！我不会用奶头塞住他的嘴不让他哭呀？（哺奶，紧紧抱住婴儿，婴儿果然不作声了）

　　〔静场。

　　〔小刘愣住，桂香傻笑，曾德明瘫坐在地上。

　　〔幕内："咦？怎么没听见哭声了？""你是听见鬼哭了吧？走！回去！"

　　〔火光渐隐，嘈杂声远去。

小　刘 曾叔，敌人走了。

曾德明 谢天谢地！我宝宝福大命大啊。（呜呜地哭了起来）

桂　香 （松开婴儿）宝宝！宝宝！咦？宝宝怎么不开声了？

曾德明 （大惊）啊！你，你是不是把宝宝憋死了？

桂　香 （一怔）啊？（猛然大哭起来）我该死啊！我不该把宝宝抱得太紧了啊！

　　〔音乐陡起。

曾德明 （抱过婴儿呼喊，仰天悲啸）老天爷！

桂　香 （哭喊）我的宝崽呀！

曾德明 （唱）哭一声我的儿心如箭穿，

　　　　　　转眼间小娇儿命丧黄泉。

　　　　　　我老曾前世造了什么孽啊，

　　　　　　老天爷！你断了我的后代根！

桂　香 （唱）千怪万怪全怪我，

　　　　　　千刀万剐我无怨言，

　　　　　　老公老公你杀了我，

　　　　　　我要同宝宝一道归西天！

小　刘 婶婶不要哭，快掐一下宝宝的人中。

桂　香 （不懂）掐？掐什么？

　　〔小刘迅速抱过婴儿，掐他的人中。

　　〔婴儿哇的一声哭出声来。

〔小刘端起碗给婴儿喝水,婴儿哭声停。

曾德明 (双腿一软,跪倒在地,大哭一声)多谢祖宗老子啊!

桂 香 (抱过婴儿痛哭)我的宝崽啊……

曾德明 (忽然地)莫哭了!

桂 香 (惊愕地)啊? 冇事了? 回家了?

曾德明 不是回家,是把小刘护送到你妈妈家去。

桂 香 去我妈妈家? 噢噢,妈妈家有饭吃。

曾德明 不是,是你妈妈的亲戚在赣州做事,家里更安全。小刘,我们走。

〔三人出地窖。

曾德明 小刘,你跟婶婶先走。

小 刘 曾叔,你呢?

曾德明 敌人很狡猾,说不定等下还要回来,我要在这里等一会儿,掩护你安全转移。

小 刘 不行,我不能丢下你不管!

曾德明 莫说了,快走!

小 刘 不!

曾德明 (举起棍子)你走不走? 你走不走?

小 刘 (无奈,转身欲下)……

曾德明 等等! (拿出那只番薯)把这只番薯带上,路上吃,快拿去——

小 刘 (不肯接,眼含热泪,双腿一跪)曾叔! 你要保重!

曾德明 (把番薯塞进他口袋里)快走!

桂 香 走! (拉小刘下)

〔火光启,脚步声逼近。

〔幕内:"团总! 你看! 曾瞎子!""好! 果然中了老子的回马枪,给我团团围住!""是!"

〔曾德明镇定地解下二胡,坐在一块石板上,从容不迫地自拉自唱起来。

〔一束追光打在曾德明的身上。

曾德明 (唱《古文调》)

　　　　自从盘古开天地,

三皇五帝到如今，

知恩图报是君子，

舍生取义值千金。

〔琴声悠扬，雪花飞舞。

〔火光渐渐围拢。

曾德明　（放声大笑）哈……

〔收光。

——剧终

呐 子 声 声

（小型采茶歌舞剧）

时　间　1938 年春

地　点　江西大余

人　物　秋妹、春生、老村长、众妹子、众战士

〔梅岭,梅树,古驿道。

〔隐隐的音乐如山岚般涌动。

〔一道沉雄浑厚的呐子声横空出世。

〔一对男女粗犷野性的山歌扑面而来。

（男唱）

　　呐子格一吹一身格劲,

（女唱）

　　梅岭上下来哩我嫡嫡个亲。

（男唱）

　　池江改编去抗日,

（女唱）

　　红旗格一打我里格新四军。

（男唱）

　　哟嗬嗬!

（女唱）

　　哟嗬嗬!

〔启光,老村长上。

老村长　（唱《绝气调》）

　　陈毅项英下了山,

　　国共合作搞和谈,

　　　　　　和谈成功去抗日，

　　　　　　抗日救国保河山，

　　　　　　今日军民大联欢，

　　　　　　呐子一吹哟——

众　人　（唱）跳得欢！

　　　〔众男女吹呐子、打莲花板，载歌载舞上。

春　生　（唱）呐子一吹味道多，

秋　妹　（唱）好比妹子喊情哥。

春　生　（唱）妹是同志妹，

众妹子　哎！

秋　妹　（唱）哥是心肝哥，

众战士　嘿！

春　生　（唱）同志妹！

众妹子　（唱）喂打子喂！

秋　妹　（唱）心肝哥！

春　生　（唱）叫什么？

秋　妹　（唱）三年游击深山躲，

　　　　　　　我问你想不想老婆？

春　生　（唱）想是也蛮想，

　　　　　　　想也没奈何。

秋　妹　（唱）今日庆团圆，

春　生　（唱）军民同欢乐。

秋妹、春生　（二重唱）哎呀嘞！

　　　　　　　　　　打败鬼子回家转，

　　　　　　　　　　抱崽抱女抱老婆。

众　唱　　　打败鬼子回家转，

　　　　　　抱崽抱女抱老婆！

老村长　哈哈！（唱山歌）

　　　　　　梅岭的妹子像团火，

　　　　　　一碗冷水都点得着。

　　　　　　屙尿扯得鸡毛脱，

见到后生唔放过。

众妹子　老村长,你真坏! 你真坏!

老村长　好了,好了,今天是正月十五元宵节,大家陪战士们一起到祠堂去吃汤
　　　　圆喽!

众　人　嗨! (下)

秋　妹　春生,不要去!

春　生　为什么?

秋　妹　叫你不要去就不要去!

春　生　不要拉我!

秋　妹　我就要拉! (唱)

　　　　　你在梅岭打游击,

　　　　　我在家里总等你。

　　　　　麻石心肝都等碎了,

　　　　　崭新的嫁衣都等旧哩。

春　生　好了好了,我们明天就要结婚了,不要生气。

秋　妹　我就要生气! (唱)

　　　　　王春生,我告诉你,

　　　　　三年的情债你还不起!

春　生　(唱)我向你道歉,

秋　妹　(唱)道歉太轻了,

春　生　(唱)我向你赔礼,

秋　妹　(唱)赔礼你赔不起。

春　生　(唱)那要怎样才满意?

秋　妹　(唱)除非让我亲亲你。

春　生　啊?

秋　妹　(唱)哥妹相恋两三年,

　　　　　秋妹我想你快发癫。

　　　　　明日我俩要成亲,

　　　　　我想提早尝尝鲜。

春　生　咳! (唱)

　　　　　黄花闺女一枝鲜,

说话做事要检点。

没见四面有眼睛，

你就不怕羞羞脸。

秋　妹　自家的老公怕什么。来呀，来呀……

〔老村长提篮子上。

老村长　（一跺脚）呔！我说你们俩也真是，明天就要拜堂了，等一天都等不得？

秋　妹　（羞）老村长，我们是在排节目。

春　生　（羞）老村长，我们是在……

老村长　（扑哧一笑）排节目！

秋　妹　老村长，你去哪里？

老村长　去给战士们送汤圆。秋妹啊，你明天就要出嫁了，要早点回去做准备啊。

秋　妹　晓得。

〔老村长下。

春　生　走，我们也去吃汤圆。

秋　妹　等下，我给你看样好东西。

春　生　什么好东西？

秋　妹　闭上眼睛，不许偷看！（从红布包里取出一个布娃娃）一、二、三，看！

春　生　哇！布娃娃！给我看一下——

秋　妹　就不给你，就不给你！嘻嘻……

（春生抢到了布娃娃）

春　生　（唱）小小布娃真好玩，

两只眼睛溜溜圆。

秋　妹　（唱）为做布娃我熬三更，

一针一线亲手连。

春　生　（唱）赶做布娃做什么？

秋　妹　（唱）猜中了奖你吃汤圆。

春　生　（唱）我猜，我猜，猜不到，

秋　妹　蠢货！（唱）

罚你亲亲我的脸！

春　生　啊？

秋　妹　哈哈哈！（唱）

　　　　　　花开盼结子，

　　　　　　月缺盼团圆，

　　　　　　做女人哪个不想把崽生。

　　　　　　久旱的禾苗盼雨露，

　　　　　　我问你懂不懂女人的心愿？

春　生　我懂,我懂！（唱）

　　　　　　到明年你就把崽生，

　　　　　　生个胖崽脸儿圆。

　　　　　　眼睛像你嘴像我，

　　　　　　小小屁股翘上天。

秋　妹　哈哈哈！猜对了,猜对了,我以后不叫你蠢货了。来来来,宝宝崽,快
　　　　给爸爸磕个头。

春　生　不不不,应该给妈妈敬礼,敬礼！

秋　妹　哈哈哈！（唱童谣）

　　　　　　崽古头,白尾狗，

　　　　　　驮棍子,满山走。

　　　　　　打狐狸,捉野鸡，

　　　　　　捉到野鸡送阿娓。

　　　　　　阿娓食了眯眯笑，

　　　　　　我崽崽是个乖宝宝！

　　　　哈哈哈！

　　　　〔老村长内喊"秋妹——"急上。

　　　　〔紧张的音乐起。

老村长　秋妹！部队接到了命令,战士们马上就要出发去前线打日寇了！

秋　妹　（一惊）啊?!

　　　　〔战士甲内喊"排长——"急上。

战士甲　报告排长！军情紧急,部队正在集结待命,连长命令你立即归队,不得
　　　　有误！

春　生　好！我知道了。

　　　　〔战士甲跑下。

老村长　秋妹,时间不多了,你们赶快准备一下吧。(拭泪下)

　　　　〔秋妹和春生怔住。

　　　　〔一道凄厉的呐子声令人揪心。

春　生　秋妹! 我走了——(欲下)

秋　妹　等等! 你就这样走吗? 我什么都没给你准备。

春　生　来不及了。

秋　妹　可我们明天就要结婚!

春　生　等我回来再说!(欲下)

秋　妹　(喊住)春生!(唱)

　　　　　　你不要走,

春　生　(唱)我要走。

秋　妹　(唱)你不要走,

春　生　(唱)我要走。

秋　妹　(唱)我求求你不要走!

　　　　〔呐子声如泣如诉。

秋　妹　(唱)拉着郎的手,

　　　　　　热泪滚滚流;

　　　　　　心肝如刀割,

　　　　　　石头哽在喉。

　　　　　　没料想一声号令惊雷吼,

　　　　　　明天要拜堂你今天就要走!

春　生　(唱)莫流泪,抬起头,

　　　　　　看战火就要烧到家门口。

　　　　　　国难当头,军人有责,

　　　　　　我要保家卫国去战斗!

秋　妹　(唱)这一去,山高路远,

　　　　　　这一去,险滩急流;

　　　　　　这一去,你归期渺茫,

　　　　　　这一去,我空房独守。

春　生　(唱)国破山河碎,

　　　　　　同胞的血在流,

舍小家，救国家，

中华民族到了最危险的时候！

〔男声伴唱：

北上！北上！

报仇！报仇！

我以我血洗国耻，

不灭敌寇誓不休！

春　生　秋妹，等着我，等抗战胜利了，我一定回来和你完婚。

秋　妹　你真的要走？

春　生　真的要走！

秋　妹　一定要走？

春　生　一定要走！

秋　妹　好，那就拜了堂再走。

春　生　拜堂？

秋　妹　对！（把那块红布盖在头上）拜——堂！

〔伴唱：

啊……

不流泪，不悲伤，

青山作证来拜堂。

秋　妹　（唱）不饮交杯酒，

春　生　（唱）不用进洞房；

秋　妹　（唱）含泪道离别，

春　生　（唱）慷慨赴战场！

秋　妹　（唱）郎呀郎，

我心肝格郎！

春　生　（唱）妹呀妹，

我亲爱的新娘！

我走后，你莫挂想，

代我小心孝敬娘。

田中工夫慢慢做，

寒风雨雪要添衣裳；

有愁有疙要想开，

呐子一吹解愁肠。

这个布娃你放好，

我的心肝妹，

到来年我们生个好儿郎。

秋　妹　（唱）郎的嘱咐记心上，

送郎盖头存念想。

盖头系着妹的心，

日夜陪伴我亲亲格郎。

〔灯光变换：湛蓝的夜空挂着一轮圆月。

每逢十五月团圆，

哥妹相约望月光。

对月听妹吹呐子，

我的心肝哥，

乡音声声莫相忘。

春　生　好，我记住了！（欲下）

秋　妹　春生！（含着泪光）答应我，我要做一回真正的女人……

春　生　（一愣，摇头）不……

秋　妹　（一跪，哀求地）我想要个孩子！

〔无字歌起：啊……

春　生　（动容地）秋妹……

〔春生缓缓地将秋妹抱起，向舞台深处走去……

〔静场。

〔远远地有大余山歌隐隐飘来：

日头到岭暗摸摸，

老妹十分工夫多。

又要提篮去摘菜，

又要挑水烧夜火。

〔军号响，灯光复原。

春　生　秋妹！我走了！

秋　妹　（坚毅地）你走吧，我吹呐子为你送行！

〔幕内伴唱：

　　北上！北上！

　　报仇！报仇！

　　我以我血洗国耻，

　　不灭敌寇誓不休！

〔老村长上。

老村长　（唱《绝气调》）

　　陈毅项英下了山，

　　国共合作搞和谈，

　　和谈成功去抗日，

　　抗日救国保河山，

　　如今队伍要出发，

　　呐子一吹哟——

众　人　（唱）保平安！

〔呐子声如号角长鸣。

〔出现欢送新四军队伍出发的热烈场面。

〔主题歌起：

　　呐子格一吹一身格劲，

　　梅岭上下来哩我嫡嫡个亲。

　　池江改编去抗日，

　　红旗格一打我里格新四军。

　　哟嗬嗬！

　　哟嗬嗬！

〔呐子声、莲花板和歌声汇成一曲雄浑的交响乐。

〔瑞雪飘飘，梅花盛开。

〔收光。

——剧终

（注：呐子，一种类似唢呐的民间乐器）

受 气 包

（采茶小戏）

时　间　盛夏

地　点　赣南某农村

人　物　张三保——张屋村新农村建设理事会会长,屠夫,外号"受气包",五十
　　　　　　　　　多岁

　　　　王官凤——张三保的老婆,农村妇女,四十多岁

　　　　秀　秀——张三保没过门的儿媳妇,二十多岁

〔院子里,有石桌凳;瓜棚下,有一张乘凉的睡椅。

〔幕内伴唱:

　　　　张屋有个张三保,

　　　　有猪不杀满村跑。

　　　　"三清三改"敢带头,

　　　　老婆骂他"受气包"。

〔幕启,张三保撸手捏脚,提个包上。

张三保　嘿嘿!（唱）

　　　　受气包,好烦心,

　　　　愁了沙石愁钢筋;

　　　　水泥路修到一半没了钱,

　　　　集资款收不拢急火烧心。

　　　　我有心借出自家的钱。

　　　　就怕老婆不答应。

　　　　受气挨骂还算了,

　　　　弄不好耳朵还要受酷刑。

　　　　三步走来两步停,

走走停停,停停走走,到了家门口。

(推门)官凤子!开门!开门呀!日头都还没落山就闩了门呀!再气再恨你也莫这样搞哇!嘿,你不让我进我还偏要进,"受气包"再没用,翻围墙总晓得吧!(翻墙进去,跌倒在地)哎哟!我的唔妈老嬡呀,会痛死哟!

〔王官凤闻声上。

王官凤　(嘲讽地)嗬嗬!是会长大人回来了呀,是不是小轿车送来的呀?

张三保　(讪笑)嘿嘿,是"11号轿车"送我回的。

王官凤　你老人家在外面有好肉吃,有好酒喝,还有三陪小姐作陪,还晓得死回来呀?

张三保　嘿嘿,外面的好酒好肉哪当得屋下的粗茶淡饭,漂亮的三陪小姐哪当得自家嫡嫡亲的老婆?

王官凤　你少给我来这套!哪个不晓你这个理事会会长是个没权没钱没工资的鸟毛官,连村干部都当不到,你还蛮嘚瑟!

张三保　嘿嘿,鸟毛官也是官,是全村人民选的哇!

王官凤　选到你来出死力、磨嘴皮、天光到夜受气挨骂得罪人,你还以为你蛮光荣呀,受气包!(唱)

　　　　好好的生猪你不杀,

　　　　花花的票子你不赚;

　　　　烈日炎炎往外跑,

　　　　拆屋改厕你忙得欢。

　　　　一个钱好处你捞不到,

　　　　挨骂受气你有份。

　　　　家中工夫丢给我,

　　　　累死我这条老命你不心疼!

张三保　老婆同志呃!(唱)

　　　　叫声好老婆,

　　　　你莫动肝火;

　　　　水打烂桥脚,

　　　　我也没奈何。

　　　　那天乡亲们开会选会长,

一个个举手来选我。

都说我杀猪佬脾气硬，

办事公道信得过。

满堂呼声激动了我，

屠刀一放我成了佛。

日日串门去化缘，

苦口婆心做工作。

不晓天光不晓夜，

忘了回家陪老婆。

狼心狗肺就是我，

苦了贤妻我好难过。

来来来，我这个做老公的对不起你，你就使劲扭我几下吧——（指耳朵）

王官凤　哼！你以为我不敢扭呀？

张三保　扭呀，好久没扭了，过把子瘾来哇！嘿嘿……

王官凤　（掩嘴笑）死鬼……

张三保　（旁白）趁她高兴，我正好把那个事跟她说一下。哎，老婆，我告诉你个好消息！

王官凤　什么好消息？

张三保　我刚才接到小康的电话，说秀秀已经答应下个月和他结婚。

王官凤　（惊喜）啊！有这么好的事？

张三保　小康要我把他从广东寄回来的那笔钱取出来，给秀秀家把彩礼送过去。

王官凤　要几多？

张三保　一万块，快拿存折来。

王官凤　你急什么？

张三保　怎么不急？就等着拿钱买钢筋。

王官凤　什么？买钢筋？

张三保　（掩饰地）噢，噢，秀秀家准备做屋。

王官凤　咦，秀秀家不是去年做了屋吗？

张三保　这……那……

王官凤　张三保呀张三保，你又想糊弄我，你今天不给我讲清楚，我王官凤跟你没完！说！想拿这一万块钱去做什么？

张三保　（张口结舌地）我、我、我……

王官凤　可是拿去赌钱？

张三保　不是……

王官凤　可是拿去进"鸡婆店"？

张三保　打鬼话，我的好老婆呀，我讲了实话，你莫扭我的耳朵啊，我想，我想……

王官凤　噢，我晓得了，你又想拿自家的钱去做别人的事，是吧？你这个天收的哟！（欲扭张的耳朵）

张三保　哎哎哎，不要扭，不要扭，要扭也要等我吃了饭！扭掉了耳朵就会聋哦。

王官凤　聋掉了更好，省得我提心吊胆！（又欲扭）

　　　　〔秀秀上，见状，欲笑，又忍住。

秀　秀　叔叔！婶婶！你们在家呀！

王官凤　哎呀嘞！秀秀，你来得正好，这个老东西呀，又想拿钱去做人家的事哟！这日子怎么过哟！

张三保　秀秀，你听我说——

王官凤　不要听他的鬼话！

秀　秀　（安抚地）婶婶，你不要急，等叔叔把话说完。

张三保　秀秀，是这样的：村里那条水泥路还差一段没有修好，"以奖代补"的水泥倒是够用了，只是集资款还没收齐，缺钱买沙石、钢筋。我想借你们结婚的钱应一下急，等集资款收齐了再还给你们。

秀　秀　哦，是这样啊！

王官凤　秀秀，你不要听他的鬼话，什么集资款不集资款，会交的都交了，不交的你就是打死他也不交，他拿自家的钱去补这个窟窿，十有八九是肉包子打狗——有去无回！

张三保　有回！

王官凤　没回！

张三保　有回！

王官凤　没回没回没回！你——

秀　秀　婶婶，你不要急，叔叔的意见可以考虑啊。

王官凤　不考虑！这笔钱是小康在广东打工辛辛苦苦赚来的,我不能让他拿去塞无底洞。再说有些人也不知好歹,因为"三清三改"触犯了自家的利益,背后骂了他多少次。什么"尖尾刀""猪脑盖""总有一天要打破你的脑盖壳!"唉! 受的气三天三夜也诉不完! 张三保呀张三保,你这个失时倒运的会长还是不要当了,有猪杀你就杀猪,没猪杀就在家里帮我,我们清清闲闲,和和气气,开开心心,好好过日子,何必拿自家的钱做别人的事,吃自家的饭受人家的气?

张三保　老婆,你这话就不对了。

王官凤　怎么不对?

张三保　你说我拿自家的钱做别人的事,我问你:这是别人的事吗? 建设好了新农村我们就没份享受?

王官凤　享受? 我享受了什么呀?

张三保　嘿嘿,我来问你:(唱)
　　　　　过去喝的什么水?

王官凤　(唱)河里的水。

张三保　(唱)如今又喝的什么水?

王官凤　(唱)自来水。

张三保　(唱)过去的粪坑靠哪里?

王官凤　(唱)靠近住房。

张三保　(唱)那股味道香不香?

王官凤　(唱)你说呢?

秀　秀　(唱)如今是,茅厕改成了卫生间,
　　　　　水冲厕所溜溜光。

　　　　〔幕内伴唱:
　　　　　哎哆罗拐,哎哆罗拐,
　　　　　水冲厕所溜溜光!

张三保　(唱)再问你,过去门前是什么路?

王官凤　(唱)烂泥路。

张三保　(唱)如今又是什么路?

王官凤　(唱)水泥路。

张三保　(唱)污水垃圾哪去了?

王官凤　（唱）清掉了。

张三保　（唱）断壁残垣哪去了？

王官凤　（唱）铲掉了。

秀　秀　（唱）汽车摩托绕村跑，

　　　　　　　村容整洁多漂亮。

　　　　〔幕内伴唱：

　　　　　　　哎哆罗拐，哎哆罗拐，

　　　　　　　村容整洁多漂亮！

张三保　（唱）待明朝——

　　　　　　　山上脐橙绿，

秀　秀　（唱）村中花果香，

张三保　（唱）家有摇钱树，

秀　秀　（唱）快乐奔小康。

张三保　（唱）为了明天更美好，

三　人　（齐唱）我们要有一分热来发一分光。

秀　秀　婶婶，叔叔说得对，为了大家早点过上好日子，我们可以把钱先借出来。

王官凤　借不得，借了不得还。

张三保　娘娘呃，你就支持我一下好不好？

王官凤　要钱没有，要命有一条！

张三保　（发怒）你！

王官凤　哼，看你这副杀猪的样子，是不是要动武呀？（拿起桌上杀猪的尖刀）来哇，杀猪刀在这里，来哇！

张三保　嘿嘿，你要我把你这头猪杀掉啊？嘿嘿……

王官凤　嘿你个头！从今天开始，你这个会长不要给我当了！

张三保　为什么？

王官凤　就为你修这条水泥路，带头迁坟，得罪了祖宗！就为你改水改厕拆空心屋，得罪了乡邻！就为你不听我的劝告，硬要去做那些吃力不讨好的事，还要把儿子的老婆本送出去，不怕得罪你的老婆、儿子和儿媳！我问你：你到底还要不要在这世上做人？你到底还要不要这个家？

张三保　这……

王官凤　你要是还想当这个理事会会长,现在就给我滚出去! 我王官凤这辈子再也不想见到你! (哭)

秀　秀　(劝慰)婶婶,你不要激动,走,到屋里休息一下吧……(扶王下)

张三保　唉! 我这个理事会会长蛮难当啊! (唱)

　　　　　理事会会长真难当,

　　　　　当得一只背时鬼。

　　　　　没钱受累还要包挨骂,

　　　　　忍得我口干舌燥汗湿衣。

　　　　　想过去,杀猪收钱多自在,

　　　　　都说我红光满面大肚皮。

　　　　　人人见我三分敬,

　　　　　端茶奉烟笑眯眯。

　　　　　如今是,天光出门到夜转,

　　　　　一餐饱来一餐饥。

　　　　　风吹日晒雨又淋,

　　　　　连气带病瘦掉我一层皮! (咳嗽)

　　　　　在外受累犹自可,

　　　　　回家还要受老婆气。

　　　　　受气包呀受气包,

　　　　　当真受够了冤枉气!

　　　　(白)唉! 有时候我真想打退堂鼓,可一想到新农村建设都是我们自己的事,上级领导这么重视,全村人又这样信任我,我又来劲了。唉,苦就苦在老婆拖后腿,我又是个"妻管严",嘿嘿,真是娶了她福也享够了气也受够了哦! (见提包,眼睛一亮)嘿! 猪脑壳! 我都差点忘记了,这里头还有我的锦囊妙计呢!

　　　　〔秀秀端一碗饭上。

秀　秀　叔叔! 吃饭。

张三保　哦,好,你婶婶呢?

秀　秀　我刚才劝了她几句,气就消了,她说你还没吃饭呢——(递饭)

张三保　(憨笑)嘿嘿,老婆毕竟是老婆,再打再骂饭也有得吃。嘿! 碗底下还埋了两个"荷包蛋"呢! 哈哈! (欲吃,秀秀叫住)

秀　秀　（笑笑地）叔叔，刚才婶婶交代，要是吃了这两个荷包蛋，就要听她的话嘞。

张三保　哦！原来这两个荷包蛋是用来引我上钩的啊！嘿嘿，我才不上你的当，不吃！哼哼，想拉我下水呀？我还要拉你呢！（从提包里掏出一件女式服装示意秀秀给王送去，秀秀会意地点头，笑笑地下）

〔幕内传来王的声音："我不要！我不穿！世下鬼才会穿他买的衣服！"

〔新衣服被扔了出来。

张三保　（假装要走）秀秀！我要上工地了，你在这里玩啊！（躲进瓜棚）

〔秀秀拉王官凤上。

秀　秀　（捡起衣服，有意地）哎呀！这么好的衣服都舍得丢掉呀，还是高档的呢，全村也恐怕只有这一件啊！婶婶，你要是穿起来肯定年轻十岁，不信你试一下？

王官凤　（想穿又不甘心）我不穿，穿了会烂肉。

秀　秀　烂什么肉哟？你穿一下，一定很好看。来，我帮你穿——

〔王穿起衣服，果然靓丽。

张三保　（出来）哈哈，标致妹！标致妹！（唱《采茶调》）"实在是蛮好看呀哪嘀嘿"！哈哈哈！

王官凤　（脱衣）丑死了，会看死。

〔幕内音："张会长，水泥运来了哟，下到哪里？"

张三保　秀秀，你去张罗一下。

秀　秀　好，叔叔，婶婶，我走了。（下）

〔尴尬的静场。

张三保　（讨好地）嘿嘿，老婆，你那两个荷包蛋煎得实在蛮好嘞。

王官凤　（嗔骂）吃了你烂嘴！

张三保　嘿嘿，烂掉这张嘴去也好，省得得罪人。

王官凤　那你就烂哇！

张三保　烂掉了不好跟你亲嘴。

王官凤　亲你去死！

张三保　死我倒蛮想死，就是舍不得你。

王官凤　你会舍不得我？

张三保　当然咯！（唱）

谁不晓张三保有个好贤妻，

又勤劳又省俭通情达理。

文就文武就武随你哪样，

论能干讲贤惠全村第一。

对老公你更是最最体贴，

吃穿用优待我从没吃亏。

王官凤　你少来这一套，这高帽子我戴不起。

张三保　（接唱）

家中事丢给你我过意不去，

累坏了嫩娇妻我问心有愧。

暗地里量好了妻的尺寸，

花老本买回了高档新衣。

我多想亲手帮你来穿上，

表一表爱妻疼妻的愧疚意。

王官凤　（唱）这样的话我听得多，

这样的衫我不稀奇。

嫁了你这个背时鬼，

穿得再好也难消我肚中气！

张三保　嘀嘀，这么说你真的不要这新衫啰？

王官凤　那还有什么假！

张三保　真的不要？

王官凤　不要。

张三保　你——（气极，转自嘲地）嘿嘿，东北会唱二人转，赣南会唱采茶戏，你实在不要，我就拿它来唱采茶喽！（拿尖刀挑起新衣旋转）

王官凤　（又气又心疼）死冤家！（夺衣，旁唱）

手捧衫衣痛在心，

谁料想他还来真的。

只为他当会长受气受累，

我嘴上骂心里疼暗暗着急。

总想他少花脑筋注意身体，

总希望夫妻恩爱和睦相依。（行弦）

〔张躺在睡椅上发出了鼾声。

王官凤　唉！你看看,一倒下去就睡着了。（轻轻地给他盖上外衣）

张三保　（假装说梦话）桂英啊,你没钱,我帮你垫出来……哦,我老婆呀? 她没
　　　　意见……

王官凤　（旁白）我没意见?

张三保　（说"梦话"）好老婆,你跟我这个老公也辛苦了半辈子,等修完这条
　　　　路,我一定带你去外面旅游,让你也享下福。

王官凤　（感动地）他还蛮晓得心疼老婆啊。

张三保　（咳嗽）……

王官凤　呀！（接唱）

　　　　　　　他连声咳嗽似有病,（摸张的额头）

　　　　哎呀,是有点发烧啊！（接唱）

　　　　　　　冤家呀,

　　　　　　　怎忍心再让你病上加气。

张三保　（说"梦话"）老婆子,我病得蛮重啊,这笔钱你再不借我就去死,投河、
　　　　吊颈、吃农药还是用刀,你帮我选一样。

王官凤　吓? 老天爷,你的梦话怎么这么多? 你到底可曾睡着呀?

张三保　我睡着了！

王官凤　（哭笑不得）背时鬼,原来你是装的呀,好哇——（欲扯张的耳朵）

张三保　哎,慢点！要扯耳朵可以,扯一下借一千,扯十下借一万！扯哇,你快
　　　　扯哇！我巴不得你扯！

王官凤　唉！实在拿你没办法！

张三保　拿出存折来就是办法哇。

秀　秀　好消息,好消息。

张三保
　　　　什么好消息呀?
王官凤

秀　秀　我刚才下水泥的时候,听说电视台等一下要来采访叔叔呢！

王官凤　啊,那就好噢！

张三保　好什么,买钢筋的钱都冇搞到,喊他莫来。

秀　秀　电视台的同志都来了。

张三保　关门,关门。

王官凤　莫关,关什么门,你为大家做了那么多好事,上一下电视光荣一下,还做不得呀?

张三保　天呀天,我的票子,票子呢?

秀　秀　电视台的同志来了!

张三保　我就躲起来(藏桌下)。

王官凤　哎呀嘞,这个现世包,你哪里像个男子汉,出来,出来。

张三保　你不拿票子,我就不出来。

秀　秀　婶婶,电视台都到了屋门口了。

王官凤　(拿出存折)哎,死冤家,要钱你就拿去哇。

张三保　(窃笑)……好,这件新衫你就穿起来哇。

秀　秀　婶婶,你也一起上电视。

张三保　你也光荣一下嘛。

王官凤　那两个荷包蛋呢?

张三保　我就吃了它去。

　　　　〔三人笑。

　　　　〔幕内伴唱:

　　　　　　　村里有个张三保,

　　　　　　　"三清三改"劲头高。

　　　　　　　新农村建设打头阵,

　　　　　　　人人夸他会长当得好。

　　　　〔闭幕。

　　　　　　　　　　　　　　　　　　　　　　——剧终

清　明　雨

（采茶小戏）

时　间　当代

地　点　赣南某农村

人　物　郭　老——男,78 岁,村民

　　　　　赵　俊——男,18 岁,解放军烈士

　　　　　老　二——男,38 岁,郭老的儿子

　　　　　郭　妻——女,72 岁,郭老的老伴

　　　　　孙　子——戴红领巾的小学生

　　　　　孙　女——戴红领巾的小学生

　　　　　众乡亲

〔赵俊烈士纪念碑庄严矗立,周边青松挺立。

〔雨雾蒙蒙,树叶吹奏的主题歌旋律悠然而起。

〔主题歌起:

　　　　云雾蒙蒙,青山隐隐,

　　　　春雨潇潇,草木深深。

　　　　清明雨是思亲的雨,

　　　　雾蒙蒙,雨纷纷。

〔内喊"扫墓喽——"

〔郭老、郭妻、孙子、孙女扛扫把提篮子上。

郭　老　(唱)过横排,上岭崇,

郭　妻　(唱)松竹吐翠山花红。

孙　子　(唱)我来拉爷爷,

郭　老　(唱)爷爷还不老。

孙　女　(唱)我来牵奶奶,

郭　妻　（唱）奶奶走得动。

郭　老　（唱）全家去扫墓，

郭　妻　（唱）祖孙心相同。

孙　子　（唱）一行来到烈士墓，

孙　女　（唱）鲜花米酒敬英雄。

郭　老　孩子，你们可晓得这位赵俊烈士是怎么牺牲的？

孙　子　我晓得！

孙　女　我也晓得！

郭　老　呵呵，晓得就讲来听听喽。

孙　子　讲就讲！（唱）

　　　　　　　　1949年，解放军打定南，

孙　女　（唱）蒋匪军败退龙塘输得惨。

孙　子　（唱）残兵疯狂来报复，

孙　女　（唱）全村百姓遭了难。

孙　子　（唱）房被烧，牛被抢，

孙　女　（唱）放牛仔，哭又喊。

孙　子　（唱）"嘀嘀嗒嗒"军号响，

孙　女　（唱）解放军冲锋杀敌顽。

孙　子
　　　　冲啊——"啾啾啾……"（做开枪状）
孙　女

郭　老　（唱）赵俊他英雄汉一马当先，

　　　　　　　冲锋枪"嘟嘟嘟嘟"喷烈焰，

　　　　　　　一个打滚扑上去，

　　　　　　　弹雨中救下了我们几个小牛倌。

孙子、孙女　（唱）忽然敌人机枪响："嗒嗒……"

郭　老　（唱）赵俊他胸部中弹血如喷泉……

　　　　　　　青山埋忠骨，

　　　　　　　我磕头发誓言：

　　　　　　　烈士啊，你为我们把命献，

　　　　　　　我们为你守墓园。

　　　　　　　这里就是你的家，

众　人　（合唱）子孙万代报大恩！
　　　　〔隐隐雷声。
郭　老　哎？老二今天怎么没来？
郭　妻　他今天有事。
郭　老　乱弹琴！年年清明节我全家老小不管有事没事都必须来这里扫墓，这是我定的一条雷打不动的家规，他竟敢违反！
孙　子　爷爷，二叔向奶奶请了假。
郭　老　啊？老婆子，是你同意的？
郭　妻　我……
郭　老　没有我的批准，谁也不能请假！
郭　妻　那老大呢？
郭　老　老大两公婆在广州上班，这不是来了两个小孩吗？他老二家三个人一个都不来！像什么话！
郭　妻　老二在镇里买了新房，今天要搬家。
郭　老　搬什么！家规都不要了，还家家家！老子找他算账去！（欲下）
孙　女　爷爷！二叔来了！
　　　　〔老二急上。
老　二　（唱）山下在搬家，
　　　　　　　山上在骂人，
　　　　　　　急急忙忙去扫墓，
　　　　　　　免得老爸太伤心。
　　　　爸！妈！
郭　妻　快去给你赵伯伯多鞠几个躬。
老　二　哎。
郭　老　慢！你来这里干什么？
老　二　来扫墓呀。
郭　老　来扫墓？你一没带上老婆孩子，二没带上扫把铲子，一双空手，假情假意，哄什么鬼神！
老　二　孩子妈说我来了就可以，她和孩子要搬家。
郭　老　搬家不会明天搬，就非得今天搬？
郭　妻　好了，好了，不要说了。

郭　老　不行！这是原则问题，你给我说清楚，为什么要违反家规？

老　二　爸，你这么认真做什么，搬家不单是我的事，也是你们老人家的事，我跟妈说好了，过两天也把你们接到新房去住。

郭　老　我不去，我要守墓！

老　二　守墓守墓，你就晓得守墓！爸，你都七八十岁的人了，黄泥都壅到了脖子上，还操那么多心做什么？

郭　老　我不要你来教训我！

老　二　我不说你也应该为自己想想，你辛辛苦苦守了一辈子墓，守得胡须都白掉了，人家说守死佬都有一碗汤吃，可你守到了什么？

郭　老　（一震）我?!

老　二　就说他救过你的命，可他救的又不是你一个人，人家都在赚钱发家，照顾儿孙，享清福，可你却在这里没钱没吃，没人搭理，可怜巴巴，你划得来吗？

郭　老　（发抖地）我?!

老　二　他都死了几十年了，这墓还有什么守头，人家都不来守墓，你何必在这里守死老命！

郭　老　你再说一句！

老　二　人家都不来守墓，你何必在这里守死老命！

郭　老　（爆发地）你这个忘恩负义的家伙！给我跪下！

郭　妻　老头子！

郭　老　（举起扫把）你跪不跪？跪不跪?!（滚滚雷声）

　　　　〔老二跪下。

郭　老　（唱）怒火冲天将儿打——

郭　妻　老头子！不要打，不要打！（抢过扫把）

郭　老　（唱）你气得我浑身发抖，喉咙冒烟，气堵胸闷，头昏眼花！

孙　子
孙　女　（捶背）爷爷！您别生气，别生气啊！

郭　老　（唱）你忘了赵伯伯救命之恩，

　　　　　　　没有他哪有我哪有你哪有我们幸福的家。

　　　　　　　且不说他是烈士我们该敬奉他，

　　　　　　　他山西人长眠定南也是贵客。

为烈士守守墓要什么报答，

凭良心尽义务我甘做傻瓜。

你后辈只讲金钱不讲道德，

枉读了四年大学不懂文化。

你诬蔑老爸我不计较，

你得罪了烈士我要将你罚，

来来来,向伯伯磕头来道歉——

老　二　赵伯伯,对不起,我错了……

郭　老　大声一点!

老　二　赵伯伯! 我对不起你!

郭　老　(接唱)

赵哥啊,我家教不严请你别笑话。

〔雷声隐隐。

郭　妻　好了好了,快下雨了,老头子……

郭　老　起来吧,回去告诉你老婆,叫她下午带孩子来补扫!

老　二　是。

郭　老　你们先回去吧。

郭　妻　你呢?

郭　老　我要跟赵哥聊聊天。

孙　子　爷爷,我要听你聊天。

孙　女　我也要听。

郭　老　要听下次来,要下雨了,快回去!

郭　妻　走吧,老爷子又要发癫了。

〔众下。

〔音乐起。

〔乌云四合,闪电掠过,有霏霏细雨飘来。

〔郭老戴上雨笠,默默地坐在石墩上咂着烟,望着墓碑沉思,宛如雕塑。

郭　老　赵哥,记得当年你牺牲的时候,我 12 岁,你 18 岁,照算你今年也有 84
了。呵呵,60 多年了,我们俩至少个把月就要碰碰面,聊聊天,都成了
一个习惯了。赵哥,我一直在帮你寻找亲人,前几天还到中央电视台
当着全国电视观众的面,帮你寻亲。你老家山西省民政厅也来了一个

领导,好重视呀! 只是你离开家乡 60 多年了,不晓得寻得到不……不过你放心,我以后要是走了,我会交代我儿子继续帮你寻亲,我们一定要让你的英魂回归故里,落叶归根。呵呵,今天是清明节,照老规矩,我又要唱山歌给你听了。老了,声音不好,你就将就着听吧。(清唱)

　　　　咁久冇进介条坑,

　　　　雕子冇叫人冇声。

　　　　雕子冇叫出哩薮,

　　　　老妹冇声出哩坑。

　　〔梦幻般的音乐起,出现赵俊的声音。

赵　俊　贤弟,你的山歌真好听,再唱一个。

郭　老　呵呵,我晓得你是在鼓励我,其实呀,我吹的山歌更好听。

赵　俊　什么? 吹的山歌?

郭　老　对,就是用树叶吹山歌。

赵　俊　我没听你吹过。

郭　老　那我今天就露一手给你听喽。

　　〔郭老吹起主题歌,乐曲娓娓动听,悠远而抒情。

　　〔一团云雾腾起,缥缥纱纱,赵俊伴着乐曲舞上。

郭　老　(幻觉)赵哥! 你复生了?!

赵　俊　对,为你的山歌,为你对我的一片真情! (敬礼)

郭　老　好英俊的赵哥啊!

赵　俊　别笑话我了,我还想听你吹山歌呢。

郭　老　哈哈,要得,我来吹,你来跳,我们来个军民联欢怎么样?

赵　俊　好!

　　〔幕内伴唱:

　　　　云雾蒙蒙,青山隐隐,

　　　　春雨潇潇,草木深深。

　　　　清明雨是思亲的雨,

　　　　雾蒙蒙,雨纷纷。

　　〔孙子孙女内喊:"爷爷! 爷爷!"

　　〔幻觉消失,赵俊隐下。

　　〔孙子孙女跑上。

孙　子　爷爷！爷爷！我告诉你一个特大特大的好消息！

郭　老　什么好消息？

孙　子　我刚才听人家说,您在央视做的寻亲节目全国人民都知道了,政府已经帮赵爷爷找到亲人了！

郭　老　什么什么？说大声一点！

孙　女　政府已经帮赵爷爷找到亲人了！

郭　老　真的？这不是做梦吧？

　　　　〔天空出现一道彩虹。

　　　　〔众乡亲敲锣打鼓舞瑞狮上。

乡亲甲　郭爷爷！县里打来电话,说赵俊烈士的亲人找到了,我们是来告慰他老人家的！

郭　老　(激动地)好啊,好啊,赵哥！赵哥！政府终于帮你找到亲人了,你很快就要魂归故里、落叶归根了啊,哈哈哈！

赵　俊　(画外音)贤弟！谢谢你！谢谢政府！谢谢乡亲们！可我现在舍不得离开定南,舍不得离不开贤弟呀！

　　　　〔如遭电击,郭老一下子愣住了。

郭　老　(怔怔地)是啊,66年的好兄弟,怎么一下子就要分别了呢？(仰天呐喊)怎么就要分别了啊！(山鸣谷应)

众乡亲　(唱)一场欢喜一场愁,

　　　　　　欢喜伴着泪双流！

郭　老　(唱)喜的是寻亲的梦想变现实,

　　　　　　愁的是赵哥一别难聚首。

　　　　　　六十六年把墓守,

　　　　　　兄弟感情浓似酒。

　　　　　　清明雨绵绵,

　　　　　　山歌情悠悠；

　　　　　　阴阳两相知,

　　　　　　军民情义厚。

　　　　　　哥走了,知心的话儿向谁说？

　　　　　　哥走了,思念的木叶为谁奏？

众乡亲　(唱)别难舍,别难受,

相逢还有梦里头。

郭 老 (唱)赵哥啊，

年年清明去山西，

我照样把你的英灵守。

请你听定南的土山歌，

请你喝定南的甜米酒。

家中的喜事我讲你听，

家乡的新貌我让你听个够。

咱哥俩照样聊,照样乐,

聊啊,乐啊,乐啊,聊啊,

一聊聊到月上柳梢头！

众乡亲 (唱)啊,千山万水隔不断,

山西江西两边走,

年年岁岁清明雨,

定南将你来等候！

〔众隐下。

〔郭老拿着扫帚清扫着墓园……

〔雨雾蒙蒙,树叶吹奏的主题歌萦萦绕绕。

〔主题歌起:

云雾蒙蒙,青山隐隐,

春雨潇潇,草木深深。

清明雨是思亲的雨,

雾蒙蒙,雨纷纷。

〔收光。

——剧终

过 山 溜

（小型客家山歌剧）

时　间　清末民初

地　点　江西龙南

人　物　满　妹——女,21岁,客家妹子

　　　　赖小山——男,23岁,满妹的恋人

　　　　妈　妈——女,50多岁,满妹的妈妈

　　　　男女青年若干(伴舞)

〔远处是莽莽苍苍的崇山峻岭,近处是绿如罗带的弯弯河流;村落,围屋,农家小院。

〔高亢悠远的《过山溜》响起,那是满妹心中的歌。

〔幕内伴唱:

　　　　喔喂嗒啦,

　　　　出山哦,哟嚯嚯……

〔启光,满妹坐在坡上,一边绣带子,一边遥望山外。

满　妹　(唱)过山溜,我心中的歌,

　　　　　　一山唱来万山和。

　　　　　　阿哥唱着过南岭,

　　　　　　带走满妹心一颗。

　　　　　　哥啊,我的情哥哥,

　　　　　　桃树开花又一年,

　　　　　　三年不见你可想我?

　　　　　　过山溜,我思念的歌,

　　　　　　满妹日夜想情哥。

　　　　　　望哥出门要争气,

赚到铜钱用船拖。

哥啊，我的情哥哥，

燕子飞来又一年，

等哥的花轿来接我。

〔妈妈上。

妈　妈　哎呀嘞！我的满妹子哩，你又在那里想老公呀，想老公可以，可千万莫
想那个赖小山哦！（唱）

吃饭莫吃隔夜饭，

嫁人莫嫁赖小山。

两分薄田经得种，

守着个穷家不动弹。

人家出外把钱赚，

他躲在围屋吃闲饭。

幸亏你没嫁给他，

水到下丘回头难。

满　妹　妈，他不是出去赚钱了吗？

妈　妈　出去也是哄鬼神，赚钱？赚鬼！

〔青年甲兴奋地跑上。

青年甲　满妹！大妈！好消息！好消息！小山哥发了大财，骑着高头大马，带
着几马车彩礼来向满妹子提亲了！

满　妹　啊?!

妈　妈　后生仔，你是存心来骗我是不是？

青年甲　骗了你四脚爬，信不信由你，我要去搬彩礼了！（下）

满　妹　（远望）妈，你看，村头是停着几驾马车呢。

妈　妈　（惊喜过望）哎呀嘞！猪脑盖，猪脑盖，没想到这小山仔真的发了财哟！
（向幕内唱）

哎——

我的老大老二老三老四嘞！

幕　内　什么事啊？

妈　妈　（唱）满妹子的相好发了财回来了哦！

幕　内　哎哆哆！

妈　妈　（唱）快去挂起灯笼来，

　　　　　　快去请到村乐来，

　　　　　　打扫厅堂，打开大门，准备爆竹，

　　　　　　迎接女婿进屋来哟！

幕　内　好嘞！

妈　妈　哈哈哈！

　　　　〔满妹羞下，妈妈喜下。

　　　　〔稍顿，几声狗吠。幕内小山喊："打狗！打狗！打狗！"

　　　　〔小山衣衫褴褛、蓬头垢面，举着打狗棍，哆嗦着退步而上。

小　山　嘿嘿，原来世上那些狗眼看人的人，就是向你学来的呀！（失笑，唱）

　　　　　　三年漂泊苦受尽，

　　　　　　一朝发财笑开心。

　　　　　　乔装改扮叫花子，

　　　　　　前去要要"狗眼睛"。

　　　　大伯大妈，讨碗饭来吃哦！（打起竹板，唱《莲花落》）

　　　　　　竹板一打响叮当，

　　　　　　作发我花郎要大方。

　　　　　　公公作发我一文钱，

　　　　　　子子孙孙福满堂。

　　　　　　婆婆作发我一碗饭，

　　　　　　代代儿孙做财郎。

　　　　〔妈妈上。

妈　妈　哒！你这个叫花子真不会拣日子，我今天有贵客，去去去！

小　山　大妈，我就是你的贵客！

妈　妈　你？哎呀嘞，小山子，是你呀！你？你不是发了大财吗？

小　山　我要是发了大财还会是这个死样子？

妈　妈　你不是带了几马车彩礼回来吗？

小　山　我要是有几马车彩礼还消得来向你讨饭？

妈　妈　（揉揉眼睛仔细一看）啊呀！我的妈呀！（瘫软在地）

　　　　（唱）只说是天上掉下个金元宝，

小　山　（唱）金元宝那个金元宝，

妈　　妈　（唱）哪晓得来了个背时的讨饭佬。

小　　山　（唱）讨饭佬那个讨饭佬。

妈　　妈　（唱）看稳的龙头变蛇尾，

小　　山　（唱）哎呀变蛇尾，

妈　　妈　（唱）看稳的白玉变石膏，

小　　山　（唱）哎呀变石膏，

妈　　妈　（唱）看稳的财郎变叫花，

小　　山　（唱）哈哈——

　　　　　　　一肚子高兴全报销！

　　　　　　唉，我的丈母娘呃！（唱）

　　　　　　　　小山死没用，

　　　　　　　　不该去广东，

　　　　　　　　累死又累活，

　　　　　　　　落得两手空。

　　　　　　　　如今是，脚下千斤重，

　　　　　　　　一身臭烘烘，

　　　　　　　　衣衫难遮体，

　　　　　　　　体弱不禁风。

　　　　　　　　脸上难挑四两肉，

　　　　　　　　肩耸背驼像老翁。

　　　　　　　　真是应了你那句话：

　　　　　　　　提箩讨饭走西东。

妈　　妈　哈哈！老天爷真是没有穷错人哦！

小　　山　大妈，你的眼睛蛮厉害，三年前就看中了我赖小山没出息，果不其然呀，哈哈哈！

妈　　妈　你还好意思笑！叫花子！（向幕内唱）

　　　　　　　哎——

　　　　　　　叫声老大老二老三老四嘞！

幕　　内　什么事啊？

妈　　妈　（唱）满妹的相好发了财是假的哦！

幕　　内　是假的呀？

妈　妈　（唱）快把灯笼放下来，

　　　　　　　快叫村乐不要来，

　　　　　　　莫打爆竹，关掉大门，看住满妹，

　　　　　　　莫让叫花子进屋来哟！

幕　内　碰到了鬼哟！

　　　　〔满妹急上。

满　妹　妈！怎么回事？

妈　妈　你给我进去！进去！

小　山　满妹！

满　妹　小山哥！

小　山　（激动地）满妹！我回来了，想你盼你的小山哥我回来了！

满　妹　（心情复杂地）你……怎么成了这个样子？

小　山　我，我死没用，没为你争到气……

满　妹　（痛心地）你……

小　山　满妹，我肚子饿了，讨碗饭来吃吧。

妈　妈　（从地上拾起一个破碗）要饭这里有，拿去——

满　妹　（一惊）妈！这是喂狗的……

妈　妈　有饭给他吃就不错了，拿去——

小　山　多谢！多谢！（去接饭碗）

满　妹　（打落饭碗）你这个不争气的东西！吃你去死！（蒙脸哭泣）

妈　妈　妹子嘞，三年了，你应该死心了！

小　山　满妹——

满　妹　……

妈　妈　走，别理这个叫花子。（满妹不走）臭丫头！你还想怎么样！

小　山　大妈，你别为难满妹，我走，我走好吧？（故意下）

妈　妈　女儿，莫伤心了，过两天妈托人给你找过一个有钱的大老板。走，去吃饭。

满　妹　我不想吃。

　　　　〔妈妈只好下。

满　妹　（唱）寒风阵阵透心凉，

　　　　　　　三年等哥梦一场。

　　　　　　　　小山本是能干仔，

　　　　　　　　怎会变成叫花郎？

　　　　　〔小山暗上。

小　山　（旁唱）

　　　　　　　　今天乔装叫花郎，

　　　　　　　　试探妹妹怎么想。

　　　　　　　　满妹啊，

　　　　　　　　你若嫌我是叫花，

　　　　　　　　不如断情免忧伤。

满　妹　（一惊）什么？你想断情?!

小　山　是啊，我这样不争气，你不会嫌弃我呀？

满　妹　我不嫌你人穷，我就怕你志短。你还记得我给你唱的《过山溜》吗？

小　山　（故意忘记地）《过山溜》？

满　妹　三年前，当你留恋家乡舍不得离开我的时候，当你犹豫不决不敢去外
　　　　　面打拼的时候，我就把那首《过山溜》唱给你听——

　　　　　（唱）哟嗹嗹，

　　　　　　　　哟嗹嗹，

　　　　　　　　出山哦，哟嗹嗹！

　　　　　　　　山高高不过九重天，

　　　　　　　　路险险不过鬼门关，

　　　　　　　　客家人志气比天高，

　　　　　　　　双脚踏破万重山。

　　　　　　　　咬紧牙，

　　　　　〔幕内伴唱：

　　　　　　　　哟嗹哟嗹；

满　妹　（唱）往前赶，

　　　　　〔幕内伴唱：

　　　　　　　　哟嗹哟嗹；

满　妹　（唱）好哥哥，

　　　　　〔幕内伴唱：

　　　　　　　　哟嗹哟嗹；

满　妹　（唱）铁打的汉，

　　　〔幕内伴唱：

　　　　　哟嗬哟嗬。

满　妹　（唱）吃尽苦中苦，

　　　　　　　踏平难上难。

　　　　　　　血汗浇开幸福花，

　　　　　　　辛苦换来蜜糖甜。

　　　〔幕内伴唱：

　　　　　哟嗬嗬，

　　　　　哟嗬嗬……

小　山　对，当年你就是用这首《过山溜》，把我唱出了围屋，唱出了大山。

满　妹　我今天还是希望你不要怕苦，再次走出大山，去外面打拼。

小　山　你就不怕我再做叫花子呀？

满　妹　小山哥，俗话说：有志者，事竟成。只要你不泄气，不放弃，我就对你有
　　　　信心。这是我绣带子攒下的几块大洋，你拿去做盘缠吧。

小　山　（感动地）满妹！你对我的真心一点都没有改变！（掏出一个精致的戒
　　　　指盒）给你——

满　妹　金戒指！你是从哪里弄来的？

　　　〔小山刚要回答，妈妈上。

妈　妈　叫花子！叫花子！你又来缠我女儿了！

小　山　大妈，我想今天跟满妹订婚。

妈　妈　订婚？你是不是吃错了药哦？

小　山　大妈，我没吃错药，我是赚到了钱！

妈　妈　吹牛皮不要本，亏你这个厚脸皮说得出口！

小　山　不信就来打个赌怎么样？

妈　妈　不用打，三年前我就说过，你这种人要是有出息，你在哪里站我就在哪
　　　　里跪！

小　山　此话当真？

妈　妈　说话算数！（举起打狗棍）你走不走？走不走？

小　山　我不走！今天你就是打死我我也要和满妹订婚！

妈　妈　好，订婚就订婚，拿来！

小　山　拿什么?

妈　妈　彩礼!

满　妹　妈,这是他给我的——(递上戒指盒)

妈　妈　啊! 金戒指? 是不是偷来的?

小　山　不是偷的,是我自己买的!

妈　妈　好你个赖小山,饭都讨不到,还有钱买金戒指? 一定是偷来的! 喂!
　　　　乡亲们! 快来抓贼呀!

幕　内　来了——

　　　　〔鼓乐大作,鞭炮齐鸣,一班乐手吹吹打打,一群后生、妹子扛着礼
　　　　盒上。

　　　　〔青年甲帮小山换上新衣帽,精神面貌焕然一新。

小　山　满妹! 我的好妹妹,我赖小山今天正式向你求婚了!

妈　妈　(傻了)啊?

小　山　哈哈哈!(唱)

　　　　　　　三年前,小山穷得叮当响,

　　　　　　　困守围屋饿断肠。

　　　　　　　爱上满妹无钱娶,

　　　　　　　夜夜青眼到天光。

满　妹　(唱)妹妹劝哥出外闯,

　　　　　　　做个创业的好儿郎。

小　山　(唱)一曲《过山溜》,

　　　　　　　激我志满腔;

满　妹　(唱)临别热泪洒,

　　　　　　　送哥奔异乡。

满妹、小山　(二重唱)哟嗬嗬……

　　　　　　　打肩担,过岭南,

　　　　　　　做猪仔,下南洋,

　　　　　　　钻山洞,探锡矿,

　　　　　　　集股份,办工厂。

　　　　　　　血汗浇得财气旺,

　　　　　　　衣锦荣归意气扬!

　　　　大妈,三年前你和我打赌,你说我赖小山要是有出息,我在哪里站你就在哪里跪,现在当着大家的面,你这个赌?

众　人　要兑现! 要兑现!

妈　妈　(羞愧得无地自容)我……

小　山　(放声大笑)哈哈哈!

满　妹　(生气地)赖小山,你笑什么! 你不要以为你现在有了几个臭钱就得意忘形、目中无人,我满妹受不了你这个气,你走吧,以后别来见我! (把戒指盒掷回)

小　山　哦! 对不起,对不起,满妹,是我错了。大妈,请原谅小山年少气盛、心胸狭窄,我向你认错,真心诚意向您老人家赔礼! (下跪)

妈　妈　(急忙扶起)哎呀嘞! 小山仔,快起来,快起来,俗话说得好,人不可貌相,海水不可斗量,千不该万不该,我这个老东西不该狗眼看人啊!

众　人　哈哈哈! (歌舞)

　　　　《过山溜》,溜呀么溜打溜,

　　　　唱起那个《过山溜》,长呀么长劲头。

　　　　客家儿女代代唱,

　　　　创业路上竞风流。

〔歌声中,小山给满妹戴上戒指。

〔造型亮相。

〔收光。

　　　　　　　　　　　　　　　　　　　　——剧终

山 乡 新 曲

（采茶小戏）

时　间　当代

地　点　郭春花家内外

人　物　郭春花——女,28 岁,农民企业家

　　　　李秋生——男,30 岁,农民工,郭春花的丈夫

　　　　素　芬——女,35 岁,驻村精准扶贫的"第一书记"

　　　　秋妹子——女,18 岁,村民

　　　　村民若干

〔在欢快热烈的伴唱声中幕启,众妹子推漂亮的新楼景片上。

〔幕内伴唱:

　　　　唢呐爆竹震山乡,

　　　　新楼落成亮堂堂。

　　　　春花今日庆乔迁,

　　　　邻里乡亲喜洋洋!

村民甲　（跑上)春花老板! 春花老板! 又来了几张电子订单咯!

　　　　〔春花内声:好! 吃了酒马上发货!

村民甲　好嘞!

秋妹子　（跑上)春花姐! 春花姐! 来吃酒的客人太多了,坐不下了!

　　　　〔春花内声:再给我开几桌,来者不拒,热情接待!

秋妹子　好嘞!（欲下)

春　花　（从新楼内上)等等! 秋妹子,传我的话,凡是来我这里吃酒的,一律不收红包。

秋妹子　好!（呼喊)哎——春花姐交代,凡是来吃酒的一律不收红包喏!

众村民　（上)恭喜春花! 贺喜春花!

春　花　　多谢乡亲们光临！今天是我圆梦的日子，乡亲们为我付出了很多，我这栋新楼也有你们的一份功劳！

众　人　　（欢呼地）嗬！

秋妹子　　春花姐！春花姐！素芬书记来了！

素　芬　　（上）春花，祝贺你乔迁大喜，圆梦成功！我代表村委会和扶贫工作组送你一副对联——

众村民　　（念）"精准扶贫春风化雨，返乡创业大有可为，苏区振兴。"好！（鼓掌）

春　花　　多谢书记！

素　芬　　春花！（唱）

　　　　　　三年奋斗变化多，

　　　　　　你的心血结甜果。

　　　　　　老公不在家，

　　　　　　老婆唱主角。

　　　　　　返乡创业圆了梦，

　　　　　　香菇产业红似火。

春　花　　（唱）小荷才露尖尖角，

　　　　　　我这点成绩算什么，

　　　　　　要不是政府来帮扶，

　　　　　　我还是他乡的打工婆。

众村民　　（唱）打工婆，变富婆，

　　　　　　你比老公更扎珂！

素　芬　　对，春花返乡创业赶上了苏区振兴的好时候，经过三年打拼，她已经成了全村脱贫致富的带头人！

秋妹子　　嘿！秋生哥要是知道了，一定会摸稳脑壳来笑了！

春　花　　他会笑？他不做死相才怪呢！（与素芬相视一笑）

众　人　　啊？做死相？

春　花　　是这样的，前几年，我和他在广东打工，因为工厂不景气，我要返乡创业，他坚决反对，他不相信我回去能挣什么钱，结果两公婆大吵了一架。

众村民　　啊？

春　花　　最后达成协议，他留下，我回去，三年之后，那个挣钱少的必须向挣钱多的下跪。

众村民　啊？下跪?!

秋妹子　搞不得,搞不得,春花姐,要是秋生哥比你挣得更多,那你就惨了!

春　花　放心,我早就打听到了他的收入,他呀,嗐——(示小指)

秋妹子　(模拟秋生)哎哟! 春花,我跪,我跪哟!

众村民　哈哈哈!

村民甲　(跑上)春花姐! 春花姐! 秋生哥回来了! 秋生哥回来了!

春　花　啊?! 他在哪里?

村民甲　正在村头看新房子呢!

素　芬　这么巧,说曹操曹操就到。

秋妹子　嗬! 这下就有好戏看喽!

春　花　素芬姐,你说我今天该怎么修理他?

素　芬　(一笑)看你的咯。

春　花　我有办法!（附耳细语）

素　芬　嘻! 你想演戏给他看呀? 好! 这对转变他的观念有好处。乡亲们,我们就等着看好戏吧!

〔音乐起,众人下。众村女将景片转过来,那是一幢老旧的土坯房。

〔李秋生沾沾自喜地上。

秋　生　哈哈哈!（唱）

　　　　　在外打工三年整,

　　　　　春风满面回家门。

　　　　　三年赚了三万三,

　　　　　腰包鼓鼓笑开心。

三年没回家,家乡变化大,村里新房栋栋起,就是我的房子还是又旧又破老掉了牙!（摸摸挎包,自信地）嘿嘿,三年期限到,我钞票叠打叠。春花呀春花,你今天就是一万个不愿意,我也要你乖乖地给我跪下。（转念一想）哎呀,慢来,我三年没回家,不知她底细,每次打电话,她都不跟我说实话。万一她比我挣得多,那我这双膝头不就要……嗨! 不可能! 在家要是都能挣钱,除非哑巴会说话。走,回家!（进屋）春花! 春花!

〔春花穿着破旧的衣服上。

春　花　哎哟！我的老公呃,你终于回来了呀,想死我了哦——

秋　生　等等！（绕着春花看了一圈,不禁大笑）哈哈哈！（唱）

　　　　　瞧你一副穷酸相,

　　　　　邋邋遢遢叫花样。

　　　　　身上薄衫瑟瑟旧,

　　　　　脚下布鞋穿了帮。

　　　　　一栋老屋像地窖,

　　　　　亏你有脸来逞强。

春　花　老公——

秋　生　走远点！

春　花　唉,老公呃！（唱）

　　　　　后悔不听老公话,

　　　　　心血来潮去办厂。

　　　　　谁知产品没销路,

　　　　　半年就亏了个精打光。

秋　生　啊！（跌坐凳上）你！你这个败家婆！（唱）

　　　　　谁叫你脾气犟,

　　　　　谁叫你脑发涨,

　　　　　到如今鸡飞蛋打输得惨,

　　　　　老本都被你全赔光！

春　花　（唱）如今我,身上没有一分钱,

　　　　　家中没斤隔夜粮。

　　　　　天天借米来度日,

　　　　　可怜巴巴好凄凉。

秋　生　活该！谁叫你鸡公头逞能干！说什么家乡在搞苏区振兴,又有精准扶贫的好政策,一定机会多多,赚钱多多——

春　花　那当然！（急改口）哦,不不不,是我一时糊涂,懵懵懂懂走错了路。老公,对不起,家里茶叶都有一皮,就喝白开水哈——

秋　生　我不要你的白开水！我有饮料！（掏出饮料气呼呼地喝着）

春　花　（试探地）老公,这三年你一定挣到几十万吧？

秋　生　几十万没有,但至少不像你这样三根头发上,四根头发下,苦得屁都冇打!

春　花　到底挣了几多? 能不能透露一下?

秋　生　告诉你做什么!

春　花　说出来我好向你学习呀。

秋　生　你现在才晓得学习的重要性呀!

春　花　是哦,不学习,你怎么能转变观念呢?

秋　生　我转变观念? 笑话! 你要学到我这个水平,还要出过一道世来!

春　花　我晓得你比我能干,这三年至少也挣到了……

秋　生　多少?

春　花　三——千!

秋　生　哈哈! 三千! 悲哀! 无知! 你给我往上猜!

春　花　三千二? 三千三? 四千? 五千——

秋　生　停! 我实话告诉你,我除了一切开销,这三年一共挣了三、万、三!

春　花　(故意地)啊!

秋　生　吓死你吧!

春　花　哈哈哈! 三年才赚了三万三,那要等到猴年马月才能盖起我那样的新楼?

秋　生　(一愣)什么? 你那样的新楼? 你的新楼在哪里?

春　花　在……

秋　生　你指给我看看,你指给我看看! 哼! 不要做梦了,农村老表讲实际,你要想挣钱呀,还得好好向我学习!

春　花　(挖苦地)是啊,吃苦受累不要紧,月月工资有保障,领吃领做省神气,风险不用来承担!

秋　生　这还不好呀? 要像你这样穷得茶叶都冇一皮还更好呀?

春　花　我来问你,你刚才进村的时候,有没看见一排新房子?

秋　生　看见了。

春　花　那排新房子就是这两年建的。

秋　生　那是人家在外打工赚的。

春　花　为什么这样说?

秋　生　现如今农民老表不出去打工,哪有钱来做房子?

春　花　不一定。

秋　生　就一定。

春　花　就不一定!

秋　生　好好好,那你说哪一栋房子不是靠打工赚的?

春　花　(指远处)老公,你来看——

〔音乐起,旧房慢慢地转成了新楼。

春　花　(唱)对面那栋新洋房,

　　　　　　你说亮堂不亮堂?

秋　生　(唱)亮呀真亮堂,好像别墅样。

春　花　(唱)你看那小洋房,像不像对你在招手?

秋　生　(唱)有毛子像,看得我心里直发痒。

春　花　(唱)你听好,房东还是个妇娘家,

秋　生　(唱)妇娘家? 肯定不是我老婆娘。

春　花　(唱)我问你,你的老婆可当得她?

秋　生　(唱)难难难,鸡屎怎能比得酱。

春　花　(唱)假如那栋洋房子是我的,

秋　生　(唱)我马上把你当祖宗、当娘娘,

　　　　　　天天磕头烧高香!

春　花　哈哈,我不要你烧高香,我要你跪下。

秋　生　跪下? 哈哈! 蛮难! 你一个叫花婆,还敢叫我跪下?

春　花　哈哈!

秋　生　哈哈!

春　花　哈哈哈!

秋　生
　　　　　哈哈哈……
春　花

〔素芬上,见状忍俊不禁。

素　芬　嘻嘻! 你两口子还有完没完哪?

春　花　哦,秋生,我给你介绍一下,这是驻我们村的扶贫干部素芬书记。

秋　生　哦! 是书记大人啊!

素　芬　秋生,你回来得真巧,今天正是你们家乔迁新居的好日子。

秋　生　什么? 乔迁新居? 有没有搞错哦?

素　芬　春花,你家新楼的房产证办好了,我给你带来了。

秋　生　什么? 房产证?

素　芬　对,这就是你家新楼的房、产、证——

秋　生　(接证一看)房产所有人:李秋生……房产所有人:李秋生! (呆了,双脚一软,跌坐在地)

春　花　秋生! 秋生!

秋　生　(一下又蹦了起来,激动地抚摸着新楼的墙壁)我……我这不是在做梦吧? (唱)

　　　　　　看新楼,高高大大多威风,

　　　　　　真真实实矗眼中。

　　　　　　我眠过多少梦,

　　　　　　梦想建新屋,

　　　　　　出外打工一年年,

　　　　　　美梦没成功。

　　　　　　春花我的妻,

　　　　　　请你告诉我,

　　　　　　你是哪来的工夫哪来的钱,

　　　　　　圆了我的梦?

春　花　(唱)苏区振兴鼓东风,

　　　　　　吹绿了农民的发财梦。

　　　　　　山区有特产,

　　　　　　过去没人种,

　　　　　　没钱没路没技术,

　　　　　　守着宝山直喊穷。

素　芬　(唱)春花有胆识,

　　　　　　脑子又灵通;

　　　　　　香菇木耳大生产,

　　　　　　互联网销售财路通。

春　花　（唱）感谢村委会，

　　　　　　　　送我去培训，

　　　　　　　　金融扶贫来贷款，

　　　　　　　　合作社群策群力显神通。

　　　　　　　　观念一变天地广，

　　　　　　　　山乡处处沐春风！

素　芬　是啊，春花回乡后，上靠政策，下靠群众，凭着自己的聪明才干，仅仅三年时间，就把香菇合作社办得有声有色，不但自己盖起了新楼，还为乡亲们找到了致富门路。作为丈夫，你应该感到高兴。

秋　生　我高兴，我高兴，我，没脸见人……

春　花　（偷笑）是不是还有点害怕呀？

秋　生　扯乱弹！我堂堂男子汉大丈夫怕什么？

春　花　别忘了，三年前我们还签了个君子协定。

秋　生　啊！没，没有……

春　花　（亮出协议）这是什么？白纸黑字你想要赖？今天你就老老实实给我兑现吧！

秋　生　（慌了）啊！春，春花，老，老婆，古话说得好，男儿膝下有黄金，你，你大人有大量就饶了我这回吧？

春　花　不行！男人言，将军箭，泼出去的水，射出去的箭，不能收回！

秋　生　啊！（求素芬）素芬书，书记……

素　芬　你们公婆的事我不好说，要不这样，你好好向你老婆做个检讨，要是她高兴了，你不就省得膝头受罪了？

秋　生　这……

素　芬　嘻嘻！你们好好谈，我走了啊。（抿嘴笑下）

秋　生　书记同志！书记同志……唉！春花！（春花不理）老婆！（春花还是不理）我的好领导喂！我向你认输好吧，我承认你比我更聪明，更能干，更有头脑，更有眼光，更有志气，更有水平，更有——

春　花　少给我戴高帽子！

秋　生　从今以后，我一定虚心向你学习，转变观念，回来创业。

春　花　光说没用，要看行动。

秋　生　行动就行动！我男人言，将军箭，说话算数！（欲跪）

春　花　（不忍心地）秋生……

秋　生　（马上立起）哎？不要跪了呀？

春　花　（把嘴一撇）谁说的！

秋　生　那就跪啰……（偷看春花的脸色，见没反应）这回我真的跪了哈——
　　　　（欲跪）

春　花　（又不忍心）秋生——

秋　生　到底要不要跪啊？讲好来哈，不要我刚刚要跪，你又"秋生，秋生"！

春　花　哼！那你就跪吧！跪死你去！

　　　　〔众村民暗上偷听。

秋　生　（还是不想跪）老婆喂，你就放过我这回吧，从现在起，我李秋生保证百
　　　　分之百听你指挥，你叫我上天我决不下地，你叫我向东我决不向西！

春　花　少啰唆，跪！

秋　生　老婆喂，要是跪断了膝头，就冇哪个给你暖被窝了哦！

春　花　呵呵，我不晓得找过一个呀？

秋　生　找过一个还有我这么听话？

春　花　不听话照样跪床脚！

秋　生　嘿嘿嘿，好了好了，不开玩笑了，从今以后，我要是再不听话，莫说跪床
　　　　脚，就是斩掉我这双鬼脚我也没意见！（欲跪）

春　花　（急喊）秋生！……

　　　　（静场）

秋　生　春花，我知道，你心疼我……

　　　　（深情的音乐起）

春　花　（动情地）三年了，你辛辛苦苦在外打工，我没为你倒过一杯茶，没为你
　　　　洗过一件衫，为了争这口气，我一直对你隐瞒家里的情况，今天还故意
　　　　装穷叫苦来气你、笑你，一想到这些，我心里就很难过，觉得对不起你。
　　　　特别是今天你转变观念，要回来和我一起创业，一起吃苦受累，作为老
　　　　婆，我还会真的要你下跪吗？我是这种人吗？

秋　生　（感动地）不！你没有错，我这是活该，我应该向你下跪，因为做这栋新
　　　　楼，我没搬一块砖，没盖一片瓦，没出一分钱，没操一点心，是你一个人

在家流血流汗,日夜操劳,苦苦打拼,好不容易创下了这么大一个家业。作为老公,我一万个问心有愧!一万个对你不起!一万个感谢你!春花!我的好老婆!(扑通跪下)

春　花　(急扶)老公!我委屈你了——(落泪)

〔素芬和众村民大笑涌上。

众村民　(唱)从今后打过斧头换过把,

　　　　　　返乡创业把根扎。

　　　　　　建设家乡我们齐努力,

　　　　　　让生活开遍幸福花。

　　　　　　　　　　　　　　　　　　　　——剧终

敬老院长

（采茶小戏）

时　间　当代

地　点　赣南某乡镇敬老院

人　物　林招弟——女,40 岁,乡敬老院院长

　　　　赖婆婆——女,70 岁,敬老院老人

　　　　夏伯伯——男,70 多岁,敬老院老人,盲人,会唱古文

　　　　小三子——男,16 岁,敬老院孤儿,哑巴

〔音乐声中幕启,夏伯伯坐着轮椅被小三子推上。

〔夏伯伯拉着二胡,唱于都古文:

　　　　拉起勾筒唱古文,

　　　　于都古文天下闻。

　　　　不唱发迹的吕蒙正,

　　　　不唱多情的赵玉林,

　　　　不唱寒窑的王宝钏,

　　　　单唱我八十个老人的好领导——

　　　　林招弟院长的敬老情。

小三子　（做手势）嘿嘿嘿！给我玩一下。（夺过二胡就拉,乐得直笑）

夏伯伯　小哑巴！你笑我干吗,快拿过来！（起身追小三子）你要是搞坏了我的勾筒,你赔不起嘞！

小三子　（拉来拉去,笑个不停）"嘿嘿嘿！"

夏伯伯　还不拿过来！

　　　　〔传来赖婆婆"哎哟！哎哟！"的喊痛声。

夏伯伯　（猛然想起）哎呀！病人都在等轮椅用哇,小三子,快去找林院长,赖婆婆的痛风又犯了！快去呀！

小三子	（把二胡还给夏伯伯，赶紧下）
夏伯伯	赖妹子！轮椅来了！

〔赖婆婆从床上爬起，拄着棍子，抚膝喊痛。

赖婆婆	哎哟！会痛死啊，林院长……
夏伯伯	哎呀嘞！你的脚痛得介样子还有本事走路呀，要是跌倒了就糟了！
赖婆婆	（小孩似的）大哥，我要林院长！我要林院长！
夏伯伯	我叫小三子去寻她了，你莫急，来，吃蛋糕——
赖婆婆	唉，你自家都没嘛格吃，还拿给我吃。
夏伯伯	别客气嘛，你拿给我吃的东西更多。吃啊！

〔小三子跑上。

小三子	（做手势）夏伯伯，林院长不在敬老院，不晓得去哪了？
夏伯伯	啊？不晓得哪去了？咳，介只鬼佬院长！
赖婆婆	（哭泣）林院长……
夏伯伯	你莫哭，我送你去医务室，坐稳来哈。（和小三子推赖下）
林招弟	（内唱）

　　　　深山采药匆匆归，

〔林招弟背一扁篓草药，满头大汗地上。

（接唱）

　　　　老人病痛挂心扉。

　　　　赖婆婆双脚肿痛难行走，

　　　　打针吃药效果微。

　　　　敬老院老弱病残八十个，

　　　　吃喝拉撒请医送药养老送终把我的心操碎。

　　　　天天忙，天天累，

　　　　再忙再累不觉亏。

　　　　为孤寡老人尽责任，

　　　　虽苦犹甜不后悔。

　　　　赖婆婆！赖婆婆！哎？到哪去了？

〔小三子推赖上。

| 赖婆婆 | （像见了救星似的）林院长！林院长！ |
| 林招弟 | 赖婆婆，你到哪去了呀？ |

小三子　（做手势）赖婆婆脚痛，我送她去打针呢。

林招弟　哦，你送赖婆婆去打针呀！

小三子　（高兴地做手势）赖婆婆对我最好，我跟赖婆婆最亲！

林招弟　对，我们敬老院是个大家庭，大家都要互相关心，互相照应。

小三子　（点头）嗯。

林招弟　小三子，帮个忙，把介些草药洗干净，熬好了提到这里来。

小三子　（点头，接过扁篓，亲了赖脸上一下，高兴地下）

赖婆婆　鬼崽子，太讨人喜欢了！

林招弟　赖婆婆，您的脚怎么样了？打了针还痛不痛啊？

赖婆婆　脚痛还忍得，就怕介桩老病（指脑袋）没医啊！

林招弟　有医，一定有医。医生说你是脑血管硬化，吃点药，注意休息就是了。
　　　　赖婆婆，我扶你去床上歇一下。

赖婆婆　不要，我刚刚才起来。

林招弟　那我陪你出去走一下。

赖婆婆　（感动地）唉，你成天这样服侍我，叫我怎么过意得去啊！（唱）

　　　　　　　难为你照料我不辞劳累，

　　　　　　　每日里端茶送饭体贴入微。

　　　　　　　你为我倒了多少屎和尿，

　　　　　　　你为我洗了多少衣和被。

林招弟　（唱）服侍老人是本分，

　　　　　　　谈不上辛苦和劳累。

　　　　　　　人人在世都会老，

　　　　　　　老了就要有人陪。

　　　　　　　有病要医治，

　　　　　　　有愁要安慰；

　　　　　　　老了要送终，

　　　　　　　代代相轮回。

　　　　　　　敬老院是孤寡老人的大家庭，

　　　　　　　你们的幸福就是我的欣慰。

夏伯伯　（在幕内）哈哈哈！（端一碗面条高兴地上，唱古文调）

　　　　　　　一碗寿面喷喷香，

　　　　　三个煎蛋盖面上；

　　　　　吃了赖妹子眯眯笑，

　　　　　行起路来嘭嘭响。

　　　　赖妹子！赖妹子嘞！今天是你的七十大寿，林院长交代厨房给你煮了满满一碗面哦，哈哈哈！（一个趔趄）

林招弟　哎呀！夏伯伯，小心点，莫跌倒了。

夏伯伯　冇事，冇事。林院长，你刚才到哪去了呀？

林招弟　我给赖婆婆挖草药。

夏伯伯　你呀，就是不得闲，我们敬老院哪个有病有痛都逃不过你的眼睛。

林招弟　夏伯伯，我来——

夏伯伯　赖妹子，趁热吃了，有咁好的院长服侍你，是你前世修来的！

赖婆婆　是啊，是啊。

夏伯伯　噢，林院长，我想出去给她买生日礼物。

林招弟　你对赖婆婆真好！

夏伯伯　一好就二好，她没病的时候成天帮我洗衫裤，晒被服，送吃的，对我是有情有义啊，哈哈哈！

赖婆婆　（有点害羞地）乱说！

林招弟　（一笑）夏伯伯，要去就快去，要小心点，莫走咁快。

夏伯伯　你放心。赖妹子，我走了哈。（哼唱古文下）

　　　　〔欢乐的音乐起，林把赖推到舞台正中。

林招弟　赖婆婆，今天是您的七十大寿，我代表全体院民给您老人家拜寿，祝您老人家生日快乐，健康长寿！（鞠躬）

赖婆婆　妹仔嘞，我也祝你长命百岁，越活越年轻！

林招弟　来，把介碗长寿面吃了。

赖婆婆　我吃不了咁多。

林招弟　吃不了咁多就少吃点，吃了才会长命百岁。

赖婆婆　（露出了笑容）承你的贵言，我吃。

　　　　〔音乐止，小三子提一桶药水上。

小三子　（做手势）林院长！林院长！草药泡好了。

林招弟　好，呱呱叫！

小三子　（嘿嘿地笑了）

林招弟	小三子,你去忙吧。
小三子	(点头,端起碗夹面条给赖吃)
赖婆婆	哎呀嘞!我小三子真有良心啊!
小三子	(做手势)林院长,我去浇菜了哈。
林招弟	哦,你要去浇菜呀。好,勤劳的小三子,我要评你个劳动模范!

〔小三子一笑,不好意思地下。

林招弟	赖婆婆,草药熬好了。来,我帮你敷。
赖婆婆	哎呀嘞,怎么好意思又连累你,我自己来。
林招弟	还是我来。
赖婆婆	这叫我怎么过意得去啊!
林招弟	冇嘛格过意不去,您老人家都70岁了,服侍你是应该的。(唱)

> 手拿毛巾蘸药汤,
>
> 我给婆婆敷膝上。

赖婆婆	(唱)一股暖流涌心窝,

> 一串热泪湿衣裳。

林招弟	(唱)婆婆为何把泪淌,

> 莫非有事心中藏?

赖婆婆	(唱)平生没享儿女福,

> 有病全靠你帮忙。

林招弟	(唱)婆婆不必放心上,

> 照顾老人理应当。

赖婆婆	呀!(唱)

> 经脉一通好舒畅,
>
> 不痛不胀一身爽。

林招弟	(唱)今后我天天给您敷,

> 直敷到你百病消除永健康。

赖婆婆	(感动地)林院长,你真是比救苦救难的观音菩萨还好啊!
林招弟	冇哇格嘞!来,我帮你穿鞋。

〔幕内传来夏大伯的呼救声,小三子怒气冲冲地揪着夏伯伯上。

夏伯伯	小哑巴!你打呀,你打呀,你敢动我一根毫毛我就告诉林院长去!
小三子	(推他走,做手势)走!到林院长面前去讲!

夏伯伯　讲就讲,我又不是故意的!(急喊)林院长!林院长!他打我!

林招弟　小三子!放手!你给我放手!

小三子　(放了夏伯伯)哼!

林招弟　夏伯伯,您嘛格事惹到了他?

夏伯伯　林院长啊!(唱)

　　　　刚才我从菜园过,

　　　　猛然粪水从天落。

林招弟　啊?

夏伯伯　(接唱)

　　　　原来是我踩坏了几棵小白菜,

　　　　惹得哑巴发怒火。

林招弟　哦!

夏伯伯　(接唱)

　　　　我再三道歉他不听,

　　　　舀起粪水将我泼。

　　　　泼了粪水还不算,

　　　　还要找你处罚我。

林招弟　是这样啊!

小三子　(向林招弟怒斥夏伯伯的不是)……

林招弟　(解释)小三子,夏伯伯眼睛不方便,他不是故意的。

小三子　(做手势)不是故意的也不行,踩坏了公家的菜就要赔!

林招弟　好了好了,事情过去了就算了,那几棵菜等下我会种回去,莫再闹了啊?

小三子　(做手势)不行!你是院长,你不能偏向他,我要你秉公处理!

夏伯伯　(火了)你想怎么样?院长的话你都不听,你还想称王呀?

林招弟　(劝慰地)夏伯伯,小三子嘛格都好,就是脾气有点犟,你还是让让他吧。夏伯伯,你快走吧!

　　　　〔夏伯伯欲下,小三子不让,又上前揪住他。

林招弟　小三子!你放了夏伯伯!你给我放开!(上去掰小三子的手,小三子大怒,一巴掌将林招弟推倒在地)

众　人　(惊呼)林院长!

赖婆婆　（气极）你这个小哑巴！竟敢打林院长，你个没良心的东西，我打死你！

　　　　（举棍朝小三子打去）

林招弟　（制止地）赖婆婆！

赖婆婆　（唱）骂声小三子你没良心，

　　　　　　　竟敢动手打恩人。

　　　　　　　想当年，你爹娘早死丢下你，

　　　　　　　流浪飘荡苦伶仃。

　　　　　　　一个破碗一根棍，

　　　　　　　沿街乞讨受欺凌。

　　　　　　　幸亏林院长发善心，

　　　　　　　收你进了敬老院，你才水打石子翻了身。

　　　　　　　日子好过你忘了本，

　　　　　　　翻脸无情不认人。

　　　　　　　横心吊肚还把院长打——

　　　　（气愤不过，举棍欲打小三子，被林招弟挡住）

林招弟　赖婆婆！

赖婆婆　林院长！（接唱）

　　　　　　　我要教训小三子！

林招弟　赖婆婆，您老人家不要生气，小三子是我一手带大的，我晓得他的脾
　　　　气，他骂我打我我不怪他，因为从这件小事上，我看到了他爱护集体的
　　　　赤子之心哪！小三子！（唱）

　　　　　　　集体蔬菜你管得好，

　　　　　　　满园翠绿有你的功劳。

　　　　　　　院里数你最勤快，

　　　　　　　种菜养猪一肩挑。

　　　　　　　助人为乐肯吃苦，

　　　　　　　爱护集体觉悟高。

　　　　　　　你骂我怨我我理解，

　　　　　　　天大的委屈我受得了。

　　　　　　　从今后，你有意见向我提，

　　　　　　　莫对老人去发躁。

尊老敬老你要当模范,

姐姐我为你骄傲为你自豪。

小三子,你管得对,损害集体财物要赔偿。(掏钱)这是夏伯伯的赔偿款,你去交给财务。

夏伯伯 林院长,菜是我踩坏的怎么要你赔,不行,应该我赔!

林招弟 你赔我赔都一样,小三子,快拿去。

赖婆婆 不能拿!林院长就那点工资,给你买衫裤买鞋袜都买了好多,你还要她来掏钱?

林招弟 小三子,公事公办,拿去。

赖婆婆 莫拿!

林招弟 拿去!

小三子 (做手势)我不拿!

林招弟 好弟弟,姐姐我求你了!

小三子 (愣住,看到林招弟慈爱的目光,忽然用手抽自己的嘴巴)

林招弟 (急喊)小三子!

小三子 (一跪,声泪俱下。做手势)姐姐!我对不起你!

林招弟 (扶起)你这是干什么,快起来!快起来!

小三子 (向夏伯伯鞠躬道歉)夏伯伯,我对不起你,我太过分了!

夏伯伯 不不不,是我不对,是我不对,我下次走路一定要小心了,我向你赔礼,向你道歉!(再三鞠躬)

小三子 (扶起夏伯伯,笑了。做手势)夏伯伯,莫鞠躬了,事情过去了就算了,我们还是好朋友!

夏伯伯 对对对,我们还是好朋友,还是好朋友,哈哈哈!

小三子 (抱住夏伯伯)嘿嘿嘿!(又上前拉住赖婆婆的手,纯真地,做手势)赖婆婆,我爱你,我爱你——

赖婆婆 (十分开心)哈哈哈!啊……

(赖婆婆突然目瞪口呆,头晕目眩,站立不稳)

林招弟 (惊喊)哎呀!赖婆婆,您怎么了——

赖婆婆 林、林院长,我、我脑壳晕,胸口闷……(昏厥)

(紧张的音乐起)

林招弟 赖婆婆!赖婆婆!不好,赖婆婆可能是脑中风了!(掐她的人中)快送医院！

赖婆婆　（苏醒）不要，不要送医院……

林招弟　赖婆婆，你想说嘛格就说啊。

赖婆婆　林院长啊！（唱）

　　　　　我今活了七十年，

　　　　　没儿没女苦难言。

　　　　　没人叫我一声妈，

　　　　　没见儿孙绕膝前。

　　　　　孤苦伶仃撒手去，

　　　　　无人送终真可怜！

林招弟　（唱）婆婆临终吐遗言，

　　　　　听得招弟好心酸。

　　　　　婆婆呀，

　　　　　莫说无人来送终，

　　　　　招弟就在你面前。

　　　　　香蜡爆竹已准备，

　　　　　想要纸钱有纸钱。

　　　　　屋背山上有公墓，

　　　　　青石碑前摆花圈。

　　　　　如果您老不嫌弃，

　　　　　招弟愿做你亲生。

　　　　　披麻戴白当孝女，

　　　　　三跪九拜为你续香烟。

赖婆婆　我当不起啊！

林招弟　（真挚地）妈！

赖婆婆　（一愣）妹仔，你真的不嫌弃我这个就要断气的老太婆？

林招弟　（一跪）妈！

赖婆婆　（流泪）女——

　　　　　〔音乐如潮，俩人激动地拥抱在一起。

赖婆婆　（气喘不支）我、我……

夏伯伯　（着急地）你怎么样了，你冇嘛格事吧……

林招弟　赖婆婆不行了,快去准备后事。

〔夏伯伯和小三子挥泪下。

〔音乐渐缓。

林招弟　妈,我来给您洗个澡,换身衫裤。

赖婆婆　不要了,我已经洗了,换了……

林招弟　那我来给您梳头。(唱)

　　　　心沉沉,手沉沉,

　　　　满腹悲痛泪盈盈。

　　　　手拿木梳梳白发,

　　　　梳不尽心头缕缕情。

　　　　妈妈呀,你放心,

　　　　你的遗愿我知情。

　　　　清明我会来挂纸,

　　　　冬至我会来上坟;

　　　　七月十五寄钱包,

　　　　三牲酒礼敬娘亲。

　　　　妈妈呀,你放心,

　　　　你的遗嘱我知情。

　　　　夏伯伯我会用心多关照,

　　　　小三子我会教他学做人;

　　　　全院老人我会照顾好,

　　　　不负妈妈未了情。

　　　　妈妈呀,我的好妈妈,

　　　　儿的工作你莫挂虑,

　　　　儿的身体你莫担心;

　　　　有儿送行你放心走,

　　　　一路顺风到天庭。

〔幕内伴唱:

　　　　啊! 婆婆微微笑,

　　　　侧耳静静听;

　　　　含笑瞑目撒手去,

尽享母女情。

〔赖婆婆含笑瞑目。

林招弟 （跪泣）妈……

〔夏伯伯、小三子提篮子上，一惊。

〔哀乐起。

夏伯伯 （掏出一只手镯，痛泣地）这是我刚才给你买的生日礼物，没想到你戴都没戴，就走了……

小三子 （扑通跪下，痛哭）……

（夏伯伯含泪将手镯给赖戴上）

林招弟 （向遗体深深地鞠躬）妈，您老人家一路走好，女儿我为你送行了……

〔林招弟推着"灵车"缓缓前行，小三子提着篮子在后边撒着纸钱，夏伯伯手拉二胡唱起了古文：

拉起勾筒唱古文，

人间最美是真情。

但愿世上好人多，

敬老爱老留美名。

〔幕内伴唱：

但愿世上好人多，

敬老爱老留美名。

〔闭幕。

——剧终

铁 面 山 神

（采茶小戏）

时　间　当代

地　点　赣南

人　物　曾大春——男,30多岁,青龙山矿管分局局长

　　　　黄小萍——女,30多岁,曾大春的妻子

　　　　邱金生——男,40多岁,非法采矿者

〔幕内伴唱:

　　　矿管干部曾大春,

　　　人人叫他铁面山神。

　　　严明执法讲原则,

　　　爱矿护矿扬美名。

〔舞台一角,两束追光分别照着正气凛然的曾大春和做贼心虚的邱金生。

曾大春　邱金生,你非法采挖钨砂,偷盗国家矿产资源,今天又被我们抓到了,你还有什么话说?

邱金生　(奸笑地)嘿嘿,我没什么话说,要怎么办就怎么办吧。

曾大春　根据矿业管理违法违规行为行政责任追究的有关规定,要把你的采矿设备全部没收!

邱金生　这……

曾大春　同志们,把这些设备给我全部拆走!

幕后众　是!

邱金生　(旁白)嘿嘿,你拆吧,拆吧,到时候我叫你乖乖地给我送回来!

〔暗转,曾大春家客厅,有一张沙发和一部电话机。

〔黄小萍解着围裙,从厨房里出来,向窗外眺望。

黄小萍　（唱）晚风阵雨夜来临，

　　　　　　　窗外街灯耀眼明，

　　　　　　　今天正好是周末，

　　　　　　　大春呀，你怎么还不回家门？

　　　　　　　莫不是巡山执法工作紧？

　　　　　　　莫不是查处要案难分身？

　　　　　　　莫不是汇报工作回来晚？

　　　　　　　莫不是替人值班忘归程？

　　　　　　　家里饭菜已做好，

　　　　　　　盼你平安回家门。

　　　　　〔电话铃响。

黄小萍　喂！

邱金生　（画外音）你是曾大春的老婆吧？

黄小萍　是呀，你是？

邱金生　你给我转告曾大春，他要不把我的矿产设备送回来，我叫他不得好死！

黄小萍　（一惊）你是谁？

邱金生　不要问！他要断我的财路，我就断他的生路！

黄小萍　（愤怒地）你敢！你敢动他一根毫毛，我就跟你拼了！

邱金生　那你就等着给他收尸吧！（电话挂断）

　　　　　〔一阵雷声滚过，起风了。

　　　　　〔紧张的音乐起，黄小萍又急又怕。

黄小萍　天啊，这是怎么回事啊？不行，我得去接他回来！（拿起雨衣正要出
　　　　　门，一道闪电，一个黑影上）

黄小萍　（一声惊雷，手中的雨伞落地）啊！

曾大春　小萍，是我，你怎么啦？

黄小萍　哎呀，吓死我了，我以为是歹徒来了……

曾大春　呵呵，太平盛世、和谐社会，哪个歹徒敢到我们家来？

黄小萍　你不要太大意了，刚才就有人打恐吓电话，说你要不把他的采矿设备
　　　　　送回去，就叫你——

曾大春　哈哈哈！这种电话我接过多着呢！别说我这个分局局长，就是我的稽
　　　　　查队员，谁没接过这种恐吓电话？都家常便饭了，你还大惊小怪！

哈哈！

黄小萍 不，我感觉他不是说着玩的，大春啊！（唱）

　　　　矿管执法多艰辛，

　　　　管山管矿管坏人。

　　　　巡山跑断两条腿，

　　　　护矿耗尽一片心。

　　　　宣传矿法费神气，

　　　　查处要案得罪人。

　　　　常常挨骂遭恐吓，

　　　　人身安全没保证。

　　　　大春呀，

　　　　劝你跟领导说一说，

　　　　换个工作一身轻。

曾大春 （唱）矿管工作是艰辛，

　　　　肩上担子重千斤。

　　　　工作虽累也光荣，

　　　　我们是矿产资源的保护神。

　　　　巡山护矿为国家，

　　　　秉公执法为人民。

　　　　尽职尽力做贡献，

　　　　再苦再累也开心。

黄小萍 你这个"一根筋"呀，总说你都没用。

曾大春 哎？女儿呢？

黄小萍 吃了饭去学校补习功课了。你先休息一下，我去给你热一下饭菜。

曾大春 嗯。

　　〔黄小萍下。

　　〔邱金生提礼品上。

邱金生 （念唱）

　　　　钨砂没挖成，

　　　　设备被查封，

　　　　偷鸡不成蚀把米，

实在运气熊。

双手提烟酒，

两脚走匆匆，

两万元红包兜里藏，

上门求通融。（敲门）

曾大春　谁呀？

邱金生　是我，老邱。

曾大春　这么晚还来找我有什么事？

邱金生　我……我是来向曾局赔礼道歉的。

曾大春　有话明天到办公室再说吧。

邱金生　你不是要我写个检查材料吗？我已经写好了，你开开门我把材料交给你就走。

曾大春　好吧。（开门）

邱金生　嘿嘿，曾局，休息时间还来打扰你，不好意思啊。

曾大春　材料呢？

邱金生　（将礼品奉上）"材料"在这里——

曾大春　（生气地）你这是干什么？快给我拿走！

邱金生　嘿嘿，交个朋友嘛。

曾大春　交朋友？交什么朋友？是真朋友还是假朋友？

邱金生　当然是真朋友咯。

曾大春　既然要做真朋友，那你就听我说几句真话怎么样？

邱金生　好，好。

曾大春　老邱，你坐。

邱金生　嗯，坐，坐。

曾大春　（唱）矿产资源本国有，

　　　　　　岂能非法乱伸手。

　　　　　　采矿要有采矿证，

　　　　　　矿法条条要遵守。

邱金生　是的，是的，我一定会去办证，再不敢乱采乱挖了。

曾大春　（接唱）

　　　　　　关你的窿子该不该？

邱金生　应该,应该。

曾大春　(接唱)

　　　　封你的设备有没理由?

邱金生　有理由,有理由。

曾大春　(接唱)

　　　　希望你打过斧头换过把,

　　　　洗心革面朝前走。

邱金生　我一定照办,一定照办,只是求曾局高抬贵手,把我那些设备……

曾大春　哈哈!我就知道你是为这个来的。

邱金生　(掏出红包)嘿嘿,一点小意思,不成敬意,还请曾局笑纳。

曾大春　(故意地)多少?

邱金生　(伸出两个手指)……

曾大春　(故意地)两万?

邱金生　(点头)嗯,嗯。

曾大春　(故意地)少了。

邱金生　事成之后,再加一万。

曾大春　哼哼,老邱呀老邱,我老实告诉你,别说你加一万,你就是再加十万百万也休想我放弃原则把设备还你!

邱金生　曾局,不要做得太绝了吧,都是一条街上的人,低头不见抬头见,何必呢?再说这些设备也不是我老邱一个人的,其中,还有你意想不到的人也有份呢。

曾大春　不管是谁,只要违反了矿法,我就要追究到底,决不手软!

邱金生　看来你是铁板钉钉——不转脚了?

曾大春　我老曾的脾气就是开弓没有回头箭,撞破南墙也不回头!

邱金生　好,老子舍本煎油条,再给你加两万,这总可以了吧?

曾大春　住口!你想向我行贿?做梦!滚!你给我滚出去!

邱金生　(悻悻地)好,好,那就骑驴看唱本——走着瞧吧!(溜出门,躲在舞台一角打手机,暗下)

　　　　〔黄小萍上。

黄小萍　怎么啦?又有人来找你的麻烦了?

曾大春　别提了,他竟然赤裸裸地跟我做起交易来了。

黄小萍　这种人真不害臊,别跟他计较了,快去吃饭吧。

曾大春　嗨,真是气死我了。(下)

　　　　〔电话铃响。

黄小萍　(接电话)喂,哦,是老妈呀! 妈,妈! 你怎么不说话呀? 你说话呀! 是
　　　　出什么事了?

岳　母　(画外音)唉,小萍啊,妈本来不想把这事告诉你,可是你爸他非要我向
　　　　大春求个情。

黄小萍　求情? 求什么情?

岳　母　唉,刚才是不是有个姓邱的到你们家来了?

黄小萍　是啊,大春查封了他的设备,是来求情的。

岳　母　小萍啊,你们不知道啊,那些设备我们也参了股啊。

黄小萍　(吃惊)什么? 你们也参了股? 为什么不早告诉我们?

岳　母　这种偷偷摸摸的事怎么敢叫大春知道啊! 小萍,你去对大春说说,看
　　　　在爸爸妈妈的面子上能不能叫他通融一下?

黄小萍　妈,你还不知道大春他那臭脾气吗?

岳　母　我们也是实在没法子才来求他,你跟大春说说吧,妈求求你了!

黄小萍　妈,你别这样……我去试试……

岳　母　我等你电话啊。

黄小萍　嗯。(挂了电话。怔怔地坐在沙发上)

　　　　〔曾大春端一杯茶上。

曾大春　哎呀,老婆呀,你今天炖的这盆鸡汤又香又浓,特别好吃。

黄小萍　好吃就好,你过来。

曾大春　过来干什么?

黄小萍　干什么,你说干什么嘛!

曾大春　(笑笑地走过去)呵呵,是不是两个礼拜没见,想我了?

黄小萍　你坐下来嘛。

曾大春　(在她身边坐下,笑笑地)呵呵,娘子有何吩咐?

黄小萍　(想了想,转笑脸)大春呀,在外面人家都说你是个铁面山神,在家里我
　　　　怎么看你像个笑面罗汉?

曾大春　嘿嘿,要是在家里也像个铁面山神,那你还不把我扫地出门?

黄小萍　(捶他肩上一拳)死鬼! 哎,我给你说个正事。

曾大春　什么正事？

黄小萍　（为难地）这……（唱）

　　　　　　有心向他来求情，

　　　　　　话到嘴边难开声。

曾大春　（唱）她吞吞吐吐不开言，

　　　　　　莫非心中有隐情？

黄小萍　（唱）说出来怕他太为难，

　　　　　　不说又对不起老母亲。

曾大春　（唱）有话直说莫迟疑，

　　　　　　夫妻又不是陌生人。

黄小萍　好，我说。（接唱）

　　　　　　当年你娶我黄小萍，

　　　　　　家里穷得无分文，

　　　　　　是谁不要你一分钱，

　　　　　　垫钱嫁给你曾大春？

曾大春　呵呵，当时我刚从部队复员，经济困难，是你爸爸妈妈不但不要我的彩礼，还垫出钱来支持我们结婚，这个恩情我一辈子也忘不了。

黄小萍　（唱）当年咱住在出租房，

　　　　　　一间破室暗无光。

　　　　　　是谁花钱来按揭，

　　　　　　让我们住进了新楼房？

曾大春　我们这套房子总共十六万，按揭要先付八万，你爸爸二话没说就给了我六万。

黄小萍　我爸爸对你好不好？

曾大春　那还有什么话说。

黄小萍　那你打算怎样报答我爸妈的情分？

曾大春　俗话说：半份姑丈半份子，我不做半份，就做一份，可以吧？哈哈！

黄小萍　说话算数？

曾大春　一定做到！

黄小萍　好！我黄小萍做了你这么多年老婆，从来没求过你什么，今天我受我爸妈委托，求你一件事。

曾大春　（诧异地）哎？你今天是怎么啦？说话怎么拐弯抹角的？

黄小萍　（悄声地）大春，你把那个姓邱的设备还给他吧。

曾大春　（一震）什么？你说什么？

黄小萍　刚才我妈打来电话，说我爸也参了他的股。

曾大春　（一怔）啊！

黄小萍　看在我父母的情分上，你就网开一面，放他们一马吧！

曾大春　这……（雷声，风声）

　　　　（唱）刹那间惊雷炸响，

　　　　　　　暴风雨夜袭门窗。

　　　　　　　没想到案子又出新情况，

　　　　　　　岳父他也卷进了污泥浊浪！

　　　　　　　我若是徇私情放弃原则，

　　　　　　　乱挖风将席卷座座山岗。

　　　　　　　我若是讲党性坚持原则，

　　　　　　　怎面对岳父母胜似爹娘！

　　　　〔幕内伴唱：

　　　　　　　风在吼，雨在浇，

　　　　　　　心如煎，失主张。

　　　　〔电话铃响。

曾大春　（接电话）喂！哪位？

邱金生　（画外音）曾局长，你想好了没有？你要是听你岳父的，我们就大事化小，小事化了。

曾大春　我要是不听呢？

邱金生　那就把你告到纪委，说你以你岳父的名义入股，勾结不法分子非法采矿！到时叫你岳父出面作证，你就是浑身是嘴也说不清楚！

曾大春　你胡说！你诬告！

邱金生　投降吧，曾局，你这样硬挺下去是没有出路的！

曾大春　你放屁！（猛地放下电话）

黄小萍　大春，我们是不是好好想想，就这一次，下不为例，啊？

曾大春　（大吼）不行！绝对不行！

　　　　〔电话铃响。

黄小萍　喂,你是——

邱金生　(画外音)你给我告诉姓曾的,如果他硬要和我作对,就叫他小心他的
　　　　宝贝女儿吧!

黄小萍　(大惊)什么? 你说什么? 你要把我女儿怎么样?

邱金生　他要断我的财,我就断他的根! (挂了电话)

黄小萍　(惊慌)大、大春,他们说要害我们的女儿,你、你快拿主意啊!

　　　　〔电话铃响,黄小萍欲接。

曾大春　(阻止地)不要接!

黄小萍　我要接——

曾大春　(大吼)别听他们的恐吓!

黄小萍　(吓哭了)大春……

　　　　〔电话铃声不断。

曾大春　(接唱)

　　　　　　　　恐吓电话声连声,

　　　　　　　　越是恐吓我越坚定。

　　　　　　　　大春生来骨头硬,

　　　　　　　　大山铸就刚直的魂。

　　　　　　　　情系国家粒粒矿,

　　　　　　　　岂让坏人把手伸。

　　　　　　　　我为人民来执法,

　　　　　　　　无私无畏奉献忠诚!

　　　　小萍,别哭了,他们不敢把我们怎么样,你给妈打个电话,就说我曾大
　　　　春不孝,不能答应她老人家的要求。

黄小萍　(气极)你! 你就真的铁面无私,六亲不认了吗? 你这样做怎么对得起
　　　　我的父母,怎么对得起你自己的良心!

曾大春　对不起,谁叫我吃的是矿管这碗饭,谁叫我是一个共产党员。对了,这
　　　　个电话应该我来打。(打手机)是妈妈吗? 我是大春。

　　　　〔动情的音乐起。

岳　母　(画外音)啊,是大春呀。

曾大春　是的。妈,很对不起,刚才小萍转告了你和爸的意思,我理解你们,但
　　　　是我身为矿管干部,受党的培养教育多年,我不能放弃原则,请你们

原谅。

岳　母　（画外音，哭泣地）大春，你真的这样耿直吗？爸爸妈妈可是第一次求你啊……

曾大春　妈，我知道你和爸对我好，我心里真的很感激你们。我今天能有这个幸福的家，能住这么好的房子，全都是你二老给的，我这辈子一定会像你的亲儿子一样好好地孝敬你们。可是，要我放弃原则，把设备还给你们，那后果就是更多不法分子侵吞国家的矿产资源，扰乱矿管秩序，使国家和人民的财产遭受重大损失。妈，我对不起你们了……

岳　母　（画外音，痛哭）大春……

黄小萍　（气愤地）曾大春，你这个"无情狗"。我告诉你：你今天对我妈的要求答应也得答应，不答应也得答应，否则，我就和你离婚！（雷声）

曾大春　（震惊）小萍，你疯了！你怎么说这种话？别人不理解我，你爸妈不理解我，难道你也不理解我吗?! 是的，也许我曾大春做得是过分了一点，是有点不近人情，可是如果我们搞矿管的一个个都放弃原则，对乱挖乱采的行为睁一只眼，闭一只眼，敷衍塞责，听之任之，那国家的矿山就将变成一座座破破烂烂的废墟，安全事故频发，水土流失严重，人民的生产生活受到影响，那我们这些矿管干部还有脸坐在这个位子上吗？（静场，停顿片刻）好吧，如果你硬要我去做那种违心的事，我也听你的，我现在就去把那些设备还给他们——

黄小萍　（急喊）大春！你疯了！你这样做是知法犯法，要坐牢判刑身败名裂的！

曾大春　可我不这样做我就要失去你，失去这个温暖幸福的家，我……好难啊！

黄小萍　（失声痛哭）大春！我……错了……请原谅我一时的冲动好吗？（马上给妈妈打电话）妈，是我。

岳　母　（画外音）孩子，你和大春吵架了？都是你爸害的啊……（低泣）

曾大春　妈，你别哭了，你和爸要好好注意身体，哪天有空，我带大春来向你和爸负荆请罪，你们就给我狠狠地揍他一顿吧！

岳　母　（画外音）孩子，大春做得没错，你就别为难他了，我会劝劝你爸，大春毕竟是他的女婿啊！

黄小萍　妈，我代大春谢谢你了！妈，你早点休息吧，要是没什么事了，我就挂了啊。（挂了电话）

曾大春　（激动地）老婆,太谢谢你了!

黄小萍　冤家,我是实在没办法啊!

曾大春　好了,你去休息吧,我该去学校接我的宝贝女儿了。

〔曾大春的手机响了。

稽查员　（画外音）曾局! 曾局! 发现新情况!

曾大春　快说!

稽查员　（画外音）我们稽查队在黄龙村发现一辆偷运钨砂的车子。

曾大春　啊,那好,你们给我扣下车子,我马上就到! 老婆,女儿就麻烦你去接

　　　　一下了,噢,对了,请隔壁的王阿姨陪你一起去吧,对不起啊,老婆!

黄小萍　唉,你呀!

〔幕内伴唱:

　　　　　矿管干部曾大春,

　　　　　人人叫他铁面山神。

　　　　　严明执法讲原则,

　　　　　爱矿护矿扬美名。

〔歌声中,黄小萍给丈夫披上雨衣,递过手电,送出大门,挥手致意。

〔收光。

——剧终

梦 回 宋 城

（小型采茶歌舞剧）

时　间　从宋代穿越到当代

地　点　宋城赣州

人　物　陈　菲——女，30多岁，某旅游投资集团副总裁

　　　　李　明——男，30多岁，旅游局干部，陈菲的老同学

　　　　苏　轼——男，38岁，北宋文学家

　　　　孔宗翰——男，40多岁，北宋虔州知州

　　　　辛弃疾——男，35岁，南宋爱国词人

　　　　众舞者

〔启光，烟云缥缈，歌舞蹁跹。

〔苏、孔、辛飘然而上。

苏轼、孔宗翰、辛弃疾　（唱）乘着清风，驾着云彩，

　　　　　　　　　　　我们从遥远的宋代走来；

　　　　　　　　　　　亲爱的赣州，美丽的宋城，

　　　　　　　　　　　我们早就在梦里把你期待。

　　　　　　　　　　　啊赣州，我的宋城，

　　　　　　　　　　　曾记否？

　　　　　　　　　　　我们是你九百年前的朋友，

　　　　　　　　　　　我们的笑容曾在这里盛开。

　　　　〔幕内伴唱：

　　　　　　　记得，记得，

　　　　　　　你们是赣州的荣光，

　　　　　　　你们是宋城的名牌。

　　　　　　　欢迎你们光临，

　　　　　欢迎你们到来！

　　　　　〔众舞者隐下。

苏　轼　二位仁兄好！

孔宗翰
　　　　东坡兄好！
辛弃疾

苏　轼　我们欣逢盛世，重返赣州，没想到这里的现代化建设真是一日千里、日
　　　　新月异呀！

孔宗翰　是啊，东坡兄才高八斗，何不赋诗一首，赞颂赞颂？

苏　轼　若说赋诗作词，稼轩兄可比我高明多了。

辛弃疾　哪里哪里，只是我们今天的要事不是这个，而是要应对前来考察旅游
　　　　项目的陈总呀。

苏　轼　哦！对对对，我们九百年前与赣州结下了不解之缘，理当为赣州的文
　　　　化旅游尽心竭力。

孔宗翰　言之有理，我们分头准备吧，请！

苏　轼
　　　　请！
辛弃疾

　　　　　〔三人隐下。

　　　　　〔李明上。

李　明　陈菲，走快一点！

陈　菲　来啦！（上）

陈　菲　（唱）考察项目飞临赣州，

　　　　　　　重拾我梦中的乡愁。

李　明　（唱）接待陈总我的老同学，

　　　　　　　鞍前马后忙不休。

陈　菲　（唱）阔别虔城二十载，

　　　　　　　城乡处处铺锦绣。

李　明　（唱）当年的恋人又聚首，

　　　　　　　她衣锦荣归风采依旧。

陈　菲　（唱）看不尽文清路古色古香，

　　　　　　　听不够乡音乡情浓似酒。

李　明　（唱）我带你漫步宋城到处看，

选项目搞投资做大旅游。

陈　菲　（唱）难得你老同学亲自作陪，

李　明　（唱）预祝你商场情场双丰收。

陈　菲　你少来，你这个旅游局干部不正常啊，我们今天只谈公事，不谈私事。

李　明　以公为主，公私兼顾？

陈　菲　（羞笑）你真会抢抓机遇！

李　明　陈菲，你从小在赣州长大，现在也算是个赣商了，这次回来考察，对家乡可要多多关照啊。

陈　菲　我这次来是受我们投资集团的委托，责任重大，我可不敢徇私舞弊。

李　明　呵呵，说得也对。哎，陈菲，我带了一些橘子，你看了哪个景点要是觉得满意，我就剥个橘子你吃，怎么样？

陈　菲　这……（旁唱）

　　　　他这是投石问路试探我，

李　明　（旁唱）

　　　　摸摸她对景点意下如何。

陈　菲　（旁唱）

　　　　搞投资岂能把底牌泄露，

李　明　（旁唱）

　　　　打一打感情牌好处多多。

　　　　陈菲啊！（接唱）

　　　　大学一毕业，你我两分离，

　　　　你北京我赣州远隔千里。

　　　　为事业顾不上谈婚论嫁，

　　　　两颗心常思念遥遥无期。

　　　　喜今朝老天爷特别关照，

　　　　让旅游把我们连在一起。

　　　　但愿得公事私事都能谈成，

　　　　到时候共举杯皆大欢喜。

陈　菲　李明，别说这些了，先谈工作吧。

李　明　好，我们先到八境台去看看。

　　　　〔景转八境台。

〔八个宋代美女舞上。

〔女声伴唱：

八境台，八境台，

千年雄姿扑面来。

画梁朱柱飞檐美，

绿树碧水映亭台。

〔缓缓推出坐在游船上弹古筝的苏轼。

苏　轼　（吟唱）

章江逶迤兮贡江扬波，

两江交汇兮楼台巍峨；

诗赋八境兮美景添彩，

助我宋城兮声名远播。

〔古乐萦绕……

李　明　陈菲，这位苏轼先生就是北宋时期大名鼎鼎的文学家，是我们赣州的老朋友，宣扬八境台的大人物！

苏　轼　呵呵，你过奖了！这八境台是九百年前虔州知州孔宗翰所建，楼台建成后，他要我为他《八境图》里的"八境"分别题诗。你们看——（八舞女展开《八境图》诗画）

陈　菲　（吟诵其中一首）"涛头寂寞打城还，章贡台前暮霭寒。倦客登临无限思，孤云落日是长安。"好诗，好诗啊！

李　明　诗成之后，历代游客纷纷传诵，一传十，十传百，这八境台也就名扬天下了。谢谢您，苏先生！

〔苏轼与八舞女隐下。

李　明　陈菲，你看这个景点怎么样？

陈　菲　嗯，我还要好好想想。

李　明　（旁唱）

她不冷不热不表态，

胸有城府费疑猜。

她走南闯北见识广，

难道看不上这八境台？

李　明　（旁白）对，打感情牌！陈菲，吃橘子——

陈　菲　（摇头一笑）我不要。

李　明　吃嘛，没关系。

陈　菲　你急什么嘛。

李　明　（唱）这橘子代表我的心，

　　　　　　　皮又薄来肉又嫩，

　　　　　　　久经风雨质不变，

　　　　　　　请你赏脸尝尝新。

陈　菲　（唱）橘子好吃甜津津，

　　　　　　　吃了就要还人情，

　　　　　　　决策意向还未定，

　　　　　　　岂敢贸然吐真心。

李　明　那好吧，此处按下不表，我再带你到古城墙去看看。

　　　　〔景转古城墙，可见古浮桥。

　　　　〔女声伴唱：

　　　　　　　古城墙，古城墙，

　　　　　　　古朴蜿蜒临贡江。

　　　　　　　城外清流浮桥渡，

　　　　　　　城内曲巷接街坊。

　　　　〔孔宗翰手持一块铭文砖，用放大镜照着上。

孔宗翰　熙宁二年，公元 1069 年造……呀，这块铭文砖乃是北宋年间所造，真
　　　　是文物至宝，价值非凡哪！

李　明　陈菲，这位就是 900 年前我们赣州的一把手——孔宗翰孔大人。

陈　菲　哦，孔大人，久仰！久仰！

孔宗翰　陈总不必客气，有什么疑难问题尽管问我。

陈　菲　孔大人，我有几个问题想请教您。

孔宗翰　不客气，请讲。

陈　菲　（唱）古城墙高大雄伟历尽沧桑，

　　　　　　　您当年为什么要建这城墙？

孔宗翰　（唱）贡江年年发大水，

　　　　　　　建城墙防水防匪免遭祸殃。

陈　菲　（唱）这城墙历经千年屹立不倒，

是什么材料保证了质量?

孔宗翰　(唱)铁水浇墙基,土墙改砖墙,

任凭风吹浪打它坚固如钢。

陈　菲　(唱)城墙外那浮桥何人所造?

舟连舟板连板横跨大江。

孔宗翰　(唱)南宋时赣州知州洪迈造浮桥,

连接了南北交通惠及城乡。

李　明　孔大人,您和洪大人给我们上了一堂生动的爱民课,谢谢您!

陈　菲　谢谢您!孔大人!

〔孔宗翰隐下。

李　明　陈菲,你看这两个景点怎么样?

陈　菲　嗯,我还要好好想想。

李　明　吃橘子,边吃边想——

陈　菲　(摇头一笑)我不要。

李　明　怎么了?你到底是对景点不满意还是对我不满意?

〔陈菲笑而不答。

李　明　吃嘛,没关系。

陈　菲　你知道我接受了这个橘子就意味着什么吗?

李　明　意味着什么?

陈　菲　(笑)无可奉告。

李　明　(笑)你呀,就爱保密!走,我们再到郁孤台去看看。

〔景转郁孤台。

〔宋代兵士手执兵器列队操练,气势如虹。

辛弃疾　(挥剑呐喊)挥师北上!

众兵士　嘿!嘿!嘿!嘿!

辛弃疾　收复国土!

众兵士　嘿!嘿!嘿!嘿!

辛弃疾　(唱)醉里挑灯看剑,

梦回吹角连营,

八百里分麾下炙,

五十弦翻塞外声,

沙场秋点兵。

〔男声伴唱:

北伐! 北伐!

收拾金瓯一片;

复国! 复国!

还我大宋河山!

李 明 辛大人,你们辛苦了,请休息下好吗?

〔辛弃疾一挥手,众兵士下。

李 明 陈菲,这位就是南宋的爱国词人辛弃疾将军。

陈 菲 哦! 辛将军,我小时候就拜读过您的"郁孤台下清江水",被您忧国忧民的情怀深深打动,没想到今天能在这里与您相会,真是太高兴了!

辛弃疾 陈总过奖了,其实我当时是看到国土沦丧,百姓罹难,一腔孤愤,报国无门,才写下这首词的。

陈 菲 您的爱国主义精神激发了多少后人的报国之心啊!

李 明 同时也为我们赣州增添了一个文化旅游的大好景点。辛将军,我给您介绍下,我们陈总不但是个商界大亨,而且还喜欢挥毫泼墨,我提议,辛将军您来舞剑,陈总你来书法,我们今天来个一今一古,同台献艺,也为我们郁孤台增添一段新的佳话,怎么样?

辛弃疾 好!

陈 菲 辛将军,请!

辛弃疾 陈总,请!

〔音乐起。辛弃疾舞剑,陈菲挥毫疾书,两人交集成一段双人舞。

〔男声伴唱:

郁孤台下清江水,

中间多少行人泪。

西北望长安,

可怜无数山。

青山遮不住,

毕竟东流去。

江晚正愁余,

山深闻鹧鸪。

〔天幕上出现《菩萨蛮·书江西造口壁》书法。

李　明　哇！真是歌舞书法剑,古今难得见。谢谢辛将军,谢谢!

〔辛弃疾隐下。

〔李明掏出一个橘子自个儿剥了吃。

陈　菲　哎？你这个人真是,怎么一个人吃橘子,也不叫我吃?

李　明　叫你也白叫,叫了你也不吃。

陈　菲　拿来!

李　明　你别开玩笑了。

陈　菲　我偏要吃!

李　明　你知道你吃了我这个橘子就意味着什么吗?

陈　菲　(嗔他)哼,我当然知道!

李　明　你下决心了?

陈　菲　你这个傻瓜!(拿过橘子便吃)

李　明　(惊喜地)陈菲!

陈　菲　哈哈哈!(唱)

今日宋城半日游,

美好的感觉涌心头。

我爱上了,

爱上了八境台、古城墙、郁孤台,

爱上了浮桥畔飘着酒香的渔舟。

我欣赏文采飞扬的苏东坡,

我敬佩勤政为民的孔知州,

我景仰爱国词人辛弃疾,

我留恋这里深厚的文化,美丽的景色,好客的乡友!

啊,处处有故事,

处处有看头,

处处如画卷,

处处展风流!

美啊!

美得让我不想走,

李　明　(唱)不想走就不要走,

留下来，看个够。

陈　菲　（唱）看个够，看不够，

　　　　　　　宋城啊，真想与你朝夕相伴长相守。

李　明　（唱）来吧，来吧，我们来签约，

陈　菲　（唱）愿我们合作愉快手握手。

李　明　（唱）来吧，来吧，我们来相爱，

陈　菲　（唱）让幸福安家在赣州。

李明、陈菲　（二重唱）啊！宋城，啊！赣州，

　　　　　　　　我们来相爱，我们来相爱，

　　　　　　　　美丽的宋城，幸福的赣州，

　　　　　　　　美丽的宋城，幸福的赣州！

　　〔远处传来赣州童谣：

　　　　灶儿巷、慈云塔，

　　　　文庙、阳明书院，

　　　　三十六条街，七十二条巷，

　　　　还有那千年不涝的福寿沟……

　　〔收光。

——剧终

《女人河》：探究特殊环境中的人性真实

杨凡周

《女人河》不是广东戏剧，但由于它在革命历史题材戏剧中具有典范意义，所以把一些对它的意见附在这里。

在相当长的一段时间里，革命历史题材戏剧创作的重点，或是表现革命战争（战斗）本身的过程，描写人在战争事件中的外部行为；或是塑造纪念碑式的革命英雄，神性多于人性，共性多于个性，其极端就是所谓的"高大全"。公式化、概念化成为这类题材创作的普遍倾向，而对于丰富复杂的人性的深入挖掘，就成为文艺创作尤其是革命历史题材戏剧创作的禁区。新时期以来，这种禁忌正在被逐渐打破，但真正显示出人性探索深度的，还是几部地方戏曲作品，如《女人河》《山歌情》《石龙湾》《青春涅槃》等。这些作品有意突破禁忌，特别注重挖掘革命战争这一特殊环境中的人性、人类情感、人类命运。这样，对战争和人性的揭示与反思就进入更深的层次，也更具有震撼灵魂的力量。

战争是人类集团之间使用暴力，以大规模消灭对方肉体的方式来达到目的的一种非正常的社会活动。战争对人性的影响是巨大的。不论善还是恶，人性中的各种因素在正常的（和平的）环境中不一定会十分明显地显露出来，或是由于社会道德秩序的约束而有所收敛。一旦战争使社会环境、社会秩序发生改变，这些因素就会膨胀，它可以使人性扭曲、变态，使人类本性中的兽性、恶性发展；它也可以使人性中善的因素升华，放射出超乎寻常的光彩。这种膨胀不一定是原有因素的单向延伸，善则更善，恶则更恶，有时也可能是复杂的、多向的，甚至是反向的，即这些因素在特殊环境中有可能向相反的方向转化。长期致力于革命历史题材创作的剧作家谢干文就认为："和和平时代相比，（战争）更能凸现人的本性、人的精神、人的灵魂、人的命运和人的感情世界。"从这个意义上讲，与其他题材相比，革命历史题材的戏剧创作可以更加深入地揭示人类的本性和精神,可以创造更高的文学价值。

在这里,我们不得不谈到谢干文的《女人河》。作品写苏区妇女凤子的丈夫根子在前线战斗负伤,失去性功能,恰在这时,凤子的初恋情人桃生出现在她眼前,她和一位失去丈夫的女子珍嫂一起爱上了桃生。对性爱的渴求使凤子无法拒绝桃生的追求,负疚感和责任感又使她不忍离开丈夫。在得到丈夫的理解和支持后,她终于和桃生双双离开。但就在这时,她发现自己的情人原来是国民党的探子。经过激烈的内心冲突,革命利益战胜了个人情感,在规劝无效的情况下,凤子终于和珍嫂一起,亲手杀死了执意逃往敌占区的情人。可以说,这部使人想起苏联影片《第四十一》的采茶戏,是新时期以来革命历史题材戏剧在人性探索方面最重要的收获。这部作品的最大成就在于它充分表现了在战争环境中人性的丰富性、利好性和可变性,既是对革命历史题材戏剧人性探索的突破,也是对传统地方戏曲类型化、平面化人物形象的突破,为革命历史题材戏剧的人物画廊提供了凤子、桃生这两个血肉丰满的人物形象。

在塑造正面人物时,作者十分注意革命性与人性的结合,既不失崇高的英雄主义精神,又让他们走下神坛,成为有血有肉的普通人。凤子和珍嫂都是红军战士的妻子,她们的丈夫一个在战场负伤,一个在战场牺牲。作品真实生动地表现了战争给这两个年轻妇女生理和心理上带来的巨大痛苦,表现了她们性的苦闷、爱的压抑以及内心世界复杂矛盾的感情纠葛。在这里,爱的本能显示了强大的力量,对爱的渴求,使这两位女性挣脱了道德的束缚和情感的牵扯,沉醉、迷恋当时环境中仅有的年轻健康的男子桃生,却不知对方正是自己政治上的死敌。对于正面人物的这些描写,在以前同类题材的创作中是不可想象的,但正是这些描写赋予我们的革命英雄以鲜活的生命,人的七情六欲不但没有损害正面人物的英雄形象,反而为其最后手刃情郎增添了崇高悲壮的色彩,给观众心灵以强烈的震撼。剧作家对人性深入挖掘,使政治立场、阶级属性不再是评判人物的唯一标准,而是融入和交织了伦理道德、人性等多种因素,这就使得作品中的人物不再是脸谱式的"好人"和"坏人"。即使是桃生,作者也没有因为他是国民党的探子而简单地否定他,没有概念化地把他作为一个政治符号,而是充分挖掘和表现他身上人性的复杂及其在战争环境中的畸变和扭曲。他在政治立场上的反动并没有影响他在个人情感上的真诚。作者生动表现了他对凤子的深情,对珍嫂的温存,也表现了他满心欢喜找到情人却发现情人已成他人妇的痛苦。如果没有战争,他与凤子的爱情完全可能是另一种美满的结局,但战争已经使他们分属两个你死我活的阵营,其结局也就可想而知了。作品深刻揭示了战争对人物命运、人格和情感的巨大影响,从而使人性探索深入一个新的层次。

对人性的探究和对心灵的关注,也使革命历史题材戏剧创作的风格发生了转变。过去,剧作家关注的焦点是革命战争事件本身的过程以及人物在事件中的外部行为,所以往往以尖锐激烈、剑拔弩张的外部矛盾冲突表现严酷的阶级斗争、政治斗争和民族矛盾,张扬崇高的理想主义和英雄主义,而在《女人河》《山歌情》这样的作品中,剧作家更注重表现人物心灵的沟通与交流,表现在革命战争这一特殊的社会环境中人物的行为动机、心理体验,表现战争对于人类本性、人类情感、人类命运的巨大影响。为此,在这些作品中,外在的戏剧冲突就被人物心理的交锋、情感的纠葛、性格的碰撞等内在的戏剧冲突所取代,而地方戏曲大量的唱段,又特别适合表现这种内在的冲突,把人类本性、情感中最隐秘、最深层的东西展示在观众面前,使战争事件外在的紧张感和人物情感世界内在的紧张感结合起来,大大丰富了作品的思想内涵,丰富了作品的人物形象,强化了作品的艺术张力。

(原载武汉大学出版社出版的杨凡周先生专著《新时期以来广东戏剧论》)

寻 找 突 破

——革命历史剧创作札记

谢干文

一

我脚下这块红土地，是革命历史题材的富矿。我生于斯长于斯，多年来迷恋于这一题材的戏剧创作，总在寻求对"五老峰"（老题材、老主题、老人物、老情节、老写法）的突破。

我并不感觉革命历史题材过时了，没有什么写头了，相反，倒觉得还有不少未曾触及和虽已触及却未深挖的领域有待我们去进一步发掘。作家应拥有自己的一块艺术天地，应在创作的坐标上找准自己的位置。东一镢头，西一镢头，还不如就在自己脚下掘一口深井。

革命历史题材在某种意义上也可以说是泛战争题材。它涵盖了生与死、安与危、悲欢离合、瞬息万变的人生世态，与和平年代相比更能彰显人的本性、人的精神和人的感情世界。不仅如此，那段过去了的生活，同样有着历史文化的积淀和时代精神的投影，而且正如黑格尔所说："历史题材有属于未来的东西，找到了，作家就永恒。"正是基于此，我愿与革命历史题材同行，去开辟一道属于自己的艺术风景。

二

提起革命历史剧，人们自然会想起《洪湖赤卫队》《江姐》《党的女儿》等优秀剧目。诚然，这些剧目在塑造英雄人物、讴歌革命精神方面，其思想性和艺术性确实起过典范性的作用。然而毋庸讳言,恰恰是这种"典范"(或叫"样板")的作用,使以后革命历史剧争相效仿,不自觉地形成了一种模式,即人物都是阶级的,矛盾都是敌对的,主题都是政治的。所谓"五老峰"也是由此而来。

新时期以来,随着改革开放的深入发展,时代的审美趋向也相应地发生了变化。人们已经不满足于单一的审美政治化,而把目光投向了更深邃的艺术世界,去寻找更丰富、更新鲜的审美享受。于是,革命历史剧如何突破、创新,以适应新时代人民群众的审美要求,便历史性地摆在了创作者们的面前。

《山歌情》正是在这种背景之下应运而生。

有戏剧评论家看了《山歌情》之后这样说:"《山歌情》在文学剧本方面有深度和新意,具体通过贞秀和满仓、明生的三角恋情关系的发展变化体现出来。"此可谓一语中的。这个三角恋情关系正是我们选择的一个视角,我们意在通过这个视角,反映一场深刻的现代爱情观念和封建宗法伦理观念的冲突。这场冲突不同于以前常见的那种两个阶级、两条路线、两种思想的抗争,而是两种文化的抗争。这种抗争因历史的因袭而显得沉重,充满悲剧意味。贞秀是个童养媳,她和满仓只有兄妹之情,而没有爱情。满仓妈为了传宗接代,用封建伦理逼他们成婚,满仓无力对抗这种压迫,违心地顺从了。"圆房"一旦成为事实,贞秀也只好以身报恩,成了封建伦理婚姻的牺牲品。这种牺牲是残酷的,当明生和满仓打架时,贞秀手中的洗衣棒打的不是无爱的丈夫,而是有爱的恋人,可见她对封建伦理道德有多么惊人的认同。此后,这一蕴含着文化内容的矛盾冲突继续发展,直至高潮戏。临死的时候,明生和贞秀才淋漓尽致地吐出了心里话。一对历经磨难的恋人至死才凤凰涅槃地结合在一起,成了一对"精神夫妻"。这一悲壮结局是对封建伦理婚姻的鲜明抗争,是对真善美爱情的礼赞。与此同时,人物的奉献精神、道德情操也在这里得到集中体现。

如果说《山歌情》的突破在于找到了一个文化的视角,那么,《女人河》的新意则在于触及了人性的深度。

《女人河》写的是苏区妇女的感情生活,切入的角度虽然也是爱情婚姻,但开掘的主题却是战争环境下女人的命运。战争与女人是个历史性的话题,只要有战争,就有失去丈夫的女人,就有女人不尽的悲剧。古往今来,这类作品很多,写苏区妇女的戏也并不罕见。因此,这个题材如何出新,又成为摆在我面前的一个难题。经过反复思考,我终于找到了一条出路,即"同中求异,以深求新"。那么"异"在何处,"新"又在哪里呢?通过对素材的深入研究,我发现了战争环境下女人那种情的荒芜、爱的枯萎,乃至性的饥渴。这是一种人性的失落,揭示这种人性的真实存在便是"异",开掘这种人性的牺牲即为"深"。于是体现在剧中,我便写了凤子作为一个阶级属性的苏区妇女,为了革命战争不仅牺牲了自己的新婚丈夫,献出了自己的一切力量,而且在关键时刻,还不惜牺牲自己的宝贵贞操。而另一方面,凤子作为自然属性的女人,我又写了她人性中的七情六欲。如:思念丈夫时,渴望"白昼想你做一堆,夜里想你做一床";酒醉后,如痴如梦地喊出:"我要做新娘!我要做新娘!"还有寡妇珍嫂的"三天两头眠好梦,蚊帐肚里做鸳鸯"等等,都是当年苏区妇女性爱心理的写照。我之所以把这些"隐秘"揭示出来,为的是还苏区妇女一个真实活脱的原貌,而当这种真实美好的人性一旦遭到牺牲,其价值便显得崇高起来。

三

情感,是艺术的生命,更是革命历史剧不可或缺的审美要素。为什么《山歌情》艺术上有着强烈的感染力和震撼力?为什么《女人河》演出时,有个女县委书记看了流了五次眼泪?这都是因为情的魔力在起作用。

我写革命历史剧很注重写情,与以往一些革命历史剧专写"大我之情"相比,我则更侧重于写"小我之情"。"大我之情"即革命之情,正面去写很难写,搞不好容易写得"高大全",甚至"假大空"。我写的"小我之情"乃人之常情,人之本性,并不脱离"大我之情",而是大海中之一粟。其平凡、真实,有人情味,既不失教育作用,又颇能引起观众共鸣。正如老戏剧家严正指出的:"《山歌情》的编导着重写情,为革命历史题材创造了一种新的样式。戏剧事件从一般中见伟大,从平凡中见崇高,从私情中见公正。"

我认为,要写好情,首先必须从体验出发。我们虽然对历史生活不太熟悉,但历史上平凡的人的思想、感情、性格、心理等应和今人无多大差别。因此,我构思时,常常把自己的心灵投入那血与火的年代,投入人物所处的严酷的境遇当中,对人物的内心世界进行细细的揣摩、苦苦的体验,并把自己的感情与人物的感情浸泡在一起,待有了苦涩、激动乃至泱泱泪水之后才动笔。我深知,"感人心者,莫先乎情",只有蘸着生命的文字才有感染力,只有感动了自己的东西才能感动别人。

有了感情的体验,还必须有激情的体现。动笔前要"冷",动笔时要"热",

动笔前是作者,动笔时是人物。此时此刻,必须是真情实感,来不得半点矫情。的确,我写《山歌情》和《女人河》时,常常激动时浑身发抖,悲壮时泪流满面,高兴时手舞足蹈,哀怨时戚戚无语,每写一戏都仿佛经历了一场暴风雨般的感情洗礼,过后,心里又是那么恬静、快慰。

我写革命历史剧喜欢追求抒情的风格,故有人把《山歌情》和《女人河》比作"火凤凰式的抒情长诗",也有人评论《女人河》"像一个民间诗人不断营造诗的意境"。而我却每每把自己当作一个山歌手,娓娓唱着那过去的故事。也许是偏爱诗剧风格,我不刻意追求情节的曲折离奇,而注重把笔力放在人物身上;也不精心设置剑拔弩张的矛盾冲突,而是努力开掘人物的内心矛盾和复杂情感。也许是性格、气质、修养等原因,我不善于结构黄钟大吕,而喜欢营造小桥流水;我不善于洋洒激昂情绪,而喜欢咏叹哀怨情怀;我不善于雅,而喜欢俗,喜欢雅俗结合,俗中见雅;我不喜欢过于编造,而喜欢返璞归真,崇尚朴实自然。我喜欢原生态,喜欢原汁原味,喜欢从我的剧作中呼吸到我家乡的泥土气息。

我写革命历史剧十多年了,却感觉才刚刚开头。遥望"五老峰"我并不兴叹,也不却步,只想就这样寻寻觅觅地走下去。至于能否越过峰顶,那并不重要,重要的是在攀登的山路上,有我留下的深深脚印。

(原载《剧本》月刊 1997 年第七期)

革命历史剧的创作视角

谢干文

就戏剧创作而言,所谓视角,就是作者审视生活、思考生活、切入生活的角度。视角不同,写出来的戏、人物、意蕴也有所不同。譬如写曹操的戏就有几十种,由于作者对曹操这个人物的视角不一样,所以舞台上曹操的形象既有《捉放曹》中的白脸奸雄,也有《蔡文姬》中的贤达明主,还有《曹操与杨修》中的妒贤嫉能之人,各寓褒贬,不一而足。中华人民共和国成立以来,革命历史剧创作经历了一个发展变化的过程,其显著特征是作者的视角发生了变化。这种变化的轨迹大致可在三个不同时期显现出来。第一个时期是 20 世纪 50 年代至 60 年代中期,第二个时期是"文革"时期,第三个时期是新时期至今。

第一个时期的优秀革命历史剧当以《洪湖赤卫队》《江姐》《红珊瑚》《刘胡兰》为代表。这一批剧目在创作上,继承了延安时期《白毛女》等剧目的优良传统,把目光对准火热的革命斗争生活,对准在斗争中涌现出来的先进人物和革命英雄,描绘了一幅幅在中国共产党领导下中国革命的壮丽画卷。这些剧目在反映革命斗争历史、塑造英雄人物、讴歌革命精神方面,确实取得了前所未有的重大成就。然而,我们也不难发现,这些剧目由于视角单一、思想趋同,不可避免地呈现出一种类似的审美特征,即:都是正面表现敌我斗争,敌我、善恶、正反的人物都是两极化,主人公都是清一色的英雄人物。从深层次看,作者的创作思想很显然来自现成的革命历史教科书,人们从剧中很难看到作者对生活的独特发现和深刻思考。

进入"文革"以后,"四人帮"把戏剧当作政治工具,在极"左"的创作理论指导下,极少数的革命历史剧失去了丰富性和多样性,走向了公式化和概念化,从而逐渐形成了一套创作模式,即:人物都是阶级的,矛盾都是敌对的,主题都是政治的。所谓革命历史题材创作的"五老峰"(老题材、老主题、老人物、老情节、老手法),也由此而来。

　　进入新时期以后,随着思想的解放和改革开放的深入发展,时代的审美趋向发生了很大的变化。人们已经不满足于单一的审美政治化,而把目光投向了更广阔、更深邃的艺术世界,去寻找更丰富、更新鲜的审美享受。于是革命历史剧如何突破、创新,以适应新时代的人民群众的审美要求,便历史性地摆在了创作者们的面前。

　　在这一时期,首先引起人们关注的是京剧《啊,山花》,这部戏写的是第二次国内革命战争时期的苏区生活,但作者没有正面去表现敌我矛盾,而是一反常态,把敌我矛盾作为背景处理,腾出笔墨正面去写人物因战争造成的各种矛盾、各种心态和各种思想感情。作者没有像以前的革命历史剧那样突出地塑造一到两个主要英雄人物,而是塑造了一群普通苏区妇女的形象。这些妇女既有朴素的阶级觉悟,又有女人婆婆妈妈和求神拜佛的陋习;她们既懦弱又勇敢,既多情又无情,既平凡又崇高。作者用一种平民的视角来写革命历史剧,拉近了观众与戏中人物的距离,沟通了观众与戏中人物的情感,让人们真切感受到战争年代女人的命运和她们的痛苦与奉献。

　　在同样反映苏区生活的剧作中,赣南采茶戏《山歌情》别有一番风味。有戏剧评论家看了《山歌情》之后这样说:"《山歌情》在文学剧本方面有深度和新意,具体通过贞秀和满仓、明生的三角恋情关系的发展变化体现出来。"此言可谓一箭中的。这个三角恋情关系正是作者选择的一个视角,意在通过这个视角,反映一场现代爱情观念与封建宗法伦理观念的冲突。这场冲突不同于以前常见的那种两个阶级、两条路线、两种思想的斗争,而是两种文化的抗争。这种抗争因历史的因袭而显得沉重,充满悲剧意味。剧中的贞秀是个童养媳,她和满仓只有兄妹之情而没有爱情。满仓妈为了传宗接代,用封建伦理逼他们成婚,贞秀也只好以身报恩,成了封建伦理婚姻的牺牲品。这种牺牲是残酷的,当明生和满仓打架时,贞秀手中的棒槌打的不是无爱的丈夫,而是有爱的恋人,可见她对封建伦理道德有多么惊人的认同。此后,这一蕴含着文化内容的矛盾冲突继续发展,直至高潮戏。临死的时候,明生和贞秀才淋漓尽致地吐露了心里话。这对历经磨难的恋人生不能结合,至死才火凤凰似的结合在一起,成了一对"精神夫妻"。这一悲壮结局是对封建伦理婚姻的鲜明抗争,也是对真善美爱情的礼赞。与此同时,人物的奉献精神、道德情操也在这里得到集中体现。

　　如果说《山歌情》的突破在于找到了一个文化视角,那么,另一部革命历史剧《女人河》则选择了一个人性的角度。《女人河》和《啊,山花》一样,写的也是苏区妇女。切入的角度虽然是爱情婚姻,但开掘的主题却是战争环境下女人为革命做出的"人性"牺牲。作者在对苏区妇女的生活进行深入采访和研究后,发现了战争环境下女人一种特殊的生命现象,即:情的荒芜、爱的枯萎,乃至性的饥渴。这是一种人性美的失落,开掘这种人性的失落和牺牲,或许能在同类题材中翻出新意。于是,作者写了主人公凤子作为一个阶级属性的女人,为了革命战争放弃了真挚的爱情,献出了自己新婚的丈夫。而且在关键时刻,为了使"寡妇村"的妇女在后方安心生产,积极支前,她不惜带头"守活寡",做出了女人的特殊奉献。另一方面,作者还写了凤子等妇女作为自然属性的女人的七情六欲,她们大白天脱去衣服下河洗澡,争风吃醋争夺男人,都是当年苏区妇女性爱心理的写照。之所以把这些"隐秘"揭示出来,是想还苏区妇女一个真实活脱的原貌。而当这种真实美好的人性一旦遭到牺牲,其价值便显得崇高起来。

此后不久,吕剧《苦菜花》又获得了很大的成功。这部戏虽然正面写敌我斗争,但其视角却是写革命斗争中普通人的情感与奉献,着重写母子情、婆媳情、恋人情、革命情,以牺牲"小我之情"来表现"大我"之情。

综观新时期以来的革命历史剧创作,之所以能取得某些可喜的突破,使人们有一种耳目一新之感,主要是因为作者在视角上做了一定的调整。这些作品的视角与前两个时期的作品的视角相比,显然发生了深刻的变化:一是从关注英雄人物转移到关注普通人物或是小人物;二是从正面写敌我矛盾转移到正面写人物及人民内部之间的各种矛盾;三是从单一的审美政治化转移到多视角的审美戏剧化上来。这种变化是革命历史剧创作的一大进步,是戏剧本体在革命历史题材创作中得到回归的具体表现,是革命历史剧创作推陈出新的历史性转折。可以想见,随着我国经济的转轨、社会的转型、思想的不断解放,革命历史剧将会以更多、更新的视点向生活的广度和深度推进。革命历史剧创作的路子不会越走越窄,而会越走越宽。诚然,革命历史剧创作的视角调整可以使作者打破思维定式,用一种新的眼光去审视历史生活,去发现艺术的新大陆。但是,选择一个新的角度并非易事,需要作者具备相当的思想功力。它要求作者不受既定的历史观点的束缚,用自己的眼光和头脑去审视历史,对生活有自己独特的发现。作者要从对人类关怀的角度,开掘出对今天乃至对未来都有积极作用的人文内涵来,这样的作品才有高度,才有深度,才有永恒的价值。

(原载《中国文化报》2002年4月30日第3版)

不断跨越的红土地戏剧

——赣南革命历史题材戏剧创作探微

谢干文

革命历史题材戏剧创作,是赣南红土地文化的重要组成部分,也是成果颇丰的领域之一。新时期以来,赣南参加江西玉茗花戏剧节的剧目无一不是革命历史题材作品,在全省、全国有影响的也是革命历史题材作品。如:《莲妹子》《烽火奇缘》《山歌情》《女人河》《篮嫂》《围屋女人》等,都获得了不少奖项。尤其是《山歌情》,还获得了国家"五个一工程奖""文华大奖"和"曹禺戏剧文学奖",被专家誉为在革命历史题材戏剧创作中取得了"全方位的突破",是"精品、佳作、大作"。

《山歌情》的成功不是偶然的,"是几十年来江西革命历史题材戏剧创作的积淀,是艺术创作领域正反两方面经验教训和改革开放以来文化氛围,给作者以充分创作自由而结出的硕果"。《山歌情》的荣誉是红土地戏剧的荣誉,《山歌情》取得的成就是几十年来赣南革命历史题材戏剧创作经验的结晶。从这个意义上说,认真总结和探讨新时期赣南革命历史题材戏剧创作的得失,对于进一步提高创作水平,打造新的精品力作,促进红土地戏剧不断繁荣发展,无疑将起到一定的积极作用。

以《山歌情》为代表的赣南革命历史题材戏剧在创作上具有如下主要特征:

一、注重鲜明的地域文化特色。几乎所有作品反映的都是第二次国内革命战争时期赣南这块红土地上的斗争生活。写的是赣南苏区的事,塑的是赣南苏区的人,赣南的风土人情、民心世态、乡音俚语就像血脉一样融化在剧中。《莲妹子》里的采莲、《山歌情》里的情人赛歌、《女人河》里定情的小圆镜、《围屋女人》中背崽的红背带……无不透视出赣南客家文化特色。莲妹、胡小琴、贞秀、凤子、篮嫂、奶妈这些女主人公,无不体现出客家妇女勤劳、善良、纯朴、多情的品格。当看到剧中送子送郎当红军、唱山歌宣传扩红、为保卫红军兵工厂刺杀未婚夫等一幕幕血泪交织、生死搏斗的情景时，又有谁会否认这一切没有发生在当年的赣南苏区？由此可见，赣南深厚的客家文化底蕴和苏区革命斗争生活以及勇于牺牲、敢于奉献的苏区精神，构成了赣南革命历史题材戏剧"角逐"剧坛的巨大优势。

赣南的地域文化特色不单是一种红色，要说红色，井冈山、延安也不例外，只有加上赣南文化特色，才是真正的赣南特色。作品一旦拥有了鲜明的地域文化特色，也就拥有了个性，而越有个性的作品就越容易取胜。安徽的《徽州女人》、四川的《巴山秀才》、甘肃的《大梦敦煌》、云南的花灯歌舞剧《小河淌水》等，都是目前在全国很有影响的剧目，它们都取材于本地的历史文化生活，都注重张扬自己的地域文化特色。赣南采茶戏《山歌情》也正是巧妙地运用了兴国山歌这一独具地域文化特色的载体，才成功地演绎了苏区儿女敢于牺牲、甘于奉献的悲壮一幕。特色，是革命历史题材戏剧创作取胜的一大法宝，越来越成为赣南剧作家的共识。

二、注重以情写戏，以戏出情，以"小我之情"表现"大我之情"。古人云："感人心者，莫先乎情。"情感是艺术的生命，更是革命历史题材戏剧不可或缺的审美要素。为什么《山歌情》在艺术上有强烈的感染力？为什么《女人河》在演出时，有个女县委书记看了流了五次眼泪？这都是因为情的魔力在起作用。情，有"大我之情"与"小我之情"之分，赣南革命历史题材戏剧往往善于从"小我之情"入手，把普通人的爱情婚姻、情感矛盾、悲欢离合作为切入点，通过文化和人性的视角，深入开掘人物丰富复杂的内心世界，在充分揭示人物在战争环境下的生态、心态和情态之后，又让他们为了"大我之情"英勇牺牲，最终把"小我之情"升华为一种崇高的奉献精神。如：苏区妇女篮嫂为了保护躲藏在深山中的陈毅不被敌人发现，在敌人搜山的危急关头，不得不把亲生婴儿的嘴紧紧地压在怀里，不让婴儿出声。此时的篮嫂深知，若是压得太紧，有可能导致婴儿窒息而死；若是不压紧，婴儿哭出声来，陈毅势必要暴露。一边是自己的亲生骨肉，一边是陈毅同志的安全，她该做何选择？此时此刻，她内心该有多么大的矛盾和痛苦，感情波澜又是何等的翻滚和激荡！最后，为了"大我"，她还是牺牲了自己的亲生骨肉。在情感的处理上，《山歌情》也有其独到之处。年轻的山歌妹贞秀与同村的山歌手明生相爱，却不幸被迫嫁给了无爱的满仓。为了贞秀，明生和满仓动手打架，出于传统道德，贞秀手中的棒槌打的不是无爱的满仓，而是心爱的明生。为了扩红，明生硬着头皮去动员满仓参加红军。满仓虽然嘴上骂人，可心里却觉得愧对贞秀，于是便打算离开贞秀去参军。贞秀并不知道满仓的心事，在要不要劝满仓去参军这件事上内心十分矛盾。当她得知满仓真的要去参军时，又不禁百感交集、热泪盈眶，最后只有唱着山歌，依依不舍地送别满仓。以上情节表现的还仅仅是三个人物之间的"儿女私情"，而一当面对敌人疯狂追查"山歌大王"和重要情报时，满仓、明生、贞秀都挺身而出，都说自己是"山歌大王"，都要以自己的生命来换取他人的安全，此时，"儿女之情"通过"争相赴死"这一行动已升华为一种"大我之情"、一种牺牲奉献精神，最终完成了表现"苏区魂"的悲壮主题。

三、注重追求整体凝重悲壮与局部轻松明快结合的艺术风格。作为地方剧种的赣南采茶戏，素以轻松明快、风趣幽默、富有浓郁生活气息见长。无论是传统戏中的"四小金刚""四大金刚"，还是现代的《茶童戏主》和《试妻》等剧目都是这种风格。这种风格看上去似乎不太适合表现革命斗争和凝重悲壮的主题，但是，不适合不等于不能够，实践证明，剧种风格是可以根据题材内容的变化而出新的。譬如剧作家在设计严肃剧情时，总是会留出一定的空间，设计一两个活泼风趣的小人物或几段轻松愉快的歌舞穿插其中，以调节气氛，疏松节奏，丰富剧情，增强戏剧的观赏性。如《山歌情》中的小和尚和四妹子这对恋人，性格活泼，无拘无束。当小和尚和明生赛歌对不上来，在那里急得满脸通红下不了台时，四妹子不但不急，反而取笑他说："小和尚，快呀！对出来了，我就同你去乡政府打结婚证，快点呀！"小和尚实在对不出，只好推说："哎呀，我尿急了，等下再来！"说完，便下台溜走了。还有在高潮戏中，自称"山歌大王"的小和尚被敌人的子弹打中，临死时，他怎么也不承认自己的山歌唱得差，还要扯着嗓子向四妹子唱道："妹子今年十五六，奶子赛过茶杯屡……"在这里，小和尚幽默的死反倒增添了高潮戏的悲壮气氛。《女人河》一剧还设计了妇女们在烈日下脱衣服下河洗澡、嬉戏，把茂叔抛起来"打油"等热闹场面，既表现了苏区妇女在艰苦环境下的乐观精神，又给观众带来了轻松愉悦的审美快感。《烽火奇缘》和《围屋女人》更是运用了大量的多种情绪、多种色彩、多种形式的音乐歌舞，浓墨重彩地抒情写意，衔接剧情，烘托气氛，大大地丰富了革命历史题材戏剧的艺术表现力。

在2001年全国革命历史题材戏曲研讨会上，专家们对以《山歌情》为代表的革命历史题材戏剧创作给予了高度评价，并在理论上总结为："该剧较好地解决了史与剧的关系,将平面的现实生活转换为立体的、多维的戏剧……从以事为本到以人为本,挣脱了史实、真人真事的枷锁,转而注重刻画典型环境中的典型人物,关注人物个性化的发展;由以往的囿于历史事实转向写意。在艺术表现手法上,人物、故事不脱离革命战争年代的社会背景,又赋予其时代意蕴;由以往的高台教化到平民意识化,清除了主题先行、说教式的污垢,还戏剧艺术'平民化'身份。"

通过多年的努力,以《山歌情》为代表的赣南革命历史题材戏剧创作取得了一些突破,积累了一些经验,但回过头去认真反思,也还存在一些明显不足。如:有的作品还没有从单纯编故事的窠臼中跳出来,没有在塑造典型人物上狠下功夫;囿于政治和说教的思维定式还没有完全消除,作品的艺术含量不是很高;题材的生活面比较窄,很少出现工人、商人、知识分子等人物形象;创作手法还比较拘谨,很少看到"意识流""象征写意""夸张变形"等艺术手法的运用。究其原因,恐怕还与作者的创作理念、艺术视野和思想艺术功力等有关。这就需要我们有关部门进一步关心和重视戏剧创作,多为剧作家提供必要的学习和创作条件,建立签约收购和奖励机制,以提高作者的创作积极性。我们的剧作家也应继续发扬孜孜以求、奋勇攀登的进取精神,再接再厉,多出精品,使红土地戏剧不断出现繁荣兴旺的局面。

(原载《影剧新作》2004 年第 2 期)

诗意的等待　精妙的刻画

——兴国山歌剧《老镜子》观后

蒋国江

革命战争年代,兴国妇女唱着兴国山歌送子弟兵上战场,而今兴国文艺工作者又用兴国山歌剧的形式把当年革命妇女送郎当红军以及对丈夫真情守望的故事艺术地表现出来。兴国山歌剧《老镜子》正演绎了一段可歌可泣的红色爱恋故事!

《老镜子》是一部取材于共和国军嫂池煜华、陈发姑守望红军丈夫七十多年的真实故事的真人真事题材剧。近二十多年来,赣剧青阳腔《等你一百年》、评剧《红星谣》及山歌剧《老镜子》等多部戏剧作品先后表现了这一红色浪漫故事。与前两部剧作有所不同的是,《老镜子》是兴国人写兴国事,而且采用的是兴国山歌剧的形式,当年千千万万的苏区人民唱着兴国山歌送儿郎当红军,从这个意义上说,用兴国山歌剧来表现当年苏区妇女积极参加扩红支前以及为革命隐忍牺牲、默默奉献的情怀是非常合适的。

这个故事的感人之处,就在于原型人物七十多年来矢志不渝的坚守;而其创作的难点,也正是如何在艺术舞台上表现她们这种矢志不渝的坚守。真人真事题材戏剧在主要人物、主要情节和矛盾冲突设置的艺术构思上,受原型的局限很大,给创作者留下的空间有限。兴国的文艺工作者了解到池煜华老人每天起床后,都要摸索出丈夫留给自己的镜子细细梳头……编剧谢干文敏锐地抓住这个素材,从老镜子这个视角切入,主要以池煜华的故事为原型,兼采陈发姑的故事,采用纪实与艺术结合的手法,融山歌、戏剧、民间舞蹈、多媒体等多种艺术形式为一体,注重人物情感的起伏跌宕和诗化抒情的艺术特色,深情演绎了池煜华从新婚离别到七十多年的漫长等待,重在描写夫妻情深、新婚分别、盼夫归、踏雪寻夫、抵抗改嫁、婉拒表白、失望摔镜、吐血粘镜等场景。情节曲折动人,矛盾冲突不断,人物情感表达丰富而细腻,加上"哎呀嘞,哇哩(说了)等你就等你,等断心肝也不后悔"等极具乡音乡情、富有艺术感染力的山歌唱腔及念白,使得全剧既有兴国山歌浓厚的地方文化特色,又展现了兴国苏区时期波澜壮阔的革命历史画卷。

为了表现池煜华对其红军丈夫李才莲的爱之深、意之切以及这种等待的诗意,剧中巧妙地设计了几个意蕴隽永的意象,即老镜子、长命锁、犁、棉袄等。姜朝皋先生创作的《红星谣》中,既是红军的象征又是丈夫的化身的"红五星"意象贯穿全剧始终,成为雨花情感的寄托和理想信念的支撑。同样,兴国山歌剧《老镜子》的"老镜子"亦是贯穿全剧的典型意象。"镜子"在中国传统文学戏曲中具有独特的意味。它是新婚女子梳妆打扮的好物件,同时也见证着夫妻二人爱情的欢愉及离合,也起着照鉴人心的作用。镜子用在剧中,见证着夫妻曾经的情深意笃和恩恩爱爱,也是一种革命信念的象征,正是这种信念,支撑着池煜华从红颜到白发,守望了七十多年、两千多个日日夜夜。剧中,镜子意象无处不在,不仅有女主人公时常抚摸拂拭和深情对鉴的真实镜子,也包括每场出现在舞台背景上的一轮明月或一弯新月,并随着剧情及人物命运的发展不断变换色调,以及以红花绿叶、雪景孤村适时映衬,使得整个舞台充满诗情画意,或者花好月圆,或者冷月孤村,意境隽永美好。如果说镜子象征着女主人公对丈夫刻骨铭心的爱意,李才莲上前线时,池煜华为他系上的长命锁则喻示着她对丈夫的无限牵挂,况且系长命锁这一举动也符合她作为二十世纪二三十年代农村妇女的身份特征。"犁田舞"中的"犁"及舞,不仅富有浓郁的乡土风情及生活气息,给人以美的享受,亦象征着当年苏区无数夫妻为了革命事业舍小家、顾大家。所以,这些文化气息及符号色彩非常浓、意蕴形象丰富的意象的设置,让这出有些教化色彩、故事情节略为单薄的戏剧更为柔软和人性化,取得了良好的艺术效果。

演员的表演很见功力,主要人物形象大都个性鲜明。主演曾芸用柔婉动听的唱腔和端庄持重的表演,展现出池煜华温柔婉约的形象以及不同时期的性格特征。后几场对女主人公的刻画最为到位,表现出了人物的内心挣扎及苦痛,这种等待的苦痛及盼夫不到的失落情绪甚至有些歇斯底里,让人分外同情和动容。二嫂的表演更是让人印象深刻!舞台上的二嫂既是池煜华最亲近的女邻居,也是她性格的对立面。她是个贪生怕死、贪图享受的普通农村女子,而且圆滑世故、通达人情。她在还乡团团长关品璋的压力下,背弃红军爱人谷生,改嫁曹老板,又充当垂涎池煜华美貌的关品璋的说客媒婆。正是如此,剧中其形象有些丑化,尤其是赴池家说媒一场,导演及演员甚至借用了赣南采茶戏传统剧目《钓》中刘二上场的描写来表现她的"丑"态。可正是良知未泯、八面玲珑的二嫂以她机智沉稳的敷衍应对,才将掉队红军谷生从恼羞成怒的关品璋枪口下保了下来,还一次次帮助池煜华化险为夷。这一复杂多变而又对革命有功的"小人物"是《老镜子》一剧对革命历史题材剧人物画廊的一个崭新贡献。此外,还乡团团长关品璋的色厉内荏而又不乏人情味,掉队红军战士谷生的耿直性烈及对女主人公的柔情痴心也成为全剧的亮点。

当然,《老镜子》一剧还有进一步打磨的空间。尤其是对女主人公1949年以后漫长等待的故事及情感煎熬还可以深入挖掘,对支撑女主人公守望七十多个春秋的信念源泉还可以深入探析及表现,以使它超越同类题材作品,成为永恒的经典。

(原载《影剧新作》2017 年第二期)

《老镜子》：中央苏区女性的精神颂歌

胡　丹

近日，大型原创山歌剧《老镜子》在江西首演，连演四场，场场爆满，观众为女主人公池煜华70年的等待所感动。这部剧源自江西省兴国县的一个真实故事：李才莲与19岁的池煜华结婚三天后参加革命，临别时送给池煜华一面小镜子并叮嘱她：如果有人说我牺牲了，你千万不要相信，无论如何，你要等我回来。此后，池煜华每天拿着丈夫留给她的唯一信物——小镜子在老屋前倚门守望，这一等就是漫长的70年。她一直坚信丈夫会回来，直到她去世的那一天（2005年4月24日）丈夫也没有回来。

兴国是著名的将军县，也是中央苏区重要的县，老一辈无产阶级革命家周恩来、任弼时、陈毅等在此工作过，毛泽东还在兴国做过著名的"长冈乡调查"。中央苏区时期，兴国全县23万人口，参军参战的达8万多人，为国捐躯的达5万多人。全县有姓名可考的烈士达23179名，仅牺牲在长征途中的就达12038名，几乎平均每一千米就有一位兴国籍红军战士倒下。其实，每一位烈士家中，或许都有一个在默默等待的"池煜华"。六幕山歌剧《老镜子》就是以池煜华的故事为原型，立体地展现了一个在中央苏区时期革命英雄背后坚忍不拔、信守诺言、勤劳淳朴、默默奉献的女性形象。该剧不仅讲述了池煜华的故事，更是对中央苏区女性的歌颂。

兴国县地处客家地区，历史上，客家女性因勤劳勇敢的本性常被外国学者高度评价。英国学者爱德尔在《客家人种志略》中说："客家妇女，更是中国最优美的劳动妇女典型……客家人犹牛乳中之奶酪，这光辉，至少有百分之七十是应该属于客家妇女的。"在第二次国内革命战争期间，当她们把男人送上前线后，女人们凭借坚韧不拔的精神撑起一个个家庭。当丈夫去了前线，池煜华和姐妹们组成妇女耕作队。她们赤脚忙于田间地头，学习耕作犁田。她们没有因艰苦而退缩，而是展现出骨子里勤劳的本性。当从前线受伤回来的谷生听说才莲的部队伤亡惨重的消息后，她不畏暴风雪，连夜出发，翻山越岭，步行两百多里到战场寻找丈夫的下落，找遍整个战场，却并未发现任何踪迹，最后拖着疲惫的身子，回到家中继续劳作。整部剧通过故事呈现，展现了一个勤劳勇敢的客家女性形象。

对爱情的忠贞与执着是该剧的重要线索，当李才莲和池煜华新婚后，李才莲就上了战场。池煜华对丈夫承诺："我一定会等你回来！"这一句承诺在剧中不同段落中多次出现，整部山歌剧也以此为基点，围绕"等"渐次展开。在这70年漫长的等待中，池煜华饱尝人间辛酸：从关品璋逼嫁到二嫂劝嫁，从老兵返乡时未见到丈夫几近发疯的失落，再到年老时拄着拐杖望眼欲穿的迷茫。正是由于当初的一句话，让她不畏强权，拒绝财富与诱惑，一个人孤单地信守了承诺。

从另一个角度看，她对丈夫的信任，其实就是对共产党、对革命的信任。站在池煜华的角度来看，与其说是信任，不如说是一种信念，是对革命必胜的信念。苏区的女性虽然可能目不识丁，但是她们深明大义，于是，她们把至亲送上战场。在"扩红"时期，妻送郎、母送子等场面并不鲜见。她们大多与池煜华一样，虽然最后没有等到自己的丈夫、儿子、兄弟，她们内心痛苦，但是无怨无悔。正像剧中池煜华所说："虽然没有等到才莲，但是我等到了革命的胜利，等到了共产党万万年。"这一句朴实的台词，说出了苏区女性共同的心声。

历史的目光往往都投向前线的英雄，他们背后默默奉献的普通女性往往都被忽略。诸如池煜华这样的烈士遗孀，若不是导演翟俊杰在二十世纪九十年代发现了她，她的故事就不会被搬上舞台被更多人知道。因为这样的故事太多太多了，久而久之，她也终将与许多无名英雄烈士的遗孀、母亲、姐妹一样被历史渐渐淡忘。其实，像池煜华这样被搬上舞台是极个别的案例，不为人知的感人故事不知还有多少。正是她们的默默支持，由共产党领导的中国革命才能在艰难中走向胜利。

今年正值红军长征胜利八十周年，当我们站在这个时间节点上，拨开历史的重重迷雾，来祭奠与怀念那些为中国革命抛头颅、洒热血的英烈时，我们也应该怀着同样崇敬的心情纪念送先烈上战场的那些伟大的女性。当我们在为她们献上一束鲜花的同时，用她们熟悉的山歌音调演绎一段她们的故事，或许是最好的纪念方式。

（原载 2016 年 05 月 27 日《中国艺术报》）

客家方言与普通话对照表

蓝衫团——苏维埃剧团前身

蛮——很

哇——说

姆妈——妈妈

爷佬——父亲

蠢牯——蠢牛

贼古——盗贼

妹崽——妹子，闺女

偏脑壳——歪脑壳

崽牯头——坏小子

老柴茏——老家伙

打堆——聚一起

尾拖拖——尾巴长

打转——转圈

甘松——这么松

哆哆跌——跌下来

刁刁起——翘起来

扯乱弹——开玩笑

崽古头——坏小子

嘛格——什么

介只——这个

咁——这么，那么

阿二古——笨蛋

冇——没有

里格——那个，语气词

放个肩——休息一下

夜晡——夜晚

倒毛——后滚翻

跪床脚——跪床下

细伢子——小孩

打野话——说大话

打眼拐——媚眼

精考精——太聪明

阿娓——阿妈

暗摸摸——黑暗

嫡嫡个亲——很亲热

天收的——天杀的

作发——送给

扎珂——厉害

毛子——一点

鬼佬——像鬼一样

哇格——说的

做到阵——做到伴

巴巴滚——滚烫的意思

收拾哩——糟糕了

狗屎弯——几个弯

过板子桥——过一座桥

上只子崇——上一座山

唔妈老嫒——妈妈

后　记

多年来，收到不少文朋艺友馈赠的作品集，礼尚往来，自己也想出一本剧作选。之所以迟迟未出，是因为拙作大多粗劣，即使出版也不免贻笑大方，没多大意思。直至去年十月，承蒙赣州市文联的厚爱和推动，才不揣浅陋地将这本剧作付梓，感愧之余，心里也平添了些许欣慰。

我是一个县级剧团演员出身的戏曲编剧，因为从小喜欢看书看戏，不知不觉受到戏曲的影响。及至参加剧团工作后，学戏之余，我竟然对戏剧创作产生了浓厚的兴趣。从业余涂鸦到专业创作，一路走来，大大小小的剧本也写了好几十个，回头一看，却没有几个令人满意的，既谈不上有多少艺术价值，更遑论给人留下什么记忆。所幸出这本书除了能回馈朋友，还有一个意义，就是对自己多年来的戏曲创作做一个阶段性总结。

这本集子收入了我数十年来戏曲创作的主要作品。这些剧本大多演出过、发表过，有的甚至还获得过国家级和省、市级奖。但其中也不乏应景之作，收入集中不过是留下一点历史印记，引起一些自我反思。另外，本书还附录了三篇专家的评论文章和我的三篇创作札记，汇聚了我从事赣南苏区题材戏曲创作的若干思考。在这里，我要特别感谢 陶学辉 先生（笔名舒羽，《影剧新作》杂志原主编），是他发现和扶植了《山歌情》，一直指导和鞭策我在写戏的道路上孜孜以求，跋涉前行。我还要感谢杨雪英老师（《剧本》月刊原副主编）和舒龙老师（著名影视剧作家、国家一级编剧）在创作上给我提出过许多宝贵意见，使我获益匪浅。他们是我编剧生涯中的贵人，如果没有他们的悉心指导，作为一名基层编剧，我很难有所收获。同时，我还要感谢兴国县文广新旅局和兴国山歌保护中心（原兴国县山歌剧团）为这本剧作选的出版所提供的热情赞助。

陶学辉老师生前曾经赠我一首格律诗，其中有一句"路歧生涯终不悔"，把编剧比作"路歧人"，可见写戏人的清寂与艰辛。然而，既然走上了这条道路，此生也就无所谓后悔了，至于成不成功，得失由人说，甘苦寸心知。

谢干文

2019 年 3 月 10 日